# Von Agatha Christie sind lieferbar:

Auch Pünktlichkeit kann töten
Der ballspielende Hund
Bertrams Hotel
Der blaue Expreß
Blausäure
Die Büchse der Pandora
Der Dienstagabend-Club
Ein diplomatischer Zwischenfall
Auf doppelter Spur
Dummheit ist gefährlich
Elefanten vergessen nicht
Das Eulenhaus
Das fahle Pferd
Fata Morgana
Das fehlende Glied in der Kette
Feuerprobe der Unschuld
Ein gefährlicher Gegner
Das Geheimnis der Goldmine
Das Geheimnis der Schnallenschuhe
Die Großen Vier
Hercule Poirots Weihnachten
Die ersten Arbeiten des Herkules
Die letzten Arbeiten des Herkules
Sie kamen nach Bagdad
Karibische Affaire
Die Katze im Taubenschlag
Die Kleptomanin
Das krumme Haus
Kurz vor Mitternacht
Lauter reizende alte Damen
Der letzte Joker
Der Mann im braunen Anzug

Die Mausefalle und andere Fallen
Die Memoiren des Grafen
Die Morde des Herrn ABC
Mord im Pfarrhaus
Mord in Mesopotamien
Mord nach Maß
Ein Mord wird angekündigt
Morphium
Mit offenen Karten
Poirot rechnet ab
Rächende Geister
Rätsel um Arlena
Rotkäppchen und der böse Wolf
Die Schattenhand
Das Schicksal in Person
Schneewittchen-Party
16 Uhr 50 ab Paddington
Das Sterben in Wychwood
Der Todeswirbel
Der Tod wartet
Die Tote in der Bibliothek
Der Unfall und andere Fälle
Der unheimliche Weg
Das unvollendete Bildnis
Die vergeßliche Mörderin
Vier Frauen und ein Mord
Vorhang
Der Wachsblumenstrauß
Wiedersehen mit Mrs. Oliver
Zehn kleine Negerlein
Zeugin der Anklage

# Agatha Christie

## Der Tod auf dem Nil

**Scherz**
Bern – München – Wien

Einzig berechtigte Übertragung aus dem Englischen
von Susanne Lepsius
Titel des Originals: »Death on the Nile«
Schutzumschlag von Heinz Looser
Foto: Thomas Cugini

1. Auflage 1981, ISBN 3-502-50787-2
Copyright © 1937 by Agatha Christie Mallowan
Gesamtdeutsche Rechte beim Scherz Verlag Bern und München
Gesamtherstellung: Ebner Ulm

**1**

»Ist das Linna Ridgeway?«

»Das ist sie!« sagte Mr. Burnaby, der Wirt der »*Drei Kronen*«. Er gab seinem Freund einen freundschaftlichen Stoß in die Rippen, und beide starrten mit großen Augen und offenem Mund auf den roten Rolls-Royce, der in diesem Augenblick vor dem Postamt hielt.

Ein Mädchen sprang heraus. Sie trug keinen Hut und ein Kleid, das – nur für Uneingeweihte – äußerst schlicht aussah. Sie hatte goldblondes Haar und regelmäßige, hochmütige Züge. Ihre Figur war makellos. So ein Mädchen sah man in Malton-under-Wode selten. Mit schnellen, entschlossenen Schritten verschwand sie im Postamt.

»Das ist sie!« wiederholte Mr. Burnaby, dann fuhr er in leisem, ehrfurchtsvollem Ton fort: »Sie hat Millionen! Der Umbau allein kostet sie Tausende, ein Schwimmbecken läßt sie sich anlegen und einen Garten mit Fontänen und Terrassen, das halbe Haus soll abgerissen und umgebaut werden, mit einem Ballsaal . . .«

»Sie wird Geld unter die Leute bringen«, sagte der Freund des Wirts, ein magerer, schäbig aussehender Mann, in einem mürrischen, neidischen Tonfall.

Mr. Burnaby nickte. »Ja, für Malton-under-Wode ist es eine groß-artige Sache. Ganz großartig.«

»Ein kleiner Unterschied zu Sir George.«

»Die Pferde waren sein Unglück«, sagte Mr. Burnaby verständnisvoll. »Nichts als Pech hat er gehabt.«

»Wieviel hat er denn für den Kasten bekommen?«

»Runde sechzigtausend, habe ich gehört.«

Der Magere pfiff durch die Zähne.

»Und es heißt«, fuhr Mr. Burnaby auftrumpfend fort, »daß sie die gleiche Summe noch einmal hinblättern muß, bis alles fertig ist.«

»Verrückt!« sagte der Magere. »Und woher hat sie das Geld?«

»Aus Amerika anscheinend. Ihre Mutter war die einzige Tochter eines Millionärs. Wie im Film, was?«

Das Mädchen trat aus dem Postamt und stieg wieder in den Wagen ein. Der Magere folgte ihr mit den Augen. »Irgendwie find ich's ungerecht«, murmelte er. »Ich meine, so auszusehen wie sie, *und* einen Haufen Geld zu haben. Das ist zuviel des Guten. Wenn ein Mädchen so reich ist wie sie, braucht sie nicht auch noch schön zu sein. Sie hat einfach alles! Ich finde das ungerecht . . .«

5

Auszug aus der Gesellschaftsspalte des *Daily Blague*:

Unter den Gästen in *Chez ma Tante* befand sich auch die schöne Linna Ridgeway. Sie soupierte mit Joanna Southwood, Lord Windlesham und Mr. Toby Bryce. Bekanntlich ist Miss Ridgeway die Tochter von Melhuish Ridgeway und Anna Hartz, die von ihrem Großvater Leopold Hartz ein riesiges Vermögen erbte. Die zauberhafte Linna macht zur Zeit überall Furore, und man munkelt, daß eine Verlobung kurz bevorsteht. Lord Windlesham wirkte jedenfalls sehr verliebt.

»Meine Liebe«, sagte Joanna Southwood, »ich bin überzeugt, das Haus wird einfach traumhaft!« Sie saß in Linna Ridgeways Schlafzimmer in *Wode Hall*. Vom Fenster aus hatte man einen schönen Blick auf den Garten, die weite Landschaft dahinter und die blauen Schatten der Wälder.

»Nicht wahr, es ist fast vollkommen«, sagte Linna, die Arme auf das Fensterbrett gestützt. Ihr Ausdruck verriet Eifer, Lebensfreude und Tatkraft. Neben ihr wirkte Joanna Southwood ein wenig farblos. Sie war eine große, schlanke Frau von siebenundzwanzig Jahren, mit einem schmalen, klugen Gesicht und kapriziös ausgezupften Augenbrauen.

»Und was du alles schon geschafft hast in der kurzen Zeit! Hast du eine Menge Architekten beschäftigt?«

»Drei. Sie waren ganz brauchbar, aber manchmal fand ich sie reichlich unpraktisch.«

»Nun, ich bin sicher, daß du ihnen das schnell ausgetrieben hast. Du bist die praktischste Person, die ich kenne.« Joanna griff nach der Perlenkette, die auf dem Toilettentisch lag. »Die sind doch echt, nicht wahr?«

»Natürlich!«

»Ich weiß, meine Liebe, für dich ist so etwas selbstverständlich, aber für die meisten Leute nicht. Sie tragen entweder Kulturperlen oder einfach schlichtes Woolworth. Und die hier sind so wunderbar aufeinander abgestimmt. Sie müssen ein Vermögen wert sein.«

»Ungefähr fünfzigtausend.«

»Eine ganz schöne Summe! Hast du nicht Angst, daß man sie dir stiehlt?«

»Nein. Ich trage sie täglich, und im übrigen sind sie versichert.«

»Bitte, laß sie mich tragen, bis zum Abendbrot. Es ist so aufregend!«

Linna lachte. »Natürlich, wenn es dir Spaß macht!«

»Weißt du, Linna, eigentlich beneide ich dich. Du hast einfach alles. Du kannst schon mit zwanzig tun und lassen, was du willst, du schwimmst im Geld, siehst großartig aus, bist gesund und hast sogar Verstand. Wann wirst du übrigens einundzwanzig?«

»Im nächsten Juni. Ich werde in London ein großes Fest geben.«

»Und dann wirst du Charles Windlesham heiraten? Alle diese schrecklichen Klatschreporter können sich vor Aufregung kaum noch lassen. Und er liegt dir ja wirklich zu Füßen.«

Linna zuckte die Achseln. »Ich weiß nicht genau. Im Augenblick habe ich eigentlich gar keine Lust zu heiraten.«

»Wie recht du hast! Hinterher ist es einfach nicht mehr dasselbe, nicht wahr?«

Das Telefon klingelte, Linna hob den Hörer ab.

»Eine Miss de Bellefort möchte Sie sprechen«, sagte der Butler. »Soll ich durchstellen?«

»Bellefort? Ach ja, natürlich! Bitte geben Sie sie mir!«

Ein Klicken, und eine eifrige, leise, etwas atemlose Stimme fragte: »Hallo, spreche ich mit Miss Ridgeway? Bist du es, Linna?«

»Jackie! Ich habe seit Ewigkeiten nichts mehr von dir gehört!«

»Ich weiß. Einfach scheußlich! Linna, ich möchte dich wahnsinnig gern wiedersehen.«

»Kannst du nicht herkommen? Ich habe ein neues Spielzeug. Ich würde es dir gern zeigen.«

»Genau deshalb rufe ich an.«

»Wunderbar! Komm mit dem nächsten Zug her oder mit dem Auto.«

»Ich habe einen furchtbar klapprigen alten Zweisitzer, er hat fünfzehn Pfund gekostet. An manchen Tagen läuft er wie geölt, aber dann hat er wieder seine Mucken. Wenn ich also nicht zur Teezeit da bin, weißt du, daß er gestreikt hat. Auf bald, meine Liebe.«

»Das war meine älteste Freundin«, sagte Linna, nachdem sie den Hörer wieder aufgelegt hatte. »Jacqueline de Bellefort. Wir waren zusammen in Paris auf der Klosterschule. Sie hat schrecklich viel Pech gehabt. Ihr Vater ist ein französischer Graf, ihre Mutter eine Amerikanerin aus den Südstaaten. Der Vater ist mit irgendeinem Flittchen auf und davon, und ihre Mutter hat das ganze Vermögen durch blödsinnige Fehlspekulationen verloren, so daß die arme Jackie plötzlich ohne Geld dasaß. Ich frage mich, wie sie sich die letzten zwei Jahre über Wasser gehalten hat.«

»Kann das nicht etwas problematisch für dich werden?« fragte

Joanna, während sie ihre dunkelroten Fingernägel polierte. »Wenn meine Freunde in so eine Klemme geraten, lasse ich sie sofort fallen. Es klingt herzlos, aber man erspart sich später einen Haufen Ärger! Immer versuchen sie, einen anzupumpen, oder sie machen eine Boutique auf und man muß scheußliche Kleider bei ihnen kaufen.«

»Das heißt also, wenn ich all mein Geld verlöre, würdest du mich sofort fallenlassen?«

»So ist es, meine Liebe. Aber wenigstens mache ich dir nichts vor. Ich mag eben nur erfolgreiche Menschen. Und du wirst feststellen, daß die meisten Leute so denken wie ich, nur daß sie es nicht offen zugeben. Sie behaupten einfach, daß Mary oder Emily oder wer auch immer unausstehlich geworden ist. ›Die Sorgen haben sie so verbittert. Sie ist ganz anders als früher, die Arme!‹«

»Du bist gemein, Joanna!«

»Ich bin aufs Geld aus wie alle Leute!«

»Ich nicht!«

»Aus guten Gründen! Wenn blendend aussehende amerikanische Vermögensverwalter einem vierteljährlich eine riesige Summe auszahlen, hat man es nicht nötig, an Geld zu denken.«

»Trotzdem hast du unrecht, was Jacqueline betrifft«, sagte Linna. »Sie ist keine Schnorrerin. Ich hatte ihr natürlich meine Hilfe angeboten, aber sie hat abgelehnt. Sie ist stolz wie ein Spanier.«

»Und warum hatte sie es so eilig, dich zu besuchen? Ich wette, sie will etwas von dir. Warte es nur ab!«

»Hm ja, sie klang irgendwie aufgeregt«, gab Linna zu. »Sie steigert sich leicht in alles mögliche hinein. Einmal hat sie sogar jemanden mit einem Taschenmesser attackiert.«

»Wie dramatisch!«

»Ein Junge hatte einen Hund gequält. Jackie packte ihn am Arm und wollte ihn wegzerren, aber der Junge war stärker als sie. Da holte sie ihr Taschenmesser heraus und stach zu. Es gab einen furchtbaren Skandal.«

»Das kann ich mir vorstellen. Es klingt höchst ungemütlich.«

Linnas Mädchen kam ins Zimmer. Sie murmelte eine Entschuldigung, nahm ein Kleid aus dem Schrank und ging wieder.

»Was ist mit Marie los?« fragte Joanna. »Sie sieht ganz verweint aus.«

»Ach, das arme Ding! Ich habe dir doch erzählt, daß sie einen Mann heiraten wollte, der in Ägypten arbeitet. Sie wußte nur wenig über ihn, und so habe ich heimlich einige Erkundigungen eingezogen, um festzustellen, ob auch alles in Ordnung ist. Und dabei habe ich herausgefunden, daß er schon eine Frau hat – und dazu drei Kinder!«

»Du machst dir eine ganze Menge Feinde, Linna!«

»Wieso Feinde?« Linna sah sie verblüfft an.

»Ja, Feinde!« wiederholte Joanna und nahm eine Zigarette aus der Zigarettendose. »Du bist so verdammt tüchtig und hast ein unheimliches Talent, immer das Richtige zu tun.«

»Unsinn! Ich habe keinen einzigen Feind auf der Welt«, erwiderte Linna lachend.

Charles Windlesham saß unter der Zeder, seine Augen ruhten auf den anmutigen Proportionen von *Wode Hall*. Kein störendes Element verunstaltete den altmodischen Charme des Hauses. Die neuen Gebäudeteile lagen auf der Rückseite, außer Sichtweite. Gebadet im Licht der Herbstsonne bot *Wode Hall* einen reizvollen und friedlichen Anblick. Trotzdem war es plötzlich nicht mehr *Wode Hall*, das Lord Windlesham vor sich sah, sondern ein sehr viel eindrucksvolleres elisabethanisches Haus mit einem ausgedehnten Park, in einer kargeren Landschaft: *Charltonbury*, sein eigener Familiensitz, hatte sich unversehens in sein geistiges Blickfeld geschoben. Und im Vordergrund stand eine Gestalt, die Gestalt eines jungen Mädchens mit goldblondem Haar und lebhaften, selbstbewußten Zügen – Linna, als Herrin von *Charltonbury*.

Er war sehr zuversichtlich. Ihre Weigerung, ihn zu heiraten, war nicht endgültig gewesen, eher eine Bitte um Aufschub. Nun, er konnte es sich leisten, noch eine Weile zu warten.

Erstaunlich, wie günstig alles zusammentraf. Natürlich empfahl sich eine reiche Heirat für ihn, aber eine so bittere Notwendigkeit, daß er gezwungen gewesen wäre, alle Gefühle beiseite zu lassen, war es nun auch wieder nicht. Und er liebte Linna. Selbst wenn sie mittellos gewesen wäre, hätte er sie lieber geheiratet als das reichste Mädchen Englands. Aber glücklicherweise war sie eines der reichsten Mädchen Englands.

Im Geist schmiedete er angenehme Zukunftspläne. Jagdführer von Roxdale vielleicht? Die Restaurierung des westlichen Flugels? Charles Windlesham träumte in der Sonne.

Es war vier Uhr, als der klapprige Zweisitzer mit einem knirschenden Geräusch auf dem Kies zum Halten kam. Ein Mädchen stieg aus, ein kleines, zartgliedriges Geschöpf mit dunklem lockigen Haar. Sie lief die Stufen hinauf und zog am Klingelzug.

Einige Minuten später wurde sie in das lange, eindrucksvolle Wohnzimmer geführt, und ein würdevoller Butler verkündete in angemessenem grämlichen Tonfall: »Miss de Bellefort.«

»Linna!«

»Jackie!«

Windlesham stand ein wenig abseits und beobachtete wohlwollend, wie sich dieses temperamentvolle, zarte Geschöpf in Linnas Arme warf. Eine hübsche Person, dachte er, eigentlich nicht wirklich hübsch, aber zweifellos anziehend mit ihrem dunklen lockigen Haar und den großen Augen. Er murmelte etwas Nichtssagendes und entfernte sich diskret, um die Freundinnen allein zu lassen.

»Windlesham? Ist das nicht der Mann, den du heiraten willst? Jedenfalls steht es in allen Zeitungen. Wirst du ihn tatsächlich heiraten, Linna?« fragte Jacqueline auf ihre unverblümte Art, die Linna noch so gut im Gedächtnis hatte.

»Vielleicht«, murmelte Linna.

»Das freut mich für dich! Er sieht so sympathisch aus.«

»Tu nicht so, als sei alles schon entschieden. *Ich* habe mich nämlich noch nicht entschieden. Erzähl mir lieber, wo du die ganze Zeit gesteckt hast, Jackie! Du warst wie vom Erdboden verschwunden und hast nicht einmal geschrieben.«

»Ich hasse das Briefeschreiben. Wo ich war? Oh, zu Dreiviertel ertrunken – in Arbeit! Verstehst du? Einfach schauerliche Arbeit, bei widerlichen Frauen.«

»Jackie, ich wünschte . . .«

»Ich hätte mich an dein mildes Herz gewandt? Nun, ehrlich gesagt, mein Schatz, genau das habe ich vor! Nein, ich bin nicht gekommen, um von dir Geld zu borgen. So tief bin ich noch nicht gesunken. Aber ich möchte dich um einen großen, sehr großen Gefallen bitten.«

»Schieß los!«

»Wenn du diesen Windlesham heiratest – dann wirst du mich sicher verstehen.«

»Jackie!« Linna sah sie eine Sekunde verdutzt an, dann hellte sich ihr Gesicht auf. »Jackie, soll das heißen . . .?«

»Ja, ich habe mich verlobt.«

»So, das ist es also! Mir ist gleich aufgefallen, daß du besonders strahlend aussiehst. Ich meine, du bist immer strahlender Laune, aber heute mehr als sonst.«

»Er heißt Simon Doyle. Er ist groß, hat breite Schultern, ist unbeschreiblich naiv und einfach hinreißend! Und er hat kein Geld. Er stammt aus dem kleinen Landadel, aus Devonshire, aber die Familie ist verarmt, und er ist der jüngste Sohn. Na, du kennst das ja. Er liebt das Land und alles, was damit zusammenhängt, aber die letzten fünf Jahre hat er in London in einem muffigen Büro verbracht. Und jetzt wollen sie Personal einsparen, und er ist arbeitslos. Linna, ich sterbe einfach, wenn ich ihn nicht heiraten kann! Ich sterbe, ich sterbe . . .«

»Red keinen Unsinn, Jackie!«

»Ich schwör dir, ich sterbe! Ich bin verrückt nach ihm, und er ist verrückt nach mir! Wir können ohne einander nicht leben.«

»Oh, meine Liebe, dich hat's aber erwischt!«

»Ich weiß! Ist es nicht furchtbar? Irgendwann packt es einen, und man ist einfach machtlos!« Eine Minute lang schwieg sie, ihre dunklen Augen wurden noch größer, plötzlich sah sie fast tragisch aus. Sie fröstelte leicht, bevor sie weitersprach. »Manchmal – ist es direkt beängstigend. Simon und ich sind wie füreinander bestimmt. Ich werde nie jemand anders lieben. Du mußt uns helfen, Linna! Als ich erfuhr, daß du diesen Besitz gekauft hast, ist mir eine Idee gekommen. Du brauchst doch einen Gutsverwalter, nicht wahr? Kannst du nicht Simon anstellen?«

»Ich . . .«, begann Linna verwirrt.

Aber Jacqueline unterbrach sie hastig. »Er kann wirklich eine ganze Menge. Er kennt sich in so etwas aus, er ist auf einem Gut aufgewachsen, und er hat eine kaufmännische Ausbildung. Oh, Linna, bitte, stell ihn an! Um meinet-, um unserer alten Freundschaft willen! Wenn er sich nicht bewährt, wirf ihn hinaus. Aber er wird sich bewähren! Wir könnten in irgendeinem kleinen Haus wohnen und dich oft sehen. Es wäre einfach großartig, Linna, der Himmel auf Erden! Sagst du ›ja‹, Linna? Meine einzige, unvergleichliche Linna! Sagst du ›ja‹?«

»Jackie . . .«

»Sagst du ›ja‹?«

»Du liebe verrückte Jackie«, sagte Linna und lachte. »Also gut, komm mit deinem jungen Mann her, ich werde ihn mir ansehen, und dann können wir alles in Ruhe besprechen.«

»Linna, meine geliebte Linna«, rief Jackie und umarmte sie stürmisch. »Du bist wirklich eine Freundin! Ich wußte, du würdest mich nicht im Stich lassen. Du bist der beste Mensch von der Welt. Auf Wiedersehen!«

»Aber Jackie, bleibst du denn nicht da?«

»Ich? Nein, ich fahre nach London zurück, und morgen komme ich und bringe dir Simon, und dann machen wir die Sache perfekt. Du wirst ihn ganz bestimmt mögen. Er ist wirklich ein Schatz.«

»Bleibst du nicht wenigstens zum Tee?«

»Ich bin zu aufgeregt. Ich muß zurück zu Simon und ihm alles erzählen. Ich weiß, ich bin verrückt, aber was soll ich machen? Die Ehe wird mich sicher kurieren. Sie scheint auf alle Menschen ernüchternd zu wirken.«

Monsieur Gaston Blondin, der Besitzer des eleganten kleinen Restaurants *Chez ma Tante*, gehörte nicht zu der Sorte von Wirten, die sich um ihre Gäste besonders bemüht. Die Reichen, die schönen Frauen, die Berühmtheiten und die Adligen warteten umsonst, durch besondere Zuvorkommenheit ausgezeichnet zu werden. Nur in ganz seltenen Fällen ließ sich Monsieur Blondin dazu herab, einen Gast persönlich zu begrüßen, ihn an seinen Tisch zu führen und einige Höflichkeiten auszutauschen.

An diesem speziellen Abend hatte Monsieur Blondin seine Gunst gleich drei Gästen gewährt – einer Herzogin, einem berühmten adligen Rennstallbesitzer und einem kleinen, komisch aussehenden Mann mit einem enormen schwarzen Schnurrbart, der für den zufälligen Beobachter nichts aufwies, was diese bevorzugte Behandlung rechtfertigte.

Und doch zeigte gerade ihm gegenüber Monsieur Blondin eine fast übertriebene Beflissenheit. Obwohl andere Kunden seit über einer halben Stunde wegen Platzmangels abgewiesen worden waren, fand sich jetzt plötzlich ein freier kleiner Tisch, zu dem Monsieur Blondin seinen Gast unter vielen Verbeugungen geleitete.

»Für Sie, Monsieur Poirot, habe ich immer Platz. Ich wünschte nur, Sie würden uns öfters die Ehre erweisen.«

»Das ist äußerst liebenswürdig von Ihnen, Monsieur Blondin«, erwiderte Hercule Poirot und lächelte bei dem Gedanken an einen weit zurückliegenden Zwischenfall, bei dem eine Leiche, ein Kellner, Monsieur Blondin und eine sehr anziehende Dame eine Rolle gespielt hatten.

»Sind Sie allein, Monsieur Poirot?«

»Ja, ich bin allein.«

»Oh, dann lassen Sie sich von Jules beraten, ich bin überzeugt, daß er Ihnen eine Speisenfolge zusammenstellt, die Ihre Zufriedenheit findet. Frauen, so charmant sie auch sein mögen, haben den einen Nachteil, sie lenken einen vom Essen ab . . .«

Nachdem der feinschmeckerische Teil der Unterhaltung beendet war, blieb Monsieur Blondin noch einen Augenblick zögernd stehen, um schließlich mit verschwörerisch gedämpfter Stimme zu fragen: »Sind Sie geschäftlich in England?«
Poirot schüttelte den Kopf. »Nein«, sagte er leise. »Ich reise nur noch zu meinem Vergnügen; für meine finanziellen Bedürfnisse habe ich rechtzeitig vorgesorgt, so daß ich es mir jetzt leisten kann, das Leben eines Müßiggängers zu führen.«
»Ich beneide Sie!«
»O nein, das wäre sehr unklug von Ihnen! Glauben Sie mir, es ist nicht so unterhaltsam, wie es klingt.« Poirot seufzte. »Wie wahr ist doch der Ausspruch, daß der Mensch die Arbeit erfunden hat, um der Notwendigkeit zu entrinnen, denken zu müssen.«
Monsieur Blondin hob beschwörend die Hände: »Aber man kann doch so vieles unternehmen, fremde Länder sehen . . .«
»Ja, das tue ich auch. Diesen Winter fahre ich vermutlich nach Ägypten. Das Klima dort soll sehr angenehm sein. Ich möchte dem Nebel, dem Grau und der Monotonie des winterlichen Regens entgehen. Und soweit ich weiß, kann man jetzt die ganze Strecke im Zug hinter sich bringen, außer der Kanalüberfahrt natürlich.«
»Ach, Sie mögen auch keine Schiffe«, sagte Monsieur Blondin verständnisvoll. »Das kann ich Ihnen gut nachfühlen. Seereisen haben eine sehr unangenehme Wirkung auf den Magen.«
»Ja, aber nur auf gewisse Mägen. Es gibt Menschen, denen die Wellenbewegungen nichts auszumachen scheinen. Im Gegenteil, man könnte meinen, sie genießen es«, sagte Hercule Poirot leicht schaudernd.
»Eine Ungerechtigkeit des lieben Gottes«, sagte Monsieur Blondin und schüttelte traurig den Kopf, dann zog er sich, noch ganz in seine pietätlosen Gedanken versunken, lautlos zurück.
Die Negerkapelle im Lokal hob ein ekstatisches, seltsam mißtönendes Gelärme an. Die Gäste begannen zu tanzen.
Hercule Poirot sah zu. Sein präzise funktionierender Verstand registrierte Eindrücke: Wie gelangweilt und überdrüssig die meisten Leute aussahen! Einige der korpulenten Herren jedoch schienen sich zu amüsieren . . . während ihre Partnerinnen meist Duldermienen zur Schau trugen. . . Dagegen sah die dicke Person im roten Kleid hochzufrieden aus . . . Offensichtlich hatte auch Fett sein Gutes . . . Und die jungen Leute . . . manche wirkten nichtssagend . . . manche gelangweilt . . . und manche ausgesprochen unglücklich. Was für ein

Blödsinn, die Zeit der Jugend als die glücklichste zu bezeichnen . . .
Es war die Zeit der größten Verletzbarkeit . . .
Sein Blick fiel auf ein vorbeitanzendes Paar. Wie gut sie zusammen-
paßten. Er war ein großer, breitschultriger Mann und sie ein schlankes, zartes Mädchen. Zwei Körper, die sich im perfekten Rhythmus
des Glücks bewegten . . . glücklich, hier zu sein, glücklich, zusammen zu sein . . .
Die Musik brach ab. Hände klatschten, die Musik setzte wieder ein.
Nach einem zweiten Tanz kehrte das Paar zum Tisch zurück, der sich
dicht neben dem Poirots befand. Das Mädchen hatte gerötete Wangen und lachte. Als sie sich setzte und strahlend zu ihrem Begleiter
aufsah, konnte Poirot ihr Gesicht genau betrachten.
Und er bemerkte, daß mehr als nur ein Lachen in ihrem Blick lag, und
er schüttelte bedenklich den Kopf. »Sie liebt ihn zu sehr, dieses
kleine Geschöpf«, murmelte er, »so zu lieben, ist gefährlich, sogar
sehr gefährlich.« Und dann schnappte er ein Wort auf: Ägypten.
Die Stimmen schlugen deutlich an sein Ohr – die des jungen
Mädchens, jung, frisch, arrogant, nur das weiche »R« verriet ihre
fremdländische Herkunft, und die des jungen Mannes, angenehm,
verhalten, kultiviert und unverkennbar englisch.
»Ich baue keine Luftschlösser, Simon, ich weiß einfach, daß Linna
mich nicht enttäuschen wird.«
»Vielleicht werde *ich* sie enttäuschen.«
»Unsinn, die Stellung ist wie geschaffen für dich.«
»Ja, ich glaube schon, daß ich für den Posten der Richtige bin. Und
ich werde mir alle Mühe geben, meine Sache gut zu machen – schon
um deinetwillen.«
Das Mädchen lachte leise, ein Lachen reinen Glücks.
»Wir werden drei Monate warten, um sicher zu sein, daß du nicht
entlassen wirst . . . und dann . . .«
»Heiraten wir – das ist doch dein Plan, nicht wahr?«
»Und unsere Hochzeitsreise machen wir, wie gesagt, nach Ägypten.
Und wenn es noch soviel kostet! Ich habe schon immer den Nil, die
Pyramiden, den Sand sehen wollen . . .«
Er sagte, für Poirot kaum hörbar: »Wir werden Ägypten gemeinsam
sehen, Jackie, wir beide! Es wird wunderbar sein.«
»Ich weiß nicht recht. Wird es für dich so wunderbar sein wie für
mich?« fragte das Mädchen plötzlich mit belegter Stimme und
blickte ihn fast angstvoll mit großen Augen an. »Liebst du mich
wirklich so, wie ich dich liebe?«

»Was für eine Frage, Jackie. Komm, laß uns tanzen!«
»Ich weiß nicht recht«, wiederholte sie.
»*Une qui aime et un qui se laisse aimer*«, murmelte Hercule Poirot vor sich hin. »Nein, ich weiß es auch nicht.«

Joanna Southwood sagte: »Und angenommen, er ist ein fürchterlicher Rüpel?«
Linna schüttelte den Kopf. »Nein, das ist er bestimmt nicht; auf Jacquelines guten Geschmack kann man sich verlassen.«
»Sobald es um Liebe geht, ist auf niemanden Verlaß.«
Linna schüttelte ungeduldig den Kopf und änderte das Thema. »Ich muß zu Mr. Pierce wegen der Baupläne.«
»Baupläne?«
»Ja, einige der alten Landarbeiterhütten müssen abgerissen werden. Sie sind zu unhygienisch. Die Bewohner werden natürlich woanders untergebracht.«
»Wie hygienisch und sozial du doch bist, meine Liebe!«
»Sie müssen sowieso verschwinden, mein neues Schwimmbecken kann von den Hütten aus eingesehen werden.«
»Ziehen die Leute, die dort leben, gerne aus?«
»Die meisten sind überglücklich, nur ein oder zwei haben unverständlicherweise Schwierigkeiten gemacht. Sie scheinen nicht zu begreifen, daß sie unter unvergleichlich besseren Bedingungen leben werden.«
»Findest du deine Anordnungen nicht etwas willkürlich?«
»Aber, meine Liebe, es geschieht doch zu ihrem Vorteil.«
»O ja, ganz gewiß, Vorteil auf Befehl.«
Linna runzelte die Stirn, Joanna lachte. »Gib zu, du bist ein Tyrann, ein wohltätiger, wenn du willst, aber ein Tyrann!«
»Ich bin kein Tyrann.«
»Linna Ridgeway, kannst du mir, ohne vor Verlegenheit rot zu werden, eine Gelegenheit nennen, wo du nicht deinen Willen durchgesetzt hättest?«
»Viele Gelegenheiten.«
»Oh, das ist leicht hingesagt! Nenn mir ein Beispiel, nur *ein* konkretes Beispiel. Aber das kannst du nicht, selbst wenn du tagelang darüber nachdenkst. Die Triumphfahrt von Linna Ridgeway in ihrem goldenen Automobil.«
»Du hältst mich für selbstsüchtig?« fragte Linna scharf.
»Nein, nur für unwiderstehlich – die Kombination von Geld und

Charme *ist* unwiderstehlich. Die Welt liegt dir zu Füßen! Was du nicht mit Geld kaufen kannst, kaufst du mit einem Lächeln. Und das Resultat: Linna Ridgeway, das Mädchen, das alles hat, was es will.«

»Rede keinen Unsinn, Joanna!«

»Nun, hast du nicht alles, was du willst?«

»Ja, vermutlich! Aber es klingt irgendwie abscheulich.«

»Es ist auch abscheulich, meine Liebe. Wahrscheinlich wirst du mit der Zeit blasiert werden und dich zu Tode langweilen, aber bis es soweit ist, genieße die Triumphfahrt in deinem goldenen Automobil; gelegentlich allerdings frage ich mich, was geschehen wird, wenn du in eine Straße einbiegen willst, wo ein Schild steht mit der Aufschrift ›Durchfahrt verboten‹.«

»Joanna, sei nicht albern!« In diesem Augenblick betrat Lord Windlesham das Zimmer. Linna wandte sich an ihn: »Joanna sagt mir lauter unangenehme Dinge.«

»Reine Gehässigkeit«, murmelte Joanna und verließ eilendst das Zimmer. Das Aufblitzen in Windleshams Augen war ihr nicht entgangen.

Er schwieg einen Augenblick lang, dann fragte er ohne Umschweife: »Bist du zu einem Entschluß gekommen, Linna?«

Linna erwiderte gedehnt: »Bin ich hartherzig? Aber vermutlich sollte ich, wenn ich meiner selbst nicht ganz sicher bin, ›nein‹ sagen . . .«

»Sag es nicht«, unterbrach er sie. »Du hast Zeit, soviel Zeit, wie du willst. Aber ich glaube, du weißt, daß wir sehr glücklich zusammen werden könnten.«

»Versteh mich bitte«, sagte Linna in einem entschuldigenden, fast kindlichen Tonfall, »aber ich genieße mein Leben im Augenblick so sehr . . . besonders mit all diesem hier.« Sie machte eine vage Handbewegung. »Ich möchte in *Wode Hall* mein Ideal von einem Landhaus verwirklichen. Und ich finde, bis jetzt ist es mir gut gelungen.«

»Ja, das Ganze ist bildschön, absolut perfekt bis in jede Einzelheit. Du bist ein kluges Mädchen, Linna.« Er hielt einen Moment inne, dann fuhr er fort: »Aber dir gefällt auch *Charltonbury*, nicht wahr? Natürlich muß es modernisiert werden, aber du bist ja so geschickt in diesen Dingen. Es wird dir Spaß machen.«

»Ja, *Charltonbury* ist einfach himmlisch!«

Sie sprach voller Enthusiasmus, aber innerlich fröstelte sie. Eine feindliche Note hatte sich eingeschlichen, und ihre Zufriedenheit mit dem Leben schien plötzlich nicht mehr ganz so vollkommen. Sie nahm dieses Gefühl zur Kenntnis, ohne es in Lord Windleshams Anwesenheit näher zu analysieren, doch kaum hatte er sich verabschiedet, versuchte sie, ihre eigenen geheimen Gedanken zu erforschen.

*Charltonbury* – ja, die Erwähnung von *Charltonbury* hatte sie irgendwie irritiert. Aber warum? *Charltonbury* war berühmt. Windleshams Vorfahren hatten dort schon seit Jahrhunderten gewohnt. Herrin von *Charltonbury* zu sein, garantierte eine gesellschaftliche Position, die nicht zu übertreffen war. Windlesham war einer der begehrtesten Junggesellen ganz Englands. Natürlich nahm er *Wode Hall* nicht ernst, es konnte mit *Charltonbury* nicht konkurrieren.

Ah, aber *Wode Hall* gehörte *ihr*! Sie hatte es entdeckt, gekauft, umgebaut, renoviert. *Wode Hall* war ihr Eigentum – ihr Königreich. Doch wenn sie Windlesham heiratete, wären alle ihre Bemühungen umsonst gewesen. Was wollten sie mit zwei Landhäusern? Und natürlich, von den beiden würden sie *Wode Hall* aufgeben. Und sie, Linna Ridgeway, würde als selbständige Person nicht mehr existieren, sie würde Lady Windlesham sein, und von ihrer stattlichen Mitgift würden *Charltonbury* und sein Besitzer profitieren. Sie würde die Gattin des Herrschers sein, aber nicht mehr selbst die Herrscherin. Ich Närrin!

Aber war da nicht noch etwas anderes, das sie beunruhigte? Jackies Stimme, mit dem seltsam vibrierenden Unterton, klang ihr im Ohr: »Ich sterbe einfach, wenn ich ihn nicht heiraten kann! Ich sterbe, ich sterbe . . .«

Es hatte so ausschließlich, so ernst geklungen! Und sie Linna, fühlte sie das gleiche für Windlesham? Nein, ganz gewiß nicht. Aber vielleicht brachte sie für niemanden so starke Gefühle auf? Es mußte wunderbar sein, solche Gefühle zu haben . . .

Das Geräusch eines Wagens drang durch das offene Fenster.

Linna schüttelte den Kopf voller Ungeduld mit sich selbst. Das war zweifellos Jackie mit ihrem jungen Mann. Sie ging zur Haustür, um sie zu begrüßen.

»Linna!« Jackie lief auf sie zu. »Das ist Simon, Simon, das ist Linna! Sie ist der wunderbarste Mensch von der Welt.«

Vor Linna stand ein großer junger Mann mit breiten Schultern, sehr dunklen blauen Augen, gewelltem braunen Haar, einem eckigen Kinn und einem jungenhaften, anziehenden, offenen Lächeln.

Sie streckte die Hand aus. Die Hand, die die ihre ergriff, war kräftig und warm. Ihr gefiel, wie er sie betrachtete – seine naive, echte Bewunderung.

Jackie hatte ihm erzählt, sie sei wunderbar, und er fand sie ganz offensichtlich wunderbar.

Ein warmes, angenehmes Gefühl des Berauschtseins durchrieselte sie. »Wie nett, daß ihr hier seid«, sagte sie, »kommen Sie herein, Simon, damit ich meinen neuen Gutsverwalter würdig empfangen kann.«

Sie wandte sich um, und während sie ihnen voranging, dachte sie: Ich bin glücklich, unbeschreiblich glücklich, ich mag Jackies jungen Mann! Ich mag ihn ganz besonders. Und dann mit einem plötzlichen Stich im Herzen: Glückliche Jackie . . .


Tim Allerton lehnte sich in seinem Korbstuhl zurück und gähnte, während er auf das offene Meer hinaus starrte. Er warf einen kurzen Seitenblick auf seine Mutter.

Mrs. Allerton war eine guterhaltene grauhaarige Frau von fünfzig Jahren. Jedesmal, wenn sie ihren Sohn ansah, preßte sie ihre Lippen streng zusammen in dem vergeblichen Versuch, ihre übergroße Liebe zu ihm zu verbergen. Sogar völlig Fremde fielen nur selten auf diesen Trick herein, und Tim selbst ganz gewiß nicht.

Er sagte: »Gefällt dir Mallorca wirklich, Mutter?«

»Es ist ein wenig vulgär«, gab Mrs. Allerton zu.

»Und kalt«, ergänzte Tim leicht fröstelnd.

Er war ein großer, magerer junger Mann mit dunklem Haar und eher schmalbrüstig. Seine Lippen waren hübsch geschwungen, seine Augen traurig, seine Kinnpartie war ein wenig unbetont. Er hatte lange, zartgliedrige Hände.

Vor Jahren war er tuberkulosegefährdet gewesen und hatte daher nie eine sehr robuste Gesundheit besessen. Offiziell hieß es, er sei Schriftsteller, doch seine Freunde wußten, daß Erkundigungen nach seiner literarischen Produktion nicht erwünscht waren.

»An was denkst du, Tim?« Mrs. Allerton war auf der Hut; ihre dunkelbraunen Augen blickten ihn argwöhnisch an.

»Ich dachte an Ägypten«, erwiderte Tim grinsend.

»Ägypten?«

»Dort ist es wirklich warm Mutter. Warmer goldener Sand. Der Nil. Ich würde gerne den Nil hinauffahren, du nicht?«

»O ja, nur zu gern, aber Ägypten ist teuer!« Ihr Tonfall war schroff. »Ägypten ist kein Land für Leute, die genau rechnen müssen.«

Tim lachte. Er stand auf und streckte sich. Er sah plötzlich munter und unternehmungslustig aus. Seine Stimme hatte einen erregten Unterton. »Das Finanzielle laß meine Sorge sein, Mutter. Ich habe ein wenig an der Börse spekuliert, mit recht zufriedenstellenden Resultaten. Ich habe es gerade heute früh erfahren.«

»Heute früh?« sagte Mrs. Allerton scharf. »Du hast doch nur einen einzigen Brief bekommen, und der war . . .« Sie brach ab und biß sich auf die Lippen.

»Und der war von Joanna«, beendete er kühl ihren Satz. »Du hast völlig recht, Mutter. Du würdest einen Meisterdetektiv abgeben; ich bin sicher, sogar Hercule Poirot müßte sich vor dir verstecken.«

Mrs. Allerton sagte ein wenig geniert: »Ich habe zufällig die Handschrift gesehen . . .«

»Und du wußtest sofort, daß sie nicht die eines Börsenmaklers ist? Wie recht du hattest! Es war übrigens schon gestern, daß ich von meinem Börsenmakler hörte. Die Handschrift der guten Joanna ist tatsächlich schwer zu übersehen, ihre Kritzel verteilen sich über den ganzen Umschlag wie betrunkene Spinnen.«

»Was schreibt Joanna? Irgendwelche Neuigkeiten?«

Mrs. Allerton versuchte so beiläufig zu sprechen wie möglich. Die Freundschaft zwischen ihrem Sohn und seiner Kusine zweiten Grades irritierte sie. Nicht etwa, daß irgend etwas dran war, wie sie es für sich selbst formulierte. Nein, das bestimmt nicht. Tim hatte nie irgendwelche romantischen Gefühle für Joanna gehegt und sie nicht für ihn. Was die beiden verband, war wohl mehr die Vorliebe für Klatsch und der große, gemeinsame Freundes- und Bekanntenkreis. Beide mochten Menschen, und beide redeten gern über Menschen. Joanna war amüsant, hatte aber eine scharfe Zunge.

Es war nicht die Sorge, Tim könne sich in Joanna verlieben, die Mrs. Allerton immer ein wenig steif werden ließ, wenn Joanna anwesend war oder ein Brief von ihr kam. Es war ein anderes, schwer zu beschreibendes Gefühl – vielleicht eine uneingestandene Eifersucht auf das Vergnügen, das Tim ganz offensichtlich in Joannas Gegenwart empfand. Sie und ihr Sohn waren so vollkommen aufeinander eingestellt, daß der Anblick einer anderen Frau, an der Tim interessiert war, immer etwas Beunruhigendes für Mrs. Allerton hatte. Und dann fürchtete sie auch, daß ihre Gegenwart bei diesen Zusammenkünften hemmend auf die beiden wirkte, die einer jüngeren Generation angehörten. Nur zu oft, wenn sie in ein angeregtes Gespräch hineingeplatzt war, hatte die Unterhaltung gestockt, und dann hatten Joanna und Tim sie zu betont, wie ihr schien, ins Gespräch einbezogen, als täten sie es nur aus Pflichtgefühl. Nein, Mrs. Allerton hatte für Joanna Southwood nur wenig Sympathie. Sie fand sie unaufrichtig, affektiert und oberflächlich, und es fiel ihr schwer, die scharfe Kritik, die ihr oft auf der Zunge lag, zu unterdrücken.

Als Antwort auf ihre Frage zog Tim Joannas Brief aus der Tasche und überflog ihn. Es war ein recht langer Brief, stellte seine Mutter fest. »Nein, keine besonderen Neuigkeiten«, sagte er. »Die Devenishes lassen sich scheiden. Den alten Monty haben sie betrunken am Steuer erwischt. Windlesham ist nach Kanada gefahren, anscheinend hat es ihn hart getroffen, daß Linna Ridgeway ihn hat fallenlassen. Sie heiratet diesen komischen Gutsverwalter.«

»Wie merkwürdig! Ist er sehr unpassend?«

»Aber nein, überhaupt nicht. Einer von den Doyles aus Devonshire. Natürlich hat er kein Geld – *und* er war mit Linnas bester Freundin verlobt. Ein wenig kompliziert, das Ganze.«

»Ich finde es höchst ungehörig«, erwiderte Mrs. Allerton empört.

»Ich weiß, Mutter«, sagte Tim liebevoll lächelnd, »daß du es nicht schätzt, wenn sich Frauen mit den Ehemännern ihrer Freundinnen einlassen und dergleichen mehr.«

»In meiner Jugend hatte man noch Anstandsgefühl«, meinte Mrs. Allerton. »Und das war gut so. Heutzutage scheinen die jungen Leute zu denken, sie könnten alles tun, was ihnen gerade durch den Kopf geht.«

Tim lächelte wieder. »Sie denken es nicht nur, sie tun es auch. Siehe Linna Ridgeway!«

»Nun, ich finde es abscheulich.«

Tim blinzelte verschwörerisch. »Sei nicht so aufgebracht, liebe, konservative Mama. Vielleicht stimme ich dir sogar zu. Jedenfalls habe *ich* bisher weder der Frau noch der Braut eines anderen den Hof gemacht.«

»Und ich bin überzeugt, du würdest so etwas auch nie tun«, sagte Mrs. Allerton und fügte mit Elan hinzu: »Ich habe dich schließlich gut erzogen.«

»Es ist also dein Verdienst und nicht meines.«

Er blickte sie neckend an, während er den Brief wieder zusammenfaltete und in die Tasche schob. Mrs. Allerton durchzuckte ein Gedanke: Die meisten Briefe zeigt er mir, aber aus Joannas Briefen liest er mir nur kurze Stücke vor. Doch sie verwarf ihn sogleich als ihrer unwürdig und beschloß, sich wie eine Dame zu benehmen, die sie auch war. »Genießt Joanna ihr Leben?«

»Nicht übermäßig. Sie geht mit dem Gedanken um, einen Delikatessenladen in Mayfair zu eröffnen.«

»Sie redet ständig davon, wie wenig Geld sie hat«, sagte Mrs. Allerton, nicht ohne eine gewisse Boshaftigkeit, »und doch gibt es kein gesellschaftliches Ereignis, wo sie nicht dabei ist. Ihre Kleider müssen eine Menge Geld kosten. Sie ist immer sehr gut angezogen.«

»Ach, vermutlich bezahlt sie sie nicht«, erwiderte Tim. »Nein, Mutter, ich meine nicht das, was deine konservative Erziehung dir suggeriert. Ich meine einfach, daß sie die Rechnungen nicht bezahlt.«

»Ich werde nie verstehen, wie Menschen es fertigbringen, so was zu tun«, erklärte Mrs. Allerton seufzend.

»Es ist ein besonderes Talent«, sagte Tim. »Wenn dein Geschmack genügend extravagant ist und dir der Sinn für Geld völlig abgeht, dann geben dir die Leute unbegrenzten Kredit.«

»Und zum Schluß muß man einen Offenbarungseid leisten wie der arme Sir George Wode.«

»Du hast eine kleine Schwäche für den alten Pferdehändler. Vermutlich, weil er dich im Jahre achtzehnhundertsiebenundneunzig bei einem Ball ›meine Rosenknospe‹ genannt hat.«

»Im Jahre achtzehnhundertsiebenundneunzig war ich nicht einmal geboren«, sagte Mrs. Allerton lachend. »Sir George hat einfach sehr gute Manieren, und an deiner Stelle würde ich ihn nicht ein zweites Mal einen Pferdehändler nennen.«

»Ich habe recht eigenartige Geschichten über ihn gehört von Leuten, die es wissen müssen.«

»Du und Joanna, euch ist ganz egal, was ihr über Leute sagt, solange es nur genügend bösartig ist.«

»Aber meine Liebe«, sagte Tim mit hochgezogenen Augenbrauen, »du redest dich ja richtig in Zorn. Ich wußte gar nicht, daß der alte Wode bei dir so hoch im Kurs steht.«

»Du begreifst einfach nicht, wie schwer es ihm gefallen ist, *Wode Hall* zu verkaufen. Er hing mit allen Fasern seines Herzens an dem Besitz.«

Tim verbiß sich die naheliegende Antwort, schließlich stand es ihm nicht zu, Urteile zu fällen. Statt dessen sagte er nachdenklich: »Ja, da hast du vermutlich nicht ganz unrecht. Linna hat ihn eingeladen, sich anzusehen, was sie aus dem Haus gemacht hat, aber er hat abgelehnt.«

»Natürlich hat er abgelehnt. Die Einladung war äußerst taktlos von ihr.«

»Ich habe gehört, daß er sie nicht ausstehen kann. Wann immer er ihr begegnet, murmelt er irgend etwas Gehässiges vor sich hin. Vermutlich kann er ihr nicht verzeihen, daß sie ihm seinen wurmstichigen Familiensitz zum absoluten Höchstpreis abgekauft hat.«

»Und das kannst du nicht verstehen?« fragte Mrs. Allerton scharf.

»Offen gesagt: nein«, antwortete Tim ruhig. »Was nützt es, in der Vergangenheit zu leben? Warum sich an Dinge klammern, die gewesen sind?«

»Und was setzt du an ihre Stelle?«

Er zuckte die Achseln. »Abenteuer, etwas Neues. Die Freude, daß man nicht weiß, was morgen sein wird. Das Vergnügen, selbst Geld zu machen, durch eigene Verdienste und Talente, statt an einem nutzlosen ererbten Stück Land zu hängen.«

»Eine erfolgreiche Börsenspekulation, genauer gesagt.«

Er lachte. »Ja, warum nicht?«

»Und die Verluste beim Spekulieren?«

»Oh, das war eine nicht sehr taktvolle und im Augenblick völlig unzutreffende Bemerkung. Was viel interessanter ist: Wann fahren wir nach Ägypten?«

»Was schlägst du vor?«

»Nächsten Monat. Januar ist dort die beste Zeit. Wir können also noch ein paar Wochen länger die anregende Gesellschaft der andern Hotelgäste genießen.«

»Aber Tim«, sagte Mrs. Allerton vorwurfsvoll, dann fügte sie etwas schuldbewußt hinzu: »Ich habe übrigens Mrs. Leech versprochen, du würdest mit ihr zur Polizei gehen. Sie spricht kein Wort Spanisch.«

Tim machte eine Grimasse. »Wegen ihres Rings? Der blutrote Rubin aus dem Leecher Familienbesitz? Behauptet sie immer noch, er sei ihr gestohlen worden? Ich begleite sie, wenn du willst, doch es ist reine Zeitvergeudung. Sie bringt nur irgendein unglückliches Zimmermädchen in Schwierigkeiten. Ich habe ihn deutlich an ihrem Finger gesehen, als sie an dem Tag zum Baden ins Meer ging. Er ist ihr im Wasser vom Finger gerutscht, ohne daß sie es gemerkt hat.«

»Sie sagt, sie sei ganz sicher, sie habe ihn abgezogen und auf den Toilettentisch gelegt.«

»Nun, sie irrt. Ich habe es mit meinen eigenen Augen gesehen. Die Frau ist eine Närrin. Eine Frau, die im Dezember im Meer badet und behauptet, das Wasser sei warm, nur weil die Sonne gerade mal scheint, muß eine Närrin sein. Und dicken Weibern sollte man sowieso das Schwimmen verbieten, sie sehen im Badeanzug zu abschreckend aus.«

Mrs. Allerton murmelte: »Ich sollte das Baden eigentlich auch aufgeben.«

»Du?« rief Tim laut lachend. »Du stichst noch jedes junge Mädchen aus.«

Mrs. Allerton seufzte. »Ich wünschte«, sagte sie, »daß es ein wenig mehr Jugend für dich hier gäbe.«

»Ich nicht«, erwiderte Tim kopfschüttelnd. »Wir brauchen keine Anregung von außen.«

»Würde es dir gefallen, wenn Joanna hier wäre?«

»Nein.« Sein Tonfall war unerwartet entschieden. »Du mißverstehst das Ganze. Joanna amüsiert mich, aber im Grunde genommen mag ich sie nicht, und wenn ich sie zu häufig um mich habe, geht sie mir auf die Nerven. Ich bin froh, daß sie nicht hier ist. Es würde mir nichts ausmachen, wenn ich sie nie wiedersehen würde. Es gibt nur eine Frau auf der Welt«, fügte er fast tonlos hinzu, »für die ich wirklich ehrlichen Respekt und Bewunderung empfinde, und ich glaube, Mrs. Allerton, Sie wissen, wer diese Frau ist.«

Seine Mutter errötete und sah verlegen aus.

Tim sagte ernsthaft: »Es gibt nicht viele wirklich nette Frauen auf der Welt, aber du bist zufällig eine von ihnen.«

In einer Wohnung in New York mit Blick auf den Central Park rief Mrs. Robson aus: »Nein, was für eine reizende Idee, du bist wirklich ein beneidenswertes Mädchen, Cornelia!«

Cornelia Robson errötete. Sie war ein großes, plumpes Geschöpf mit braunen Hundeaugen. »Ich finde es einfach wundervoll«, sagte sie atemlos. »Ich habe immer von einer Reise nach Europa geträumt, aber nie wirklich geglaubt, daß der Traum wahr wird.«

Die alte Miss van Schuyler nahm diese begeisterte Reaktion ihrer armen Verwandten mit einem wohlwollenden Kopfnicken zur Kenntnis. »Miss Bowers«, sagte sie, »wird mich natürlich wie immer begleiten, doch als Gesellschafterin ist sie völlig ungeeignet. Es gibt so viele kleine Dinge, die Cornelia für mich tun kann.«

»Du weißt, ich tue alles für dich, Kusine Marie«, sagte Cornelia voller Eifer.

»Nun, das wäre also abgemacht«, erklärte Miss van Schuyler, »und

jetzt geh und sag Miss Bowers, daß es Zeit ist für mein Ei mit Milch.«
Cornelia verließ das Zimmer, und ihre Mutter sagte: »Meine liebe
Marie, ich bin dir wirklich mehr als dankbar, besonders, da ich den
Eindruck habe, daß Cornelia sehr darunter leidet, so gar keinen
gesellschaftlichen Kontakt zu haben. Sie fühlt sich dadurch irgend-
wie gedemütigt. Wenn ich es mir nur erlauben könnte, ein wenig mit
ihr zu reisen – aber du kennst ja meine finanzielle Lage seit Neds
Tod.«
»Ich nehme sie wirklich gern mit«, erklärte Miss van Schuyler,
»Cornelia ist ein nettes, zuvorkommendes Mädchen, immer bereit,
einem unbequeme Dinge abzunehmen, und vor allem ist sie nicht so
egoistisch wie die meisten jungen Leute.«
»Ich bin dir wirklich unendlich dankbar«, sagte Mrs. Robson, stand
auf und küßte die faltige, leicht gelbliche Wange ihrer reichen
Verwandten. Auf der Treppe begegnete sie einer großen, tüchtig
wirkenden Person, die ein Glas trug mit einer schaumiggelben
Flüssigkeit.
»Ich höre, Sie fahren nach Europa, Miss Bowers?«
»Ja, und ich freue mich schon sehr darauf.«
»Es ist aber nicht Ihre erste Reise zum alten Kontinent, nicht wahr?«
»O nein, Mrs. Robson, letzten Herbst habe ich Miss van Schuyler
nach Paris begleitet, aber in Ägypten war ich noch nie.«
Mrs. Robson zögerte, dann sagte sie mit gedämpfter Stimme: »Ich
hoffe – es gibt – keine Schwierigkeiten.«
Miss Bowers antwortete in ihrem normalen Tonfall: »Aber nein, Mrs.
Robson, dafür werde ich schon sorgen. Ich werde wie immer die
Augen offenhalten.«
Trotzdem lag ein Schatten von Unruhe auf Mrs. Robsons Gesicht, als
sie langsam die restlichen Stufen hinabstieg.

In seinem Büro im Geschäftsviertel von New York war Mr. Andrew
Pennington damit beschäftigt, seine Privatkorrespondenz zu öffnen.
Plötzlich ballte sich seine Hand zur Faust und schlug auf die
Schreibtischplatte; sein Gesicht rötete sich, und zwei Adern schwol-
len auf seiner Stirn an. Er drückte auf den Summer, der auf seinem
Schreibtisch stand, und eine hübsche Bürokraft erschien mit lobens-
werter Schnelligkeit.
»Sagen Sie Mr. Rockford, er möchte hereinkommen.«
»Ja, Mr. Pennington.«
Einige Minuten später betrat Sterndale Rockford, Penningtons Part-

ner, das Büro. Zwischen beiden Männern bestand eine gewisse Ähnlichkeit – beide waren groß und mager und hatten angegrautes Haar und glattrasierte, kluge Gesichter.

»Was gibt's, Pennington?«

Pennington sah von dem Brief hoch, den er zum zweiten Mal las.

»Linna hat geheiratet.«

»Was?«

»Nun, Sie haben gehört, was ich gesagt habe. Linna hat *geheiratet*!«

»Wie? Wann? Warum haben wir nichts davon erfahren?«

Pennington starrte auf den Kalender auf seinem Schreibtisch. »Sie war noch nicht verheiratet, als sie diesen Brief schrieb, aber inzwischen ist sie es. Am vierten, morgens, soll die Hochzeit stattfinden. Und heute haben wir den vierten.«

Rockford ließ sich in einen Stuhl fallen. »Wer hätte das gedacht! Ohne Vorwarnung, einfach aus heiterem Himmel! Wie heißt ihr Mann?«

»Doyle, Simon Doyle«, sagte Pennington, nachdem er einen Blick auf den Brief geworfen hatte.

»Und was für eine Sorte Mann ist er? Haben Sie je von ihm gehört?«

»Nein. Und sie sagt nicht viel . . .« Er überflog wieder die Zeilen, die in einer klaren, steilen Handschrift geschrieben waren. »Aber mir scheint, irgendwas stimmt an der Sache nicht! Nun, das läßt sich jetzt nicht mehr ändern. Sie ist verheiratet, das ist der springende Punkt.«

Die beiden Männer sahen sich an, und Rockford nickte. »Ja«, sagte er bedächtig, »das wird uns einiges Nachdenken kosten.« Beide schwiegen eine Weile lang, dann fragte Rockford: »Haben Sie einen Plan?«

»Die *Normandie* sticht heute in See, einer von uns könnte es vielleicht noch schaffen.«

»Sind Sie verrückt, Pennington, was soll das heißen?«

»Diese englischen Anwälte . . .«, fing Pennington an, sprach aber nicht weiter.

»Ja, und was ist mit ihnen? Sie wollen doch nicht etwa hinüberfahren und sich mit denen anlegen? Das wäre der schiere Wahnsinn!«

»Nein, sicher nicht, ich habe auch nie an England als Reiseziel gedacht.« Pennington glättete den Brief auf seinem Schreibtisch. »Linna macht ihre Hochzeitsreise nach Ägypten. Sie will dort einen Monat, vielleicht länger, bleiben . . .«

»Hm, Ägypten«, murmelte Rockford nachdenklich, dann hob er den Kopf und blickte seinen Partner an. »Ägypten, das also ist Ihr Plan!«

25

»Ja . . . ein zufälliges Zusammentreffen . . . Firmengeschäfte in Ägypten . . . Linna und ihr Mann auf der Hochzeitsreise . . . beide in Hochstimmung . . . doch, es könnte klappen . . .«

»Linna ist klug . . .«, gab Rockford zu bedenken.

Pennington sagte gedehnt: »Ich glaube, ich sehe eine Möglichkeit, wie man es . . . arrangieren könnte.«

Rockford nickte, und wieder trafen sich die Blicke der beiden Männer.

»Wir müssen alles genau vorbereiten«, sagte Pennington mit einem Blick auf die Uhr. »Wer von uns beiden fährt?«

»Sie fahren«, sagte Rockford prompt. »Sie waren immer ein großer Erfolg bei Linna, der gute Onkel Andrew! Linna hängt an Ihnen.«

Penningtons Züge verhärteten sich. »Hoffentlich gelingt's mir.«

»Es muß gelingen«, sagte sein Partner, »die Lage ist kritisch . . .«


William Carmichael sagte zu dem dünnen, schlaksigen jungen Mann, der in fragender Haltung in der Tür stand: »Bitten Sie Mr. Jim, herzukommen.«

Kurz darauf betrat Jim Fanthorp den Raum und sah seinen Onkel fragend an. Der ältere Mann hob den Kopf, nickte kurz und gab einen Grunzlaut von sich. »Hm, da bist du ja. Hier, schau dir das an.«

Der junge Mann setzte sich und griff nach dem Briefbogen. Der ältere beobachtete ihn. »Nun?«

Die Antwort kam prompt: »Die Sache gefällt mir nicht.«

Der Seniorchef von Carmichael, Grant Carmichael, stieß wieder einen seiner typischen Grunzlaute aus.

Jim Fanthorp las den Brief, der am Morgen per Luftpost aus Ägypten eingetroffen war:

. . . Es scheint fast sündhaft an einem schönen Tag wie diesem, einen Geschäftsbrief zu schreiben. Wir haben eine Woche lang im *Mena House* gewohnt und einen Ausflug nach Fayum unternommen. Übermorgen fahren wir den Nil hinauf nach Luxor und Assuan und vielleicht weiter nach Khartum. Als wir heute früh zu Cooks gingen, um uns nach unseren Billetts zu erkundigen, wen, meinen Sie, trafen wir dort? Meinen amerikanischen Vermögensverwalter Andrew Pennington! Soweit ich mich erinnere, haben Sie ihn vor zwei Jahren, als er in England war, kennengelernt. Ich hatte keine Ahnung, daß er in Ägypten ist, und er hatte keine Ahnung, daß ich hier bin! Oder daß ich geheiratet habe. Mein Brief, in dem ich es ihm mitteilte, muß nach seiner Abreise angekommen sein. Er nimmt an der gleichen Dampferfahrt teil wie wir. Ist das nicht ein merkwürdiger Zufall? Ich danke Ihnen für alles, was Sie für mich getan haben . . .

Als der junge Mann die Seite umblättern wollte, nahm ihm Mr. Carmichael den Brief aus der Hand. »Das genügt«, sagte er. »Der Rest ist unwichtig. Nun, was meinst du dazu?«
Sein Neffe dachte einen Augenblick lang nach, denn erwiderte er: »Ich glaube nicht an den Zufall.«
Der ältere Mann nickte anerkennend: »Willst du nach Ägypten fahren?« fragte er barsch.
»Hältst du das für angebracht?«
»Ja! Und so bald wie möglich.«
»Und warum ich?«
»Streng deinen Kopf an, mein Junge. Denk ein wenig nach! Linna Ridgeway hat dich nie gesehen und auch Pennington nicht. Wenn du ein Flugzeug nimmst, kommst du vielleicht noch zur rechten Zeit.«
»Ich – mir gefällt das Ganze nicht. Was soll ich in Ägypten tun?«
»Mach Augen und Ohren auf! Benütz deinen Verstand, so du einen hast. Und – handle!«
»Ist es wirklich notwendig?«
»Unerläßlich«, erklärte Mr. Carmichael, »nach meiner Meinung ist es von lebenswichtiger Bedeutung.«

Mrs. Salome Otterbourne rückte den aus einheimischem Material hergestellten Turban zurecht, den sie sich um den Kopf geschlungen hatte, und sagte mürrisch: »Ich sehe nicht ein, warum wir nicht von hier nach Ägypten fahren sollten. Jerusalem wird mir allmählich langweilig.« Nachdem ihre Tochter nicht antwortete, fügte sie hinzu: »Du könntest zumindest *irgend etwas* sagen, wenn man mit dir spricht, Rosalie!«
Rosalie Otterbourne betrachtete ein Foto in der Zeitung, unter dem stand: Mrs. Linna Doyle, geborene Ridgeway, eine der gefeierten Schönheiten der Londoner Gesellschaft, befindet sich zur Zeit auf Hochzeitsreise in Ägypten. »Du würdest also gern nach Ägypten fahren, Mutter?« fragte sie.
»Ja«, antwortete ihre Mutter kurz angebunden. »Meiner Meinung nach hat man sich hier höchst undankbar benommen. Schließlich ist es eine Reklame, daß ich in diesem Hotel wohne, und dafür steht mir,

finde ich, eine Preisermäßigung zu. Ich habe es auch diskret ange-
deutet, aber man hat auf unverschämte, geradezu impertinente
Weise abgelehnt. Nun, ich habe ihnen deutlich zu verstehen gegeben, was ich von ihnen halte.«

Ihre Tochter stieß einen Seufzer aus. »Ein Ort ist wie der andere. Ich
wünschte, wir könnten gleich abfahren.«

»Und heute morgen«, fuhr Mrs. Otterbourne fort, »hatte der Hotel-
direktor doch die Frechheit, mir zu sagen, daß alle Zimmer vorbe-
stellt seien und er das unsrige in zwei Tagen brauche.«

»Das heißt, wir müssen woanders hin?«

»In keiner Weise! Ich bin durchaus bereit, auf meinem Recht zu
bestehen.«

Rosalie murmelte: »Ach, laß uns ruhig nach Ägypten fahren, was
macht es schon für einen Unterschied.«

»Sicher«, gab ihre Mutter gelassen zu, »es ist keine Frage auf Leben
und Tod.«

Doch damit sollte sie unrecht behalten – es war eine Frage auf Leben
und Tod.


2


»Das ist Hercule Poirot, der Privatdetektiv«, sagte Mrs. Allerton.
Sie und ihr Sohn saßen in zwei hochrot gestrichenen Korbsesseln vor
dem *Cataract-Hotel* in Assuan. Sie beobachteten zwei sich entfer-
nende Gestalten: einen kleinen Mann in einem weißen Anzug und
ein großes, schlankes Mädchen.

Tim Allerton richtete sich lebhaft interessiert im Stuhl auf. »Dieser
komische Knirps?« fragte er ungläubig. »Was, zum Teufel, will er
hier?«

Seine Mutter lachte. »Mein Lieber, du klingst direkt aufgeregt.
Warum sind Männer immer so fasziniert von Verbrechen? Ich hasse
Kriminalromane und lese sie auch nie. Aber ich glaube nicht, daß
Monsieur Poirot aus einem bestimmten Grund hier ist. Er hat eine
Menge Geld verdient, und nun sieht er sich ein wenig die Welt an,
wie ich höre.«

»Die Welt und die Mädchen! Jedenfalls hat er sich die hübscheste
von allen, die es hier gibt, ausgesucht.«

Das Mädchen überragte ihren Begleiter fast um Hauteslänge. Sie hatte einen eleganten Gang, weder zu steif noch zu lässig. »Ja«, sagte Mrs. Allerton, »ja, sie ist tatsächlich recht hübsch.« Sie warf einen kurzen Seitenblick auf Tim, und zu ihrer Erheiterung biß er sofort auf den Köder an.

»Sie ist mehr als recht hübsch. Schade, daß sie ein so mißmutiges und verdrossenes Gesicht macht.«

»Vielleicht ist ihr der Ausdruck angeboren.«

»Eine unangenehme junge Person nach meiner Meinung, aber hübsch.«

Rosalie Otterbourne, über die diese Bemerkung gemacht wurde, schritt langsam neben Monsieur Poirot her. Sie drehte einen geschlossenen Sonnenschirm in der Hand, und ihr Ausdruck gab Tims Beschreibung recht. Sie sah mißgelaunt aus; ihre gerunzelte Stirn bildete eine tiefe Furche, die rote Linie ihrer Lippen verlief nach unten.

Sie gingen durch das Gartentor des Hotels und betraten den kühlen, schattigen Park. Hercule Poirot sprach in einem freundlichen, plaudernden Tonfall, seine Miene war heiter und gütig. Er trug einen rohseidenen, sorgfältig gebügelten Anzug und einen Panamahut, in der Hand hielt er einen reich verzierten Fliegenwedel mit einem imitierten Bernsteingriff.

». . . einfach entzückend«, sagte er, »diese schwarzen Felsen von Elefantine und die Sonne und die kleinen Boote auf dem Fluß. Das Leben ist doch sehr lebenswert.« Er hielt inne und fuhr fort: »Oder sind Sie nicht meiner Meinung, Mademoiselle?«

Rosalie Otterbourne sagte schroff: »Vermutlich haben Sie recht, aber ich finde, Assuan ist ein ziemlich trostloser Ort. Die Hotels sind leer, und jeder scheint mehr als hundert Jahre alt . . .« Sie stockte und biß sich auf die Lippen.

Hercule Poirot lächelte. »Wie wahr«, erwiderte er, »auch ich stehe schon mit einem Fuß im Grab.«

»Ich – ich habe nicht Sie gemeint«, sagte Rosalie verlegen. »Es tut mir leid, ich wollte Sie nicht verletzen.«

»Aber ich bitte Sie, es ist doch nur natürlich, daß Sie sich nach der Gesellschaft Gleichaltriger sehnen. Nun, *einen* jungen Mann gibt es hier zumindest.«

»Ach, der, der immer mit seiner Mutter zusammenhockt. *Sie* gefällt mir, aber er . . . Ich finde, er sieht unsympathisch aus, so ungemein selbstgefällig.«

»Finden Sie mich auch selbstgefällig?« fragte Poirot lächelnd.

»O nein, durchaus nicht«, antwortete sie, offensichtlich uninteressiert. Doch dies schien Poirot nicht weiter zu stören. Er sagte in einem zufriedenen Tonfall: »Meine besten Freunde halten mich für selbstgefällig.«

»Vermutlich haben Sie allen Grund, es zu sein«, sagte Rosalie achselzuckend. »Leider interessiere ich mich überhaupt nicht für Verbrechen.«

Poirot entgegnete ernsthaft: »Es freut mich zu hören, daß Sie keine Geheimnisse zu verbergen haben.« Sie warf ihm einen kurzen, fragenden Blick zu, und in dieser Sekunde schien die mürrische Maske von ihrem Gesicht abzufallen. Poirot tat, als merke er es nicht, und fuhr fort: »Ihre Frau Mutter ist heute nicht zum Mittagessen erschienen, fühlte sie sich nicht wohl?«

»Dieser Ort ist nichts für sie«, sagte Rosalie kurz angebunden. »Je eher wir abfahren, desto besser.«

»Sie nehmen doch auch an dem Ausflug nach Wadi Halfa und zum zweiten Nilkatarakt teil?«

»Ja.«

Sie verließen den schattigen Park und erreichten eine staubige Straße, die am Fluß entlangführte. Fünf aufdringliche Glasperlenhausierer, zwei Postkartenverkäufer, drei Händler mit Gipsskarabäen, ein paar Jungen mit Eseln und eine Handvoll herumlungernder Kinder stürzten sich hoffnungsvoll auf sie.

»Glasperlen, Herr? Sehr gut, sehr billig. Skarabäen, Herr? Bringen Glück. Wollen reiten Esel, Herr? Sehr guter Esel . . .«

Hercule Poirot machte einige vage Gesten, um diesen menschlichen Fliegenschwarm zu verscheuchen. Rosalie ging mit starrem Blick geradeaus wie eine Schlafwandlerin. »Am besten, man tut, als sei man blind und taub«, sagte sie.

Die bettelnden Kinder liefen neben ihnen her und murmelten kläglich: »Bakschisch, Bakschisch . . .« Ihre bunten Lumpen umflatterten sie pittoresk, ihre Augenlider waren von zahllosen Fliegen bedeckt. Sie waren die beharrlichsten von allen. Die Straßenhändler hatten sich an der nächsten Ecke bereits zu einem Angriff auf neue Opfer versammelt. Schließlich gaben auch die Kinder auf, und Poirot und Rosalie wurden nur noch von den Ladenbesitzern bedrängt, die mit leisen, einschmeichelnden Stimmen versuchten, sie anzulocken.

»Kommen Sie herein, Herr, wollen Krokodil aus Elfenbein? Sie waren nicht in mein Laden, Herr, ich zeigen Sie schöne Sachen . . .«

Sie betraten den fünften Laden, und Rosalie gab ihre Filmrollen ab –

der Anlaß des Spaziergangs.

Dann traten sie wieder ins Freie und gingen zum Flußufer. Einer der Nildampfer legte gerade an. Poirot und Rosalie betrachteten die Passagiere voller Interesse.

»Ziemlich viel Menschen«, bemerkte Rosalie.

Sie wandte den Kopf um, als Tim Allerton sich ihnen zugesellte. Er atmete hastig, als sei er schnell gelaufen.

Sie standen ein, zwei Minuten schweigend nebeneinander, dann sagte Tim mit einem geringschätzigen Blick auf die aussteigenden Passagiere: »Vermutlich langweilige Leute wie immer.«

»Ja, das nehme ich auch an«, stimmte Rosalie ihm zu.

Alle drei trugen diesen hochmütigen Ausdruck zur Schau, der Menschen eigen ist, die schon länger an einem Ort weilen und Neuankömmlinge mustern.

»He!« rief Tim plötzlich aufgeregt. »Wenn mich nicht alles täuscht, ist das Linna Ridgeway.«

Poirot schien von dieser Information wenig beeindruckt, während Rosalie sich mit sichtlichem Interesse vorbeugte. Ihre schlechte Laune war plötzlich wie fortgewischt. »Wo? Die dort in Weiß?«

»Ja, in Begleitung des großen Mannes. Sie gehen gerade von Bord. Vermutlich ist er ihr Ehemann, sie haben erst kürzlich geheiratet. Mir fällt im Augenblick der Name nicht ein.«

»Doyle«, sagte Rosalie. »Simon Doyle. Es stand in sämtlichen Zeitungen. Sie schwimmt buchstäblich im Geld, nicht wahr?«

»Wohl eine der reichsten Frauen Englands«, sagte Tim fröhlich.

Die drei Zuschauer beobachteten schweigend die an Land gehenden Passagiere. Auch Poirots Blick ruhte jetzt voll Neugierde auf der schlanken Gestalt, die den Anlaß zu Tims Bemerkungen gegeben hatte. »Sie ist schön«, murmelte er.

»Manche haben einfach alles«, sagte Rosalie bitter.

Ihr Gesicht trug einen seltsamen, mißgünstigen Ausdruck, während ihre Augen der Frau folgten, die die Laufplanke herunterkam.

Linna Doyles Aufmachung war von einer so makellosen Eleganz, als sei sie im Begriff, die Szene einer Revue zu betreten. Sie besaß eine gewisse unnachahmliche Selbstsicherheit, wie berühmte Schauspielerinnen sie haben. Sie bemerkte die neugierigen Blicke, die sie auf sich zog, und gleichzeitig bemerkte sie sie nicht. Huldigungen dieser Art war sie zeit ihres Lebens gewöhnt.

Sie spielte eine Rolle, obgleich unbewußt. Sie spielte die Rolle der reichen, schönen, jungen Frau aus der Gesellschaft, die sich auf

31

Hochzeitsreise befand. Sie wandte sich mit einem Lächeln an den großen Mann an ihrer Seite und sagte irgend etwas. Er antwortete. Hercule Poirot horchte auf den Klang seiner Stimme und zog nachdenklich die Brauen zusammen.

Das Paar ging dicht an ihm vorbei. Er hörte Simon Doyle sagen: »Wir werden versuchen, Zeit dafür zu finden, Liebling. Wir können ohne weiteres ein oder zwei Wochen bleiben.«

Sein ihr zugewandtes Gesicht hatte einen verlangenden, bewundernden, fast demütigen Ausdruck.

Poirot musterte ihn ausgiebig – die breiten Schultern, das gebräunte Gesicht, die dunklen blauen Augen, die fast kindliche Einfalt seines Lächelns.

»Glückspilz«, sagte Tim, als sie vorbeigegangen waren. »Eine reiche Erbin zu finden, die weder fett noch plattfüßig ist.«

»Sie sehen richtig glücklich aus«, sagte Rosalie nicht ohne einen gewissen neidischen Unterton. Und dann fügte sie unvermittelt hinzu, aber so leise, daß Tim die Worte nicht verstand: »Irgendwie ist es ungerecht.«

Aber Poirot hatte sie gehört. Er runzelte leicht verwundert die Stirn und sah sie eine Sekunde lang prüfend an.

Tim sagte: »Ich muß jetzt das Zeug für Mutter abholen.« Er hob abschiednehmend die Hand; Poirot und Rosalie gingen langsam zum Hotel zurück, wobei sie sich erneut der Händler und Eseltreiber erwehren mußten.

»Sie finden es also irgendwie ungerecht, Mademoiselle«, sagte Poirot.

»Ich weiß nicht, wovon Sie sprechen«, sagte Rosalie, vor Ärger errötend.

»Ich wiederhole nur, was Sie leise vor sich hingemurmelt haben. Das ist alles.«

Rosalie zuckte die Achseln. »Ich finde, sie hat zuviel von allem – Geld, Schönheit, eine fabelhafte Figur und . . .« Sie hielt inne.

»Und Liebe«, vollendete Poirot den Satz. »Nicht wahr? Und Liebe! Aber wer weiß, vielleicht wurde sie ihres Geldes wegen geheiratet!«

»Haben Sie nicht bemerkt, wie er sie ansah?«

»O doch, Mademoiselle, ich habe alles gesehen, was es zu sehen gab. Vielleicht sogar noch etwas mehr.«

»Und das wäre?«

Poirot antwortete gedehnt: »Ich habe schwarze Schatten unter den Augen der jungen Frau gesehen. Ich habe eine Hand gesehen, die sich um den Griff eines Sonnenschirms krampfte . . .«

Rosalie starrte ihn an »Was wollen Sie damit sagen?«

»Ich will damit sagen, daß nicht alles Gold ist, was glänzt. Ich weiß, die junge Dame ist reich und schön und sie wird geliebt. Aber ich weiß auch, daß irgend etwas nicht stimmt. Und dann weiß ich noch etwas anderes.«

»Was?«

»Ich weiß«, erwiderte Poirot stirnrunzelnd, »daß ich irgendwann, irgendwo Monsieur Doyles Stimme schon einmal gehört habe. Ich wünschte nur, ich wüßte, wo.«

Doch Rosalie hörte schon nicht mehr zu. Sie war stehengeblieben und zeichnete mit der Spitze ihres Sonnenschirms Muster in den weichen Sand. Plötzlich sagte sie ungestüm: »Ich bin scheußlich, einfach scheußlich! Ich bin durch und durch gemein. Aber am liebsten würde ich ihr die Kleider herunterreißen und auf ihrem hübschen, arroganten, selbstsicheren Gesicht herumtrampeln. Ich weiß, ich bin ein eifersüchtiges Biest, aber so fühle ich nun einmal! Sie ist so unerträglich erfolgreich, ausgeglichen und selbstsicher.«

Poirot schien etwas erstaunt über diesen Ausbruch. Er nahm Rosalie am Arm und schüttelte sie sanft. »Tenez – nachdem Sie das gesagt haben, ist Ihnen wohler zumute, nicht wahr?«

»Ich hasse sie! Nie im Leben habe ich jemand so gehaßt, auf den ersten Blick.«

»Bravo!«

Rosalie sah ihn verblüfft an, dann zuckte ihr Mund, und sie lachte.

»Bien«, sagte Poirot und lachte ebenfalls.

Sie gingen im besten Einvernehmen das letzte Stück Weg ins Hotel zurück.

»Ich muß Mutter suchen«, sagte Rosalie, als sie die kühle, dämmrige Hotelhalle betraten.

Poirot durchquerte die Halle und trat auf die Terrasse, die den Nil überblickte. Die kleinen Tische waren bereits für den Nachmittagstee gedeckt, aber noch war niemand da. Er blieb einen Augenblick lang stehen und blickte über den Fluß, dann ging er die Treppe hinunter in den Garten.

Ein paar Gäste spielten in der heißen Sonne Tennis. Er sah ihnen eine Weile zu, dann schlenderte er weiter, einen steilen Pfad hinunter. Er setzte sich auf eine Bank mit dem Blick auf den Nil. Und plötzlich sah er das Mädchen aus *Chez ma Tante*. Er erkannte sie sofort. Ihr Gesicht hatte sich an jenem Abend fest in sein Gedächtnis eingeprägt, nur daß sie jetzt traurig aussah. Auch war sie blasser und dünner, und die Linien um ihren Mund verrieten Erschöpfung und Kummer.

Sie hatte ihn nicht bemerkt, und er beobachtete sie eine Zeitlang, ohne daß sie von seiner Gegenwart etwas ahnte. Sie stampfte ein paarmal leicht mit dem Fuß auf; in ihren verdunkelten Augen glühte ein leidvoller, düsterer Triumph. Sie setzte sich auf eine Bank und starrte auf den Nil und die weißen Segel der Boote, die über das Wasser glitten.

Ein Gesicht. Eine Stimme. Er erinnerte sich wieder an beides. Das Gesicht eines Mädchens und die Stimme, die er eben vernommen hatte. Die Stimmes eines Jungverheirateten . . .

Und noch während er das Mädchen heimlich beobachtete, spielte sich die nächste Szene des Dramas ab.

Stimmen erklangen von oben. Das Mädchen auf der Bank sprang auf. Linna Doyle und ihr Mann kamen den Pfad herunter. Linnas Stimme klang heiter. Der angespannte Ausdruck und die leichte Verkrampftheit waren vollkommen verschwunden. Sie war glücklich.

Das Mädchen, das bewegungslos dagestanden war, machte ein paar Schritte auf sie zu. »Hallo, Linna«, sagte Jacqueline de Bellefort. »Du bist also auch hier! Unsere Wege scheinen sich häufig zu kreuzen. Hallo, Simon, wie geht es dir?«

Linna Doyle wich mit einem kleinen Schrei zurück; Simon Doyles gutgeschnittenes Gesicht war plötzlich wutverzerrt. Er ging auf das Mädchen zu, als wollte er ihr eine Ohrfeige versetzen. Mit einer schnellen Kopfbewegung gab sie ihm zu verstehen, daß ein Fremder anwesend war. Simon wandte sich um und bemerkte Poirot. Er sagte linkisch: »Hallo, Jacqueline, wir haben nicht erwartet, dich hier zu treffen.« Die Worte klangen höchst unglaubwürdig.

»Eine Überraschung?« sagte Jackie, dann nickte sie und ging langsam den steilen Pfad hinauf.

Poirot entfernte sich diskret in der entgegengesetzten Richtung. Im Fortgehen hörte er noch Linna Doyle sagen: »Simon – um Himmels willen! Was können wir tun?«

# 3

Das Abendessen war vorbei. Die Terrasse des *Cataract-Hotels* war dezent beleuchtet. Die Gäste saßen an kleinen Tischen.

Simon und Linna Doyle betraten die Terrasse in Begleitung eines großen, vornehm aussehenden grauhaarigen Mannes mit einem intelligenten, glattrasierten amerikanischen Gesicht. Als die kleine Gruppe eine Sekunde lang in der Tür zögerte, erhob sich Tim Allerton von seinem Stuhl und ging auf sie zu. »Sie werden sich nicht an mich erinnern«, sagte er lächelnd zu Linna, »ich bin Joanna Southwoods Vetter.«

»Mein Gott, natürlich! Sie sind Tim Allerton! Das ist mein Mann . . .« Ihre Stimme zitterte kaum merklich – aus Stolz, aus Scheu? »Und dies ist mein amerikanischer Vermögensverwalter, Mr. Pennington.«

Tim sagte: »Sie müssen meine Mutter kennenlernen.«

Einige Minuten später saßen sie alle zusammen. Linna in einer Ecke, Tim und Pennington rechts und links von ihr, beide redeten auf sie ein und wetteiferten um ihre Aufmerksamkeit. Mrs. Allerton unterhielt sich mit Simon Doyle.

Die Drehtür bewegte sich. Die elegante, aufrechte Gestalt in der Ecke zwischen den zwei Männern wurde steif, entspannte sich aber sogleich, als ein kleiner Mann heraustrat und die Terrasse überquerte.

Mrs. Allerton sagte: »Sie sind nicht die einzige Berühmtheit hier, meine Liebe. Dieser komische kleine Kauz ist Hercule Poirot.«

Es war eine leicht hingeworfene Bemerkung, mehr an den frischgebackenen Ehemann gerichtet, um eine peinliche Gesprächspause zu überbrücken, doch Linna schien unerwartet interessiert.

»Hercule Poirot? Ich habe viel von ihm gehört . . .« Dann versank sie in tiefes Nachdenken, so daß ihre beiden Nachbarn nicht recht wußten, wie sie sich verhalten sollten.

Poirot schlenderte am Rand der Terrasse entlang, als plötzlich eine weibliche Stimme rief: »Setzen Sie sich doch zu uns, Monsieur Poirot. Was für ein schöner Abend!«

Er folgte der Aufforderung. »*Merci*, Madame. Ja, es ist tatsächlich ein schöner Abend.« Er lächelte Mrs. Salome Otterbourne höflich an. Sie sah unbeschreiblich grotesk aus in ihrem drapierten schwarzen Seidengewand und dem verschlungenen Turban. Mrs. Otterbourne fuhr in dem ihr eigentümlichen schrill klagenden Tonfall fort: »Das Hotel scheint Berühmtheiten anzuziehen, finden Sie nicht auch? Ich würde mich nicht wundern, wenn in der Lokalpresse ein Artikel über uns erschiene. Ich meine, eine bekannte Gesellschaftsschönheit, eine vielgelesene Autorin . . .« Sie unterbrach sich und lachte in gespielter Bescheidenheit.

Poirot sah, wie das mürrische, stirnrunzelnde Mädchen ihm gegenüber zusammenzuckte und die Mundwinkel nach unten zog. »Sie haben gerade einen neuen Roman in Arbeit, Madame?« erkundigte er sich.

Mrs. Otterbourne brach wieder in ihr kurzes, gekünsteltes Lachen aus. »Oh, ich bin schrecklich faul gewesen. Ich muß mich wirklich ernsthaft dranmachen. Mein Verleger wird ungeduldig, er mahnt mich nicht nur brieflich, sondern hat sogar schon telegrafiert!«

Poirot bemerkte, wie ihre Tochter nervös auf ihrem Stuhl herumrutschte.

»Ihnen kann ich es ja verraten, Monsieur Poirot, ich bin hauptsächlich hier wegen des Lokalkolorits. *Schnee auf dem Gesicht der Wüste* ist nämlich der Titel meines nächsten Buchs. Eindrucksvoll, nicht wahr? Und suggestiv. Schnee – auf dem Gesicht der Wüste –, der beim ersten flammenden Atemzug der Leidenschaft schmilzt.«

Rosalie erhob sich, murmelte irgend etwas und verschwand im dunklen Garten.

»Es muß saftig sein«, sagte Mrs. Otterbourne und nickte bekräftigend mit ihrem beturbanten Kopf. »Kraftvoll und saftig, darauf kommt es an. Und das sind meine Bücher! Die Leihbüchereien weigern sich, sie zu führen. Doch das bekümmert mich nicht. Ich schreibe die Wahrheit. Ah, Sex . . . Monsieur Poirot, die Achse, um die sich die Welt dreht! Haben Sie meine Bücher gelesen?«

»Leider nicht, Madame, ich lese nur selten Romane, meine Arbeit . . .«

Mrs. Otterbourne sagte energisch: »Ich werden Ihnen *Unter dem Feigenbaum* geben. Ich bin überzeugt, Sie finden es ein bedeutendes Buch. Es ist sehr freimütig – es entspricht der *Wirklichkeit*!«

»Das ist äußerst gütig von Ihnen, Madame. Ich werde es mit größtem Vergnügen lesen.«

Mrs. Otterbourne schwieg einige Minuten und spielte nervös mit der langen Glasperlenkette, die zweifach um ihren Hals geschlungen war. Sie blickte schnell nach rechts und links. »Ich werde Ihnen das Buch gleich holen.«

»Oh, bitte, Madame, machen Sie sich keine Mühe, später . . .«

Sie erhob sich. »Es macht mir keine Mühe, ich würde Ihnen gerne eine Passage zeigen . . .«

»Was möchtest du, Mutter?« fragte Rosalie, die plötzlich wieder am Tisch stand.

»Nichts, Kind. Nur ein Buch für Monsieur Poirot.«

»*Den Feigenbaum*? Ich hol' es dir.«

»Du weißt nicht, wo es liegt. Ich gehe.«

»Doch, ich weiß es.«

Sie ging mit flinken Schritten über die Terrasse ins Hotel.

»Ich gratuliere Ihnen, Madame, zu Ihrer reizenden Tochter«, sagte Poirot mit einer kleinen Verbeugung.

»Rosalie? Ja, ja – sie ist sehr hübsch. Aber hart, Monsieur Poirot. Kein Mitleid mit ihrer kranken Mutter. Sie glaubt immer, sie wüßte alles besser. Sie bildet sich ein, mehr über meine Gesundheit zu wissen als ich selbst . . .«

Poirot winkte den vorbeigehenden Kellner heran. »Einen Likör, Madame? Chartreuse? Crème de Menthe?«

Mrs. Otterbourne schüttelte energisch den Kopf. »Nein, vielen Dank, ich trinke fast nie Alkohol. Vielleicht haben Sie bemerkt, daß ich nur Wasser trinke, höchstens mal eine Limonade. Ich hasse den Geschmack von Alkohol.«

»Darf ich Ihnen dann einen Zitronensaft bestellen, Madame?«

Er gab die Bestellung auf – einen Zitronensaft und einen Benediktiner.

Rosalie erschien in der Drehtür und kam mit dem Buch in der Hand auf sie zu. »Hier ist es«, sagte sie mit ausdrucksloser, fast zu ausdrucksloser Stimme.

»Monsieur Poirot hat gerade einen Zitronensaft für mich bestellt.«

»Und Sie, Mademoiselle, was möchten Sie trinken?«

»Nichts«, erwiderte sie schroff, fügte aber dann, sich ihrer Unhöflichkeit bewußt werdend, schnell hinzu: »Nichts, vielen Dank.«

Poirot nahm das Buch zur Hand und überflog den Klappentext, der die großartig offenherzige und realistische Beschreibung des Liebeslebens einer modernen Frau anpries. »Mutig, unkonventionell, wirklichkeitsnah«, hieß es darin. Er verbeugte sich: »Es ist mir eine große Ehre, Madame.«

Als er sich wieder aufrichtete, begegnete er dem Blick ihrer Tochter und zuckte unwillkürlich zusammen, so sehr war er erstaunt und betrübt über die unverhüllte Qual, die in ihren Augen lag.

Im gleichen Moment brachte der Kellner die Getränke. Poirot hob sein Glas: »*A votre santé*, Mademoiselle.«

Sie sahen schweigend hinunter auf die schwarzen Felsen im Nil. Das Mondlicht verlieh ihnen etwas Unheimliches; sie wirkten wie prähistorische, halb aus dem Wasser ragende Ungeheuer. Eine leichte Brise kam plötzlich auf und legte sich sofort wieder. Die Luft war erfüllt von einer vibrierenden Stille – einer seltsam gespannten Erwartung.

Hercule Poirot wandte seine Blicke wieder der Terrasse und den Hotelgästen zu. Irrte er sich, oder spürte er auch hier die gleiche, gespannte Erwartung? Es war wie der Moment im Theater, wo jeder auf den Auftritt der großen Tragödin wartet.

Genau in diesem Augenblick setzte sich die Drehtür wieder in Bewegung, aber diesmal hatte es den Anschein, als drehe sie sich mit einer gewissen Bedeutsamkeit. Die Gespräche verstummten, und alle Augen richteten sich auf die Tür.

Ein schlankes dunkelhaariges Mädchen in einem weinroten Abendkleid trat heraus. Sie blieb eine Sekunde lang stehen, dann überquerte sie ohne Eile die Terrasse und setzte sich an einen leeren Tisch. Nichts an ihr war auffallend oder extravagant, trotzdem hatte ihr Auftreten etwas unerwartet Bühnenhaftes, Dramatisches.

»Hm«, sagte Mrs. Salome Otterbourne und warf ihren beturbanten Kopf zurück. »Sie glaubt wohl, sie ist etwas Besonderes, diese junge Person.«

Poirot antwortete nicht. Er beobachtete. Das Mädchen hatte sich an einen Tisch gesetzt, von dem aus sie ungehindert zu Linna Doyle hinübersehen konnte. Dann bemerkte Poirot, daß Linna sich vorbeugte, etwas sagte, aufstand und den Platz wechselte. Sie saß jetzt mit dem Rücken zu Jackie de Bellefort. Poirot nickte nachdenklich. Ungefähr fünf Minuten später stand Jackie auf und setzte sich auf die gegenüberliegende Seite der Terrasse. Sie rauchte eine Zigarette und lächelte – ein Bild vollkommener Zufriedenheit. Doch ihr nachdenklicher Blick ruhte unverwandt, als sei sie sich dessen kaum bewußt, auf Simon Doyles Frau.

Eine Viertelstunde später erhob sich Linna abrupt und ging ins Hotel. Ihr Mann folgte ihr nach kürzester Zeit.

Jacqueline de Bellefort lächelte und drehte ihren Stuhl um. Sie zündete sich eine neue Zigarette an und starrte über den Nil, noch immer mit einem Lächeln auf den Lippen.

4

»Monsieur Poirot!«

Poirot erhob sich hastig. Er war allein auf der Terrasse sitzen geblieben, nachdem sich alle anderen Gäste zurückgezogen hatten. In Gedanken versunken starrte er auf die glatten, glänzend schwarzen Felsen, bis ihn der Klang seines eigenen Namens in die Wirklichkeit zurückrief. Die Stimme war kultiviert, selbstsicher und angenehm, wenngleich ein wenig arrogant.

Linna Doyle trug einen dunkelroten Samtumhang über ihrem weißen Satinkleid, und Poirot fand, daß sie über alle Maßen schön, ja fast fürstlich aussah.

»Sie sind Monsieur Hercule Poirot?« fragte sie.

Er verbeugte sich.

»Wissen Sie, wer ich bin?«

»Ja, Madame. Ich habe Ihren Namen schon oft gehört.«

Linna nickte. Es war die Antwort, die sie erwartet hatte. Sie fuhr in ihrer charmanten, hochmütigen Art fort: »Würden Sie bitte mit mir ins Spielzimmer kommen? Ich möchte gerne mit Ihnen reden.«

»Gewiß, Madame.«

Sie ging voran und führte Poirot in das leere Spielzimmer. Dort bedeutete sie ihm mit einer Handbewegung, die Tür zu schließen. Dann sank sie in einen Stuhl an einem der Spieltische, und Poirot nahm ihr gegenüber Platz.

Sie kam ohne Umschweife auf das zu sprechen, was sie zu sagen hatte. »Ich habe eine Menge über Sie gehört, Monsieur Poirot, und ich weiß, Sie sind ein sehr kluger Mann. Ich befinde mich in einer Lage, in der ich dringend Rat benötige, und ich könnte mir denken, daß Sie der richtige Mann sind, ihn mir zu geben.«

»Sie schmeicheln mir, Madame, aber ich habe Ferien, und wenn ich Ferien mache, übernehme ich keinen Fall.«

»Das ließe sich regeln.« Es war nicht in einem beleidigenden Ton gesagt, sondern mit der ruhigen Selbstsicherheit einer jungen Frau, die gewohnt ist, ihren Willen durchzusetzen. »Ich bin das Opfer einer unerträglichen Belästigung. Und das muß aufhören! Ich wollte mich an die Polizei wenden, aber mein Mann meint, sie sei in solch einem Fall machtlos.«

»Wenn Sie mir – das Ganze vielleicht etwas näher erklären könnten«, murmelte Poirot höflich.

»O ja, selbstverständlich, die Angelegenheit ist höchst einfach.«

39

Linna Doyle sprach weiterhin mit fester Stimme, ohne unsicher zu werden. Sie hatte einen scharfen Verstand, und wenn sie jetzt eine Pause einlegte, dann nur, um die Tatsachen so genau wie möglich zu formulieren.

»Bevor ich meinen Mann kennenlernte, war er mit einer Miss de Bellefort verlobt, mit der ich meinerseits eng befreundet war. Mein Mann löste die Verlobung, die beiden paßten absolut nicht zusammen. Seine ehemalige Braut hat sich die Trennung sehr zu Herzen genommen. Und das tut mir ehrlich leid! Aber es gibt Dinge im Leben, die nicht zu ändern sind. Miss de Bellefort hat gelegentlich Drohungen ausgestoßen, die ich aber nicht weiter ernstgenommen habe und die sie, das muß ich zugeben, auch nicht wahrgemacht hat. Statt dessen ist sie auf diese seltsame Idee verfallen – uns überallhin zu folgen.«

Poirot hob die Augenbrauen. »Eine etwas ausgefallene Art der Rache«, murmelte er.

»Sehr ausgefallen. Und völlig verrückt, aber – aber auch äußerst lästig.«

Poirot nickte. »Sie sind auf der Hochzeitsreise, nicht wahr?«

»Ja. Wir sind von London nach Venedig gefahren, und dort erschien sie zum ersten Mal. Sie tauchte plötzlich in unserem Hotel auf, im *Danieli*. Damals dachte ich natürlich noch, es sei reiner Zufall. Es war mir unangenehm, mehr nicht. Dann entdeckten wir sie auf dem Boot in Brindisi. Wir – wir vermuteten, sie reise nach Palästina. Doch als wir im *Mena House* ankamen, war sie bereits da – und wartete auf uns.«

Poirot nickte wieder. »Und weiter?«

»Wir fuhren mit dem Schiff nilaufwärts. Halb erwartete ich, sie zu sehen. Aber als sie nicht an Bord kam, glaubte ich, sie habe ihre kindische Verfolgungsjagd aufgegeben. Doch als wir hier eintrafen, wartete sie schon auf uns.«

Poirot musterte sie einen Augenblick eingehend. Sie bewahrte noch immer eine kühle Haltung, aber die Fingerknöchel an ihrer Hand, die die Tischkante umklammerte, standen weiß hervor. »Und Sie befürchten, sie könnte die Verfolgung fortsetzen?« fragte er.

»Ja.« Sie schwieg eine Weile. »Natürlich ist die ganze Sache völlig idiotisch! Jackie macht sich nur lächerlich. Ich bin erstaunt, daß sie nicht mehr Stolz – mehr Ehrgefühl hat.«

Poirot vollführte eine flüchtige Handbewegung. »Es gibt Situationen im Leben, Madame, wo Stolz und Ehrgefühl über Bord gehen.

40

Weggespült werden von anderen, stärkeren Emotionen.«
»Ja, vielleicht. Aber was, zum Teufel, will sie damit erreichen?«
»Man will nicht immer etwas erreichen, Madame.«
Irgend etwas in seiner Stimme schien Linna zu stören. Sie errötete
und erwiderte hastig: »Sie haben ganz recht, eine Diskussion über
Motive ist völlig unangebracht. Das Wichtigste ist, daß diese Verfol-
gungsjagd aufhört.«
»Und wie wollen Sie das bewerkstelligen, Madame?«
»Nun, es muß doch irgendeine gesetzliche Handhabe geben.
Schließlich können mein Mann und ich nicht laufend solchen
Belästigungen ausgesetzt sein!«
Sie hatte ungeduldig gesprochen. Poirot sah sie nachdenklich an,
dann fragte er: »Hat sie Sie öffentlich bedroht? Hat sie irgendwelche
beleidigenden Worte gebraucht? Ist sie irgendwann handgreiflich
geworden?«
»Nein.«
»In dem Fall, Madame, sehe ich nicht, was Sie tun können. Wenn es
der jungen Dame Spaß macht, an Orte zu fahren, wo Sie und Ihr
Mann sich auch gerade befinden – eh bien, was soll man dagegen
machen? Die Welt ist für alle da! Und sie hat sich nie in Ihr
Privatleben eingedrängt? Hat das Zusammentreffen immer in der
Öffentlichkeit stattgefunden?«
»Soll das heißen, ich kann nichts gegen diese Belästigungen unter-
nehmen?« fragte Linna mit ungläubiger Stimme.
Poirot erklärte gelassen: »Nichts, Madame, absolut nichts, soweit ich
es übersehen kann. Mademoiselle de Bellefort hat nichts Unrechtes
getan.«
»Aber – aber es stört mich. Ich finde es unerträglich, daß ich mir so
was gefallen lassen muß.«
Poirot antwortete trocken: »Ich kann es Ihnen gut nachfühlen,
Madame, besonders, da ich mir vorstelle, daß Sie nicht oft in die Lage
kommen, sich etwas gefallen lassen zu müssen.«
Linna murmelte stirnrunzelnd. »Es muß doch eine Möglichkeit
geben, diesem Unsinn ein Ende zu bereiten.«
»Sie können jederzeit woandershin fahren«, schlug Poirot achsel-
zuckend vor.
»Dann wird sie uns nachreisen.«
»Vermutlich ja.«
»Aber das ist doch absurd?«
»Ja, das ist es.«

»Und überhaupt, warum soll ich, sollen wir – fortlaufen, als ob . . .«
Sie verstummte.

»Sie sagen es, Madame, als ob . . .! Genau darum handelt es sich,
nicht wahr?«

Linna hob den Kopf und starrte ihn an. »Was meinen Sie damit?«
Poirot beugte sich vor und sagte in einem begütigenden Tonfall:
»Warum sind Sie so beunruhigt, Madame?«

»Warum? Weil das Ganze sehr lästig ist, hochgradig irritierend!
Mehr ist dazu nicht zu sagen.«

Poirot schüttelte den Kopf. »Ich glaube, doch.«

»Was meinen Sie damit?« fragte Linna zum zweiten Mal.

Poirot lehnte sich zurück und kreuzte die Arme vor der Brust. Seine
Stimme klang unpersönlich, neutral: »*Ecoutez*, Madame, ich werde
Ihnen eine kleine Geschichte erzählen: Vor ein oder zwei Monaten
aß ich zu Abend in einem Restaurant in London. Am Nebentisch saß
ein junges Paar. Sie sahen sehr glücklich und sehr verliebt aus. Sie
sprachen über ihre gemeinsame Zukunft. Es ist nicht meine Art,
Gespräche zu belauschen, die nicht für meine Ohren bestimmt sind.
Aber die beiden waren blind und taub gegen ihre Umwelt und
kümmerten sich nicht darum, ob ihnen jemand zuhörte. Der Mann
kehrte mir seinen Rücken zu, aber das Gesicht der Frau konnte ich
sehen. Sie war ganz von Liebe erfüllt – Herz, Seele, Körper –, und sie
gehörte nicht zu dem Typ, der sich leicht und oft verliebt. Für sie war
die Liebe eine Frage von leben oder sterben. Sie waren verlobt, die
beiden, und sie sprachen über ihre Hochzeitsreise. Sie wollten nach
Ägypten fahren.« Er schwieg.

»Na und?« fragte Linna ungeduldig.

»Das war vor ein oder zwei Monaten, doch das Gesicht der Frau habe
ich nicht vergessen. Ich würde es überall wiedererkennen, und ich
erinnere mich auch an die Stimme des Mannes. Und ich glaube, Sie
erraten, Madame, wo ich das Mädchen wiedersah und die Stimme
des Mannes wiederhörte. Hier in Ägypten, Madame. Und der Mann
ist auf seiner Hochzeitsreise – mit einer anderen Frau.«

Linna sagte scharf: »Und wenn schon! Ich habe Ihnen doch die
Tatsachen bereits erzählt.«

»Die Tatsachen – ja.«

»Was noch?«

Poirot sagte eindringlich: »Das Mädchen im Restaurant erwähnte
eine Freundin – eine Freundin, auf die man sich hundertprozentig
verlassen kann, was sie mit großer Bestimmtheit erklärte. Die

Freundin, wenn ich mich nicht irre, waren Sie, Madame!«

»Ich habe Ihnen doch erzählt, daß wir befreundet waren.«

»Und sie vertraute Ihnen?«

»Ja.« Linna biß sich auf die Lippen, dann brach es aus ihr hervor: »Natürlich war es eine unglückselige Geschichte, aber solche Dinge passieren nun mal im Leben, Monsieur Poirot.«

»Selbstverständlich, Madame, sie passieren.« Er machte eine Pause, dann fragte er: »Sie gehören doch sicher der anglikanischen Kirche an.«

»Ja«, sagte Linna erstaunt.

»Dann hat man Ihnen vielleicht in der Kirche die Stelle aus der Bibel vorgelesen, die von König David handelt und dem reichen Mann, der viel Vieh und Herden hatte, und dem armen Mann, der nur ein einziges Schlachtlamm besaß. Der Reiche nahm dem Armen sein einziges Schlachtlamm fort. Auch das gehört zu den Dingen, die im Leben passieren, Madame.«

Linna richtete sich im Stuhl auf. Ihre Augen blitzten ärgerlich. »Ich weiß genau, worauf Sie hinauswollen, Monsieur Poirot! Sie finden, um es vulgär auszudrücken, daß ich meiner besten Freundin den Verlobten abspenstig gemacht habe. Und wenn man die ganze Sache sentimental betrachtet – und vermutlich ist es der einzige Gesichtspunkt, unter dem Ihre Generation solche Dinge betrachten kann –, dann haben Sie wahrscheinlich recht. Doch die harte Wirklichkeit sieht anders aus. Ich leugne nicht, daß Jackie leidenschaftlich in Simon verliebt war, aber was *Sie* vermutlich nicht in Betracht gezogen haben, ist die Möglichkeit, daß er ihr nicht im gleichen Maße ergeben war. Zweifellos mochte er sie sehr gern, aber soviel ich weiß, hat er schon, bevor er mich kennenlernte, das Gefühl gehabt, einen Fehler gemacht zu haben. Betrachten Sie die ganze Sache einmal unvoreingenommen, Monsieur Poirot! Simon kommt zu der Erkenntnis, daß er mich liebt und nicht Jackie. Was soll er tun? Selbstverleugnerisch nobel sein und eine Frau heiraten, aus der er sich nichts macht? Und damit aller Wahrscheinlichkeit nach drei Leben ruinieren? Denn es ist mehr als zweifelhaft, daß er unter diesen Umständen Jackie glücklich gemacht hätte. Wenn er bereits mit ihr verheiratet gewesen wäre, als wir uns kennenlernten, dann, das gebe ich zu, wäre es vielleicht seine Pflicht gewesen, bei ihr zu bleiben – obwohl ich mir darüber nicht ganz im klaren bin. Wenn ein Partner unglücklich ist, leidet der andere auch darunter. Aber eine Verlobung ist nichts Endgültiges. Wenn man einen Fehler gemacht

43

hat, so ist es besser, ihn sich einzugestehen, bevor es zu spät ist. Ich gebe zu, daß es für Jackie ein schwerer Schlag war, und sie tut mir aus tiefstem Herzen leid. Aber es ist nun mal geschehen. Es war unvermeidbar.«

»Wirklich?«

»Was soll das heißen?«

»Alles, was Sie sagen, ist durchaus überzeugend und logisch. Aber eines erklärt es nicht.«

»Und das wäre?«

»Ihre eigene Einstellung, Madame. Sehen Sie, auf so eine Verfolgung gibt es im Prinzip zwei Arten von Reaktionen. Sie könnten bedrückt sein, Ihre Freundin so tief verletzt zu haben, daß sie ihre gute Erziehung vergißt, oder Sie könnten sogar Mitleid mit ihr empfinden. Aber Sie reagieren weder auf die eine noch auf die andere Weise. Sie finden die Sache nur unerträglich – wieso? Es gibt nur eine Erklärung dafür: Sie fühlen sich schuldig.«

»Wie können Sie es wagen, so mit mir zu reden!« Linna fuhr aus dem Stuhl hoch. »Sie gehen wirklich zu weit, Monsieur Poirot!«

»Ich wage es trotzdem, Madame! Ich werde Ihnen die unverblümte Wahrheit sagen. Nach meiner Meinung haben Sie alles darangesetzt, Ihrer Freundin den Mann wegzunehmen, obwohl Sie sich das vielleicht selbst nicht voll eingestanden haben. Und ich bin ebenfalls der Meinung, daß es einen Moment gegeben hat, wo Sie zögerten, wo Ihnen klar war, daß Ihnen zwei Wege offen standen – entweder das Ganze zu bremsen oder weiter voranzutreiben. Und die Initiative lag bei Ihnen, Madame, nicht bei Mr. Doyle! Sie sind sehr schön, Madame, und sehr reich, Sie sind geschickt und klug. Und Sie haben Charme. Sie hatten die Wahl, diesen Charme auszuspielen oder sich zurückzuziehen. Sie haben alles, was das Leben zu bieten hat, Madame. Das Leben Ihrer Freundin hingegen konzentrierte sich einzig und allein auf diesen einen Mann. Sie wußten das, und trotzdem ließen Sie nicht von ihm ab, sondern streckten die Hand nach ihm aus und nahmen ihn sich, wie der reiche Mann in der Bibel sich das Schlachtlamm des armen Mannes nahm.«

Einige Minuten herrschte Schweigen. Linna fiel es offensichtlich schwer, sich zu beherrschen. Schließlich bemerkte sie mit kalter Stimme: »Sie schweifen vom Thema ab.«

»Durchaus nicht! Ich erkläre Ihnen nur, warum Mademoiselle de Belleforts unerwartetes Auftauchen Sie so aus der Fassung bringt.

Eine innere Stimme sagt Ihnen nämlich, daß Mademoiselle de Bellefort, obwohl sie sich wenig damenhaft und würdelos benimmt, das Recht auf ihrer Seite hat.«

»Das stimmt nicht.«

Poirot zuckte die Achseln. »Sie weigern sich also, ehrlich zu sich selbst zu sein?«

»In keiner Weise.«

Poirot bemerkte freundlich: »Ich bin überzeugt, Madame, daß Sie im allgemeinen anderen Menschen gegenüber immer hilfreich und großzügig sind.«

»Ich habe es zumindest versucht«, antwortete Linna. Aller Zorn und Ärger waren aus ihrem Gesicht gewichen. Ihre Stimme klang ein wenig verloren.

»Und das ist der Grund, warum Ihnen das Gefühl, jemanden bewußt verletzt zu haben, soviel Unbehagen verursacht, und es Ihnen so schwerfällt, der Wahrheit ins Auge zu sehen. Entschuldigen Sie bitte meine offenen Worte, aber die Psychologie ist der wichtigste Faktor in diesem Fall.«

»Angenommen, was Sie sagen, wäre richtig – und das ist in keiner Weise ein Zugeständnis meinerseits –, was könnte ich jetzt noch tun? Die Vergangenheit kann niemand korrigieren, man muß die Dinge nehmen wie sie sind.«

Poirot nickte. »Sie haben einen klaren Verstand, Madame. Nein, man kann die Vergangenheit nicht korrigieren. Die Dinge müssen genommen werden wie sie sind. Man muß die Konsequenzen seiner Handlungen tragen, Madame. Es ist oft das einzige, was den Menschen übrigbleibt.«

»Wollen Sie damit andeuten, daß ich nichts tun kann – gar nichts?« fragte Linna ungläubig.

»Sie brauchen viel Mut, Madame, darauf läuft es wohl hinaus.«

»Könnten Sie nicht mit Jackie – mit Mademoiselle de Bellefort reden und sie zur Vernunft bringen?«

»Ich kann es natürlich versuchen, wenn Sie das möchten. Nur – versprechen Sie sich nicht zuviel davon. Ich befürchte, Mademoiselle de Bellefort hat sich in irgendeine Wahnidee hineingesteigert, von der sie nicht abzubringen sein wird.«

»Aber es muß doch irgendeine Lösung geben?«

»Sie könnten natürlich nach England zurückfahren, in Ihrem eigenen Haus sind Sie vor Verfolgungen sicher.«

»Ja, aber ich wäre nicht erstaunt, wenn Jackie sich irgendwo im Dorf

einmietete, so daß ich ihr jedesmal, wenn ich meinen Grund und
Boden verlasse, begegne.«

»Schon möglich.«

»Abgesehen davon«, sagte Linna langsam, »glaube ich nicht, daß
Simon gewillt ist, Reißaus zu nehmen.«

»Was ist seine Einstellung?«

»Er ist wütend, einfach wütend!«

Poirot nickte nachdenklich.

Linna sagte bittend. »Werden Sie mit ihr reden?«

»Gern, aber ich fürchte, ich werde nichts erreichen.«

»Jackie ist unberechenbar! Man weiß nie, wie sie reagiert.«

»Sie haben vorhin von Drohungen gesprochen. Können Sie mir
sagen, um welche Art von Drohungen es sich handelt?«

Linna zuckte die Achseln. »Sie drohte, sie würde uns beide –
umbringen. Jackie kann gelegentlich sehr – sehr temperamentvoll
sein.«

Poirot sah sie ernst an.

»Bitte, würden Sie meine Interessen wahrnehmen, Monsieur
Poirot?« fragte Linna in einem fast flehenden Tonfall.

»Nein, Madame«, sagte er mit einer Entschiedenheit, die jeden
Widerspruch ausschloß. »Ich nehme von Ihnen keinen Auftrag an.
Ich werde tun, was ich kann – aus menschlichem Interesse. Die
Situation ist ernst und birgt viele Gefahren in sich. Ich werde mein
Bestes tun, sie zu klären. Aber ob ich Erfolg haben werde, scheint mir
sehr fraglich.«

5

Poirot fand Jacqueline de Bellefort auf einem Felsen sitzend, der
direkt auf den Nil blickte. Er hatte im Hotelgarten nach ihr Ausschau
gehalten, in der richtigen Annahme, daß sie sich noch nicht für die
Nacht zurückgezogen hatte.

Ihr Kinn ruhte in ihren Händen. Beim Geräusch der sich nähernden
Schritte drehte sie sich nicht um.

»Mademoiselle de Bellefort?« fragte Poirot. »Gestatten Sie, daß ich
mich einen Augenblick mit Ihnen unterhalte?«

»Natürlich«, antwortete Jacqueline mit einer leichten Wendung des
Kopfes und einem angedeuteten Lächeln. »Sie sind Monsieur Poirot,

nicht wahr? Und ich vermute, Sie handeln im Auftrag von Mrs. Doyle, die Ihnen ein hohes Honorar versprochen hat, falls Sie erfolgreich sind.«

»Ihre Annahme ist nur teilweise richtig«, erklärte Poirot, während er sich lächelnd neben sie auf die Bank setzte. »Ich habe gerade mit Mrs. Doyle eine Unterredung gehabt, aber ich handle nicht – im engeren Sinn des Wortes – in ihrem Auftrag.«

Jacqueline musterte ihn aufmerksam. »Und warum sind Sie dann gekommen?« fragte sie scharf.

Poirot beantwortete ihre Frage mit einer Gegenfrage. »Haben Sie mich je zuvor gesehen, Mademoiselle?«

»Soweit ich weiß, nein.«

»Aber ich Sie. Als Sie mit Monsieur Simon Doyle im *Chez ma Tante* waren, saß ich am Nebentisch.«

Jackies Gesicht nahm einen seltsam maskenartigen Ausdruck an. »Ich erinnere mich an jenen Abend . . .«

»Seitdem hat sich vieles ereignet«, sagte Poirot.

»Ja, vieles hat sich seitdem ereignet«, wiederholte sie mit harter Stimme, in der ein bitterer, verzweifelter Ton mitschwang.

»Mademoiselle, erlauben Sie, daß ich Ihnen einen freundschaftlichen Rat gebe: Begraben Sie Ihre Toten.«

»Wie meinen Sie das?« fragte sie verblüfft.

»Vergessen Sie die Vergangenheit. Wenden Sie sich der Zukunft zu. Was geschehen ist, ist geschehen. Bitterkeit wird es nicht ungeschehen machen.«

»Ja, für Linna wäre das natürlich die Ideallösung.«

Poirot hob abwehrend die Hand. »Im Moment habe ich nicht an Linna Doyle gedacht, sondern an Sie. Sie haben gelitten – ich weiß. Aber was Sie jetzt tun, wird Ihr Leiden nur verlängern.«

Sie schüttelte den Kopf. »Sie haben unrecht; gelegentlich gibt es sogar Augenblicke, die ich fast genieße.«

»Und das ist das Schlimmste von allem.«

»Unsinn!« sagte sie eisig, fügte dann aber freundlicher hinzu: »Aber ich glaube, Sie meinen es gut.«

»Fahren Sie nach Hause, Mademoiselle. Sie sind noch jung; Sie haben Verstand; das Leben liegt vor Ihnen.«

Jacqueline schüttelte den Kopf. »Sie verstehen mich nicht – oder wollen mich nicht verstehen. Simon ist mein Leben.«

»Es gibt noch andere Dinge als die Liebe auf der Welt«, erwiderte Poirot gütig. »Wenn man jung ist, weiß man es nur noch nicht.«

Doch Jackie schüttelte erneut den Kopf. »Sie verstehen mich nicht«, wiederholte sie. Sie warf ihm einen kurzen Blick zu. »Sie wissen natürlich genau Bescheid, nicht wahr? Sie haben mit Linna gesprochen? Und Sie waren in dem Restaurant an jenem Abend . . . Simon und ich, wir haben uns geliebt.«

»Ich weiß, daß *Sie* ihn geliebt haben.«

Die leichte Abwandlung ihrer Worte entging ihr nicht. Sie wiederholte mit Nachdruck: »*Wir* haben uns geliebt. Und ich habe Linna geliebt. Sie war meine beste Freundin. Ihr ganzes Leben lang konnte Linna sich kaufen, was sie wollte. Sie hat nie gelernt, auf etwas zu verzichten. Und als sie Simon sah, wollte sie ihn haben – und sie hat ihn sich genommen.«

»Und er hat sich kaufen lassen?«

Sie schüttelte langsam den Kopf. »Nein, er hat sich nicht kaufen lassen, hätte er das getan, wäre ich nicht hier. Sie wollen mir nahelegen, daß es sich nicht lohnt, Simon nachzutrauern, weil er es nicht wert ist, nicht wahr? Und Sie hätten recht, wenn er Linna ihres Geldes wegen geheiratet hätte. Aber er hat sie nicht ihres Geldes wegen geheiratet! Es ist viel komplizierter. Es gibt Ausnahmeerscheinungen, Monsieur Poirot, und zu denen gehört Linna; natürlich spielt ihr Reichtum dabei eine gewisse Rolle. Ihr ganzes Wesen strahlt Überlegenheit aus. Für Simon wirkte sie wie eine Königin in ihrem Reich – die junge Prinzessin, luxuriös bis in die Fingerspitzen. Das Ganze glich einem Bühnenbild. Die Welt lag ihr zu Füßen. Einer der begehrtesten Junggesellen Englands wollte sie heiraten. Sie aber wählte den unbekannten Simon Doyle! Wundern Sie sich, daß ihm das zu Kopf stieg?« Sie machte eine plötzliche Handbewegung. »Schauen Sie sich den Mond an. Er ist deutlich zu sehen, nicht wahr? Und durchaus wirklich. Doch wenn die Sonne jetzt scheinen würde, dann könnten Sie ihn nicht mehr sehen. Ähnlich erging es mir – ich war der Mond. Als die Sonne aufging, konnte Simon mich nicht mehr sehen. Er war wie geblendet. Er konnte nur noch die Sonne sehen – Linna.« Sie schwieg, dann fuhr sie fort: »Verstehen Sie jetzt, was ich meine? Linna ist eine blendende Erscheinung. Sie verwirrte seine Sinne. Dazu kommt ihre unerschütterliche Selbstsicherheit – die Überzeugung, daß jeder ihr gehorcht. Sie ist ihrer selbst so sicher, daß sie ihre Sicherheit auf andere überträgt. Simon ist schwach, aber er ist ein von Grund auf unkomplizierter Mensch. Er hätte mich geliebt – nur mich allein –, wenn Linna ihn nicht entführt hätte in ihrem goldenen Automobil. Und ich weiß, daß er sich nicht in sie verliebt hätte, hätte sie es nicht gewollt. Und ich weiß auch, daß er mich liebt – mich immer lieben wird.«

»Sogar jetzt noch?«

Sie blickte Poirot an, und ihr Gesicht schien plötzlich zu brennen. Sie blickte zur Seite und neigte den Kopf, dann sagte sie mit halberstickter Stimme: »Nein, jetzt haßt er mich. Er haßt mich – aber er soll sich in acht nehmen!«

Mit einer schnellen Bewegung griff sie in die seidene Abendtasche, die neben ihr auf der Bank lag, und zog einen Gegenstand hervor. Sie hielt ihn ihm auf der flachen Hand hin. Der kleine Revolver mit dem perlmuttbesetzten Griff glich einem niedlichen Spielzeug.

»Hübsch, nicht wahr?« sagte sie. »Und so harmlos! Man könnte meinen, er sei eine Imitation. Aber er ist keine Imitation! Eine Kugel aus diesem Revolver würde einen Mann oder eine Frau töten. Und ich bin ein guter Schütze.« Sie schien einer fernen Vergangenheit zuzulächeln. »Als Kind fuhr ich oft in die Heimat meiner Mutter, in die Staaten nach Süd-Carolina. Mein Großvater brachte mir das Schießen bei. Er gehörte noch jener alten Generation an, die schnell zur Waffe griff – besonders, wenn die Ehre auf dem Spiel stand. Auch mein Vater hat sich in der Jugend öfters duelliert. Und einmal hat er einen Mann getötet – wegen einer Frau. Sie sehen also, Monsieur Poirot, ich habe heißes Blut in den Adern. Ich habe diesen Revolver gekauft, als die Sache begann. Ich wollte entweder ihn oder sie töten . . . das einzige, was mich daran gehindert hat, war – ich wußte nicht, wen. Beide haben sich gemein benommen. Wenn ich Linna hätte Angst einjagen können . . . aber sie ist mutig. Sie ist einem physischen Angriff durchaus gewachsen. So habe ich mir gedacht, ich warte! Und der Gedanke gefiel mir von Tag zu Tag mehr. *Handeln* kann ich schließlich jederzeit! Aber es ist soviel unterhaltsamer zu warten – und sich das Ganze auszumalen! Und dann verfiel ich auf die Idee, ihnen zu folgen. Wo immer sie ankämen, zusammen und glücklich, an jedem Ort, und läge er am Ende der Welt, würde auch ich auftauchen. Und der Einfall war erfolgreich! Sehr viel wirkungsvoller als alles andere, was ich hätte unternehmen können! Meine ständige Gegenwart geht ihnen unter die Haut. Und sehen Sie, Monsieur Poirot, das war der Moment, wo ich angefangen habe, das Ganze zu genießen. Denn sie können nichts tun – nichts! Ich verhalte mich immer höflich und korrekt! Ich sage kein einziges aggressives Wort. Aber – es vergiftet ihnen das Leben, jede Stunde des Tages.« Ihr helles, amüsiertes Lachen schallte durch die stille Nacht.

»Schweigen Sie. Bitte, schweigen Sie!« rief Poirot.

»Warum?« fragte sie mit einem herausfordernden Lächeln.

»Mademoiselle, ich flehe Sie an, geben Sie auf!«

»Sie meinen, ich soll Linna in Ruhe lassen?«

»Es ist ernster als das. Öffnen Sie Ihr Herz nicht dem Bösen.«

Ihr Lächeln gefror, sie blickte ihn verwirrt an.

Eindringlich fuhr Poirot fort. »Wenn Sie weiterhin tun, was Sie tun, wird das Böse von Ihnen Besitz ergreifen – und dann wird es zu spät sein. Wenn das Böse sich erst einmal eingenistet hat, ist es nicht mehr zu vertreiben.«

Jacquelines Augen flackerten, sie schien unsicher zu werden. »Ich – ich weiß nicht«, stammelte sie. Dann sagte sie plötzlich hart: »Sie können mich nicht zurückhalten!«

»Nein«, entgegnete Poirot traurig. »Ich kann Sie nicht zurückhalten.«

»Sogar wenn ich vorhätte, sie umzubringen, könnten Sie mich nicht daran hindern.«

»Nein, nicht wenn Sie gewillt sind, den Preis für Ihre Tat zu zahlen.«

Jackie lachte. »Ich fürchte den Tod nicht! Ich habe nichts, für das es sich lohnt zu leben. Vermutlich halten Sie es für falsch, einen Menschen zu töten, der Sie verletzt hat, der Ihnen alles raubte, was Sie auf der Welt besaßen.«

Poirot erklärte mit Nachdruck: »Ja, Mademoiselle, ich halte es für ein Verbrechen – jemanden zu töten.«

Jacqueline lachte wieder. »Dann sollte meine gegenwärtige Rache Ihre volle Zustimmung haben, denn solange sie erfolgreich ist, werde ich keinen Gebrauch von meinem kleinen Revolver machen. Aber ich fürchte, ja, ich fürchte manchmal, daß ich plötzlich rot sehe, daß ich ein Messer nehme und zusteche . . . daß ich meinen geliebten, kleinen Revolver an ihre Schläfe setze – und abdrücke . . . Oh!«

»Was ist los, Mademoiselle?« fragte er, über ihren Ausruf erschrocken.

Sie wandte ihren Kopf ab und starrte in die Dunkelheit. »Jemand – stand dort. Jetzt ist er weg.«

Poirot drehte sich schnell um, doch nichts rührte sich. »Mir scheint, wir sind hier völlig allein, Mademoiselle.« Er erhob sich. »Auf jeden

Fall, ich habe alles gesagt, was ich zu sagen hatte. Ich wünsche Ihnen eine angenehme Nacht.«

Jacqueline erhob sich ebenfalls. Fast flehend rief sie: »Sie verstehen mich doch, nicht wahr? Daß ich Ihre Bitte nicht erfüllen kann?«

Poirot schüttelte den Kopf. »Nein – denn Sie könnten es tun. Es gibt immer den Augenblick der Wahl. Ihre Freundin Linna hatte ebenfalls den Augenblick der Wahl, den Augenblick, wo sie hätte verzichten können. Sie hat ihn verstreichen lassen. Und wenn man das zuläßt, ist man der Gefangene seiner eigenen Pläne. Es gibt keine zweite Chance.«

Eine Sekunde lang blickte Jackie nachdenklich zu Boden, dann hob sie trotzig den Kopf. »Gute Nacht, Monsieur Poirot.«

Er sah sie traurig an, dann folgte er ihr den Pfad hinauf zum Hotel.

6

Am folgenden Tag, als Hercule Poirot im Begriff war, das Hotel zu verlassen, um in die Stadt zu gehen, trat Simon Doyle auf ihn zu. »Guten Morgen, Monsieur Poirot! Darf ich mich Ihnen anschließen?«

»Selbstverständlich. Es ist mir ein Vergnügen.«

Die beiden Männer schritten nebeneinander her und erreichten den kühlen, schattigen Park. Simon nahm die Pfeife aus dem Mund und sagte: »Wie ich höre, hat meine Frau gestern abend eine kurze Unterhaltung mit Ihnen gehabt.«

Poirot nickte.

Simon Doyle runzelte die Stirn. Er war eher ein Mann der Tat, und es fiel ihm schwer, seine Gedanken in Worte zu kleiden und sich kurz und präzise auszudrücken. Schließlich sagte er: »Ein Gutes hat die Unterhaltung zumindest gehabt. Sie haben meiner Frau klargemacht, daß wir in dieser Angelegenheit mehr oder minder machtlos sind.«

»Sie haben keine gesetzliche Handhabe gegen Mademoiselle de Bellefort«, stimmte Poirot zu.

»Ich weiß. Aber Linna wollte es nicht wahrhaben.« Er lächelte. »Sie ist mit der Vorstellung aufgewachsen, daß man sich, wenn man belästigt wird, jederzeit an die Polizei wenden kann.«

»Wie angenehm, wenn das immer der Fall wäre.«

51

Eine Weile lang schwiegen sie, dann sagte Simon plötzlich heftig: »Es – es ist gemein, die arme Linna so zu quälen. Sie hat sich nichts zuschulden kommen lassen! Wenn *mir* die Leute vorwerfen, ich hätte mich schlecht benommen, dann sollen sie es ruhig tun! Vermutlich haben sie sogar recht. Aber ich will nicht, daß Linna darunter leidet. Sie hat mit der ganzen Sache nichts zu tun.«

Poirot neigte ernst den Kopf, schwieg jedoch.

»Haben Sie mit Jackie – mit Miss de Bellefort gesprochen?«

»Ja, ich habe mit ihr gesprochen.«

»Haben Sie sie zur Vernunft bringen können?«

»Ich fürchte, nein.«

»Begreift sie denn nicht, wie lächerlich sie sich macht?« rief Simon irritiert. »Begreift sie denn nicht, daß eine Dame sich nicht so benimmt? Hat sie denn keinen Stolz, kein Ehrgefühl?«

Poirot zuckte mit den Achseln. »Sie hat das Gefühl, daß man ihr ein großes Unrecht angetan hat.«

»Zugegeben! Trotzdem, ein wohlerzogenes Mädchen verhält sich nicht so! Ich weiß, ich habe mich schlecht benommen, ich trage die Schuld an allem. Und ich würde auch gut verstehen, daß sie wütend auf mich ist und mich nie mehr wiedersehen will. Aber daß sie uns ständig nachreist, ist – ist einfach unschicklich. Sie stellt sich damit nur selber bloß. Und was, zum Teufel, verspricht sie sich davon?«

»Vielleicht – will sie sich rächen?«

»Was für ein Unsinn. Dann würde ich noch eher verstehen, wenn sie etwas so Dramatisches täte, wie – wie auf einen von uns zu schießen.«

»Würde das Ihrer Meinung nach mehr ihrem Charakter entsprechen?«

»Offen gesagt, ja. Sie ist sehr temperamentvoll – und unbeherrscht. Ich traue ihr alles zu, wenn sie wirklich in Wut gerät. Aber dieses Nachspionieren . . .« Er schüttelte den Kopf.

»Ist raffinierter, nicht wahr? Klüger und subtiler?«

Doyle starrte ihn an. »Verstehen Sie denn nicht? Linna ist völlig mit den Nerven runter!«

»Und Sie?«

Simon sah ihn erstaunt an. »Ich würde dem kleinen Biest am liebsten den Hals umdrehen.«

»Von Ihren früheren Gefühlen ist nichts mehr übrig?«

»Mein lieber Monsieur Poirot! Wie soll ich Ihnen das am besten erklären? Es ist so wie mit dem Mond. Wenn die Sonne aufgeht, sehen Sie den Mond nicht mehr. Als ich Linna begegnete – hörte Jackie auf, für mich zu existieren.«

»Höchst seltsam!« murmelte Poirot.

»Was sagten Sie?«

»Ihre Metapher hat mich etwas verwundert.«

Simons Gesicht rötete sich wieder. »Vermutlich hat Jackie Ihnen erzählt, ich hätte Linna ihres Geldes wegen geheiratet? Aber das stimmt nicht. Deshalb würde ich eine Frau nie heiraten! Jackie hat leider nie begriffen, daß es für einen Mann schwierig ist, wenn – wenn eine Frau zu sehr an ihm hängt.«

»Ach?« Poirot sah ihn scharf an.

»Ich weiß, es klingt – herzlos, wenn ich das sage, aber – Jackie hat mich zu sehr geliebt.«

»*Une qui aime et un qui se laisse aimer*«, murmelte Poirot.

»Wie? Was sagten Sie? Wissen Sie, ein Mann möchte eben nicht das Gefühl haben, daß eine Frau ihn mehr liebt als er sie. Er möchte nicht das Gefühl haben, daß eine Frau ihn total besitzt. Es war die Ausschließlichkeit! Dies ist *mein* Mann, er gehört *mir* ganz allein! Das konnte ich nicht aushalten! Ich finde so eine Einstellung unerträglich – und nicht nur ich, jeder andere Mann auch. Man will nur fort – frei sein! Ein Mann möchte seine Frau besitzen, aber er will nicht, daß sie ihn besitzt.« Er schwieg und zündete sich mit zitternder Hand eine Zigarette an.

»Und bei Mademoiselle de Bellefort hatten Sie dieses Gefühl?«

Simon starrte ihn lange an und nickte: »Ja, wenn ich ehrlich bin, ja. Natürlich weiß sie das nicht. Das sind Dinge, über die ich mit ihr habe nie sprechen können. Aber ich war schon die ganze Zeit auf dem Absprung – und dann lernte ich Linna kennen. Es war Liebe auf den ersten Blick! Noch nie war ich einer so bezaubernden Frau begegnet. Und es geschah so plötzlich. Ich meine, all die Männer, die ihr zu Füßen lagen! Und dann wählte sie gerade mich groben Kerl. « Jungenhafte Ehrfurcht und Staunen lagen in seiner Stimme.

Poirot nickte nachdenklich. »Ja, ich begreife, ich begreife . . .«

»Warum kann Jackie sich nicht ein wenig mannhaft benehmen?« fragte er anklagend.

Ein flüchtiges Lächeln zuckte um Poirots Mund. »Vermutlich, weil sie kein Mann ist.«

»Nein, natürlich nicht, ich wollte auch nur sagen, warum kann sie nicht mit Anstand verlieren? Schließlich muß jeder gelegentlich eine bittere Pille schlucken. Die Schuld liegt bei mir, zugegeben. Aber es ist nun mal passiert. Wenn man eine Frau nicht mehr liebt, ist es der schiere Wahnsinn, sie zu heiraten. Und jetzt, wo Jackie ihren wahren Charakter gezeigt hat und ich weiß, daß sie bis zum äußersten geht, kann ich meinem Schicksal nur danken, daß ich sie los bin.«

»Bis zum äußersten«, wiederholte Poirot gedankenvoll. »Was nennen Sie ›bis zum äußersten‹, Monsieur Doyle?«

Simon sah ihn verwirrt an. »Ich – ich verstehe Ihre Frage nicht.«

»Wissen Sie, daß sie einen Revolver hat?«

Simon runzelte die Stirn, dann schüttelte er den Kopf. »Ich glaube nicht, daß sie schießen würde – jetzt nicht mehr. Früher – ja. Aber das Stadium ist vorbei. Sie haßt uns, gewiß, und läßt ihre Wut an uns aus, aber mehr nicht.«

Poirot zuckte die Achseln. »Möglich . . .«

»Nein, es ist Linna, um die ich mir Sorgen mache.«

»Ja, das ist mir klar.«

»Ich habe eigentlich keine Angst, daß Jackie irgend etwas Dramatisches tun wird, wie zum Beispiel, auf mich zu schießen. Aber dieses Nachspionieren, diese ständigen Verfolgungen machen Linna völlig kaputt. Ich habe mir einen Plan zurechtgelegt, den ich Ihnen gern erklären möchte, vielleicht fällt Ihnen auch etwas Besseres ein. Zunächst einmal habe ich ziemlich laut verkündet, daß wir noch zehn Tage hierbleiben. Aber morgen geht die *Karnak* von Schellal nach Wadi Halfa ab. Ich habe vor, eine Kabine unter falschem Namen zu buchen. Morgen nehmen wir an einem Ausflug nach Philä teil. Linnas Mädchen kümmert sich ums Gepäck. Wir besteigen die *Karnak* in Schellal. Und wenn Jackie merkt, daß wir nicht mehr im Hotel sind, ist es zu spät. Sie wird denken, wir seien, um ihr zu entgehen, nach Kairo zurückgefahren. Vielleicht sollte ich den Portier bestechen, damit er das bestätigt. Erkundigungen beim Reisebüro werden Jackie nichts nützen, da wir unter einem angenommenen Namen reisen. Was halten Sie von meinem Plan?«

»Gar nicht übel. Vermutlich wird Mademoiselle de Bellefort hier warten, bis Sie zurückkommen?«

»Vielleicht kommen wir aber gar nicht zurück. Wir könnten nach Khartum weiterreisen und dann nach Kenia fliegen. Sie kann uns schließlich nicht über den ganzen Globus folgen.«

»Gewiß nicht, denn irgendwann wird ihr Geld zu Ende sein. Soweit ich informiert bin, ist sie nicht begütert.«

Simon sah ihn voll Bewunderung an. »Sie sind wirklich sehr klug.

Daran habe ich nicht gedacht. Natürlich, sie ist arm wie eine Kirchenmaus.«

»Und trotzdem ist sie Ihnen bis hierher gefolgt? «

Simon meinte gedankenvoll: »Sie hat ein kleines, festes Einkommen, nicht ganz zweihundert Pfund im Jahr. Vermutlich hat sie es kapitalisiert, um diese Reisen zu finanzieren.«

»Das heißt also, der Augenblick wird eintreten, wo sie ihre Reserven aufgebraucht hat und völlig mittellos ist?«

»Ja . . .« Simon blickte betreten zu Boden.

Poirot sah ihn nachdenklich an. »Es ist keine angenehme Vorstellung.«

Simon brauste auf: »Was kann ich dafür?« Dann fügte er fragend hinzu: »Was halten Sie von meinem Plan?«

»Er könnte gelingen. Ja, durchaus! Natürlich ist es ein Rückzug.«

Simons Gesicht rötete sich. »Sie wollen damit sagen, daß wir Reißaus nehmen. Ja, das stimmt. Aber Linna . . .«

Poirot nickte kurz. »Vielleicht ist es der beste Ausweg. Aber vergessen Sie nicht, Mademoiselle de Bellefort ist sehr schlau!«

»Eines Tages werden wir uns zur Wehr setzen und die Sache mit ihr ausfechten müssen. Ihr Verhalten entbehrt jeglicher Vernunft. Und ich sehe nicht ein, warum sich nicht auch Frauen vernünftig verhalten sollten.«

Poirot bemerkte trocken: »Sehr oft tun sie das auch! Und das ist dann noch verwirrender. Ich werde übrigens auch auf der *Karnak* sein«, fügte er hinzu.

»Ach . . .« Simon zögerte, dann fuhr er etwas verlegen fort: »Aber doch nicht etwa – unseretwegen? Es wäre mir unangenehm, wenn Sie . . .«

Poirot winkte energisch ab. »Nein, keine Sorge! Die ganze Tour war schon arrangiert, bevor ich London verließ. Ich mache meine Pläne gern im voraus.«

»Sie fahren also nicht aufs Geratewohl mal hier-, mal dorthin? Ich finde das eigentlich amüsanter.«

»Vielleicht. Aber wenn man im Leben Erfolg haben will, ist es besser, alles bis in jede Einzelheit genau vorauszuplanen.«

Simon lachte. »Die raffinierten Mörder folgen vermutlich diesem Rezept.«

»Ja. Obwohl ich zugeben muß, daß das genialste und am schwierigsten zu lösende Verbrechen, das mir unter die Hände kam, einer plötzlichen Eingebung zufolge begangen wurde.«

Simon sagte mit jungenhafter Neugierde: »Auf der *Karnak* müssen Sie uns von Ihren Fällen erzählen.«

»O nein, ich plaudere nicht aus der Schule.«

»Manchmal kann das sehr unterhaltend sein. Mrs. Allerton, zum Beispiel, wartet nur auf eine Gelegenheit, Sie aushorchen zu können.«

»Mrs. Allerton? Ist das diese anziehende grauhaarige Dame mit dem ihr anscheinend äußerst ergebenen Sohn?«

»Ja. Sie werden auch auf der *Karnak* sein.«

»Ist sie informiert, daß Sie und Ihre Frau . . .«

»Nein!« entgegnete Simon mit Nachdruck. »Niemand weiß Bescheid. Ich habe mich an das Prinzip gehalten, daß es immer am besten ist, niemandem zu trauen.«

»Ein hervorragendes Prinzip – und eines, das auch ich immer befolge. Übrigens, der Herr, der sich ständig in Ihrer Gesellschaft befindet . . .?«

»Pennington?«

»Ja, reist er mit Ihnen?«

Simon antwortete grimmig: »Nicht sehr üblich auf einer Hochzeitsreise, das haben Sie doch gedacht, nicht wahr? Pennington ist Linnas amerikanischer Vermögensverwalter. Wir trafen ihn zufällig in Kairo.«

»Ach, wirklich? Gestatten Sie mir eine Frage: Ist Ihre Frau volljährig?«

Simon schien amüsiert. »Sie ist tatsächlich noch nicht einundzwanzig – doch sie brauchte keine Erlaubnis, um mich zu heiraten. Pennington war äußerst überrascht, als wir ihm die Neuigkeit erzählten. Er hat New York auf der *Carmanic* verlassen, zwei Tage bevor Linnas Brief ankam, in dem sie ihm die Heirat mitteilte. Er hatte keine Ahnung.«

»Auf der *Carmanic* . . .«, murmelte Poirot.

»Ja, es war eine große Überraschung für ihn, als wir uns im Hotel in Kairo, im *Shepheard's*, zufällig trafen.«

»Wirklich ein seltsamer Zufall.«

»Nicht nur das. Es stellte sich heraus, daß er dieselbe Nilfahrt wie wir gebucht hatte. Natürlich schlugen wir ihm vor, gemeinsam zu reisen. Was blieb uns anderes übrig? Und in gewisser Weise ist er eine Hilfe.« Er sah wieder verlegen aus. »Verstehen Sie, Linna war schon in Kairo furchtbar nervös, sie erwartete jeden Moment, Jackie irgendwo auftauchen zu sehen. Und wenn wir allein waren, kamen wir immer wieder auf das Thema zu sprechen. Während wir in Penningtons Gegenwart gezwungen sind, uns über neutrale Dinge zu unterhalten.«

»Ihre Frau hat sich Mr. Pennington nicht anvertraut?«

»Nein.« Simon schob angriffslustig das Kinn vor. »Das Ganze geht niemanden etwas an. Abgesehen davon hofften wir, als wir diese Nilreise antraten, daß die leidige Geschichte vorbei sei.«

Poirot schüttelte den Kopf. »Nein, sie ist nicht vorbei. Das Ende ist noch nicht abzusehen, soweit ich es beurteilen kann.«

»Sie klingen nicht gerade ermutigend, Monsieur Poirot.«

Poirot betrachtete ihn ein wenig gereizt. Dieser Engländer! Er nahm nichts ernst, außer seinem Sport! Er würde nie erwachsen werden. Linna Doyle, Jacqueline de Bellefort – sie nahmen die Angelegenheit sehr ernst. Simons Haltung dagegen zeugte nur von männlicher Arroganz und Ungeduld. Laut sagte er: »Würden Sie mir eine indiskrete Frage gestatten? War es Ihre Idee, die Hochzeitsreise nach Ägypten zu machen?«

Simon wurde rot. »Nein, natürlich nicht. Ich wäre lieber woanders hingefahren, aber Linna bestand auf Ägypten, und deshalb . . .«, schloß er ziemlich lahm.

»Natürlich«, sagte Poirot verständnisvoll. Es war ihm durchaus klar, daß, wenn Linna Doyle auf einer Sache bestand, diese auch zu geschehen hatte. Da hatte er nun drei verschiedene Berichte über die Angelegenheit gehört. Welcher kam der Wahrheit am nächsten?

7

Der Ausflug nach Philä fand am nächsten Vormittag statt. Simon und Linna Doyle brachen ungefähr um elf Uhr auf. Jacqueline de Bellefort saß auf der Hotelterrasse und beobachtete, wie sie an Bord eines malerischen Segelbootes gingen. Was sie nicht sah, war ein Wagen – beladen mit Gepäck und Linnas spröde aussehendem Mädchen als Passagier –, der vom Hauptportal abfuhr in Richtung Schellal.

Hercule Poirot beschloß, die zwei Stunden bis zum Mittagessen auf Elefantine zu verbringen, der Insel, die genau gegenüber dem Hotel lag.

Er ging ans Ende des Landungsstegs. Zwei Männer stiegen gerade in eins der Hotelboote. Poirot gesellte sich zu ihnen. Die beiden

57

Männer waren sich offensichtlich fremd. Der jüngere war am Vortag mit dem Zug eingetroffen, ein großer, dunkelhaariger junger Mann mit einem schmalen Gesicht und streitsüchtigem Kinn. Er trug bemerkenswert schmutzige Flanellhosen und einen Rollkragenpullover, der für das ägyptische Klima besonders ungeeignet war. Der andere Mann war untersetzt und in mittlerem Alter. Er sprach Poirot unverzüglich in einem gebrochenen Englisch an. Der jüngere musterte seine beiden Mitpassagiere nur kurz und mürrisch, wandte ihnen herausfordernd den Rücken zu und beobachtete den nubischen Bootsführer, der geschickt mit den Zehen steuerte, während er mit den Händen die Segel bediente.

Es war äußerst friedlich auf dem Nil, die großen, glatten Felsen glitten an ihnen vorüber, die weiche Brise fächelte ihr Gesicht. Elefantine war schnell erreicht; Poirot und sein redseliger Begleiter machten sich sofort auf den Weg zum Museum, wobei letzterer Poirot mit einer kleinen Verbeugung eine Visitenkarte überreichte, auf der stand: Signor Guido Richetti, Archeologo.

Poirot erwiderte die Verbeugung und zog seinerseits eine Visitenkarte hervor. Nach diesem Austausch von Höflichkeiten betraten die beiden Männer gemeinsam das Museum. Der Italiener überschüttete Poirot mit einem Schwall gelehrter Informationen. Sie hatten sich mittlerweile auf die französische Sprache geeinigt.

Der junge Mann in den schmutzigen Flanellhosen schlenderte gelangweilt durch die Ausstellungsräume, gähnte ein paarmal und rettete sich schließlich ins Freie.

Poirot und Signor Richetti folgten ihm nach einer Weile. Aber der Italiener untersuchte nun die Außenruinen mit so viel Ausdauer, daß es selbst Poirot zuviel wurde. Dann gewahrte er einen grüngefütterten Sonnenschirm zwischen den Felsen und steuerte erleichtert darauf zu.

Mrs. Allerton saß auf einem Felsblock, ein Skizzenbuch lag neben ihr und ein Buch auf ihrem Schoß. Poirot lüftete höflich den Hut, und Mrs. Allerton eröffnete sofort das Gespräch. »Guten Morgen«, sagte sie. »Meinen Sie, es wäre möglich, diese schrecklichen Kinder loszuwerden?«

Sie war umringt von kleinen schwarzen Gestalten, die mit ausgestreckten Händen und voller Zuversicht in einem rhythmischen Singsang »Bakschisch, Bakschisch« lispelten.

»Ich habe gehofft, sie würden meiner überdrüssig werden«, sagte Mrs. Allerton bedrückt. »Sie beobachten mich schon seit zwei

Stunden und drängen sich unmerklich immer näher heran, bis ich schimpfe und meinen Sonnenschirm schwinge. Dann machen sie sich davon, kommen aber sofort zurück und starren mich wieder an. Und ihre Augen sind so unappetitlich und ihre Nasen ebenfalls. Ich kann, glaube ich, Kinder im Grunde genommen nicht leiden – es sei denn, sie sind sauber und benehmen sich einigermaßen.« Sie lachte ein wenig beschämt.

Poirot versuchte galant, die Kinderschar zu vertreiben, aber ohne bleibenden Erfolg.

»Wenn man nur ein wenig mehr Ruhe hätte, dann würde mir Ägypten besser gefallen«, sagte Mrs. Allerton. »Nirgends ist man allein. Überall wird man angebettelt, oder man bietet einem Eselsritte, Glasperlen, Ausflüge in malerische Dörfer oder Entenjagden an.«

»Ja, das ist ein großer Nachteil des Landes«, gab Poirot zu. Er breitete sorgfältig sein Taschentuch über den Felsen und setzte sich vorsichtig. »Ihr Sohn hat Sie heute nicht begleitet?« fragte er.

»Nein, Tim muß noch einige Briefe schreiben vor unserer Abfahrt. Wir nehmen an dem Ausflug zum zweiten Nilkatarakt teil.«

»Ich ebenfalls.«

»Das freut mich. Ich muß Ihnen nämlich gestehen, daß ich entzückt bin, Sie hier getroffen zu haben. Als wir in Mallorca waren, haben wir dort eine Miss Leech kennengelernt, und die hat uns die phantastischsten Dinge von Ihnen erzählt. Sie hat einen Rubinring beim Baden verloren und bedauerte zutiefst, daß Sie nicht anwesend waren, um ihn für sie zu finden.«

»Ah, *parbleu*, ich bin doch keine tauchende Robbe!«

Sie lachten.

Mrs. Allerton fuhr fort: »Ich sah Sie und Mr. Doyle heute vormittag von meinem Zimmerfenster aus. Sie gingen zusammen die Auffahrt hinunter. Was halten Sie von ihm? Wir alle im Hotel platzen vor Neugierde.«

»Ach, wirklich?«

»Nun ja, Linna Ridgeways Heirat war eine Sensation. Jeder hat angenommen, sie würde Lord Windlesham heiraten, statt dessen verlobte sie sich plötzlich mit diesem Mann, von dem niemand je gehört hat.«

»Kennen Sie sie gut, Madame?«

»Nein, aber eine meiner Kusinen, Joanna Southwood, ist eine ihrer besten Freundinnen.«

»O ja, ich habe den Namen in der Zeitung gelesen.« Er schwieg einen Augenblick lang, dann fuhr er fort: »Mademoiselle Joanna South-wood erscheint oft in den Gesellschaftsspalten der Zeitungen, nicht wahr?«

»Sie macht sehr geschickt Reklame für sich«, erwiderte Mrs. Allerton bissig.

»Sie mögen sie nicht?«

»Es war keine nette Bemerkung von mir«, gab Mrs. Allerton reumütig zu. »Ich bin nun mal altmodisch. Nein, ich mag sie nicht sehr. Mein Sohn Tim und sie sind eng befreundet.«

»Ach, wirklich«, sagte Poirot.

Seine Begleiterin blickte ihn kurz von der Seite an, dann wechselte sie das Thema. »Es ist erstaunlich, wie wenig junge Leute es im Hotel gibt. Das hübsche Mädchen mit dem kastanienbraunen Haar und der fürchterlichen Mutter, die immer einen Turban trägt, scheint mir das einzige junge Geschöpf weit und breit zu sein. Sie haben sich öfters mit ihr unterhalten, wie ich bemerkte. Sie interessiert mich, die Kleine!«

»Warum, Madame?«

»Sie tut mir leid. Man kann so abgrundtief unglücklich sein, wenn man jung und empfindsam ist. Und ich glaube, sie ist unglücklich.«

»Glücklich ist sie sicher nicht, die Arme.«

»Tim und ich nennen sie ›das mürrische Mädchen‹. Ich habe versucht, sie ein- oder zweimal ins Gespräch zu ziehen, aber sie hat mir jedesmal die kühle Schulter gezeigt. Ich glaube, sie nimmt auch an dem Nilausflug teil , und dabei wird man sich sicher näherkommen. Glauben Sie nicht auch?«

»Ich halte es für durchaus möglich, Madame.«

»Ich schließe leicht Freundschaften. Menschen interessieren mich. Sie sind so verschieden.« Sie machte eine Pause, dann fügte sie hinzu: »Tim hat mir erzählt, daß das dunkelhaarige Mädchen – sie heißt de Bellefort – mit Simon Doyle verlobt war. Es muß unangenehm für alle drei sein – so unerwartet zusammenzutreffen.«

»Ja, es ist sicherlich unangenehm«, stimmte Poirot ihr bei.

Mrs. Allerton sah ihn prüfend an. »Vermutlich klingt das, was ich jetzt sage, ein wenig verrückt«, fuhr sie fort, »aber das Mädchen ist mir irgendwie unheimlich. Sie sieht so – so überspannt aus.«

Poirot nickte. »Sie haben nicht ganz unrecht, Madame. Sehr starke Gefühle sind immer ein wenig beängstigend.«

»Interessieren Sie sich für Menschen, Monsieur Poirot, oder sparen

Sie sich Ihr Interesse für potentielle Verbrecher auf?«
»Madame, in diese Kategorie fallen fast alle Menschen.«
Mrs. Allerton sah ihn leicht verwirrt an. »Ist das Ihr Ernst?«
»Unter gewissen Umständen ist fast jeder eines Verbrechens fähig.«
»Sogar ich?« fragte Mrs. Allerton mit einem leisen Lächeln.
»Mütter, Madame, sind besonders bedenkenlos, sobald ihre Kinder
in Gefahr sind.«
»Ja, das ist wohl wahr – Sie haben vollkommen recht«, antwortete sie
gedankenvoll. Sie schwieg ein oder zwei Minuten, dann meinte sie
lächelnd: »Ich versuche gerade, mir für jeden Hotelgast ein Motiv
auszudenken, das ihn oder sie zu einem Mord veranlassen könnte.
Es ist ganz unterhaltend – Simon Doyle zum Beispiel?«
Poirot lächelte. »Ein höchst einfaches Verbrechen – eine Abkürzung,
um sein Ziel zu erreichen. Keinerlei spitzfindige Schnörkel in
seinem Fall.«
»Und daher leicht zu lösen?«
»Ja, erfinderisch ist er nicht.«
»Und Linna?«
»Sie würde sich verhalten wie die Königin in *Alice im Wunderland* –
Kopf ab!«
»Natürlich. Die Monarchie, das Recht von Gottes Gnaden! Und das
gefährliche Geschöpf – Jacqueline de Bellefort –, könnte *sie* einen
Mord begehen?«
Poirot zögerte kurz. »Ja – das halte ich durchaus für möglich.«
»Ganz überzeugt sind Sie nicht?«
»Nein, ich durchschaue sie nicht genau.«
»Ich glaube nicht, daß Mr. Pennington einen Mord begehen könnte.
Er sieht so ausgetrocknet und magenkrank aus – irgendwie blutleer.«
»Vermutlich hat er einen starken Selbsterhaltungstrieb.«
»Ja, das mag stimmen. Und die arme Mrs. Otterbourne mit ihrem
Turban?«
»Eitelkeit ist immer ein Motiv.«
»Sogar für einen Mord?« fragte Mrs. Allerton zweifelnd.
»Die Motive für einen Mord sind oft sehr trivial, Madame.«
»Was sind die geläufigen, Monsieur Poirot?«
»Zumeist Geld. Das heißt Profit in all seinen Abarten. Dann – Rache
und Liebe und Angst, blinder Haß und Vorteil . . .«
»Aber, Monsieur Poirot!«
»O ja, Madame. Ich habe öfters gesehen, daß – sagen wir – A von B
aus dem Weg geräumt wurde, nur weil C davon einen Vorteil hatte.

Politischer Mord fällt oft in diese Kategorie. Irgend jemand wird als Feind der Zivilisation angeprangert und deshalb umgebracht. Solche Mörder vergessen, daß Leben und Tod einzig Gottes Angelegenheit sind.«

Mrs. Allerton antwortete leise: »Ich bin froh, daß Sie das sagen. Andererseits – Gott wählt sich seine Werkzeuge aus.«

»Das sind gefährliche Gedanken, Madame.«

Sie erhob sich. »Das war eine interessante Unterhaltung, Monsieur Poirot, doch jetzt müssen wir ins Hotel zurück. Wir brechen gleich nach dem Mittagessen auf.«

Als sie den Landungssteg erreichten, war der junge Mann im Rollkragenpullover gerade im Begriff, seinen Sitz im Boot einzunehmen. Der Italiener wartete bereits. Der nubische Bootsführer legte ab, und sie fuhren los. Poirot wandte sich höflich an den Fremden: »Man bekommt wundervolle Dinge in Ägypten zu sehen, nicht wahr?«

Der junge Mann rauchte einen ziemlich scharfen Tabak. Er nahm die Pfeife aus dem Mund und sagte kurz, aber mit Nachdruck: »Diese Dinge langweilen mich.« Seine Stimme war erstaunlich kultiviert. Mrs. Allerton nahm ihren Zwicker ab und musterte ihn mit freundlicher Neugierde.

»Ach wirklich? Und darf man wissen, wieso?« fragte Poirot.

»Nehmen Sie zum Beispiel die Pyramiden. Große Blöcke von sinnlosem Mauerwerk, nur dazu errichtet, um den Egoismus despotischer, eitler Könige zu befriedigen. Denken Sie nur mal an die zahllosen Menschen, die sie im Schweiße ihres Angesichts errichteten und dabei wie die Fliegen starben. Mir wird ganz übel, wenn ich an die Leiden denke, die sie symbolisieren.«

Mrs. Allerton sagte fröhlich: »Ihnen wäre es also lieber, es gäbe keine Pyramiden, keinen Parthenon, keine schönen Gräber und Tempel, wenn Sie dafür die Befriedigung eintauschen könnten, daß all diese Leute drei Mahlzeiten am Tag erhalten hätten und in ihren Betten gestorben wären?«

»Meiner Meinung nach sind Menschen wichtiger als Steine«, antwortete der junge Mann brummig.

»Aber sie halten der Zeit nicht so gut stand«, bemerkte Poirot.

»Ich sehe lieber einen guternährten Arbeiter als ein sogenanntes Kunstwerk. Für mich zählt die Zukunft und nicht die Vergangenheit.«

Dies war zuviel für Signor Richetti. Er hob zu einer langen, leidenschaftlichen Rede an, die nicht leicht zu verstehen war.

Als Erwiderung gab der junge Mann seine Ansichten über das kapitalistische System zum besten. Er spuckte Gift und Galle. Als er geendet hatte, waren sie bereits am Landungssteg angelangt.

»Nun wissen wir's«, sagte Mrs. Allerton gut gelaunt und ging an Land. Der junge Mann warf ihr einen vernichtenden Blick zu.

In der Hotelhalle begegnete Poirot Jacqueline de Bellefort. Sie trug ein Reitkostüm und machte bei seinem Anblick eine kleine, ironische Verbeugung.

»Ich will auf einem Esel ausreiten. Empfehlen Sie die einheimischen Dörfer, Monsieur Poirot?«

»Ist das Ihr heutiger Ausflug, Mademoiselle? *Eh bien*, die Dörfer sind malerisch, aber geben Sie nicht zuviel Geld für sogenannte Antiquitäten aus!«

»Die alle aus Europa stammen! Nein, so leicht legt man mich nicht herein!« Mit einem kurzen Kopfnicken trat sie in den gleißenden Sonnenschein hinaus.

Poirot packte seine Koffer. Es nahm wenig Zeit in Anspruch, da bei ihm immer peinliche Ordnung herrschte. Dann ging er in den Speisesaal, wo er zusammen mit den anderen Reisenden früher als üblich zu Mittag aß.

Nach dem Mittagessen brachte der Hotelbus die Passagiere zum Bahnhof, wo sie den täglichen Eilzug Kairo—Schellal besteigen sollten, eine Fahrt von zehn Minuten.

Im Bus saßen die Allertons, der junge Mann in den schmuddeligen Flanellhosen und der Italiener. Mrs. Otterbourne und ihre Tochter hatten einen Ausflug zum Damm und nach Philä gemacht, so daß sie mit den anderen erst in Schellal auf dem Dampfer zusammentreffen würden. Der Zug von Kairo und Luxor hatte zwanzig Minuten Verspätung. Doch schließlich lief er ein, und wie üblich entstand ein wildes Durcheinander von Gepäckträgern, die Koffer entweder ein- oder ausluden. Zum Schluß fand ein etwas atemloser Poirot seine eigenen Gepäckstücke, die der Allertons und einen herrenlosen Koffer in einem der Abteile wieder, während Tim und seine Mutter irgendwo anders mit dem Rest des Gepäcks saßen.

In dem Abteil, in dem Poirot gelandet war, saß eine ältliche Dame mit einem sehr faltigen Gesicht, einem steifen weißen Halskragen, einer beachtlichen Menge Diamanten und dem Ausdruck eines Reptils, das das Gros der Menschheit verachtet.

Sie warf Poirot einen hochmütigen Blick zu und verschwand hinter den Seiten einer amerikanischen Zeitschrift. Ein großes, etwas linkisch aussehendes Mädchen unter dreißig saß ihr gegenüber. Sie hatte lebhafte braune Augen, leicht zerzauste Haare wie eine gewisse Sorte von Hunden und einen sehr unterwürfigen Gesichtsausdruck. Von Zeit zu Zeit blickte die alte Dame über den Rand ihrer Zeitschrift und erteilte kurze Befehle. »Cornelia, falte die Reisedecken zusammen! Und wenn wir ankommen, kümmere dich um meinen Kosmetikkoffer! Laß ihn keinesfalls aus der Hand! Vergiß nicht mein Papiermesser.«

Die Fahrt war kurz. Nach zehn Minuten hielt der Zug am Pier, wo die *Karnak* der Passagiere harrte. Die Otterbournes waren bereits an Bord.

Die *Karnak* war kleiner als die *Papyrus* und die *Lotus*, die beiden Dampfer, die zum ersten Nilkatarakt fuhren und für die Schleusen des Assuandamms zu groß waren. Die Passagiere gingen an Bord und wurden in ihre Kabinen geführt. Da der Dampfer nicht voll belegt war, waren die meisten auf dem Promenadendeck untergebracht. Der ganze vordere Teil dieses Decks bestand aus einem Aussichtsraum mit Glaswänden, in dem die Passagiere sitzen und das Flußpanorama bewundern konnten. Auf dem Deck darunter gab es einen Rauchsalon und einen kleinen Aufenthaltsraum, der Speisesaal lag noch ein Deck tiefer.

Poirot, nachdem er das Abladen seines Gepäcks in der Kabine überwacht hatte, begab sich wieder an Deck, um die Abfahrt zu beobachten. Er bemerkte Rosalie Otterbourne, die an der Reling lehnte, und trat neben sie. »Nun fahren wir also nach Nubien«, sagte er. »Macht Ihnen dies Vergnügen, Mademoiselle?«

Das Mädchen holte tief Atem. »Ja, ich habe das Gefühl, daß man endlich dem Alltag entrinnt.«

Sie machte eine vage Handbewegung. Der Blick, der sich ihnen bot, war tatsächlich nicht alltäglich: Felsen ohne Vegetation, die bis ans Ufer reichten, hier und dort die Mauerreste verlassener Häuser, die durch das Eindämmen des Wassers zerstört worden waren. Die ganze Szenerie war von einem melancholischen, düsteren Charme.

»Daß man den *Menschen* entrinnt«, sagte Rosalie Otterbourne.

»Außer unserer eigenen, kleinen Gruppe.«

Rosalie zuckte die Achseln. »Dieses Land«, sagte sie unerwartet, »hat etwas an sich, das das Negativste in einem zutage fördert. Es bringt all die Dinge an die Oberfläche, die seit langem im Innern gären.

Alles scheint plötzlich unfair – ungerecht.«

»Ich weiß nicht, kann man Dinge nach ihrem Äußeren beurteilen?«

»Sehen Sie sich die – die Mütter anderer Töchter an, und dann sehen Sie sich meine Mutter an. Sie kennt nur einen Gott, und der heißt: Sex, und Salome Otterbourne ist sein Prophet.« Sie schwieg und fügte dann hinzu: »Das hätte ich lieber nicht sagen sollen.«

Poirot hob beruhigend die Hand. »Mir können Sie sich anvertrauen. Ich habe in meinem Leben noch ganz andere Dinge gehört. Und – wie Sie sagen – in Ihrem Innern gärt es, *eh bien*, der Schaum kommt an die Oberfläche – wie beim Einkochen von Marmelade –, und man schöpft ihn ab mit einem Schaumlöffel.« Er machte eine Geste, als ließe er etwas in den Nil fallen. »Und dann ist es weg.«

»Was für ein außergewöhnlicher Mensch Sie doch sind!« sagte Rosalie. Der mürrische Zug um ihren Mund verschwand. Sie lächelte ihn an, doch sofort wurde sie wieder reserviert. »Oh!« rief sie. »Dort sind Mrs. Doyle und ihr Mann! Ich wußte nicht, daß die beiden auch an dem Ausflug teilnehmen!«

Linna war gerade aus einer Kabine ungefähr in der Mitte des Decks getreten. Simon folgte ihr. Poirot war verblüfft, als er sie erblickte. Sie sah so strahlend und unbekümmert aus, ja beinahe arrogant vor Glück, und auch Simon Doyle schien wie ausgewechselt. Er grinste von einem Ohr zum andern wie ein glücklicher Schuljunge.

»Ist das nicht großartig?« sagte er und lehnte sich ebenfalls über die Reling. »Ich freue mich sehr auf diese Fahrt! Du nicht auch, Linna? Ich habe plötzlich das Gefühl, dem Touristenrummel entkommen zu sein und direkt ins Herz Ägyptens zu reisen.«

Seine Frau stimmte ihm zu: »Ich weiß, was du meinst, es ist irgendwie wild und öde.« Ihre Hand glitt unter seinen Arm, er preßte sie fest an sich. »Das Schiff legt ab, Linna.«

Der Dampfer löste sich langsam von der Pier. Die siebentägige Reise zum zweiten Nilkatarakt und zurück hatte begonnen.

Hinter ihnen erklang ein helles, silbriges Lachen. Linna fuhr herum. Jacqueline de Bellefort stand vor ihr. Sie schien erheitert. »Hallo, Linna! Was für eine Überraschung, dich hier zu treffen! Ich dachte, du wolltest noch zehn Tage länger in Assuan bleiben.«

»Ich – ich habe auch nicht erwartet, dir hier zu begegnen«, antwortete Linna mit einem gequälten Lächeln.

»Ach, nein?« Jacqueline ging auf die andere Seite des Schiffs.

Linna klammerte sich an den Arm ihres Mannes. »Simon – Simon!« Doyles heitere Laune war wie verflogen. Er sah wütend aus. Seine

Hände ballten sich zu Fäusten, trotz aller Anstrengung, seine Selbst-
kontrolle nicht zu verlieren.

Das Paar entfernte sich ein paar Schritte, trotzdem konnte Poirot,
ohne den Kopf zu wenden, einige Worte aufschnappen: ». . . nach
Hause fahren . . . unmöglich . . . wir könnten . . .« und dann Doyles
Stimme etwas lauter, verzweifelt und grimmig: »Wir können nicht
immer davonlaufen, Lin! Wir müssen die Sache durchstehen!«

Einige Stunden später, im scheidenden Tageslicht, stand Poirot im
Aussichtssalon und blickte auf die schmale Fahrrinne, durch die die
*Karnak* gerade fuhr. Die Felsen fielen schroff und steil rechts und
links ab, und zwischen ihnen floß der Strom tief und schnell. Sie
waren jetzt in Nubien.

Er hörte ein Geräusch. Linna Doyle war an seine Seite getreten. Ihre
Hände öffneten und schlossen sich, ihr Gesichtsausdruck erinnerte
ihn an ein verschrecktes Kind. Sie sagte: »Monsieur Poirot, ich
fürchte mich! Ich fürchte mich vor allem! Diese drohenden Felsen,
diese schreckliche Düsternis und Kahlheit. Wohin fahren wir? Was
wird geschehen? Ich habe Angst! Jeder haßt mich. Ich habe nie zuvor
ein ähnliches Gefühl gehabt. Ich bin immer nett zu den Menschen
gewesen. Ich habe ihnen geholfen. Und sie hassen mich – eine
Menge Leute haßt mich. Ich bin umgeben von Feinden, nur Simon
hält zu mir. Es ist ein schreckliches Gefühl zu wissen, daß man
gehaßt wird . . .«

»Was ist passiert, Madame?«

Sie schüttelte den Kopf. »Ich weiß es nicht. Wohl nur die Nerven. Mir
scheint, als lauere überall Gefahr . . .« Sie warf einen schnellen Blick
über die Schulter, dann sagte sie stockend: »Wie wird alles enden?
Wir sind gefangen, wir sitzen in der Falle! Wir können nicht weg. Ich
– ich weiß nicht, was werden soll.«

Sie ließ sich auf einen Sitz fallen. Poirot blickte auf sie hinab, nicht
ohne einen gewissen Ausdruck des Mitleids.

»Woher wußte sie, daß wir auf diesem Dampfer sind?« fragte Linna.
»Woher konnte sie es wissen?«

Poirot schüttelte den Kopf. »Sie ist klug«, sagte er.

»Ich habe das Gefühl, daß ich ihr nie entrinnen werde.«

»Es hätte einen Ausweg gegeben, und ich bin erstaunt, daß Sie ihn
nicht gewählt haben. Geld spielt schließlich in Ihrem Fall keine Rolle.
Warum haben Sie sich nicht ein Privatboot gemietet?«

Linna sah ihn hilflos an. »Wenn wir geahnt hätten . . . Aber wie sollten wir? Und es ist alles so schwierig . . .« Ihre Stimme klang plötzlich ungeduldig. »Ach, Sie verstehen nicht einmal die Hälfte meiner Schwierigkeiten! Ich muß auf Simon Rücksicht nehmen. Er ist lächerlich empfindlich, was Geld – meinen Reichtum – betrifft. Er wollte, wir sollten unsere Flitterwochen in Spanien an einem kleinen Ort verbringen, und *er* wollte bezahlen! Als ob das wichtig wäre. Männer sind so töricht! Er muß sich daran gewöhnen, angenehm zu leben. Allein die Idee eines Privatbootes hätte ihn verärgert – eine unnütze Ausgabe! Ich muß ihm vieles beibringen – mit Geduld.« Sie blickte zu Poirot auf und biß sich irritiert auf die Lippen, als bereue sie, so offen über ihre Schwierigkeiten gesprochen zu haben. Sie stand auf. »Ich muß mich umziehen. Entschuldigen Sie bitte, ich habe eine Menge Unsinn geredet.«

8

Mrs. Allerton stieg die zwei Decks hinunter zum Speisesaal. Das einfache schwarze Spitzenabendkleid, das sie trug, war von unauffälliger Eleganz. Ihr Sohn holte sie an der Speisesaaltür ab. »Verzeih, ich dachte schon, ich käme zu spät.«

Der Speisesaal stand voll kleiner Tische. Mrs. Allerton wartete, bis der Steward, der den anderen Gästen ihre Plätze zuwies, Zeit hatte, sich um sie zu kümmern. »Ich habe übrigens«, sagte sie, an ihren Sohn gewandt, »den kleinen Monsieur Hercule Poirot gebeten, sich zu uns zu setzen.«

»Aber Mutter, warum das?« Es klang erstaunt und ziemlich verärgert.

Seine Mutter sah ihn überrascht an. Tim machte nur äußerst selten Schwierigkeiten. »Ist es dir etwa nicht recht?« fragte sie.

»Nein, gar nicht! Er ist ein unerträglicher Spießer!«

»Da kann ich dir nicht recht geben.«

»Und überhaupt, wieso sollen wir uns mit Fremden abgeben? Auf einem kleinen Schiff, wo man sich alle Augenblicke begegnet, ist so was höchst unangebracht. Wir werden ihn morgens, mittags und abends um uns haben.«

»Es tut mir leid, Tim«, antwortete Mrs. Allerton bedrückt. »Ich dachte, er würde dich amüsieren. Er hat bestimmt ein interessantes Leben geführt, und du liebst doch Detektivgeschichten.«

»Ich wünschte, du hättest nicht solche brillanten Einfälle, Mutter.
Jetzt können wir es vermutlich nicht mehr rückgängig machen?«
»Nein, Tim, ich wüßte nicht, wie.«
In diesem Moment kam der Steward und führte sie an ihren Tisch.
Mrs. Allerton sah noch immer leicht verwirrt aus. Tim war im
allgemeinen gutwillig und ausgeglichen und dieser Ausbruch etwas
höchst Ungewöhnliches. Sie stieß einen kleinen Seufzer aus. Männer
waren so schwer zu verstehen! Selbst diejenigen, die einem am
allernächsten standen, zeigten gelegentlich völlig unerwartete Reaktionen.
Als sie sich setzten, erschien Hercule Poirot und legte die Hand auf
die Lehne des dritten Stuhls. »Erlauben Sie mir wirklich, von Ihrer
liebenswürdigen Aufforderung Gebrauch zu machen, Madame?«
»Natürlich! Setzen Sie sich, Monsieur Poirot.«
»Das ist äußerst freundlich von Ihnen.«
Sie bemerkte mit einigem Unbehagen, daß Poirot, als er Platz nahm,
einen kurzen Blick auf Tim warf, der seinen Unmut nur schlecht
verbarg. Mrs. Allerton versuchte, eine möglichst zwanglose Unterhaltung in Gang zu bringen. Während sie ihre Suppe aßen, griff sie
zur Passagierliste, die neben ihrem Gedeck lag, und meinte in
munterem Ton: »Mal sehen, wen von den Passagieren wir kennen.«
Sie fing an, die Namen vorzulesen. »Mrs. Allerton, Mr. T. Allerton,
also *die* kennen wir. Miss de Bellefort sitzt, wie ich feststelle, mit den
Otterbournes zusammen. Ob Rosalie und sie sich viel zu sagen
haben, scheint mir zweifelhaft. Als nächster kommt Dr. Bessner. Wer
ist Dr. Bessner?« Sie blickte zu einem Tisch hinüber, an dem vier
Männer saßen. »Ich glaube, es ist der Dicke mit dem kurzgeschnitte-
nen Haar und dem Schnurrbart. Ein Deutscher vermutlich. Die
Suppe scheint ihm gut zu schmecken.« Ein hörbares Schlürfen drang
zu ihnen herüber. »Und Miss Bowers?« fuhr Mrs. Allerton fort. »Hat
jemand eine Idee, wer das ist? Es gibt drei oder vier alleinstehende
Frauen. Nein, wir müssen sie für später aufheben. Mr. und Mrs.
Doyle. Die beiden Stars unter den Passagieren. Sie ist wirklich sehr
schön, und was für ein entzückendes Kleid sie trägt!«
Tim drehte sich um. Linna, ihr Mann und Andrew Pennington saßen
an einem Ecktisch. Linna trug ein weißes Kleid und eine Perlenkette.
»Das Kleid ist doch ganz einfach, ein paar Meter Stoff mit einer Art
Kordel um die Taille.«
»Ja, Liebling«, antwortete seine Mutter. »Eine nette männliche
Beschreibung für ein Achtzigpfundmodell.«

»Ich weiß wirklich nicht, warum Frauen soviel für ihre Kleider ausgeben. Mir scheint es verrückt«, sagte Tim.

Mrs. Allerton fuhr in der Musterung ihrer Mitpassagiere fort. »Mr. Fanthorp, das muß einer der vier sein. Der schweigsame junge Mann vermutlich. Er hat ein sympathisches Gesicht, verschlossen, aber intelligent.«

Poirot stimmte ihr zu. »Ja, er ist intelligent. Er spricht nur selten, aber er hört aufmerksam zu und beobachtet alles. Seinen Augen scheint nichts zu entgehen. Durchaus nicht der Typ, von dem man annehmen würde, daß er diesen Teil der Welt zu seinem Vergnügen bereist. Ich frage mich, was er hier will.«

»Mr. Ferguson«, las Mrs. Allerton vor. »Wenn mich nicht alles täuscht, ist er unser antikapitalistischer Freund. Mrs. Otterbourne, Miss Otterbourne. Nun, über die wissen wir Bescheid. Mr. Pennington? Alias Onkel Andrew. Ein gutaussehender Mann . . .«

»Aber Mutter«, sagte Tim.

»Doch, ich finde ihn gutaussehend in seiner konventionellen Art. Ein ziemlich rücksichtsloses Kinn. Vermutlich einer dieser Geschäftsleute aus der Wall Street, über die man in den Zeitungen liest. Sicher ist er enorm reich. Als nächstes kommt Monsieur Hercule Poirot – dessen Talente im Moment brachliegen. Kannst du Monsieur Poirot nicht irgendein Verbrechen servieren, Tim?«

Aber ihr wohlgemeinter Scherz schien ihren Sohn zu ärgern. Er brummte irgend etwas, und Mrs. Allerton fuhr hastig fort: »Mr. Richetti. Das ist unser italienischer Archäologe. Dann kommt Miss Robson und zum Schluß Miss van Schuyler. Die letztere muß die häßliche alte Amerikanerin sein, die sich zweifellos für die Königin des Schiffes hält und sich nur zu einigen Auserwählten, die ihren hohen Ansprüchen genügen, herabläßt. Irgendwie ist sie sehr eindrucksvoll – eine Art Antiquität. Die beiden Frauen an ihrem Tisch dürften Miss Bowers und Miss Robson sein – die Dünne mit dem Zwicker ist vielleicht die Sekretärin und das etwas unbeholfene junge Mädchen eine arme Verwandte. Sie scheint die Reise zu genießen, obwohl sie wie eine Negersklavin behandelt wird. Nach meiner Meinung ist Miss Robson die Sekretärin und Miss Bowers die arme Verwandte.«

»Falsch geraten, Mutter«, erklärte Tim grinsend. Er hatte plötzlich seine gute Laune wiedergewonnen.

»Woher willst du das wissen?«

»Weil ich vor dem Essen im Salon war und hörte, wie die Alte sagte:

›Wo ist Miss Bowers, hol sie sofort, Cornelia!‹ Und Cornelia trottete davon wie ein gehorsames Hündchen.«

»Ich muß mit Miss van Schuyler ins Gespräch kommen«, sagte Mrs. Allerton mehr zu sich selbst.

»Sie wird dir die kalte Schulter zeigen, Mutter«, erwiderte Tim lachend.

»O nein! Ich werde mich in ihre Nähe setzen und mit einer leisen, vornehmen – aber durchdringenden – Stimme über meine adligen Freunde und Verwandten herziehen. Die Erwähnung des Herzogs von Glasgow, deines Vetters zweiten Grades, wird Wunder wirken.«

»Du bist völlig skrupellos, Mutter!«

Nach dem Abendessen zog sich der sozialistische junge Mann – Mr. Ferguson, wie Mrs. Allerton richtig getippt hatte – in den Rauchsaal zurück. Die Gesellschaft der anderen Passagiere, die sich im Aussichtsraum versammelt hatten, verschmähte er.

Miss van Schuyler, wie erwartet, sicherte sich den besten Platz, indem sie energisch auf den Tisch zuging, an dem Mrs. Otterbourne saß, und sagte: »Entschuldigen Sie, bitte, aber ich *glaube*, ich habe mein Strickzeug liegengelassen.«

Unter dem hypnotischen Blick, der sie fixierte, erhob sich die beturbante Mrs. Otterbourne und trat den Rückzug an. Miss van Schuyler beschlagnahmte den Tisch für sich und ihr Gefolge. Mrs. Otterbourne setzte sich in die Nähe und versuchte, ein Gespräch anzuknüpfen, doch ihre Bemerkungen wurden mit einer so eisigen Höflichkeit beantwortet, daß sie bald jeden Versuch aufgab. Die Doyles saßen zusammen mit den Allertons. Dr. Bessner hatte sich den schweigsamen Mr. Fanthorp als Gesellschafter ausgewählt. Jacqueline de Bellefort saß allein da, mit einem Buch. Rosalie Otterbourne machte einen nervösen Eindruck, Mrs. Allerton versuchte, sie ein paarmal in die Unterhaltung mit einzubeziehen, doch ohne Erfolg.

Hercule Poirot verbrachte den Abend damit, ergeben einem langen Vortrag von Mrs. Otterbourne über ihre Aufgabe als Schriftstellerin zu lauschen. Später, auf dem Weg zur Kabine, begegnete er Jacqueline de Bellefort. Sie lehnte an der Reling, und als sie den Kopf wandte, war er erschrocken über ihren unglücklichen Ausdruck. Die Sorglosigkeit, der hämische Trotz, der flammende Triumph waren aus ihrem Gesicht verschwunden.

»Gute Nacht, Mademoiselle.«

»Gute Nacht, Monsieur Poirot!« Sie zögerte, dann fügte sie hinzu: »Sind Sie erstaunt, mich hier zu sehen?«

»Nicht so sehr erstaunt. Sie tun mir leid . . .«

»*Ich* tue Ihnen leid?«

»Ja, Sie haben einen gefährlichen Kurs eingeschlagen, Mademoiselle. Wir alle hier auf dem Dampfer haben eine Reise ins Unbekannte angetreten, aber Ihre Reise ist sehr privater Art – eine Reise auf einem schnell fließenden Fluß, zwischen drohenden Felsen, mit unberechenbaren, gefährlichen Stromschnellen . . .«

»Warum sagen Sie das?«

»Weil es die Wahrheit ist. Sie haben das Tau zerschnitten, das Sie absicherte. Ich bezweifle, ob Sie noch zurück könnten, selbst wenn Sie wollten.«

Sie sagte sehr langsam: »Ja, das ist wohl wahr . . .« Dann warf sie den Kopf zurück. »Ach, man muß seinem Stern folgen, wo immer er einen hinführt.«

»Hüten Sie sich, daß es kein falscher Stern ist.«

Sie lachte und machte die Rufe der Eseltreiber nach: »Schlechter Stern, Herr! Der Stern fällt herunter . . .«

Er war schon am Einschlafen, als ihn Stimmengemurmel wieder weckte. Und dann hörte er deutlich, wie Doyle die Worte wiederholte, die er bei der Abfahrt von Schellal gesagt hatte: »Wir müssen die Sache durchstehen.«

Ja, dachte Poirot, die Sache muß durchgestanden werden. Der Gedanke machte ihn nicht glücklich.


9

Der Dampfer erreichte Es-Sebua sehr früh am nächsten Vormittag. Cornelia Robson ging als eine der ersten an Land; ihr Gesicht strahlte unter einem breitkrempigen weichen Hut. Im Gegensatz zu Miss van Schuyler lag ihr jeder Gedanke an Arroganz völlig fern. Sie war freundlich von Natur aus und ihren Mitmenschen wohlgesinnt. Hercule Poirots Anblick in einem weißen Anzug, rosa Hemd und mit großer schwarzer Fliege hätte die aristokratische Miss van Schuyler bestimmt schockiert, nicht aber Cornelia. Als sie nebeneinander die Sphinxallee entlanggingen und Poirot fragte: »Ihre Reisegefährten gehen nicht an Land, um sich die Tempel zu besehen?« antwortete sie, ohne zu zögern: »Meine Kusine Marie – Miss van Schuyler – steht spät auf. Sie muß sehr auf ihre Gesundheit achten, und natürlich braucht sie Miss Bowers – das ist ihre Pflegerin. Es gibt immer so viel zu tun! Abgesehen davon, hat Kusine Marie gesagt, die Tempel wären nicht besonders sehenswert. Aber mir hat sie erlaubt, sie zu besichtigen, was furchtbar nett von ihr ist.«

»Sehr großzügig von ihr«, sagte Poirot trocken.

Die harmlose Cornelia stimmte ihm arglos zu: »Ja, sie ist sehr gut zu mir. Ich bin ihr so dankbar, daß sie mich zu dieser Reise eingeladen hat. Ich konnte es zuerst gar nicht fassen, als sie Mutter den Vorschlag machte. Ich habe wirklich Glück!«

»Und Sie genießen die Reise?«

»Alles war ganz wundervoll! Ich habe Italien gesehen und Venedig, Padua, Pisa – und dann Kairo. Leider fühlte sich Kusine Marie in Kairo nicht besonders, so daß ich von der Stadt nicht viel gesehen habe. Und jetzt diese wundervolle Reise nach Wadi Halfa und zurück.«

Poirot meinte lächelnd: »Sie haben eine sehr glückliche Natur, Mademoiselle.« Er blickte nachdenklich erst auf sie und dann auf die schweigende, mürrische Rosalie, die allein vor ihnen schritt.

»Sie ist hübsch, nicht wahr?« sagte Cornelia, die seinem Blick gefolgt war. »Allerdings sieht sie immer ein wenig unzufrieden aus. Aber das ist vielleicht das Englische an ihr. So schön wie Mrs. Doyle ist sie natürlich nicht. Ich habe noch nie so eine schöne und elegante Frau getroffen! Und ihr Mann betet sie an, das merkt man sofort. Die grauhaarige Dame gefällt mir auch gut, sie wirkt irgendwie sehr vornehm. Ich habe gehört, sie sei die Kusine eines Herzogs. Sie sprach gestern abend über ihn; sie saß ganz in unserer Nähe. Aber sie selbst hat wohl keinen Titel.«

So plauderten sie weiter, bis der Führer stehenblieb und mit seinen Erklärungen begann: »Der Tempel ist dem Amon geweiht und dem Sonnengott Re Harachte, dessen Symbol ein Habichtskopf ist . . .« Der eintönige Vortrag schien kein Ende nehmen zu wollen. Dr. Bessner, den Baedeker in der Hand, murmelte auf deutsch vor sich hin. Er zog das geschriebene Wort vor.

Tim Allerton nahm an der Besichtigung nicht teil. Seine Mutter versuchte, den schweigsamen Mr. Fanthorp aus seiner Reserve zu locken. Andrew Pennington, der sich bei Linna Doyle eingehakt hatte, hörte aufmerksam zu, anscheinend war er sehr interessiert an den Maßen, die der Führer herunterleierte.

»Einundzwanzig Meter hoch! Das hätte ich nicht gedacht, sieht mir ein wenig niedriger aus! Ist eine großartige Erscheinung gewesen, dieser Ramses . . .«

»Und ein talentierter Geschäftsmann, Onkel Andrew.«

Andrew Pennington sah sie von der Seite an: » Du siehst gut aus heute. Ich war ein wenig besorgt um dich in der letzten Zeit. Du machtest einen etwas niedergeschlagenen Eindruck.«

Die Gruppe kehrte plaudernd zum Dampfer zurück. Und bald glitt die *Karnak* wieder flußaufwärts. Die Szenerie war jetzt weniger düster. Die Felsen waren Palmen und Feldern gewichen, und dieser Wechsel in der Landschaft schien die Passagiere von einem geheimen Druck befreit zu haben. Tim Allerton hatte seine schlechte Laune abgeschüttelt, Rosalie sah weniger mürrisch aus, und Linna wirkte fast heiter.

Pennington sagte zu ihr: »Ich weiß, es ist taktlos, mit einer jungverheirateten Frau auf ihrer Hochzeitsreise über Geschäfte zu reden, aber es gibt ein oder zwei Dinge . . .«

»Das ist selbstverständlich, Onkel Andrew«, antwortete Linna und verfiel sofort in einen geschäftsmäßigen Tonfall. »Meine Heirat hat natürlich einiges geändert.«

»Darum handelt es sich. Irgendwann brauche ich einige Unterschriften von dir.«

»Warum nicht gleich?«

Andrew Pennington blickte um sich. Sie waren völlig allein in ihrer Ecke des Aussichtsraums. Die meisten waren auf dem offenen Deck, das zu den Kabinen führte. Außer ihm und Linna saßen nur noch ein leise vor sich hin pfeifender Mr. Ferguson mit einem Glas Bier an einem Mitteltisch, dann Monsieur Hercule Poirot dicht an der Glaswand, offensichtlich ganz in den Anblick der Landschaft vertieft, und in einer entfernten Ecke Miss van Schuyler mit einem Buch über Ägypten in der Hand.

»Ausgezeichnet«, sagte Andrew Pennington. Er erhob sich und verließ den Salon.

Simon lächelte Linna an. »Alles in Ordnung, Liebling?«

»Ja, alles in Ordnung! Komisch, daß ich plötzlich gar nicht mehr nervös bin.«

»Du bist wundervoll«, erklärte Simon im Brustton der Überzeugung.

Pennington kehrte mit einem Bündel eng beschriebener Dokumente zurück.

»Um Himmels willen«, rief Linna, »muß ich die alle unterzeichnen?«
Andrew Pennington sagte entschuldigend: »Ich weiß, es ist viel
verlangt, aber ich möchte deine finanziellen Angelegenheiten in
Ordnung bringen. Zuerst einmal – hier ist der Pachtvertrag für das
Haus in der Fifth Avenue; und dann die Western-Land-Konzessio-
nen . . .« Er sortierte raschelnd die Bogen, während er weitersprach.
Simon gähnte.
Die Tür, die zum Deck führte, öffnete sich. Mr. Fanthorp betrat den
Raum. Er blickte ziellos um sich, trat zu Monsieur Poirot und starrte
hinaus auf das blaßblaue Wasser und den gelben Sand.
». . . Wenn du hier bitte unterzeichnen würdest«, sagte Pennington,
legte einige Bogen vor Linna hin und bezeichnete die Stelle mit dem
Finger.
Linna nahm das Dokument in die Hand und überflog es, blätterte auf
die erste Seite zurück, ergriff schließlich den Füllfederhalter, den
Pennington neben sie gelegt hatte, und unterschrieb: Linna Doyle.
Pennington nahm das Dokument an sich und legte ihr ein weiteres
vor.
Fanthorp schlenderte in ihre Richtung, wobei er ab und zu durch das
Seitenfenster blickte, als interessiere er sich für etwas, das am Ufer
geschah.
»Das ist nur die Übertragungsurkunde«, sagte Pennington, »du
brauchst sie nicht zu lesen.«
Doch Linna prüfte sie trotzdem genau. Pennington legte ihr ein
weiteres Papier vor, und wieder sah Linna es sich genau an.
»Das sind alles nur Routinesachen«, sagte Pennington. »Nichts von
Interesse, nur eine Menge juristischer Phrasen.«
Simon gähnte erneut. »Liebling, du wirst doch nicht alles durchlesen
wollen? Es würde bis zum Mittagessen dauern – und länger.«
»Ich lese immer alles genau durch«, antwortete Linna. »Vater hat
mich das gelehrt. Er sagte, Schreibfehler seien immer möglich.«
»Du bist eine ausgezeichnete Geschäftsfrau, Linna«, warf Penning-
ton mit einem gekünstelten Lachen ein.
»Sie ist jedenfalls sehr viel gewissenhafter, als ich es je wäre«, gab
Simon aufgeräumt zu. »Ich habe noch nie in meinem Leben ein
Aktenstück durchgelesen. Ich unterzeichne auf der punktierten
Linie – und damit fertig.«
»Das ist äußerst leichtsinnig!« sagte Linna vorwurfsvoll.
»Ich habe eben keinen kaufmännischen Verstand«, erwiderte Simon
gut gelaunt. »Wenn man mich bittet zu unterschreiben, unter-

schreibe ich. Es ist das einfachste.«

Andrew Pennington blickte ihn nachdenklich an. Dann sagte er trocken, indem er sich über die Oberlippe fuhr: »Manchmal ein wenig riskant, Doyle.«

»Unsinn«, antwortete Simon. »Ich gehöre nicht zu den Leuten, die meinen, alle Welt wolle sie betrügen. Ich gehöre zu der vertrauensvollen Sorte – und das zahlt sich aus. Mich hat ganz selten jemand reingelegt.«

Plötzlich, zur Verwunderung aller, drehte der schweigsame Mr. Fanthorp sich um und sagte zu Linna: »Entschuldigen Sie die Einmischung, aber ich bewundere Ihren Geschäftssinn ungemein. In meinem Beruf – ich bin Anwalt – trifft man leider nur zu oft auf Damen, die von Geschäften nichts verstehen. Ja, Ihre Einstellung, nie ein Dokument zu unterzeichnen, bevor Sie es durchgelesen haben, hat meine volle Bewunderung.«

Er machte eine kleine Verbeugung, dann wandte er sich, ziemlich rot im Gesicht, wieder dem Fenster zu und versank in die Betrachtung des Nilufers.

Linna sagte: »Oh, vielen Dank . . .« Sie biß sich auf die Lippen, um ein Kichern zu unterdrücken. Der junge Mann hatte in einem geradezu feierlichen Tonfall gesprochen. Pennington hingegen sah ziemlich wütend aus. Simon Doyle schien sich nicht entschließen zu können, ob er verärgert oder amüsiert sein sollte.

»Was kommt als nächstes?« fragte Linna und sah Pennington lächelnd an.

Doch Pennington war offensichtlich aus der Fassung geraten. »Vielleicht lassen wir den Rest für später«, meinte er steif. »Doyle hat ganz recht. Wenn du darauf bestehst, alles durchzulesen, werden wir bis zum Mittagessen hier sitzen. Wir wollen schließlich auch ein wenig die Landschaft genießen. Abgesehen davon, waren die zwei ersten Dokumente die wichtigsten, alles andere können wir irgendwann erledigen.«

»Es ist furchtbar heiß hier«, sagte Linna, »laßt uns nach draußen gehen.«

Die drei traten durch die Schwingtüren. Hercule Poirot wandte den Kopf, sein Blick ruhte nachdenklich auf Mr. Fanthorps Rücken. Dann richtete er ihn auf Mr. Fergusons hingerekelte Gestalt; Ferguson hatte den Kopf zurückgeworfen und pfiff leise vor sich hin. Schließlich sah er zu der aufrecht dasitzenden Miss van Schuyler hinüber. Miss van Schuyler starrte Mr. Ferguson an.

Die Schwingtür an der Backbordseite flog auf, und Cornelia Robson kam eilig herein.

»Du warst lange fort«, fuhr die alte Dame sie an. »Was hast du die ganze Zeit über getrieben?«

»Es tut mir leid, Kusine Marie, aber die Wolle war nicht dort, wo du gesagt hast, sie war in einem ganz anderen Koffer.«

»Mein liebes Kind, du bist absolut hoffnungslos im Finden von Sachen! Ich weiß, du bist sehr willig, aber du mußt versuchen, ein wenig schneller und tüchtiger zu sein. Mit etwas Konzentration geht alles viel leichter.«

»Verzeih, Kusine Marie, ich bin nun einmal dumm.«

»Niemand ist wirklich dumm, der sich echte Mühe gibt. Ich habe dich schließlich auf diese Reise *eingeladen*, einige kleine Gegenleistungen darf ich da wohl erwarten.«

Cornelia errötete. »Verzeih, Kusine Marie.«

»Und wo ist Miss Bowers? Ich hätte schon vor zehn Minuten meine Tropfen bekommen sollen. Bitte geh und suche sie! Der Arzt hat gesagt, sie seien sehr wichtig . . .«

Gerade in diesem Augenblick betrat Miss Bowers den Salon mit einem kleinen Medizinglas. »Ihre Tropfen, Miss van Schuyler.«

»Ich hätte sie genau um elf Uhr bekommen sollen«, fuhr die alte Dame sie an. »Nichts hasse ich mehr als Unpünktlichkeit!«

Miss Bowers blickte auf ihre Armbanduhr. »Es ist eine halbe Minute vor elf Uhr.«

»Bei mir ist es zehn nach elf!«

»Sie werden feststellen, daß meine Uhr richtig geht. Sie ist äußerst zuverlässig«, erwiderte Miss Bowers gelassen.

Miss van Schuyler trank den Inhalt des Medizinglases aus. »Nach den Tropfen fühle ich mich einwandfrei schlechter«, sagte sie scharf.

»Das tut mir leid.« Miss Bowers' Stimme verriet nicht die geringste Spur von Mitleid; sie klang völlig uninteressiert. Die korrekte Antwort war ihr offensichtlich ganz automatisch von den Lippen gekommen.

»Hier ist es mir zu heiß«, erklärte Miss van Schuyler ärgerlich. »Finden Sie mir einen Liegestuhl an Deck, Miss Bowers. Cornelia, gib mir mein Strickzeug, laß es aber nicht fallen. Und dann wickle die Wolle auf.«

Die drei Damen verließen den Salon.

Mr. Ferguson seufzte, streckte seine Beine aus und sagte zur Allgemeinheit: »Dieser Person könnte ich einfach den Hals umdrehen.«

Poirot fragte interessiert: »Sie mögen den Typ nicht?«

»Mögen? Allerdings nicht. Was für eine Lebensberechtigung hat diese Frau? Sie hat nie gearbeitet, nie einen Finger gerührt. Sie hat nur andere Menschen ausgenützt. Sie ist ein Parasit, und zwar ein besonders unerfreulicher. Aber es gibt noch eine Menge anderer Leute auf diesem Schiff, die die Welt leicht entbehren könnte.«

»Wirklich?«

»Ja, zum Beispiel diese junge Frau vorhin, die ihre Aktienübertragungen unterschrieb und sich wichtig machte. Hunderttausende von Arbeitern plagen sich für einen Hungerlohn ab, damit sie in Luxus leben kann. Sie ist eine der reichsten Frauen Englands, wie ich höre, und hat nie auch nur einen Tag in ihrem Leben gearbeitet.«

»Wer hat Ihnen erzählt, daß sie eine der reichsten Frauen von England ist?«

Mr. Ferguson sah ihn feindselig an. »Ein Mann, mit dem Sie nicht einmal sprechen würden. Ein Mann, der von seiner Hände Arbeit lebt und sich dessen nicht schämt. Kein aufgeputzter, geckenhafter Nichtstuer wie die meisten hier.« Er warf einen abschätzigen Blick auf Poirots rosa Hemd und Fliege.

»Ich arbeite mit dem Kopf und schäme mich dessen nicht«, sagte Poirot als Antwort auf den Blick.

Mr. Ferguson schnaubte nur verächtlich. »Sie gehören erschossen – alle zusammen«, verkündete er.

»Mein lieber, junger Mann«, sagte Poirot, »was für eine Leidenschaft zur Gewalttätigkeit Sie haben!«

»Erklären Sie mir einmal, wie man ohne Leidenschaft irgend etwas Positives erreichen kann? Man muß zerstören, um aufbauen zu können.«

»Es ist zweifellos einfacher, lärmender und sehr viel eindrucksvoller.«

»Und was tun Sie, um Ihren Lebensunterhalt zu verdienen? Ich wette – nichts. Vermutlich nennen Sie sich einen Mann der Mitte.«

»Ich bin kein Mann der Mitte, ich bin ein Mann der Spitze!« erklärte Poirot nicht ohne eine gewisse Arroganz.

»*Was* sind Sie?«

»Ich bin Privatdetektiv«, antwortete Poirot in dem bescheidenen Tonfall, mit dem man sagt: »Ich bin ein König.«

»Guter Gott!« rief der junge Mann ehrlich erstaunt. »Soll das heißen, daß diese Frau mit einem Detektiv reist? Ist sie wirklich so besorgt um ihr kostbares Leben?«

77

»Ich habe mit Mr. und Mrs. Doyle nicht das geringste zu tun«, sagte Poirot steif. »Ich befinde mich auf einer Urlaubsreise.«

»Sie machen also Urlaub, was?«

»Und Sie? Sind Sie nicht auch auf Ferien?«

»Ferien!« schnaubte Mr. Ferguson verächtlich und fügte dann etwas rätselhaft hinzu: »Ich studiere die Verhältnisse.«

»Wie interessant!« murmelte Poirot und begab sich an Deck.

Miss van Schuyler saß dort bereits in der geschütztesten Ecke. Cornelia kniete vor ihr mit einem Strang grauer Wolle um ihre ausgestreckten Hände. Miss Bowers las in gestraffter Haltung die *Saturday Evening Post.*

Monsieur Poirot schlenderte zum Steuerborddeck. Am Heck des Dampfers wäre er fast mit einer Frau zusammengestoßen, die ihn erschreckt anblickte. Sie war ein pikanter südländischer Typ in einem schlichten schwarzen Kleid und sprach mit einem großen, stämmigen Mann – allem Anschein nach einem der Schiffsingenieure. Bei seinem Auftauchen erschien ein merkwürdig schuldbewußter, erschreckter Ausdruck auf ihren Gesichtern. Poirot fragte sich, worüber sie wohl gesprochen hatten.

Er wanderte an der Backbordseite zurück. Eine Kabinentür öffnete sich, und Mrs. Otterbourne wäre ihm fast in die Arme gefallen. Sie trug einen roten Satinmorgenrock.

»Verzeihen Sie, Monsieur Poirot«, entschuldigte sie sich. »Der Wellengang macht mir zu schaffen, wenn nur das Schiff nicht so schaukeln würde!« Sie klammerte sich an seinen Arm. »Dieses Auf und Ab macht mich ganz krank! Und dann das stundenlange Alleinsein. Meine Tochter – sie hat überhaupt kein Verständnis für ihre arme, alte Mutter, und dabei habe ich alles, was in meinen Kräften steht, für sie getan . . .« Mrs. Otterbourne brach in Tränen aus. »Ich habe mich abgerackert für sie. Mir die Finger wund geschrieben! Ich hätte *une grande amoureuse* sein können, statt dessen habe ich alles geopfert – alles. Aber was kümmert sie das! Doch ich werde jedem erzählen, wie sehr sie mich vernachlässigt. Wie sie mich zu dieser Reise gezwungen hat, die mich tödlich langweilt! Ich werde es jedem auf dem Schiff erzählen, und zwar jetzt!«

Sie machte ein paar schwankende Schritte, doch Poirot hielt sie von ihrem Vorhaben zurück. »Ich werde Ihre Tochter zu Ihnen schicken. Gehen Sie wieder in Ihre Kabine. Glauben Sie mir, es ist das Beste . . .«

»Nein, ich will, daß jeder auf dem Schiff weiß . . .«

»Der Wellengang ist zu stark, Madame, Sie könnten über Bord gespült werden.«

Mrs. Otterbourne sah ihn zweifelnd an. »Ist das Ihr Ernst?«

»Es ist mein voller Ernst.«

Mrs. Otterbourne zögerte eine Sekunde, dann gab sie nach und kehrte in die Kabine zurück.

Poirots Nasenflügel zuckten kaum merkbar, dann nickte er und ging Rosalie suchen, die zwischen Mrs. Allerton und Tim saß.

»Ihre Mutter wünscht Sie zu sehen, Mademoiselle.«

Sie hatte eben noch herzlich gelacht, nun verfinsterte sich ihr Gesicht. Sie warf ihm einen mißtrauischen Blick zu und eilte das Deck entlang.

»Ich werde aus dem Mädchen nicht klug«, sagte Mrs. Allerton. »Sie ist so wetterwendisch. An einem Tag ist sie die Freundlichkeit selbst und am nächsten Tag von einer kaum faßbaren Unhöflichkeit.«

»Verwöhnt und launisch«, erklärte Tim.

Mrs. Allerton schüttelte den Kopf. »Nein, das glaube ich nicht. Meiner Meinung nach ist sie einfach sehr unglücklich.«

Tim zuckte die Achseln. »Jeder hat Sorgen.« Seine Stimme klang hart und verletzt. Ein Gongschlag ertönte.

»Mittagessen?« rief Mrs. Allerton erfreut. »Ich bin schon ganz verhungert.«

An diesem Abend bemerkte Poirot, daß Mrs. Allerton neben Miss van Schuyler saß und sich mit ihr unterhielt. Als er vorbeiging, blinzelte Mrs. Allerton ihm verstohlen zu. Sie sagte gerade: »Natürlich auf Schloß Calfries, bei meinem lieben Vetter, dem Herzog . . .«

Cornelia, zeitweilig von ihren Pflichten befreit, saß an Deck und hörte Dr. Bessner zu, der ihr etwas langatmig, mit dem Baedeker in der Hand, Geschichte und Kunst Ägyptens erklärte. Cornelia lauschte hingebungsvoll.

Tim Allerton lehnte an der Reling und sagte: »Die Welt ist eben von Grund auf verdorben . . .«

Rosalie Otterbourne antwortete: »Ja, es ist ungerecht, daß manche Menschen alles haben und andere . . . na ja, Sie verstehen schon . . .«

Poirot seufzte. Er war dankbar dafür, daß er nicht mehr jung war.

Am Montag morgen hallte der Dampfer von Entzückens- und Begeisterungsrufen wider. Er hatte am Ufer angelegt, nur ein paar hundert Meter von einem großen, in einen Felsen gehauenen Tempel entfernt, der von den ersten morgendlichen Sonnenstrahlen erhellt wurde. Vier riesige, in die Klippen gemeißelte Figuren starrten seit Ewigkeiten über den Nil und in diesem Augenblick auf die aufgehende Sonne.

Cornelia Robson sagte atemlos: »Oh, Monsieur Poirot, ist das nicht wundervoll? Sie sehen so mächtig und doch so friedlich aus! Wenn man sie betrachtet, kommt man sich winzig vor, fast wie ein Insekt, und man hat das Gefühl, nichts ist von irgendwelcher Bedeutung.«

Mr. Fanthorp, der dicht neben ihr stand, murmelte: »Tatsächlich sehr eindrucksvoll.«

»Großartig, nicht wahr?« sagte Simon Doyle, der in diesem Moment zu ihnen trat. Dann fügte er, vertraulich zu Poirot gewandt, hinzu: »Also, ehrlich gesagt, mache ich mir ja nicht viel aus Tempeln und Besichtigungen, aber dies ist wirklich einzigartig! Diese alten Pharaonen müssen schon phantastische Kerle gewesen sein.«

Die anderen entfernten sich. Simon senkte die Stimme: »Ich bin froh, daß wir diese Fahrt unternommen haben. Irgendwie scheint sich die Lage zu entspannen. Erstaunlich, aber es ist so. Linna hat ihre Nervosität überwunden. Sie erklärte mir, von einer Minute auf die andere habe die Situation ihren Schrecken für sie verloren.«

»Das klingt mir sehr glaubhaft«, erwiderte Poirot.

»Als sie Jackie auf dem Dampfer entdeckte, sei ihr ganz elend zumute gewesen, und dann – plötzlich – habe ihr ihre Gegenwart nichts mehr ausgemacht. Wir beschlossen, Jackie von nun an nicht mehr aus dem Wege zu gehen, damit sie merkt, daß ihr verrücktes Betragen uns nicht mehr beeindruckt. Sie benimmt sich einfach ungezogen, das ist alles. Sie meint, sie würde uns das Leben zur Hölle machen, aber das stimmt nicht mehr. Sie wird es bald merken.«

»Vermutlich«, sagte Poirot gedankenvoll.

»Und das wäre doch sehr gut, nicht wahr?«

»O ja, o ja.«

Linna kam auf sie zu. Sie trug ein aprikosenfarbenes Leinenkleid und lächelte. Sie begrüßte Poirot mit einem kühlen Kopfnicken und entfernte sich sogleich mit ihrem Mann.

Poirot schmunzelte. Offensichtlich hatte er sich mit seiner kritischen

Haltung nicht gerade beliebt gemacht. Linna war an uneinge-
schränkte Bewunderung gewöhnt, und er, Poirot, hatte gegen diese
Regel verstoßen.

Mrs. Allerton trat neben ihn und sagte leise: »Das Mädchen ist wie
ausgewechselt. In Assuan sah sie eher unglücklich und verängstigt
aus. Heute scheint sie so glücklich zu sein, daß es fast an Hybris
grenzt.«

Poirots Antwort wurde durch das Auftauchen des Führers abge-
schnitten, der die Gruppe mit ein paar energischen Worten zusam-
menrief und sie an Land brachte, um Abu Simbel zu besichtigen.
Poirot schloß sich Pennington an. »Sind Sie zum ersten Mal in
Ägypten?« fragte er.

»Nein, ich war schon einmal im Jahre neunzehnhundertdreiund-
zwanzig hier. Das heißt, nur in Kairo. Eine Nilfahrt habe ich noch nie
mitgemacht.«

»Madame Doyle sagte mir, Sie seien mit der *Carmanic* gekommen?«
Pennington blickte ihn prüfend von der Seite an. »So ist es«, gab er
zu.

»Sind Sie zufällig Freunden von mir begegnet – den Rushington-
Smiths?«

»Ich kann mich an niemand dieses Namens erinnern. Das Schiff war
vollbesetzt, und wir hatten schlechtes Wetter. Eine Menge Passagiere blieben in ihren Kabinen, abgesehen davon ist die Überfahrt so
kurz, daß man keine Zeit hat, seine Mitreisenden richtig kennenzu-
lernen.«

»Ja, da haben Sie vollkommen recht. Aber was für eine angenehme
Überraschung für Sie, hier zufällig die Doyles zu treffen. Sie wußten
nicht einmal, daß sie verheiratet sind?«

»Nein, Mrs. Doyle hatte mir zwar geschrieben, aber der Brief mußte
mir nachgeschickt werden, so daß ich ihn erst einige Tage nach
unserem unerwarteten Zusammentreffen in Kairo erhielt.«

»Sie kennen sie seit vielen Jahren, wie ich höre?«

»Mein Gott, ja, Monsieur Poirot, ich kenne Linna Ridgeway, seit sie
ein niedliches kleines Mädchen, nicht größer als so, war . . .« Er
machte eine entsprechende Geste. »Ihr Vater und ich waren enge
Freunde. Melhuish Ridgeway war ein sehr bemerkenswerter Mann –
und sehr erfolgreich.«

»Seine Tochter erbte ein beträchtliches Vermögen, nicht wahr? Oh,
verzeihen Sie, vielleicht ist das eine sehr indiskrete Frage?«

Pennington lächelte amüsiert. »Nein, gewiß nicht, es ist vielen

81

bekannt, daß Linna eine sehr wohlhabende Frau ist.«

»Die letzte Börsenbaisse dürfte vermutlich alle Vermögen betroffen haben, so sicher sie auch angelegt waren?«

Pennington zögerte ziemlich lange, bevor er antwortete. »Ja, bis zu einem gewissen Grad trifft das natürlich zu. Die Lage ist schwer übersehbar heutzutage.«

Poirot murmelte: »Ich habe den Eindruck, daß Madame Doyle einen sehr ausgeprägten Geschäftssinn besitzt.«

»Ja, den hat sie. Sie ist eine kluge und praktische Frau.«

Der Führer brachte seine Gruppe zum Stehen und belehrte sie über den Tempel, den der große Ramses errichtet hatte. Die vier aus dem Felsen gehauenen Kolosse, die Ramses darstellten, blickten, je ein Paar rechts und links vom Eingang, auf die kleine zusammengewürfelte Touristenschar hinunter.

Signor Richetti, voller Verachtung für die Erklärungen des Führers, hatte sich abgesondert und betrachtete eingehend die Reliefs der Gefangenen an den Sockeln der riesigen Figuren.

Als die Gesellschaft den düsteren Tempel betrat, umfing sie ein Gefühl des Friedens. Die Reliefs an einigen der inneren Wände in lebhaften, noch gut erhaltenen Farben wurden ihnen gezeigt, und man spaltete sich in einzelne Gruppen auf.

Dr. Bessner las mit sonorer Stimme aus seinem Baedeker vor, wobei er zuweilen eine Pause einlegte, um für Cornelia zu übersetzen, die aufmerksam lauschend neben ihm ging. Diese Zweisamkeit war allerdings nur von kurzer Dauer, da Miss van Schuyler, die am Arm der phlegmatischen Miss Bowers den Tempel betrat, in einem knappen Befehlston sagte: »Cornelia, komm her!« Womit der Unterricht zu einem abrupten Ende kam.

Dr. Bessner blickte ihr durch seine dicken Brillengläser bedauernd nach. »Ein sehr nettes Mädchen«, sagte er zu Poirot. »Sie sieht nicht so verhungert aus wie die meisten jungen Frauen. Sie hat erfreuliche Rundungen und hört mit Verstand zu. Es ist eine Freude, ihr etwas beizubringen.«

Poirot dachte flüchtig, daß dies wohl Cornelias Schicksal sein würde – entweder herumkommandiert oder belehrt zu werden. Jedenfalls war sie immer diejenige, die zuhörte, niemals die, die sprach.

Miss Bowers, durch die herbeieilende Cornelia kurzfristig ihrer Pflicht enthoben, stand in der Mitte des Tempels und blickte kühl und uninteressiert um sich. Ihre Reaktion auf die Wunder der Vergangenheit war kurz und bündig: »Der Führer sagt, einer der

Götter habe ›Mut‹ geheißen. Wirklich nicht zu glauben.«

Es gab ein Allerheiligstes, in dem vier Figuren präsidierten; sie waren von einer eindrucksvollen Würde in ihrer düsteren Abgeschlossenheit. Vor ihnen standen Linna und ihr Mann. Ihre Hand ruhte auf seinem Arm, ihr Gesicht war nach oben gewandt – ein typisches Gesicht der neuen Zivilisation: intelligent, wißbegierig, unberührt von der Vergangenheit.

Simon sagte plötzlich: »Komm! Laß uns gehen! Ich mag diese vier Kerle nicht, besonders nicht den mit dem hohen Hut.«

»Das ist Amon, nehme ich an, und der andere ist Ramses. Warum magst du sie nicht? Ich finde sie höchst eindrucksvoll.«

»Mir sind sie etwas *zu* eindrucksvoll. Ich finde sie irgendwie unheimlich. Komm wieder hinaus in die Sonne!« Linna war einverstanden.

Sie traten in den Sonnenschein. Der Sand war gelb und warm. Linna brach in ein helles Lachen aus, denn zu ihren Füßen bot sich ihnen ein auf den ersten Blick grausam wirkendes Bild – ungefähr ein halbes Dutzend Köpfe nubischer Knaben steckte im Sand, als seien sie von ihrem Körper abgetrennt. Sie wiegten die Köpfe rhythmisch von einer Seite zur anderen und wiederholten im Singsang: »Hipp, hipp, hurra! Hipp, hipp, hurra! Sehr gut, sehr schön. Vielen Dank, vielen Dank.«

»Verrückt! Wie machen sie das? Ob sie sich tief eingraben müssen?« Simon warf ihnen einige Münzen zu. »Sehr gut, sehr schön, sehr teuer«, ahmte er sie nach. Zwei kleine Jungen fingen die Münzen geschickt auf.

Linna und Simon schlenderten weiter. Sie hatten weder Lust, zum Dampfer zurückzugehen, noch zu weiteren Besichtigungen. Sie setzten sich auf eine Klippe, lehnten sich mit dem Rücken an den Felsen und ließen sich von der Sonne wärmen.

Wie köstlich warm die Sonne schien, dachte Linna. Wie warm und beruhigend! Wie schön es doch war, glücklich zu sein. Mit halbgeschlossenen Augen ließ sie sich von ihren Gedanken treiben, so wie der Wind den Sand vor sich hertreibt.

Simons Augen waren offen. Auch sie drückten Zufriedenheit aus. Was für ein Narr war er doch gewesen, sich in der ersten Nacht so aufzuregen! Es gab keinen Anlaß zur Aufregung. Alles war in Ordnung. Jackie war ein anständiger Mensch . . .

Jemand schrie. Leute rannten auf sie zu, schwenkten die Arme und riefen etwas. Simon starrte sie verständnislos an. Dann sprang er hoch und riß Linna mit sich fort.

Keine Sekunde zu früh. Ein schweres Felsstück schlug knapp neben ihnen auf dem Boden auf. Hätte Linna noch auf der Klippe gesessen, wäre sie von ihm erschlagen worden. Entsetzt klammerten sie sich aneinander, schneeweiß im Gesicht. Hercule Poirot und Tim Allerton liefen auf sie zu. »*Ma foi*, Madame, das ist gerade noch gutgegangen!«

Alle vier blickten instinktiv in die Höhe. Auf der Klippe war nichts zu sehen. Ein Pfad lief oben entlang, und Poirot erinnerte sich, dort Einheimische beobachtet zu haben, als er von Bord ging.

Er blickte auf das Ehepaar. Linna wirkte noch immer wie betäubt und sah verwirrt aus. Simon war außer sich vor Zorn. »Gott strafe sie!« schrie er empört. Dann warf er einen kurzen Blick auf Tim und preßte die Lippen zusammen.

Tim sagte: »Meine Güte, das war knapp. Hat irgendein Idiot das Ding ins Rollen gebracht, oder hat es sich von selbst gelöst?«

Linna sagte mühsam: »Ich glaube – irgendein Idiot hat es getan.«

»Es hätte Sie leicht erschlagen können. Sind Sie sicher, daß Sie keine Feinde haben, Linna?«

Linna schluckte zweimal, aber es gelang ihr nicht, mit irgendeinem leicht hingeworfenen Scherz zu antworten.

»Gehen Sie zum Schiff zurück, Madame«, sagte Poirot schnell. »Sie brauchen ein Stärkungsmittel.«

Sie machten sich eilig auf den Weg. Simon kochte innerlich vor Wut. Tim versuchte, Linna mit heiterem Geplauder abzulenken. Poirot machte ein ernstes Gesicht.

Als sie die Laufplanke erreichten, blieb Simon plötzlich wie angenagelt stehen: Ein erstaunter Ausdruck erschien auf seinem Gesicht. Jacqueline de Bellefort kam ihnen entgegen, sie trug ein blaues Kleid, in dem sie fast kindlich aussah.

»Mein Gott«, murmelte Simon, »es war also *doch* nur ein reines Mißgeschick.« Der Zorn wich aus seinem Gesicht. Die Erleichterung war ihm so deutlich anzumerken, daß es Jacqueline auffiel.

»Guten Morgen«, sagte sie, »ich bin heute ein wenig spät dran.« Dann nickte sie ihnen kurz zu, ging an Land und entfernte sich in Richtung des Tempels.

Simon ergriff Poirots Arm, nachdem Tim sich empfohlen hatte. »Mir fällt ein Stein vom Herzen«, sagte er, »ich dachte schon . . .«

Poirot nickte. »Ich weiß, was Sie dachten.« Aber er selbst sah noch immer ernst und besorgt aus. Er wandte den Kopf und notierte sich im Geist, wo sich der Rest der kleinen Gesellschaft befand. Miss van Schuyler schritt langsam am Arm von Miss Bowers auf den Dampfer zu; ein wenig weiter hinter ihr standen Mrs. Otterbourne und daneben Mrs. Allerton, die über die aufgereihten nubischen Knabenköpfe lachte.

Von den anderen war niemand zu sehen. Poirot schüttelte den Kopf und folgte Simon langsam aufs Schiff.

11

»Was meinten Sie eigentlich, als Sie von Hybris sprachen, Madame?«

Mrs. Allerton sah Poirot ein wenig erstaunt an. Sie erklommen gerade langsam den Felsen, von dem aus man den zweiten Katarakt überblickte. Die meisten anderen hatten den Weg auf Kamelen zurückgelegt, aber der Gang der Kamele erinnerte Poirot zu sehr an das Schaukeln eines Schiffes, und Mrs. Allerton hatte den Ritt aus Gründen der persönlichen Würde abgelehnt.

Sie waren am Vorabend in Wadi Halfa angekommen. Am Morgen hatten zwei Barkassen die Gesellschaft zum zweiten Katarakt gebracht, mit Ausnahme von Signor Richetti, der darauf bestanden hatte, einen Ausflug nach Semna zu machen, einem abgelegenen kleinen Ort, von dem er jedoch behauptete, er sei von größter Bedeutung, da er zur Zeit Amenemhet III. das Einfallstor nach Nubien gewesen sei und eine Stelle besäße, die bezeuge, daß die ägyptischen Neger beim Grenzübergang Zoll bezahlt hatten. Alles Erdenkliche war getan worden, um sein Ausscheren aus der Gemeinschaft zu verhindern, jedoch ohne Erfolg. Signor Richetti ließ sich von seinem Plan nicht abbringen und hatte alle Einwände kurz abgetan: daß der Ausflug sich nicht lohne, daß er nicht durchführbar sei, weil kein Auto es bis dorthin schaffe, daß kein Auto zu mieten sei oder nur zu einem unerschwinglichen Preis. Nachdem er alle Argumente mit einem hohnischen Lächeln abgetan hatte, hatte er in fließendem Arabisch um einen Wagen gefeilscht und war schließlich abgefahren.

»Hybris?« wiederholte Mrs. Allerton und legte den Kopf ein wenig zur Seite, während sie über ihre Antwort nachdachte. »Nun, es ist ein griechisches Wort und bedeutet frevelhafter Übermut, bevor die

Katastrophe eintritt.« Sie ließ sich noch eingehender über das Thema aus, und Poirot hörte ihr aufmerksam zu. »Vielen Dank«, sagte er zum Schluß. »Ich weiß jetzt, was Sie meinen. Es ist merkwürdig, daß Sie es gerade gestern sagten – so kurz, bevor Mrs. Doyle knapp dem Tod entrann.«

Mrs. Allerton zog fröstelnd die Schulter hoch. »Ja, anscheinend handelte es sich um Sekunden. Meinen Sie, einer von diesen kleinen schwarzen Teufeln hat den Stein einfach zum Spaß über den Rand gestoßen? Es sieht mir nach einem typischen Jungenstreich aus – unüberlegt und vermutlich ohne böse Absicht.«

»Es mag so gewesen sein, Madame«, antwortete Poirot und wechselte das Thema. Er erkundigte sich nach Mallorca und stellte einige Fragen über Unterkunftsmöglichkeiten und Preise.

Mrs. Allerton empfand für den kleinen Mann eine aufrichtige Sympathie – die vielleicht teilweise ihrem Widerspruchsgeist entsprang. Sie hatte nämlich das Gefühl, daß Tim ständig versuchte, sie von Hercule Poirot fernzuhalten, den er als »die schlimmste Art von Spießer« bezeichnete. Sie selbst jedoch sah in ihm keinen Spießer. Vermutlich, dachte sie, war es seine seltsame ausländische Kleidung, die bei ihrem Sohn derartige Vorurteile weckte. Sie fand, daß der kleine Detektiv ein anregender und kluger Gesellschafter sei, der überdies auch noch ein einfühlender Zuhörer war. Sie ertappte sich dabei, daß sie ihm höchst persönliche Gefühle anvertraute, wie ihre Abneigung gegen Joanna Southwood. Es erleichterte sie, darüber zu sprechen, und es war ja auch nicht weiter indiskret. Poirot kannte Joanna Southwood nicht und würde sie allem menschlichen Ermessen nach auch nie kennenlernen.

Während Mrs. Allerton Poirot ihr Herz ausschüttete, sprachen Tim und Rosalie Otterbourne über sie. Tim hatte sich gerade in scherzhaftem Tonfall über sein Leben beklagt. Seine Krankheiten seien nie ernst genug gewesen, um interessant zu sein, hatten ihn aber daran gehindert, das Leben zu führen, das ihm vorschwebte. Und an Geld habe es auch immer gemangelt und eine ihm angemessene Beschäftigung habe er nie gefunden. »Eine durch und durch lauwarme, langweilige Existenz«, schloß er unzufrieden.

Rosalie sagte: »Aber Sie haben etwas, um das viele Sie beneiden würden.«

»Und das wäre?«

»Ihre Mutter.«

Tim sah sie überrascht und erfreut an. »Mutter? Ja, natürlich, sie ist einzigartig. Aber es ist sehr nett von Ihnen, daß Sie das bemerkt haben.«

»Ich finde sie großartig. Und sie sieht so reizend aus – so ausgeglichen und zufrieden, als könnte sie nichts aus dem Gleichgewicht bringen. Dabei ist sie sehr amüsant, immer bereit, über etwas zu lachen . . .« Rosalie hatte vor lauter Ernsthaftigkeit leicht zu stammeln angefangen.

Tim fühlte sich plötzlich zu dem Mädchen hingezogen. Er hätte das Kompliment gern erwidert, aber Mrs. Otterbourne war für ihn der Inbegriff aller Scheußlichkeit. Seine Unfähigkeit, etwas Nettes über sie zu sagen, machte ihn verlegen.

Miss van Schuyler war auf dem Dampfer geblieben, weil der Ausflug ihrer Gesundheit nicht zuträglich gewesen wäre. Sie hatte in ihrer schroffen Art zu Miss Bowers gesagt: »Es tut mir leid, daß Sie hierbleiben müssen. Eigentlich wollte ich Cornelia bitten, mir Gesellschaft zu leisten, aber die jungen Mädchen sind ja so egoistisch! Sie ist auf und davon, ohne mir ein Wort zu sagen. Doch nicht genug damit, hat sie sich auch noch mit diesem äußerst schlecht erzogenen und unerfreulichen jungen Ferguson unterhalten. Ich bin tief enttäuscht von Cornelia. Sie hat kein Gefühl für soziale Rangordnung.«

Miss Bowers antwortete sachlich wie immer: »Mir macht es nichts aus, hierzubleiben, Miss van Schuyler. Zum Gehen ist es sowieso zu heiß, und die Kamelsättel sehen mir nicht sehr verlockend aus, voll von Flöhen vermutlich.« Sie rückte die Brille zurecht, kniff die Augen zusammen, um die Gruppe, die den Hügel herunterkam, besser sehen zu können, und bemerkte: »Miss Robson spricht nicht mehr mit dem jungen Mann, sondern mit Dr. Bessner.«

Miss van Schuyler grunzte etwas Unverständliches. Nachdem sie herausgefunden hatte, daß Dr. Bessner eine große Klinik besaß und in Europa den Ruf eines bekannten Arztes genoß, hatte er Gnade vor ihren Augen gefunden. Und dann sagte sie sich auch, daß sie womöglich im Verlauf der Reise seinen ärztlichen Beistand benötigen könnte.

Als die Gruppe wieder den Dampfer erreichte, stieß Linna einen kurzen Ruf des Erstaunens aus: »Ein Telegramm für mich!« Sie nahm es an sich und riß es auf. »Ich verstehe kein Wort! Kartoffeln – rote Rüben – was soll das heißen, Simon?«

Simon trat hinter sie, um über ihre Schulter zu sehen, als plötzlich eine wütende Stimme rief: »Das Telegramm ist für mich!« Signor

Richetti riß ihr das Formular unhöflich aus der Hand, wobei er ihr einen zornigen Blick zuwarf.

Linna starrte ihn verblüfft an, dann drehte sie den Umschlag um. »Ach, Simon, wie dumm von mir! Auf der Adresse steht Richetti und nicht Ridgeway – und überhaupt heiße ich ja gar nicht mehr so. Ich muß mich bei Signor Richetti entschuldigen.« Sie folgte dem Archäologen zum Heck des Dampfers. »Es tut mir so leid, Signor Richetti, aber vor meiner Ehe hieß ich Ridgeway. Ich habe erst kürzlich geheiratet . . .« Sie lächelte ihn an in der Erwartung, daß auch er über ihren bräutlichen Fehler lächeln würde.

Doch Signor Richetti sagte mit eiserner Miene: »Namen muß man sorgfältig lesen. Es ist unentschuldbar, in diesen Dingen nachlässig zu sein.«

Linna biß sich auf die Lippen, ihre Wangen röteten sich. Sie war es nicht gewohnt, daß ihre Entschuldigungen in solcher Weise aufgenommen wurden. Sie wandte sich zum Gehen. Als sie wieder zu Simon trat, sagte sie: »Diese Italiener sind wirklich unerträglich.«

»Vergiß das Ganze, Liebling, laß uns lieber das große Krokodil aus Elfenbein ansehen, das dir so gefiel.«

Poirot beobachtete, wie sie an Land gingen; plötzlich hörte er, wie hinter ihm jemand hastig die Luft einsog. Er drehte sich um und sah Jacqueline de Bellefort. Ihre Hände umklammerten die Reling. Ihr Ausdruck, als sie ihm das Gesicht zuwandte, erschreckte ihn. Sie sah nicht mehr triumphierend oder hämisch aus, sondern eher so, als würde sie von einem inneren Feuer verzehrt.

»Ich bin ihnen gleichgültig geworden.« Sie sprach leise und hastig. »Ich treffe sie nicht mehr! Es ist ihnen egal, ob ich hier bin oder nicht. Ich kann – ich kann sie nicht mehr verletzen . . .« Ihre Hände auf der Reling zitterten.

»Mademoiselle . . .«

Sie unterbrach ihn. »Es ist zu spät! Zu spät für Warnungen! Sie hatten recht, aber ich kann nicht mehr zurück. Ich muß bis zum Ende gehen. Sie sollen nicht zusammen glücklich werden! Eher bringe ich ihn um . . .«

Sie wandte sich abrupt ab. Poirot, der ihr nachstarrte, fühlte eine Hand auf seiner Schulter.

»Ihre kleine Freundin scheint mir ein wenig verstört, Monsieur Poirot.« Poirot drehte sich um und blickte erstaunt in das Gesicht eines alten Bekannten. »Oberst Race!«

Der große braungebrannte Mann lächelte: »Sie sind überrascht?«

Hercule Poirot war Oberst Race ein Jahr zuvor in London begegnet. Sie waren beide Gäste eines sehr seltsamen Diners gewesen, das mit dem Tod eines sehr seltsamen Menschen geendet hatte – ihres Gastgebers.

Poirot wußte, daß Race ein Mann war, dessen Kommen und Gehen nicht an die große Glocke gehängt wurde, doch er war öfters an irgendwelchen Vorposten des britischen Weltreichs anzutreffen, wo sich irgend etwas zusammenbraute.

»Sie sind also in Wadi Halfa«, sagte Poirot nachdenklich.

»Nein, ich bin hier auf dem Schiff.«

»Das heißt . . .?«

»Daß ich die Rückreise nach Schellal mit Ihnen mache.«

Hercule Poirot zog die Augenbrauen hoch. »Das ist sehr interessant. Wollen wir etwas zusammen trinken?«

Sie gingen in den Aussichtssalon, der völlig leer war. Poirot bestellte einen Whisky für den Oberst und einen großen Orangensaft mit viel Zucker für sich selbst.

»So, so, Sie machen also die Rückreise gemeinsam mit uns«, sagte Poirot, an seinem Glas nippend. »Sie würden auf dem Regierungsdampfer schneller an Ihr Ziel kommen, er fährt auch nachts.«

Oberst Races Gesicht verzog sich zu einem anerkennenden Grinsen.

»Sie haben wie immer den Kern der Sache getroffen, Monsieur Poirot«, sagte er lobend.

»Sie sind also wegen der Passagiere hier?«

»Wegen eines Passagiers.«

»Wer das wohl sein mag?« fragte Poirot die verzierte Zimmerdecke.

»Leider weiß ich es selbst nicht«, erwiderte Race mürrisch.

Poirot sah ihn neugierig an, und Race fuhr fort: »Ihnen gegenüber brauche ich ja nicht geheimnisvoll zu tun. Wir hatten eine Menge Schwierigkeiten hier in der Gegend. Aber wir wollen nicht die Anführer des Aufstands, sondern die Männer, die sehr geschickt die Zündschnur ansteckten. Es waren drei. Einer ist tot, einer sitzt im Gefängnis und nach dem dritten suche ich, einem Mann, der fünf oder sechs kaltblütige Morde auf dem Gewissen hat – ein äußerst schlauer, professioneller Agitator –, und er ist auf diesem Schiff. Ich weiß das aus einem Brief, der uns in die Hände fiel, entziffert lautete die Nachricht folgendermaßen: X wird an der Reise der *Karnak* vom siebten bis sechzehnten teilnehmen. Aber wer X ist, wissen wir nicht.«

»Haben Sie eine Beschreibung von ihm?«

»Nein, er ist amerikanischer, irischer, französischer Abstammung. Ein ziemlicher Mischmasch. Aber das hilft uns nicht viel weiter. Haben Sie irgendeine Idee?«

»Eine Idee ist nicht genug«, sagte Poirot nachdenklich.

Race drang nicht weiter in ihn, er wußte nur zu gut, Hercule Poirot sprach erst, wenn er seiner Sache sicher war.

Poirot rieb sich die Nase und sagte bedrückt: »Auf diesem Boot geht noch etwas anderes vor, das mir große Sorgen macht.« Race sah ihn fragend an.

»Stellen Sie sich eine Person A vor«, sagte Poirot, »die eine zweite Person B zutiefst verletzt hat. Die Person B dürstet nach Rache und stößt Drohungen aus.«

»Und A und B sind beide hier?«

Poirot nickte. »So ist es.«

»Und B ist vermutlich eine Frau?«

»Genau.«

Race zündete sich eine Zigarette an. »Ich würde mir keine zu großen Sorgen machen. Die Menschen, die darüber reden, was sie zu tun gedenken, tun es zumeist nicht.«

»Besonders, wenn es sich um Frauen handelt, wollten Sie noch hinzufügen. Ja, vermutlich haben Sie recht.« Aber Poirot sah noch immer nicht sehr glücklich aus.

»Ist das alles?«

»Nein, gestern entkam A mit knapper Not dem Tod, der ohne weiteres als Unfall hätte durchgehen können.«

»Und B steckt dahinter?«

»Nein, und das ist der Haken. B konnte unmöglich etwas damit zu tun haben.«

»Dann war es also wirklich ein Unfall?«

»Vielleicht. Aber mir gefallen diese Art Unfälle nicht.«

»Sind Sie sicher, daß B nicht doch irgendwie ihre Hand im Spiel hatte?«

»Hundertprozentig.«

»Nun, Zufälle passieren. Wer ist A übrigens? Eine unangenehme Person?«

»Im Gegenteil. Eine entzückende, reiche, schöne, junge Frau.«

Race grinste. »Klingt wie aus einem Kitschroman.«

»Möglich. Aber glauben Sie mir, mein Freund, ich bin alles andere als glücklich. Sollte ich recht haben, und ich pflege nun einmal immer recht zu haben«, Race lächelte über diese typische Bemerkung

Poirots in seinen Schnurrbart, »dann ist diese ganze Angelegenheit höchst beunruhigend. Und nun kommen *Sie* noch mit einer neuen Komplikation hinzu. Sie erzählen mir, daß es auf der *Karnak* einen Mann gibt, der tötet.«

»Für gewöhnlich tötet er aber keine entzückenden jungen Frauen.«

Poirot schüttelte unzufrieden den Kopf. »Ich habe Angst, mein Freund, wirklich Angst. Heute morgen gab ich der Dame, Madame Doyle, den Rat, mit ihrem Mann nach Khartum zu reisen und nicht aufs Schiff zurückzukehren. Doch sie nahmen meinen Rat nicht an. Und so kann ich nur zu Gott beten, daß wir in Schellal ankommen, ohne daß eine Katastrophe passiert.«


12


Es war am Abend des folgenden Tages – ein heißer, windstiller Abend. Die *Karnak* hatte wieder in Abu Simbel angelegt, um den Passagieren einen zweiten Besuch des Tempels zu ermöglichen, diesmal bei Scheinwerferbeleuchtung. Der Unterschied war verblüffend, und Cornelia machte eine diesbezügliche Bemerkung zu Mr. Ferguson, der neben ihr stand.

»Wieviel besser man alles sieht«, rief sie erstaunt. »Die Feinde, die vom König geköpft werden, heben sich viel deutlicher vom Hintergrund ab. Und das hübsche Schloß dort habe ich bei Tageslicht gar nicht bemerkt. Wie schade, daß Dr. Bessner nicht hier ist, er hätte mir alles erklärt.«

»Wie Sie diesen alten Trottel aushalten können, ist mir rätselhaft«, meinte Ferguson mißmutig.

»Warum? Er ist ein ganz besonders netter Mensch.«

»Er ist ein langweiliger, alter Wichtigtuer.«

»So was sollten Sie nicht sagen.«

Der junge Mann ergriff jäh ihren Arm, als sie aus dem Tempel ins Mondlicht traten. »Warum lassen Sie sich von einem dicken, alten Mann langweilen und von einer bösen alten Hexe herumkommandieren?«

»Aber Mr. Ferguson!«

»Haben Sie denn keinen eigenen Willen? Begreifen Sie nicht, daß Sie mindestens soviel wert sind wie Ihre Kusine?«

»Das stimmt nicht.« Aus ihrer Stimme sprach ehrliche Überzeugung.

»Sie sind nicht so reich, das ist aber auch alles.«

»O nein, Kusine Marie ist so kultiviert . . .«

»Kultiviert!« Der junge Mann ließ ihren Arm so jählings los, wie er ihn ergriffen hatte. »Bei dem Wort allein wird mir schon übel.«

Cornelia sah ihn erschrocken an.

»Es gefällt ihr nicht, wenn Sie sich mit mir unterhalten, nicht wahr?« fragte er.

Cornelia errötete und sah ihn verlegen an.

»Und warum? Weil sie findet, ich stünde nicht auf derselben gesellschaftlichen Stufe. Pah! Sehen Sie nicht rot, wenn Sie so was hören?«

Cornelia sagte abwehrend: »Ich wünschte, Sie würden nicht immer gleich so ärgerlich werden.«

»Verstehen Sie denn nicht – besonders Sie als Amerikanerin –, daß jeder frei und gleichberechtigt geboren wird?«

»Da irren Sie sich«, entgegnete Cornelia mit der ruhigen Stimme von jemandem, der weiß, worüber er spricht.

»Aber mein liebes Kind, es steht in Ihrer Verfassung!«

»Kusine Marie sagt, Politiker seien niemals feine Herren«, erwiderte Cornelia. »Und natürlich sind die Menschen nicht gleich. Das widerspricht jeglicher Logik. Ich, zum Beispiel, sehe hausbacken aus. Früher hat mich das oft deprimiert, jetzt habe ich mich damit abgefunden. Ich wäre gerne elegant und schön wie Mrs. Doyle, doch ich bin es nun einmal nicht. Daran ist nichts zu ändern.«

»Mrs. Doyle!« rief Ferguson voller Verachtung aus. »Sie gehört genau zu jener Gattung Frauen, die man erschießen sollte, um ein Exempel zu statuieren.«

Cornelia sah ihn besorgt an. »Ich glaube, es liegt an Ihrer Verdauung«, sagte sie voll Mitgefühl. »Ich habe ein sehr gutes Pepsin von Kusine Marie. Soll ich es Ihnen geben?«

»Sie sind unmöglich!« rief Ferguson und ließ sie stehen. Cornelia ging allein weiter. Kurz vor dem Schiff holte Ferguson sie ein. »Sie sind der netteste Mensch auf dem ganzen Dampfer«, sagte er, »und vergessen Sie nicht, daß ich Ihnen das gesagt habe.«

Cornelia errötete vor Freude und begab sich in den Aussichtsraum, wo sich Miss van Schuyler höchst angeregt mit Dr. Bessner über einige seiner Patienten aus königlichem Geblüt unterhielt. Cornelia sagte schuldbewußt: »Ich hoffe, ich war nicht zu lange fort, Kusine Marie?«

Die alte Dame blickte auf ihre Armbanduhr und antwortete barsch:

»Du hast dich nicht gerade sehr beeilt, meine Liebe. Und wo hast du meine Samtstola gelassen?«

Cornelia sah um sich. »Soll ich nachsehen, ob sie in der Kabine ist, Kusine Marie?«

»Wie sollte sie! Ich habe sie nach dem Abendessen noch hier gehabt und mich seitdem nicht fortbewegt. Sie lag auf dem Stuhl dort.«

Cornelia machte sich etwas ziellos auf die Suche. »Ich kann sie nirgends entdecken, Kusine Marie.«

»Unsinn!« sagte Miss van Schuyler. »Sieh dich genauer um!« Es war in einem Ton gesagt, in dem man einem Hund einen Befehl gibt, und Cornelia gehorchte wie ein braves Hündchen. Der schweigsame Mr. Fanthorp, der am Nebentisch saß, erhob sich und half ihr beim Suchen. Doch die Stola blieb unauffindbar.

Der Tag war besonders heiß und schwül gewesen, so daß die meisten Passagiere sich nach dem abendlichen Ausflug zum Tempel früh zurückgezogen hatten. Die Doyles spielten Bridge mit Pennington und Race in einer Ecke des Salons. Der einzige andere Gast war Poirot, der gähnend an einem kleinen Tisch an der Tür saß.

Miss van Schuyler, die sich majestätisch, gefolgt von Cornelia und Miss Bowers, auf den Ausgang zubewegte, blieb vor seinem Tisch stehen. Poirot erhob sich galant und unterdrückte ein gewaltiges Gähnen.

Miss van Schuyler sagte: »Mir ist eben erst zu Ohren gekommen, wer Sie sind, Monsieur Poirot. Ich habe von Ihnen gehört durch meinen alten Freund Rufus van Aldin. Sie müssen mir gelegentlich von Ihren Fällen erzählen.«

Poirot, in dessen Augen trotz aller Müdigkeit ein kleines Funkeln erschien, verbeugte sich mit übertriebener Höflichkeit. Miss van Schuyler nickte ihm abschiednehmend freundlich und ein wenig herablassend zu.

Poirot gähnte wieder. Er fühlte sich schwer und wie betäubt vor Müdigkeit und konnte kaum die Augen offen halten. Er warf erst einen Blick auf die Bridgespieler, die ganz in ihr Spiel vertieft waren, und dann auf den jungen Fanthorp, der in seinem Buch las. Außer ihnen war niemand mehr im Salon.

Poirot ging durch die Schwingtüren aufs Deck. Jacqueline de Bellefort, die schnellen Schritts das Deck entlangeilte, wäre fast mit ihm zusammengestoßen.

»Verzeihen Sie, Mademoiselle.«

Sie sagte: »Sie sehen müde aus, Monsieur Poirot.«

Er gab es offen zu. »*Mais oui!* Ich bin todmüde, ich kann kaum meine Augen offen halten. Es war ein schwüler und drückender Tag.«

»Ja.« Sie schien über seine Worte nachzugrübeln. »Es war die Sorte Tag, wo es plötzlich einen Knacks gibt. Irgend etwas zerspringt! Man kann nicht mehr weiter . . .« Sie hatte leise gesprochen, aber mit einer vor Leidenschaft vibrierenden Stimme. Ihr Blick schweifte über das sandige Ufer, ihre Hände waren zu Fäusten geballt, doch dann entspannte sie sich und wünschte Poirot eine gute Nacht.

»Schlafen Sie wohl, Mademoiselle.«

Einen flüchtigen Augenblick lang trafen sich ihre Blicke. Als er am nächsten Tag darüber nachdachte, kam er zu dem Schluß, daß etwas Flehendes in ihren Augen gelegen hatte. Später sollte er sich daran erinnern.

Er ging in seine Kabine, und Jackie verschwand in Richtung des Salons.

Nachdem Cornelia den verschiedenen Wünschen und Befehlen Miss van Schuylers nachgekommen war, nahm sie eine Handarbeit und ging ebenfalls in Richtung des Salons. Ungleich Poirot spürte sie keinen Hauch von Müdigkeit, sie fühlte sich vielmehr äußerst munter und angenehm erregt.

Die vier am Bridgetisch waren noch immer in ihr Spiel vertieft, in einem anderen Stuhl saß der schweigsame Fanthorp und las. Cornelia machte es sich mit ihrer Handarbeit bequem.

Plötzlich öffnete sich die Tür, und Jacqueline de Bellefort stand auf der Schwelle. Sie zögerte kurz, dann drückte sie auf den Klingelknopf, schritt zu Cornelias Tisch und setzte sich. »Sind Sie heute an Land gegangen?« fragte sie.

»Ja, im Mondlicht sah alles noch viel faszinierender aus.«

Jacqueline nickte. »Ja, eine schöne Nacht – eine Nacht für Hochzeitsreisende.« Ihr Blick wanderte zum Bridgetisch und blieb einen Moment auf Linna Doyle haften.

Ein Kellner erschien auf das Klingelzeichen hin, und Jacqueline bestellte einen doppelten Gin. Als sie die Bestellung aufgab, warf Simon Doyle ihr einen schnellen Blick zu, und seine Augenbrauen zogen sich beunruhigt zusammen.

»Simon«, sagte seine Frau, »wir warten auf deine Ansage.«

Jacqueline summte eine Melodie vor sich hin. Als das Getränk kam, erhob sie das Glas. »Es lebe das Verbrechen«, sagte sie und bestellte einen weiteren Gin.

Simon blickte wieder zu ihr hinüber, sein Spiel wurde immer unaufmerksamer; sein Partner Pennington rief ihn zur Ordnung.

Jacqueline fing wieder zu summen an, erst leise, dann lauter: »*Er war ihr Liebster, und er ließ sie steh'n . . .*«

»Tut mir leid«, sagte Simon zu Pennington, »daß ich auf Ihre angespielte Farbe nicht eingegangen bin, dadurch haben die anderen den Rubber gemacht.«

Linna erhob sich. »Ich bin müde, ich glaube, ich gehe zu Bett.«

»Ja, es wird Zeit«, sagte Oberst Race.

»Ganz Ihrer Meinung«, stimmte ihm Pennington zu.

»Kommst du, Simon?«

»Nicht sofort. Ich möchte gern noch etwas trinken.«

Linna nickte und ging. Race folgte ihr, Pennington trank sein Glas aus und entfernte sich gleichfalls.

Cornelia faltete ihre Stickerei zusammen.

»Bitte, gehen Sie nicht zu Bett, Miss Robson«, sagte Jacqueline. »Bitte nicht, ich bin gar nicht schläfrig. Lassen Sie mich nicht allein!«

Cornelia setzte sich wieder.

»Wir Frauen müssen zusammenhalten«, sagte Jacqueline. Sie warf den Kopf zurück und lachte – ein schrilles Lachen, ohne Fröhlichkeit. Der zweite Gin kam. »Trinken Sie doch auch etwas«, bat Jacqueline.

»Nein, vielen Dank.«

Jacqueline lehnte sich im Stuhl zurück und summte jetzt laut: »*Er war ihr Liebster, und er ließ sie steh'n . . .*«

Mr. Fanthorp blätterte eine Seite von »Europa von innen gesehen« um. Simon Doyle griff nach einer Zeitschrift.

»Ich glaube, ich muß jetzt wirklich ins Bett«, sagte Cornelia. »Es ist schon spät.«

»Nein, Sie gehen nicht weg!« sagte Jacqueline scharf. »Ich verbiete es Ihnen! Erzählen Sie mir etwas von sich.«

»Ich – ich weiß nicht recht. Von mir gibt es nicht viel zu erzählen«, stammelte Cornelia. »Ich habe immer zu Hause gelebt und bin wenig herumgekommen. Dies ist meine erste Reise nach Europa, und ich genieße jede Minute.«

Jacqueline lachte. »Sie sind wirklich eine glückliche Natur. Ich wünschte, ich wäre wie Sie.«

»Wirklich? Aber ich meine . . .« Cornelia fühlte sich ungemütlich, zweifellos hatte Miss de Bellefort zuviel getrunken. Nicht daß es sie, Cornelia, besonders schockierte, sie hatte während der Prohibition oft Leute gesehen, die sich betranken. Aber das hier war etwas anderes. Miss de Bellefort sprach mit ihr – sah sie an –, und trotzdem war es so, dachte Cornelia, als spräche sie mit jemand anderem. Doch im Raum befanden sich nur noch zwei andere Personen – Mr. Doyle und Mr. Fanthorp. Mr. Fanthorp schien völlig in sein Buch vertieft, Mr. Doyle dagegen sah irgendwie merkwürdig aus, er hatte einen seltsamen, lauernden Ausdruck . . .

Jacqueline wiederholte: »Erzählen Sie mir etwas von sich.«

Gehorsam wie immer versuchte Cornelia, diesem Wunsch nachzukommen. Sie erzählte etwas schwerfällig und verlor sich in unwichtigen Details. Sie war es nicht gewohnt, die Sprechrolle zu übernehmen, im allgemeinen war sie die Zuhörerin. Aber Jacqueline schien aufrichtig an ihrem Leben interessiert zu sein und ermunterte sie fortzufahren, sobald sie ins Stocken geriet. Und so erzählte Cornelia weiter. »Mutter hat eine schwache Gesundheit, an manchen Tagen ißt sie nur Haferschleim . . .« Sie war sich nur zu deutlich bewußt, daß alles, was sie sagte, äußerst banal klang, andererseits schmeichelte ihr das entgegengebrachte Interesse. Aber war das Interesse echt? Hörte sie nicht jemand anderem zu oder lauschte auf etwas anderes? Sah sie tatsächlich Cornelia an – oder jemand andern im Raum? Wie spät war es eigentlich? Sicher sehr spät. Sie hatte zuviel geredet. Wenn doch nur irgend etwas passieren würde . . .

Cornelia hatte es kaum gedacht, als tatsächlich etwas passierte, nur daß es in diesem Augenblick völlig normal wirkte.

Jacqueline wandte den Kopf um und sagte zu Simon Doyle: »Bitte, klingle für mich, ich möchte noch einen Gin.«

Simon blickte von seiner Zeitschrift hoch und sagte ruhig: »Die Kellner sind schon zu Bett gegangen, es ist nach Mitternacht.«

»Ich sage dir, ich will noch einen Gin.«

»Du hast genug getrunken, Jackie.«

»Was geht dich das an?«

»Nichts«, erwiderte er achselzuckend.

Sie musterte ihn einige Sekunden prüfend, dann fragte sie: »Was ist los, Simon? Hast du Angst?«

Simon nahm umständlich wieder die Zeitschrift zur Hand, ohne ihr eine Antwort zu geben.

Cornelia murmelte: »Meine Güte! Schon so spät! Ich muß . . .« Sie machte Anstalten aufzustehen und ließ dabei ihren Fingerhut fallen.

Jacqueline rief: »Gehen Sie nicht! Ich brauche die Gegenwart einer anderen Frau – als Unterstützung.« Sie lachte laut. »Wissen Sie, wovor Simon Angst hat? Er hat Angst davor, daß *ich* Ihnen *meine*

Lebensgeschichte erzähle!«

»Ach, wirklich?« Cornelia war das Opfer widersprechender Gefühle. Einerseits war ihr das Ganze äußerst peinlich, andererseits empfand sie eine höchst angenehm prickelnde Neugierde. Wie wütend Mr. Doyle dreinsah!

»Ja, es ist eine sehr traurige Geschichte«, sagte Jacqueline leise und spöttisch. »Er hat sich mir gegenüber nicht eben fein benommen, nicht wahr, Simon?«

Simon Doyle sagte grob: »Geh schlafen, Jackie! Du bist betrunken.«

»Wenn dir das peinlich ist, dann geh *du* doch.«

Simon Doyle sah sie an, seine Hand, die die Zeitschrift hielt, zitterte deutlich. »Ich bleibe.«

Cornelia murmelte zum dritten Mal: »Ich muß jetzt wirklich weg. Es ist schon spät.«

»Sie bleiben«, erklärte Jacqueline und drückte sie mit einer schnellen Handbewegung in den Stuhl zurück. »Sie bleiben und hören sich an, was ich zu sagen habe!«

»Jackie«, rief Simon scharf, »du benimmst dich wie eine Närrin. Bitte, geh jetzt zu Bett!«

Jacqueline richtete sich im Stuhl auf, die Worte brachen aus ihr hervor, zischend wie ein Wasserfall. »Du hast Angst, daß ich dir eine Szene mache, nicht wahr? Deshalb benimmst du dich so englisch – so zurückhaltend. Du willst, daß ich kein Aufsehen errege. Aber mir ist das egal! Ich rate dir, diesen Raum möglichst schnell zu verlassen, denn ich habe einiges zu sagen – sehr viel sogar!«

Jim Fanthorp schloß sorgfältig sein Buch, gähnte, warf einen Blick auf seine Uhr und schlenderte zur Tür. Seine gespielte Lässigkeit war sehr englisch, aber wenig überzeugend.

Jacqueline starrte Simon an. »Du verdammter Narr«, sagte sie mit schwerer Zunge, »meinst du wirklich, du kommst ungeschoren davon nach allem, was du mir angetan hast?«

Doyle öffnete den Mund und schloß ihn wieder. Er saß völlig unbeweglich da, als hoffe er, daß der Sturm ihrer Gefühle sich von selber legen würde, wenn er sich ruhig verhielte.

Cornelia beobachtete fasziniert diese für sie ungewohnte öffentliche Zurschaustellung von Gefühlen. Jacqueline fuhr jetzt mit einer undeutlichen, fast lallenden Stimme fort: »Ich habe dir erklärt, daß ich dich eher umbringe als zusehe, wie du mich einer anderen Frau wegen verläßt! Aber du glaubst, ich meine es nicht ernst? Du irrst dich! Ich habe nur gewartet! Du gehörst mir! Verstehst du? Mir allein . . .«

Simon schwieg weiter. Jacquelines Hand tastete suchend nach etwas auf ihrem Schoß, dann beugte sie sich vor. »Ich habe dir gesagt, ich werde dich umbringen, und ich werde es tun . . .« Ihre Hand zuckte plötzlich hoch, etwas blitzte auf. »Ich erschieße dich wie einen Hund. Denn das bist du: ein gemeiner Hund . . .«

Simon sprang auf, in diesem Moment drückte sie ab. Er krümmte sich zusammen und fiel quer über den Stuhl.

Cornelia stieß einen Schrei aus und lief zur Tür. Jim Fanthorp stand auf Deck, an die Reling gelehnt. Sie rief: »Mr. Fanthorp! Mr. Fanthorp . . .« Sie stürzte auf ihn zu und umklammerte seinen Arm: »Sie hat auf ihn geschossen! O Gott . . .«

Simon Doyle lag noch so da, wie er gefallen war – quer über dem Stuhl –, und Jacqueline stand wie betäubt vor ihm. Sie zitterte am ganzen Körper, ihre Augen waren geweitet vor Angst. Sie starrte auf den roten Fleck, der unter dem Knie langsam durch die Hose sickerte. Simon hielt ein Taschentuch fest auf die Wunde gepreßt. Sie stammelte: »Ich habe es nicht gewollt.« Der Revolver entglitt ihrer zitternden Hand und fiel klirrend zu Boden. Sie stieß ihn mit dem Fuß weg, und er flog unter ein Sofa.

Simon flüsterte mit heiserer Stimme: »Fanthorp . . . jemand kommt . . . sagen Sie . . . sagen Sie, es sei ein Unfall . . . sagen Sie irgendwas . . . wir müssen um jeden Preis einen Skandal vermeiden . . .«

Fanthorp begriff sofort. Er nickte und drehte sich zur Tür um, in der ein erschrecktes nubisches Gesicht erschien. Er sagte: »Alles in Ordnung! Es war nur ein Scherz.«

Das schwarze Gesicht drückte Zweifel und Erstaunen aus, doch dann verzog es sich zu einem breiten Grinsen, und der Mann verschwand, anscheinend beruhigt.

»Er hat nichts gemerkt«, sagte Fanthorp. »Und ich glaube, von den andern hat niemand etwas gehört. Es klang eher wie das Knallen eines Korkens. Aber nun zu Ihnen . . .«

Er wurde durch Jacquelines hysterisches Weinen unterbrochen. »O Gott«, stammelte sie, »ich – ich wünschte, ich wäre tot! Ich bringe mich um! Es wäre das beste – für mich – für alle. O Gott, was habe ich getan! Was habe ich nur getan?«

Cornelia lief auf sie zu. »Beruhigen Sie sich, bitte, beruhigen Sie sich!«

Simons Stirn glänzte vor Schweiß, und sein Gesicht war schmerzverzerrt. Leise und eindringlich sagte er: »Fanthorp, bringen Sie sie fort, schnell, sie muß weg von hier, bringen Sie sie in ihre Kabine! Und Sie, Miss Robson, bitte, holen Sie die Pflegerin Ihrer Kusine.« Er blickte die beiden flehentlich an. »Lassen Sie Jackie nicht allein! Bleiben Sie bei ihr, bis die Schwester kommt und sich um sie kümmert. Dann wecken Sie Dr. Bessner und bringen ihn her. Und, um Himmels willen, verhindern Sie, daß meine Frau irgend etwas von der Sache erfährt.«

Fanthorp nickte verständnisvoll. Der schweigsame junge Mann erwies sich als ein besonnener und zuverlässiger Helfer in dieser schwierigen Lage. Gemeinsam schafften er und Cornelia die um sich schlagende, weinende Jacqueline aus dem Salon und führten sie zu ihrer Kabine, was nicht ganz einfach war, da sie ständig versuchte, ihnen zu entkommen, und immer heftiger schluchzte.

»Ich ertränke mich! Ich will nicht mehr leben! Oh, Simon, Simon . . .«

Fanthorp sagte zu Cornelia: »Holen Sie Miss Bowers, ich bleibe inzwischen bei ihr.«

Cornelia nickte und eilte davon.

Kaum war sie fort, klammerte Jacqueline sich an Fanthorps Arm. »Sein Bein! Es blutete. Er kann verbluten. Ich muß zu ihm! Oh, Simon, Simon, wie konnte ich nur . . .«

Ihre Stimme wurde lauter. Fanthorp sagte eindringlich: »Leise, leise . . .« Er drückte sie aufs Bett hinunter. »Sie müssen hierbleiben! Machen Sie die Sache nicht noch schlimmer als sie schon ist. Nehmen Sie sich zusammen! Alles wird sich einrenken, glauben Sie mir!«

Zu seiner Erleichterung beruhigte sich Jacqueline etwas, trotzdem war er froh, als Miss Bowers in einem geschmacklosen Kimono, aber sonst adrett aussehend, in Begleitung von Cornelia eintrat.

»Also, was haben wir denn hier?« sagte sie munter und übernahm das Kommando, ohne weitere Fragen zu stellen oder Überraschung zu zeigen.

Mit einem Seufzer der Erleichterung überließ Fanthorp alles Weitere der fähigen Miss Bowers und eilte zu Dr. Bessners Kabine. Er klopfte an und öffnete fast gleichzeitig die Tür. »Dr. Bessner!«

Ein lautes Schnarchen begrüßte ihn, dann fragte eine erstaunte Stimme: »Was ist los?«

Inzwischen hatte Fanthorp das Licht angeknipst. Der Arzt blinzelte wie eine große, alte Eule.

»Es handelt sich um Doyle. Man hat auf ihn geschossen. Miss de Bellefort hat auf ihn geschossen. Er ist im Salon. Können Sie kommen?«

Der Arzt reagierte prompt. Er stellte einige kurze Fragen, schlüpfte in Pantoffeln und Morgenrock, nahm seine Tasche und folgte Fanthorp in den Salon.

Simon war es gelungen, das Fenster zu öffnen. Er lehnte am Rahmen und sog die frische Luft ein. Sein Gesicht war aschfahl.

Dr. Bessner beugte sich über ihn. »Hm, das sieht schlecht aus. Der Knochen ist gesplittert, und Sie haben viel Blut verloren. Mr. Fanthorp, wir müssen ihn in meine Kabine tragen, er kann nicht gehen.«

Noch während sie ihn hochhoben, betrat Cornelia den Salon. Als der Arzt sie erblickte, stieß er ein zufriedenes Grunzen aus.

»Ach, Sie sind es. Ausgezeichnet. Kommen Sie mit und helfen Sie uns. Sie werden nützlicher sein als unser Freund hier. Er sieht mir schon etwas mitgenommen aus.«

Fanthorp lächelte gequält. »Soll ich Miss Bowers holen?« fragte er. Dr. Bessner warf einen prüfenden Blick auf Cornelia. »Nein, diese junge Dame wird es schon schaffen.« Dann wandte er sich direkt an Cornelia: »Sie fallen doch nicht etwa in Ohnmacht oder werden hysterisch?«

»Ich werde tun, was Sie sagen«, antwortete Cornelia voller Eifer, und Dr. Bessner nickte befriedigt.

Sie trugen Simon das Deck entlang. Die nächsten fünf oder zehn Minuten vergingen mit der Behandlung der Wunde. Mr. Jim Fanthorp drehte sich fast der Magen um, und er fühlte sich insgeheim beschämt durch die sachliche Ruhe, die von Cornelia ausging.

»So, mehr kann ich nicht tun«, verkündete Dr. Bessner schließlich. »Sie haben sich wie ein Held gehalten, mein Freund«, sagte er und klopfte Simon anerkennend auf die Schulter. Dann rollte er dessen Hemdsärmel hoch und ergriff eine Spritze. »Und jetzt gebe ich Ihnen etwas zum Schlafen. Was erzählen wir Ihrer Frau?«

Simon sagte mit schwacher Stimme: »Vor morgen früh braucht sie nichts zu erfahren. Ich – Sie dürfen Jackie keine Schuld geben. Es ist alles mein Fehler. Ich habe mich schändlich benommen. Das arme Kind – sie wußte nicht, was sie tat . . .«

Dr. Bessner nickte mitfühlend. »Ja, ich verstehe . . .«

»Mein Fehler . . .«, wiederholte Simon mit Nachdruck. Sein Blick richtete sich auf Cornelia. »Jemand muß bei ihr bleiben. Sie könnte –

sich etwas antun . . .«

Dr. Bessner gab ihm die Injektion. Cornelia sagte in einem besänfti-
genden Tonfall: »Machen Sie sich keine Sorgen, Mr. Doyle, Miss
Bowers bleibt die Nacht über bei ihr.«

Ein dankbarer Ausdruck huschte über sein Gesicht. Sein Körper
entspannte sich, er schloß die Augen, riß sie jedoch sofort wieder auf.

»Fanthorp!«

»Ja, Doyle?«

»Der Revolver! Er darf nicht im Salon bleiben. Das Schiffspersonal
würde ihn sonst finden . . . «

Fanthorp nickte. »Sie haben recht. Ich gehe sofort hin und nehme ihn
an mich.« Er verließ die Kabine und ging aufs Deck.

Miss Bowers erschien in Jacquelines Kabinentür. »Sie wird sich
gleich besser fühlen«, sagte sie. »Ich habe ihr eine Morphiumspritze
gegeben.«

»Sie bleiben doch die Nacht bei ihr?«

»Selbstverständlich. Bei manchen Menschen ruft Morphium einen
Erregungszustand hervor.«

Fanthorp betrat den Salon. Drei Minuten später klopfte er wieder an
Dr. Bessners Kabinentür. »Dr. Bessner?«

»Ja?«

Fanthorp bat ihn, an Deck zu kommen. »Ich kann den Revolver nicht
finden«, erklärte er.

»Wovon reden Sie?«

»Von dem Revolver, den Miss de Bellefort fallen ließ; sie stieß ihn mit
dem Fuß unter ein Sofa, aber dort liegt er nicht mehr.« Sie starrten
sich wortlos an.

»Wer kann ihn genommen haben?«

Fanthorp zuckte die Achseln.

Bessner sagte: »Wie eigenartig. Aber ich sehe nicht, was wir noch
tun können.«

Die beiden Männer trennten sich leicht beunruhigt.

13

Hercule Poirot wusch sich gerade den letzten Schaum von seinem
frisch rasierten Gesicht, als er ein kurzes Klopfen an seiner Tür hörte,
und bevor er noch »herein« sagen konnte, betrat Oberst Race seine

Kabine. Er schloß die Tür hinter sich. »Ihr Instinkt hat Sie nicht getrogen«, sagte er ohne Einleitung. »Es ist passiert.«

Poirot richtete sich auf und fragte ungeduldig: »Was ist passiert?«

»Linna Doyle ist tot. Sie starb durch einen Kopfschuß – heute nacht.«

Poirot sah ihn schweigend an. Zwei Bilder zeichneten sich deutlich vor seinem geistigen Auge ab: ein Mädchen in einem Garten in Assuan, das mit einer harten, atemlosen Stimme sagte: »Ich fürchte manchmal . . . daß ich meine geliebte kleine Pistole an ihre Schläfe setze – und abdrücke . . .« Und das zweite – das gleiche Mädchen, das sagt: »Es war die Sorte Tag, wo es plötzlich einen Knacks gibt. Irgend etwas zerspringt! Man kann nicht mehr weiter . . .« Und dann jener unerwartete, flehende Blick. Was war mit ihm los gewesen, daß er darauf nicht reagiert hatte? Er mußte vor Müdigkeit blind und taub gewesen sein.

Race fuhr fort: »Da ich in einer halboffiziellen Mission hier bin, hat man mich hinzugezogen. Das Schiff sollte fahrplanmäßig in einer halben Stunde ablegen, aber man wird mit der Abfahrt warten müssen, bis ich meine Erlaubnis gebe. Es besteht immerhin die Möglichkeit, daß der Mörder vom Festland stammt.«

Poirot schüttelte stumm den Kopf.

Race nickte. »Sie haben recht, diese Möglichkeit kann man mehr oder minder ausschalten. Nun, mein Lieber, was gedenken Sie zu tun? Es ist Ihr Fall.«

Poirot hatte seine Toilette mit bemerkenswerter Behendigkeit beendet. »Ich stehe zu Ihrer Verfügung«, sagte er.

Die beiden Männer traten an Deck.

Auf dem Dampfer gab es vier Luxuskabinen mit eigenem Bad. Eine von ihnen – auf der Backbordseite – hatte Dr. Bessner inne, die andere Andrew Pennington. Die erste auf der Steuerbordseite war von Miss van Schuyler belegt und die nächste von Linna Doyle. Die Ankleidekabine ihres Mannes lag gleich daneben.

Ein bleicher Steward stand vor der Tür von Linna Doyles Kabine. Er öffnete, und sie traten ein. Dr. Bessner stand gebückt vor dem Bett. Er richtete sich auf und grunzte, als sie eintraten.

»Was können Sie uns über die Angelegenheit sagen, Doktor?« fragte Race.

Bessner strich sich nachdenklich über sein unrasiertes Kinn. »Sie wurde aus nächster Nähe erschossen. Genau über dem Ohr ist die Kugel eingedrungen, ein sehr kleines Kaliber. Ich würde sagen, eine Zweiundzwanziger. Der Revolver wurde nahe an den Kopf gehalten, sehen Sie hier, diese dunkle Stelle. Die Haut ist versengt.«

Poirot erinnerte sich wieder an die Worte, die er in Assuan gehört hatte, und einen Augenblick war ihm elend zumute.

Bessner fuhr fort: »Sie schlief, es gab keinen Kampf. Der Mörder hat sich im Schutz der Dunkelheit eingeschlichen und sie erschossen, in der gleichen Lage, in der sie sich jetzt befindet.«

»Ah, *non*!« rief Poirot aus. Das Ganze widersprach seiner psychologischen Erfahrung. Jacqueline de Bellefort, wie sie sich in eine dunkle Kabine einschleicht, mit dem Revolver in der Hand – nein, das paßte ganz und gar nicht zu ihr.

Bessner starrte ihn durch seine dicken Brillengläser an. »Aber das ist der Tatbestand, glauben Sie mir!«

»Sie haben mich mißverstanden; ich habe Ihnen nicht widersprochen. Ich habe an etwas anderes gedacht.«

Bessner stieß ein befriedigtes Grunzen aus.

Poirot trat neben ihn. Linna Doyle lag auf der Seite in einer normalen, entspannten Lage. Über ihrem Ohr war ein kleines blutverkrustetes Loch. Er schüttelte traurig den Kopf. Da fiel sein Blick auf die Wand ihm gegenüber, und er schnappte hörbar nach Luft. Die saubere weiße Fläche war durch ein hingekritzeltes J in bräunlich-roter Farbe verunziert. Er starrte den Buchstaben an, dann beugte er sich über die Tote und hob behutsam ihre rechte Hand hoch. An einem Finger war ein bräunlich-roter Flecken. »*Nom d'un nom d'un nom!*« rief er.

»Was ist?« fragte Dr. Bessner und hob den Kopf. »Ach, das!«

Race sagte: »Und was bedeutet der Buchstabe Ihrer Meinung nach, Poirot?«

Poirot wippte auf den Zehen. »Was er bedeutet? Nun, das scheint mir ziemlich klar zu sein. Madame Doyle liegt im Sterben, sie will den Mörder bezeichnen, und so schreibt sie mit dem Finger, den sie in ihr eigenes Blut taucht, den Anfangsbuchstaben seines Namens. Höchst einfach, nicht wahr?«

Dr. Bessner wollte etwas sagen, doch Race schnitt ihm mit einer energischen Geste das Wort ab. »So legen Sie das also aus.«

Poirot drehte sich zu ihm um und nickte. »Ja, es ist, wie ich sagte, höchst einfach. Und es kommt einem direkt vertraut vor, finden Sie nicht? Ein beliebter Trick von Kriminalschriftstellern! Allmählich schon ein wenig *vieux jeu*. Es bringt einen auf den Gedanken, daß unser Mörder altmodisch ist.«

»Ich verstehe . . .«, sagte Race und pfiff durch die Zähne. »Zuerst dachte ich . . .«

»Daß ich auf jedes melodramatische Klischee hereinfalle?« unterbrach ihn Poirot mit einem flüchtigen Lächeln. »Aber entschuldigen Sie, Dr. Bessner, was wollten Sie gerade sagen?«

»Daß Ihre Theorie absurd ist! Völlig unsinnig! Die arme Frau starb sofort. Sie konnte nicht mehr ihren Finger in ihr Blut tauchen und einen Buchstaben an die Wand malen, Sie sehen selbst, daß sie kaum geblutet hat. Das Ganze ist Unsinn.«

»C'est de l'enfantillage«, stimmte Poirot zu.

»Aber es wurde zu einem gewissen Zweck getan«, sagte Race.

»Zweifellos«, erwiderte Poirot mit ernster Miene.

»Und was bedeutet es?« fragte Race.

Poirot antwortete prompt. »Es soll auf Jacqueline de Bellefort hindeuten. Sie ist eine junge Dame, die mir vor weniger als einer Woche erklärte, daß sie nichts lieber täte als . . .« Er brach ab und zitierte dann: ». . . als ihren geliebten, kleinen Revolver an Mrs. Doyles Schläfe zu setzen – und abzudrücken . . .«

»Um Gottes willen!« rief Dr. Bessner.

Einen Moment schwiegen alle drei, dann holte Race tief Luft und sagte: »Und genau das ist hier geschehen.«

Bessner nickte. »Ja, es war ein sehr kleinkalibriger Revolver, wie Sie sagen, vermutlich ein Zweiundzwanziger. Genau wissen können wir es natürlich erst, wenn wir die Kugel entfernt haben.«

Race nickte. »Und wann meinen Sie, ist der Tod eingetreten?« fragte er.

Bessner fuhr sich wieder übers Kinn. »Mit Bestimmtheit kann ich es nicht sagen. Aber ich würde denken, unter Berücksichtigung der Nachttemperatur, daß der Tod vermutlich vor sechs Stunden und nicht länger als vor acht Stunden eintrat.«

»Das heißt, zwischen Mitternacht und zwei Uhr morgens.«

Bessner nickte.

Nach kurzem Schweigen fragte Race: »Der Ehemann schläft vermutlich in der Nebenkabine?«

»Im Moment schläft er in meiner Kabine«, antwortete Dr. Bessner. Die beiden Männer sahen ihn verblüfft an. »Oh, wie ich sehe, hat Ihnen noch niemand erzählt, daß gestern abend im Salon auf Mr. Doyle geschossen wurde«, fügte Dr. Bessner erklärend hinzu.

»Und wer hat auf ihn geschossen?«

»Die junge Dame – Miss de Bellefort.«

Race fragte scharf: »Ist er schwer verletzt?«

»Der Knochen ist gesplittert. Ich habe alles getan, was unter den gegebenen Umständen möglich ist, aber der Bruch muß selbstverständlich schnellstens geröntgt und sachgemäß behandelt werden, was hier auf dem Schiff unmöglich ist.«

Poirot murmelte: »Jacqueline de Bellefort.« Seine Augen wanderten wieder zu dem J an der Wand.

Race meinte abrupt: »Wenn es hier nichts mehr für uns zu tun gibt, sollten wir nach unten gehen. Der Kapitän hat uns den Rauchsalon zur Verfügung gestellt. Wir müssen genau herausbekommen, was heute nacht geschah.«

Sie verließen die Kabine. Race schloß ab und steckte den Schlüssel ein. »Wir können später zurückkommen«, sagte er. »Aber zuerst müssen wir den genauen Tatbestand feststellen.«

Sie gingen ein Deck tiefer, wo der Kapitän der *Karnak* schon auf sie wartete. Der arme Mann war völlig außer sich und offensichtlich nur zu froh, die ganze Angelegenheit Oberst Race zu übergeben. »Ich wäre Ihnen dankbar, wenn Sie sich der Sache annehmen könnten, Oberst«, sagte er. »Besonders nachdem ich weiß, daß Sie in offizieller Mission an Bord sind. Ich habe den Befehl, mich zu Ihrer Verfügung zu halten. Aber das betraf eine andere Sache. Bitte, sagen Sie mir, was Sie wünschen, und ich werde meinen Leuten dementsprechende Anweisungen geben.«

»Vielen Dank, mein Bester. Zunächst einmal möchte ich, daß dieser Raum für Monsieur Poirot und mich reserviert bleibt, bis wir unsere Untersuchungen abgeschlossen haben.«

»Aber gewiß.«

»Das ist vorerst alles. Sollte ich noch weitere Bitten haben, weiß ich ja, wo Sie zu finden sind.«

Der Kapitän verließ offensichtlich erleichtert den Raum.

Race sagte: »Setzen Sie sich, Dr. Bessner, und erzählen Sie genau, was passiert ist.«

Sie hörten schweigend und aufmerksam zu, während der Doktor mit sonorer Stimme Bericht erstattete.

»Alles völlig klar«, sagte Race, als Bessner geendet hatte. »Das Mädchen hat sich in Wut geredet, wobei der Alkohol das Seinige dazu tat, dann hat sie den Revolver gezogen und auf den Mann geschossen, anschließend lief sie in Linna Doyles Kabine und erschoß sie.«

Dr. Bessner schüttelte den Kopf. »Nein, das glaube ich nicht. Ich halte es sogar für ausgeschlossen! Schon weil sie nicht den Anfangsbuchstaben ihres eigenen Namens an die Wand geschrieben hätte. Das wäre doch Wahnsinn gewesen, nicht wahr?«

»Nicht unbedingt«, widersprach Race. »Wenn sie so irrwitzig eifersüchtig war, wie Sie sagen, wollte sie vielleicht ... hm ... ihr Verbrechen signieren.«

Poirot schüttelte den Kopf: »Nein, nein, niemand wird mich davon überzeugen, daß sie derartig primitiv reagiert.«

»Dann gibt es nur noch eine Erklärung für das J. Es wurde von jemandem geschrieben, der absichtlich den Verdacht auf sie lenken wollte.«

Bessner nickte. »Ja, aber da hat der Mörder Pech gehabt, denn sehen Sie, es ist nicht nur höchst unwahrscheinlich, daß die junge Dame das Verbrechen begangen hat, es ist meiner Ansicht nach sogar unmöglich!«

»Und wieso?«

Bessner berichtete von Jacquelines hysterischem Zustand und von Miss Bowers, die man zu Hilfe gerufen hatte. »Und ich glaube – ich bin fast sicher –, daß Miss Bowers die ganze Nacht bei ihr verbracht hat.«

Race sagte: »Wenn das der Fall ist, dann scheidet sie als Verdächtige schon mal aus.«

»Wer hat das Verbrechen entdeckt?« fragte Poirot.

»Mrs. Doyles Mädchen, Louise Bourget. Sie wollte Mrs. Doyle wie üblich wecken und fand die Leiche. Sie stürzte zur Kabine hinaus und in die Arme eines Stewards, in denen sie in Ohnmacht sank. Der Steward ging zum Kapitän, der zu mir kam, und ich holte Dr. Bessner und dann Sie.«

Poirot nickte.

Race sagte: »Wir müssen Doyle informieren. Sie sagen, er schläft noch?«

Bessner nickte. »Ja, er schläft noch in meiner Kabine. Ich habe ihm ein starkes Mittel gegeben.«

Race wandte sich an Poirot. »Ich glaube, wir brauchen den Doktor nicht länger aufzuhalten. Vielen Dank, Doktor.«

Bessner stand auf. »Ich werde erst einmal frühstücken und dann in meine Kabine gehen und sehen, ob Mr. Doyle aufgewacht ist.« Er verschwand.

Die beiden Männer sahen sich an.

»Nun, Poirot«, sagte Race. »Was gedenken Sie zu tun? Es ist Ihr Fall, bitte, verfügen Sie über mich!«

Poirot machte eine kleine Verbeugung. »*Eh bien*«, sagte er, »wir müssen ein Verhör anstellen. Zuerst sollten wir die Geschichte von heute nacht überprüfen. Das heißt, wir müssen Fanthorp und Miss Robson, die beiden Zeugen des Vorfalls, befragen. Das Verschwinden des Revolvers ist außerordentlich bedeutungsvoll.«

Race klingelte und sandte nach dem Steward.

Poirot seufzte und schüttelte den Kopf. »Eine verzwickte Angelegenheit«, murmelte er.

»Haben Sie irgendwelche Ideen?« fragte Race neugierig.

»Ich habe lauter sich widersprechende Ideen. Aber sie ergänzen sich nicht, ich bekomme keine Ordnung in sie. Nehmen Sie, zum Beispiel, die schwerwiegende Tatsache, daß Miss de Bellefort Linna Doyle haßte und sie umbringen wollte.«

»Und Sie halten das Mädchen eines Mordes für fähig?«

»Ich – ich glaube ja.« Doch seine Stimme klang nicht ganz überzeugt.

»Aber nicht eines Mordes dieser Art? Nicht wahr, das beunruhigt Sie? Dieses Hereinschleichen in die dunkle Kabine, das Töten im Schlaf – diese kalte Berechnung, das alles zusammen erscheint Ihnen unglaubwürdig?«

»In gewisser Weise, ja.«

»Sie glauben, dieses Mädchen könnte keinen kaltblütigen Mord begehen?«

»Das weiß ich eben nicht. Die Intelligenz dazu hätte sie. Doch ich glaube, sie würde es nicht über sich bringen, die Tat auch wirklich auszuführen.«

Race nickte. »Ja, ich verstehe, was Sie meinen. Und wenn man Bessners Geschichte Glauben schenkt, wäre es auch praktisch nicht möglich.«

»Falls sie stimmt, ist schon vieles aus dem Weg geräumt. Hoffen wir es!« Poirot schwieg ein paar Sekunden, dann fügte er leise hinzu: »Ja, ich hoffe, sie stimmt, denn ich habe viel Mitgefühl mit der Kleinen.«

Die Tür öffnete sich, und Fanthorp und Cornelia, gefolgt von Bessner, betraten den Raum.

Cornelia sagte: »Oh, ist es nicht schrecklich! Die arme Mrs. Doyle! So eine schöne Frau und so nett! Der Mörder muß ein Teufel sein! Und der arme Mr. Doyle; er wird halb wahnsinnig werden, wenn er es erfährt! Sogar letzte Nacht galt seine Hauptsorge seiner Frau, er wollte keinesfalls, daß man ihr vor dem Morgen von seinem – Unfall berichtete.«

»Genau darüber würden wir gern Näheres erfahren, Miss Robson«, erklärte Race. »Wir möchten alles genau wissen.«

Cornelia war anfangs ein wenig verwirrt, aber Poirots Fragen halfen ihr, sich zu konzentrieren. »Ach, Sie wollen wissen, wohin Mrs. Doyle nach der Bridgepartie ging? In ihre Kabine. Zumindest hat sie das behauptet. Tat sie es auch?«

»Ja«, sagte Race. »Ich habe sie selbst gesehen. Ich habe ihr vor der Kabinentür ›Gute Nacht‹ gewünscht.«

»Und wann verließ sie den Salon?«

»Das – kann ich Ihnen nicht sagen«, antwortete Cornelia.

»Zwanzig nach elf«, warf Race ein.

»*Bien*. Das heißt, zwanzig nach elf Uhr war Mrs. Doyle noch am Leben. Und wer war zu dieser Zeit im Salon?«

Fanthorp antwortete: »Doyle, Miss de Bellefort, ich selbst und Miss Robson.«

»Ja«, stimmte Cornelia zu, »denn Mr. Pennington war schon fort. Er hat nur noch sein Glas ausgetrunken und ist dann gleich gegangen.«

»Wann war das?«

»Drei oder vier Minuten, nachdem Mrs. Doyle den Raum verließ.«

»Vor halb zwölf?«

»O ja.«

»Zurück blieben also nur Sie, Mademoiselle Robson und Mademoiselle de Bellefort, Monsieur Doyle und Monsieur Fanthorp. Was taten Sie zu der Zeit?«

»Mr. Fanthorp las ein Buch, ich hatte eine Handarbeit bei mir, und Miss de Bellefort – sie . . .«

Fanthorp kam ihr zu Hilfe. »Sie trank Gin, und zwar in reichlichen Mengen.«

»Ja«, stimmte Cornelia zu. »Und sie unterhielt sich fast die ganze Zeit nur mit mir. Sie fragte mich über mein Zuhause aus. Gelegentlich sprach sie auch von sich selbst. Aber ich glaube, ihre Worte waren mehr für Mr. Doyle bestimmt. Er wurde immer ärgerlicher, doch gesagt hat er nichts. Vermutlich dachte er, wenn er schwiege, würde sie sich allmählich beruhigen.«

»Aber das tat sie nicht?«

Cornelia schüttelte den Kopf. »Ich machte verschiedentlich Anstalten, zu Bett zu gehen, doch sie zwang mich zu bleiben. Mir war das Ganze höchst unangenehm. Und dann stand Mr. Fanthorp auf und ging hinaus . . .«

»Die Situation wurde immer peinlicher«, erklärte Fanthorp. »Und ich dachte, es sei besser, ich zöge mich diskret zurück. Miss de Bellefort steigerte sich zusehends in einen hysterischen Zustand hinein.«

»Und dann zog sie den Revolver«, fuhr Cornelia fort. »Und Mr. Doyle sprang auf und versuchte, ihn ihr zu entreißen, und dann fiel der Schuß, und die Kugel traf ihn ins Bein, und sie fing an zu schluchzen und zu weinen. Und ich war zu Tode erschrocken und lief aufs Deck hinaus und rief Mr. Fanthorp. Er kam, und wir kehrten in den Salon zurück. Mr. Doyle meinte, wir müßten jedes Aufsehen vermeiden, und als einer von den nubischen Dienern, der vermutlich den Schuß gehört hatte, hereinkam, sagte Mr. Fanthorp zu ihm, daß alles in Ordnung sei. Danach schleppten wir Jacqueline in ihre Kabine, und Mr. Fanthorp blieb bei ihr, während ich Miss Bowers holte«, schloß Cornelia atemlos.

»Und um welche Zeit war das?«

»Das – kann ich Ihnen nicht sagen.«

Aber Fanthorp antwortete prompt: »Ungefähr zwanzig Minuten nach zwölf Uhr. Ich weiß es, weil ich genau um halb eins in meiner eigenen Kabine war.«

»Nun, wollen wir die wichtigsten Punkte noch einmal klarstellen«, sagte Poirot. »Hat einer von Ihnen vier nach Mrs. Doyles Fortgang den Salon verlassen?«

»Nein.«

»Sind Sie ganz sicher, daß Mademoiselle de Bellefort die ganze Zeit dort war?«

»Absolut«, antwortete Fanthorp unverzüglich. »Weder Doyle noch Mademoiselle de Bellefort, noch Miss Robson, noch ich sind hinausgegangen.«

»Gut. Damit ist erwiesen, daß Mademoiselle de Bellefort unmöglich Madame Doyle vor – sagen wir zwanzig Minuten nach zwölf erschossen haben kann. Nun zu Ihnen, Mademoiselle Robson. Sie sind fortgegangen und haben Mademoiselle Bowers geholt. War Mademoiselle de Bellefort während dieser Zeit allein in ihrer Kabine?«

»Nein, Mr. Fanthorp blieb bei ihr.«

»Gut. Bis jetzt hat Mademoiselle de Bellefort ein hieb- und stichfestes Alibi. Als nächstes werde ich Mademoiselle Bowers vernehmen, doch bevor ich sie holen lasse, möchte ich zu einigen Punkten Ihre Meinungen hören. Monsieur Doyle, sagen Sie, wollte keinesfalls, daß Mademoiselle de Bellefort allein blieb. Hatte er, Ihrer Meinung nach, Angst, daß sie eine weitere unbedachte Handlung beginge?«

»Das war mein Eindruck«, antwortete Fanthorp.

»Er hatte also eindeutig Angst, sie könne Mrs. Doyle etwas antun?«

»Nein.« Fanthorp schüttelte den Kopf. »Daran hat er bestimmt nicht gedacht; er hatte vielmehr Angst, sie könnte – sich selbst etwas antun.«

»Selbstmord?«

»Ja, denn Miss de Bellefort war völlig verzweifelt über das, was sie getan hatte. Sie erging sich in den wildesten Selbstvorwürfen und wiederholte immer wieder, daß es besser sei, sie wäre tot.«

Cornelia warf schüchtern ein: »Ich glaube, er machte sich ehrliche Sorgen um sie. Er sagte, es sei alles seine Schuld. Er habe sie schlecht behandelt. Er – er hat sich wirklich sehr nett benommen!«

Hercule Poirot nickte gedankenvoll. »Und nun zu dem Revolver. Was geschah mit ihm?«

»Sie ließ ihn fallen«, sagte Cornelia.

»Und danach?«

Fanthorp berichtete, wie er in den Salon zurückgekehrt sei, um ihn zu suchen, ihn aber nicht gefunden habe.

»Aha!« rief Poirot. »Nun kommen wir der Sache schon näher. Fangen wir noch mal von vorne an, ich möchte alles ganz genau wissen.«

»Miss de Bellefort ließ den Revolver fallen, dann stieß sie ihn mit dem Fuß fort.«

»Als ob sie ihn hassen würde«, erklärte Cornelia. »Ich kann mir genau vorstellen, wie ihr zumute war.«

»Und er glitt unter ein Sofa, sagen Sie. Und nun denken Sie bitte genau über Ihre Antwort nach. Hat Mademoiselle de Bellefort den Revolver wieder an sich genommen, bevor sie den Salon verließ?«

Beide, Fanthorp und Cornelia, verneinten mit großer Bestimmtheit.

»Précisément. Ich versuche, so exakt wie möglich zu sein, verstehen Sie, und nun kommen wir zum nächsten Punkt: Als Mademoiselle de Bellefort den Salon verließ, lag der Revolver also noch unter dem Sofa, und da sie keinen Moment allein war – denn entweder war Monsieur Fanthorp oder Mademoiselle Robson oder Mademoiselle Bowers bei ihr –, hatte sie keine Gelegenheit, ihn wieder an sich zu nehmen. Um wieviel Uhr ungefähr gingen Sie zurück, um den Revolver zu suchen, Monsieur Fanthorp?«

»Kurz vor halb zwölf.«

»Und wieviel Zeit, meinen Sie, war verstrichen zwischen dem Moment, wo Sie und Dr. Bessner Monsieur Doyle aus dem Salon hinaustrugen und Sie wiederkamen, um den Revolver zu suchen?«

»Fünf Minuten vielleicht – oder etwas länger.«

»Das heißt also, daß jemand innerhalb dieser fünf bis zehn Minuten den Revolver unter dem Sofa hervorholte. Und dieser jemand war *nicht* Mademoiselle de Bellefort. Wer also war es? Es scheint mir sehr wahrscheinlich, daß die Person, die den Revolver an sich nahm, auch Mrs. Doyle ermordete. Und wir können ebenfalls voraussetzen, daß diese Person einen Teil der vorangegangenen Ereignisse mit angesehen oder mit angehört hat.«

»Ich verstehe nicht ganz, wie Sie zu diesem Schluß kommen«, widersprach Fanthorp.

»Weil Sie uns eben berichtet haben«, erläuterte Poirot, »daß der Revolver für niemand sichtbar unter dem Sofa lag. Es ist daher anzunehmen, daß er *zufällig* entdeckt wurde. Er wurde von jemandem aufgehoben, der genau Bescheid wußte. Folglich muß dieser jemand Zeuge des vorangegangenen Auftritts gewesen sein.«

Fanthorp schüttelte den Kopf. »Ich habe niemanden an Deck bemerkt, bevor der Schuß losging.«

»Ah, aber Sie benutzten die Tür auf der Steuerbordseite.«

»Ja, auf derselben Seite liegt meine Kabine.«

»Aber wenn jemand auf der Backbordseite durch die Türscheibe geschaut hätte, hätten Sie ihn nicht gesehen, nicht wahr?«

»Nein«, gab Fanthorp zu.

»Hat außer dem nubischen Diener noch irgend jemand anders den Schuß gehört?«

»Soviel ich weiß, nein«, erwiderte Fanthorp und setzte hinzu: »Die Fenster waren alle geschlossen, da Miss van Schuyler sich früher am Abend über Luftzug beklagt hatte. Und die Schwingtüren waren ebenfalls geschlossen. Ich bezweifle, daß der Schuß draußen zu hören war, und wenn ja, muß er eher wie das Knallen eines Korkens geklungen haben.«

Race sagte: »Soweit ich weiß, hat niemand den anderen Schuß gehört, den, der Mrs. Doyle tötete.«

»Diese Frage heben wir für später auf«, sagte Poirot. »Im Moment beschäftigen wir uns noch mit Mademoiselle de Bellefort. Wir müssen uns mit Miss Bowers unterhalten. Aber bevor Sie beide gehen –«, er hielt Fanthorp und Cornelia mit einer Handbewegung zurück, »erzählen Sie mir etwas über sich selbst. Das erspart uns eine weitere Unterredung. Fangen wir mit Ihnen an, Monsieur. Ihr voller Name?«

»James Lechdale Fanthorp.«

»Adresse?«

»Glasmore House, Market Donnington, Northamptonshire.«

»Beruf?«

»Anwalt.«

»Und der Grund für Ihre Reise?«

Es entstand eine kurze Pause. Der unerschütterliche Mr. Fanthorp schien zum ersten Mal leicht aus der Fassung gebracht. Schließlich murmelte er: »Ich ... ich reise zu meinem Vergnügen.«

»Aha!« sagte Poirot. »Sie machen Urlaub?«

»Ja.«

»Nun, dann erzählen Sie mir bitte, was Sie gestern abend nach den eben beschriebenen Ereignissen taten?«

»Ich habe mich sofort schlafen gelegt.«

»Das war wann?«

»Kurz nach halb zwölf.«

»Ihre Kabine ist Nummer zweiundzwanzig auf der Steuerbordseite, diejenige, die dem Salon am nächsten liegt.«

»Ja.«

»Nur noch eine letzte Frage. Haben Sie irgend etwas – irgendein Geräusch – gehört, nachdem Sie wieder in Ihrer Kabine waren?«

Fanthorp runzelte nachdenklich die Augenbrauen. »Ich war todmüde. Ich glaube, ich habe eine Art Aufklatschen gehört, kurz bevor ich einschlief. Aber das ist auch alles.«

»Eine Art Aufklatschen? In der Nähe Ihrer Kabine?«

Fanthorp schüttelte den Kopf. »Ich weiß nicht mehr, ich war schon halb eingeschlafen.«

»Und das war um wieviel Uhr?«

»Ungefähr um eins; genau kann ich es nicht sagen.«

»Vielen Dank, Monsieur Fanthorp, das wäre alles.« Poirot wandte seine Aufmerksamkeit Cornelia zu. »Und Ihr voller Name, Mademoiselle Robson?«

»Cornelia Ruth und meine Adresse ist: The Red House, Bellfield, Connecticut.«

»Und warum sind Sie in Ägypten?«

»Kusine Marie, Miss van Schuyler, hat mich eingeladen.«

»Haben Sie Mrs. Doyle schon früher getroffen?«

»Nein, nie.«

»Und was taten Sie gestern abend?«

»Ich ging zu Bett, nachdem ich Dr. Bessner beim Verbinden von Mr. Doyles Bein geholfen hatte.«

»Ihre Kabine?«

»Nummer einundvierzig auf der Backbordseite. Sie liegt direkt neben der von Miss de Bellefort.«

»Und haben Sie etwas gehört?«

Cornelia schüttelte den Kopf. »Nein, nichts.«

»Kein Aufklatschen?«

»Nein, vielleicht, weil meine Seite aufs Ufer blickt.«

Poirot nickte. »Vielen Dank, Mademoiselle Robson. Und wären Sie jetzt so freundlich, Mademoiselle Bowers zu bitten, herzukommen?«

Fanthorp und Cornelia gingen.

»Eines scheint klar«, sagte Race. »Wenn diese drei Zeugen die Wahrheit sagen, dann war es für Miss de Bellefort unmöglich, den Revolver wieder an sich zu nehmen. Aber jemand muß ihn genommen haben, und jemand hat den Auftritt belauscht. Und jemand war idiotisch genug, ein J an die Wand zu schreiben.«

Es klopfte, und Miss Bowers trat ein. Die Krankenschwester setzte sich und beantwortete Poirots Fragen nach Namen, Adresse und Berufsausbildung auf ihre übliche, ruhige und sachliche Art. Zum Schluß fügte sie hinzu: »Ich pflege Miss van Schuyler seit über zwei Jahren.«

»Ist Mademoiselle van Schuyler in einem sehr schlechten Gesundheitszustand?«

»Nein, das würde ich eigentlich nicht sagen«, antwortete Miss Bowers. »Sie ist nicht mehr jung und sehr um ihre Gesundheit besorgt und hat daher gern eine Schwester um sich. Aber sie hat kein ernsthaftes Leiden. Sie verlangt ungeteilte Aufmerksamkeit, aber ist bereit, dafür zu zahlen.«

Poirot nickte verständnisvoll. Dann meinte er: »Wie ich hörte, hat Mademoiselle Robson Sie heute nacht zu Hilfe gerufen?«

»Ja.«

»Würden Sie mir bitte alles genau erzählen?«

»Miss Robson schilderte mir kurz, was passiert war, dann ging ich mit ihr zu Miss de Bellefort, die sich in einem erregten, fast hysterischen Zustand befand.«

»Hat sie irgendwelche Drohungen gegen Madame Doyle ausgestoßen?«

»Nein, sie hat sich nur in Selbstbeschuldigungen ergangen. Nach meiner Meinung hatte sie sehr viel getrunken und litt unter der Nachwirkungen. Sie befand sich in einem Zustand, in dem mar einen Menschen nicht allein läßt, und so gab ich ihr eine Morphium-

spritze und blieb bei ihr sitzen.«
»Würden Sie mir bitte noch ein paar Fragen beantworten, Mademoiselle Bowers. Hat Mademoiselle de Bellefort ihre Kabine verlassen?«
»Nein, bestimmt nicht.«
»Und Sie selbst?«
»Ich blieb bei ihr bis am Morgen.«
»Sind Sie sicher?«
»Absolut.«
»Vielen Dank, Mademoiselle Bowers.«
Die Krankenschwester ging. Die beiden Männer sahen sich an. Jacqueline de Bellefort fiel als Täterin aus. Wer sonst kam als Linna Doyles Mörder in Frage?

14

Race sagte: »Jemand hat den Revolver an sich genommen. Aber nicht Miss de Bellefort. Jemand wußte, daß dieses Verbrechen ihr zugeschrieben werden würde. Aber der gleiche Jemand wußte nicht, daß ihr eine Krankenschwester Morphium verabreicht hatte und an ihrem Bett wachte. Überdies hat jemand schon einmal versucht, Linna Doyle zu töten, indem er einen Felsen über eine Klippe rollte, und dieser Jemand war wiederum nicht Jacqueline de Bellefort. Wer kann es also gewesen sein, Poirot?«
»Es ist leichter festzustellen, wer es *nicht* gewesen ist. Weder Monsieur Doyle, noch Madame Allerton, noch Monsieur Allerton, noch Miss van Schuyler, noch Mademoiselle Bowers konnten irgend etwas mit diesem Anschlag zu tun haben. Sie waren alle in meiner Sichtweite.«
»Hm«, brummte Race. »Das läßt ein ziemlich weites Feld offen. Was ist mit dem Motiv?«
»Da könnte uns vielleicht Mr. Doyle weiterhelfen. Verschiedene Vorkommnisse . . .«
Die Tür öffnete sich, und Miss de Bellefort trat ein. Sie war sehr blaß und ihr Gang etwas schwankend. »Ich habe es nicht getan«, sagte sie mit der Stimme eines erschreckten Kindes. »Ich habe es nicht getan! Bitte, glauben Sie mir! Jeder wird mich für den Täter halten, aber ich war nicht! Es ist – es ist schrecklich. Ich wünschte, es wäre nicht passiert! Ich hätte Simon gestern leicht töten können. Ich war von

Sinnen! Aber das andere – ich habe es nicht getan.« Sie sank auf einen Stuhl und brach in Tränen aus.

Poirot klopfte ihr auf die Schulter. »Ruhig, ruhig. Wir wissen, daß Sie Madame Doyle nicht getötet haben. Es ist bewiesen, ja, bewiesen, *mon enfant*. Sie waren es nicht.«

Jackie richtete sich auf, ihre Hand ballte sich um ihr feuchtes Taschentuch. »Wer hat es getan?«

»Das«, erwiderte Poirot, »ist genau die Frage, die auch wir uns stellen. Können Sie uns vielleicht irgendeinen Hinweis geben, mein Kind?«

Jackie schüttelte den Kopf. »Ich weiß gar nichts. Ich kann mir nicht vorstellen, daß ... Nein, ich habe nicht die geringste Idee.« Sie runzelte die Stirn. »Ich wüßte niemand, der ihren Tod wollte ...« Ihre Stimme schwankte etwas. »Außer – außer mir.«

Race sagte: »Entschuldigen Sie mich bitte, mir fällt gerade ein...« Er eilte hinaus.

Jacqueline de Bellefort senkte den Kopf und spielte nervös mit den Fingern, dann sagte sie plötzlich mit erstickter Stimme: »Der Tod ist etwas Schreckliches! Der Gedanke allein ist – unerträglich.«

»Ja, nicht wahr, es ist ein unerträglicher Gedanke, sich vorzustellen, daß in diesem Moment irgend jemand sich über das Gelingen seines oder ihres Plans freudig die Hände reibt.«

»Nicht! Bitte nicht!« schrie Jackie. »Es klingt grausam – so wie Sie es sagen.«

Poirot zuckte die Achseln. »Es ist die Wahrheit.«

Jackie sagte leise: »Ich wollte ihren Tod! Und jetzt *ist* sie tot. Und was das Schlimmste ist – sie starb so, wie ich es gesagt habe.«

»Ja, Mademoiselle, die Kugel drang in die Schläfe ein.«

»Dann hatte ich also doch recht in jener Nacht im Garten des *Cataract*-Hotels! Jemand hat uns belauscht!«

»Ah!« Poirot nickte. »Ich habe mich gefragt, ob Sie sich daran erinnern. Ja, es kann kein Zufall sein, daß Madame Doyle genau auf die Art getötet wurde, die Sie mir damals beschrieben haben.«

Jackie zitterte. »Aber wer kann der Mann gewesen sein?«

Poirot schwieg einige Minuten. Dann fragte er fast schroff: »Sind Sie so sicher, daß es ein Mann war?«

Jacqueline sah ihn erstaunt an. »Ja, natürlich! Ich meine ...«

»Was?«

Sie schloß die Augen, um besser nachdenken zu können. »Ich – ich *dachte*, es sei ein Mann ...«, erklärte sie schließlich.

»Aber jetzt sind Sie sich nicht mehr so sicher?«

»Nein, vollkommen sicher bin ich mir nicht. Ich habe angenommen, es sei ein Mann. Aber ich habe nur eine Gestalt gesehen – einen Schatten.« Sie schwieg, doch als Poirot nichts erwiderte, fuhr sie fort: »Sie glauben, es war eine Frau? Aber welche Frau auf diesem Schiff hätte einen Grund, Linna zu töten?« Poirot wiegte nur den Kopf hin und her.

Die Tür ging auf, und Dr. Bessner erschien. »Hätten Sie jetzt Zeit, mit Mr. Doyle zu sprechen, Monsieur Poirot? Er möchte Sie gern sehen.« Jackie sprang vom Stuhl auf und ergriff Dr. Bessners Arm. »Wie geht es ihm? Ist alles in Ordnung?«

»Natürlich nicht«, entgegnete Dr. Bessner vorwurfsvoll. »Der Knochen ist gesplittert.«

»Aber er stirbt doch nicht etwa?« rief Jackie verzweifelt.

»Wer spricht vom Sterben? Sobald wir wieder in einer zivilisierten Gegend sind, muß er geröntgt und sachkundig behandelt werden. Mehr nicht.«

»Oh!« Jackie preßte die Hände zusammen und sank wieder auf ihren Stuhl.

Poirot folgte dem Arzt an Deck, wo sie mit Race zusammentrafen. Sie gingen hinauf zu Bessners Kabine.

Simon Doyle lag gegen Kissen gelehnt mit einem improvisierten Schutz über seinem Bein im Bett. Seine aschfahle Gesichtsfarbe zeugte von den Schmerzen und dem Schock, den er erlitten hatte. Doch vor allem verriet seine Miene Bestürzung – die ungläubige Bestürzung eines Kindes. Er murmelte: »Bitte, kommen Sie herein. Der Doktor hat mir von – von Linna . . . Ich kann es – ich kann es einfach nicht glauben!«

»Es muß ein schrecklicher Schock für Sie gewesen sein«, bemerkte Race.

Simon stammelte: »Jackie hat es nicht getan! Ich bin sicher, daß sie es nicht getan hat! Alles spricht gegen sie – ich weiß –, aber sie hat es bestimmt nicht getan! Sie – sie war etwas betrunken und – und innerlich aufgewühlt. Das war der Grund, warum sie auf mich schoß. Aber Mord – kaltblütig morden, nein . . .«

Poirot sagte mitfühlend: »Regen Sie sich nicht auf, Mr. Doyle. Wer immer Ihre Frau erschoß, Mademoiselle de Bellefort war es nicht.«

Simon sah ihn zweifelnd an: »Sind Sie offen zu mir?«

Poirot fuhr unbeirrt fort: »Da Mademoiselle de Bellefort auszuschließen ist – haben Sie irgendeine Idee, wer in Frage käme?«

Simon schüttelte den Kopf. Er wirkte noch verwirrter als zuvor. »Ich weiß es nicht ... Ich verstehe es nicht. Außer Jackie kenne ich niemanden, der Linna haßte.«

»Hatte sie keine Feinde, Monsieur Doyle, überlegen Sie einmal genau? Niemand, der einen Groll gegen sie hegte?«

Simon schüttelte hilflos den Kopf. »Vielleicht Windlesham. Sie hat ihn meinetwegen verlassen. Aber nein, das ist unmöglich. Der höfliche, konventionelle Windlesham und Mord? Das kann ich mir nicht vorstellen, abgesehen davon ist er am anderen Ende der Welt. Das gleiche gilt für den alten Sir George. Er hat Linna nie verziehen, daß sie sein Haus kaufte und es völlig umbaute. Aber er ist in London. Überhaupt an Mord zu denken in diesem Zusammenhang ist einfach absurd.«

»Monsieur Doyle, hören Sie gut zu«, sagte Poirot eindringlich, »am ersten Tag, als wir an Bord der *Karnak* gingen, hatte ich ein Gespräch mit Ihrer Frau, das mir einen tiefen Eindruck hinterließ. Sie war sehr erregt und verstört, sie sagte – und das ist sehr wichtig –, daß *jeder* sie hasse, daß sie sich fürchte, daß sie sich bedroht fühle – daß sie das Gefühl habe, *jeder* in ihrer Umgebung sei ihr Feind.«

»Sie war sehr bestürzt über Jackies Anwesenheit an Bord«, antwortete Simon. »So wie ich!«

»Gewiß, aber das erklärt ihre Worte nicht ganz. Als sie sagte, sie sei von Feinden umgeben, hat sie sicher etwas übertrieben. Trotzdem hatte sie nicht nur eine Person im Sinn, sondern mehrere.«

»Sie haben recht«, gab Simon zu. »Und ich glaube, ich kann Ihnen Linnas Bemerkung erklären. Sie hatte einen bestimmten Namen auf der Passagierliste entdeckt, und danach war sie ganz durcheinander.«

»Einen Namen auf der Passagierliste? Welchen?«

»Sie hat ihn mir nicht genannt. Offen gesagt, habe ich nicht sehr genau hingehört, mir ging das Problem Jackie im Kopf herum. Soweit ich mich erinnere, sagte Linna etwas von Menschen, die durch ihren Vater geschäftlichen Schaden erlitten haben, und daß es ihr unangenehm sei, irgend jemand zu treffen, der einen Groll gegen ihre Familie hegt. Ich kenne Linnas Familiengeschichte nicht sehr gut, aber soviel ich weiß, war Linnas Mutter die Tochter eines Millionärs. Ihr Vater war von Haus aus wohlhabend, aber nach der reichen Heirat begann er an der Börse zu spielen, oder wie immer man das nennt. Natürlich teilte er dabei einige Nackenschläge aus. Sie wissen schon, was ich meine, ein paar Leute verloren ihr ganzes Geld. Soweit ich Linna verstanden habe, war jemand an Bord, dessen Vater sich mit Linnas Vater angelegt hat, was ihm schlecht bekam.

Ich erinnere mich noch, daß Linna bemerkte: »Es ist schrecklich, wenn Leute einen hassen, die man nicht einmal kennt.«

»Ja«, erwiderte Poirot nachdenklich. »Das ist eine durchaus plausible Erklärung. Zum ersten Mal in ihrem Leben fühlte sie auch die Last ihres Erbes und nicht nur die Vorteile. Sind Sie sicher, Monsieur Doyle, daß sie den Namen des Mannes nicht genannt hat?«

Simon schüttelte reumütig den Kopf. »Ich habe der Sache keine Bedeutung beigemessen, sondern nur gesagt: ›Heute kümmert sich kein Mensch mehr darum, was seinem Vater zugestoßen ist. Dazu ist die Zeit zu schnellebig geworden.‹ Irgend etwas in der Art.«

Bessner sagte sarkastisch: »Nun, einen jungen Mann mit einem Groll im Herzen haben wir jedenfalls an Bord.«

»Sie meinen Ferguson?« fragte Poirot.

»Ja, er äußerte sich einige Male sehr abfällig über Mrs. Doyle. Ich habe es selbst gehört.«

»Wie kann man mehr über ihn herausfinden?« fragte Simon.

Poirot antwortete: »Oberst Race und ich werden alle Passagiere verhören. Und bevor wir nicht ihre Berichte haben, wäre es unklug, sich eine Theorie zu bilden. Zuerst einmal sollten wir, glaube ich, Madame Doyles Mädchen befragen. Vielleicht am besten hier. Monsieur Doyles Gegenwart mag sich als nützlich erweisen.«

»Ja, das ist ein guter Gedanke«, sagte Simon.

»War sie lange bei Madame Doyle?«

»Zwei Monate.«

»Nur zwei Monate!« rief Poirot. »Hatte Madame wertvollen Schmuck?

»Ja, die Perlenkette«, entgegnete Simon. »Sie ist vierzig- bis fünfzigtausend Pfund wert.« Er zog schaudernd die Schultern hoch. »Sie meinen doch nicht, daß wegen dieser verdammten Perlen . . .«

»Diebstahl ist häufig ein Motiv«, erklärte Poirot. »Trotzdem halte ich es nicht für sehr wahrscheinlich. Nun, es wird sich alles erweisen. Verhören wir das Mädchen!«

Wie er kurz darauf feststellte, war Louise Bourget die lebhafte brünette Südländerin, der er schon einmal begegnet war und die seine Aufmerksamkeit erweckt hatte.

Jetzt war sie alles andere als lebhaft, sie hatte geweint und sah verängstigt aus. Aber ihr Gesicht verriet eine gewisse verschlagene Schläue, was die beiden Männer nicht gerade für sie einnahm.

»Sie sind Louise Bourget?«

»Ja, Monsieur.«

»Wann haben Sie Mrs. Doyle zuletzt lebend gesehen?«

»Gestern abend, Monsieur, ich half ihr beim Entkleiden.«

»Um wieviel Uhr war das?«

»Irgendwann nach elf Uhr, genau kann ich es nicht sagen, Monsieur. Ich half Madame beim Entkleiden, bereitete das Bett und ging.«

»Wie lange dauerte das?«

»Zehn Minuten, Monsieur. Madame war müde. Sie bat mich, als ich ging, das Licht auszumachen.«

»Und nachdem Sie Madame verließen, was taten Sie da?«

»Ich ging ein Deck tiefer in meine eigene Kabine, Monsieur.«

»Und Sie sahen und hörten nichts, was uns weiterhelfen könnte?«

»Wie sollte ich, Monsieur?«

»Das, Mademoiselle, ist etwas, das nur Sie selbst beurteilen können«, erwiderte Poirot.

Sie sah ihn kurz von der Seite an. »Monsieur, ich war auf dem unteren Deck, was hätte ich sehen oder hören sollen? Meine Kabine liegt auf der anderen Seite des Schiffs. Ich konnte unmöglich etwas hören. Natürlich, wenn ich nicht geschlafen hätte, wenn ich die Treppe hinaufgegangen wäre, dann – ja, dann hätte ich vielleicht sehen können, wie der Mörder, dieses Scheusal, Madames Kabine betrat und wieder verließ, aber so, wie es nun mal ist . . .« Sie wandte sich mit einer flehenden Gebärde an Simon. »Monsieur, helfen Sie mir! Sie sehen doch, wie es ist. Was soll ich denn sagen?«

»Seien Sie nicht so töricht«, antwortete Simon barsch. »Niemand denkt, daß Sie etwas gesehen oder gehört haben. Machen Sie sich keine Sorgen. Ich werde mich um Sie kümmern. Niemand macht Ihnen Vorwürfe.«

»Sie sind sehr gut zu mir, Monsieur.« Louise senkte bescheiden die Augen.

»Sie haben also weder etwas gesehen noch gehört«, stellte Race ungeduldig fest.

»Wie ich bereits sagte, Monsieur, nichts!«

»Und Sie wissen auch von niemandem, der Mrs. Doyle haßte?«

Zum allgemeinen Erstaunen nickte Louise heftig mit dem Kopf. »Oh, die Frage kann ich mit allem Nachdruck bejahen.«

»Meinen Sie Mademoiselle de Bellefort?« fragte Poirot.

»Sie natürlich auch. Aber die meine ich nicht. Es ist noch jemand an Bord, der Madame haßt. Er ist sehr zornig auf Madame, weil sie ihn tief gekränkt hat.«

»Mein Gott!« rief Simon aus. »Was soll das heißen?«

Louise fuhr fort, immer noch heftig nickend. »Ja, glauben Sie mir, es stimmt! Es handelt sich um Madames Mädchen – um meine Vorgängerin. Sie liebte einen Mann, einen der Ingenieure auf diesem Schiff, der sie heiraten wollte. Und meine Vorgängerin Marie hätte es auch getan. Dann stellte Madame Doyle Nachforschungen an und erfuhr, daß dieser Fleetwood schon eine Frau hatte – eine Farbige, eine Hiesige. Sie ist zwar zu ihrer Familie zurückgekehrt, aber sie ist noch mit ihm verheiratet. Madame hat Marie dies alles erzählt, und Marie war sehr unglücklich und weigerte sich, Fleetwood wiederzusehen. Fleetwood war außer sich, als er herausfand, daß Mrs. Doyle früher Ridgeway hieß, also die Frau war, die ihm dies alles angetan hatte. Er sagte zu mir, daß er sie umbringen würde. Sie hätte sein Leben zerstört.« Louise schwieg triumphierend.

»Das ist höchst interessant«, sagte Race.

Poirot fragte Simon. »Wußten Sie etwas von der Sache?«

»Nein, nicht das geringste«, antwortete Simon mit überzeugender Aufrichtigkeit. »Ich bezweifle sehr, daß Linna eine Ahnung hatte. Vermutlich hatte sie den Zwischenfall längst vergessen.« Er wandte sich an das Mädchen: »Haben Sie Mrs. Doyle von der Unterhaltung erzählt?«

»Nein, Monsieur, natürlich nicht!«

Poirot fragte: »Wissen Sie etwas über Mrs. Doyles Perlen?«

»Über die Perlen?« Louises Augen weiteten sich. »Sie legte sie wie immer auf den Nachttisch.«

»Und dort haben Sie sie auch liegen gesehen?«

»Ja, Monsieur.«

»Und heute morgen?«

Das Mädchen sah ihn verwirrt an. »Ich – ich habe nicht aufgepaßt. Ich trat ans Bett, sah Madame, schrie auf, lief aus der Kabine und wurde ohnmächtig.«

Poirot nickte. »*Sie* haben nicht aufgepaßt, aber ich habe scharfe Augen. Die Perlen lagen nicht mehr auf dem Nachttisch.«

15

Louise Bourget wurde gebeten, Mrs. Doyles persönliche Dinge durchzusehen. Sie berichtete, daß alles an seinem gewohnten Platz läge, nur die Perlen fehlten.

Dann meldete der Steward, daß das Frühstück im Rauchsalon für die Herren bereitstünde. An Deck blieb Race plötzlich stehen, beugte sich über die Reling und sagte zu Poirot: »Als Fanthorp das klatschende Geräusch erwähnte, kam mir eine Idee. Es ist durchaus möglich, daß der Mörder den Revolver über Bord warf.«

»Halten Sie dies wirklich für denkbar, mein Freund?«

Race zuckte die Achseln. »Warum nicht? Der Revolver ist nirgends zu finden. Ich habe sofort nach ihm gesucht.«

»Trotzdem scheint mir Ihre Annahme zu weit hergeholt.«

»Aber wo ist er dann?«

»Er ist nicht in Mrs. Doyles Kabine, daher gibt es logischerweise nur einen Platz, wo er sein könnte.«

»Und der wäre?«

»In Mademoiselle de Belleforts Kabine.«

Race nickte: »Ja, das könnte natürlich...« Er unterbrach sich und fuhr dann schnell fort: »Sie ist nicht dort. Wollen wir gleich nachsehen?«

»Nein, mein Freund, das wäre übereilt. Er ist vielleicht noch nicht dorthin gelegt worden.«

»Und wenn wir sofort das ganze Schiff durchsuchen ließen?«

»Das wäre ungeschickt. Wir müssen sehr behutsam vorgehen. Wir sind in einer schwierigen Position und dürfen uns vor allem nicht in die Karten sehen lassen. Wir werden beim Frühstück alles genau besprechen.«

Race stimmte zu, und sie gingen in den Rauchsalon.

Während sich Race Kaffee einschenkte, meinte er: »Nun, zumindest haben wir zwei Anhaltspunkte: Zum ersten das Verschwinden der Perlen, und zum zweiten diesen Mann Fleetwood. Bei den Perlen handelt es sich wohl einwandfrei um Diebstahl. Oder sind Sie anderer Meinung?«

»Nein, aber der Augenblick war nicht gerade günstig gewählt.«

»Allerdings, die Perlen unter diesen Umständen zu stehlen, fordert eine gründliche Untersuchung des ganzen Schiffs geradezu heraus. Wie will der Dieb mit seiner Beute verschwinden?«

»Vielleicht ging er an Land und versteckte sie.«

»Die Schiffahrtslinie hat einen Wächter am Ufer.«

»Dann fällt diese Möglichkeit eigentlich fort. Wurde der Mord begangen, um von dem Diebstahl abzulenken? Nein, das klingt wenig plausibel, es widerspricht jeder Vernunft. Vielleicht ist Mrs. Doyle aufgewacht und hat den Dieb auf frischer Tat ertappt?«

»Und deshalb hat der Dieb sie erschossen? Aber sie wurde im Schlaf getötet.«

»Also dann ist dieser Umstand auch auszuschließen. Ich habe eine andere Idee. Oder nein, doch nicht, denn wenn meine Idee zutrifft, wären die Perlen nicht verschwunden. Race, was halten Sie von dem Mädchen?«

»Ich hatte den Eindruck, daß sie nicht alles gesagt hat, was sie wußte. Jedenfalls ist sie keine angenehme Person.«

Poirot nickte. »Ich traue ihr auch nicht über den Weg.«

»Ob sie etwas mit dem Mord zu tun hat?«

»Nein, das glaube ich eigentlich nicht.«

»Oder mit dem Perlendiebstahl?«

»Das schon eher. Mrs. Doyle hat sie erst kürzlich eingestellt, vielleicht gehört sie einer Bande von Juwelendieben an. Es kommt häufig vor, daß ein Mitglied eine Frau mit ausgezeichneten Zeugnissen ist. Leider sind wir momentan nicht in der Lage, diesbezüglich Auskünfte einzuholen. Aber irgendwie befriedigt mich diese Theorie nicht. Die Perlen – ah, meine Idee *müßte* eigentlich richtig sein, andererseits kann niemand so einfältig sein . . .« Er brach ab.

»Und dieser Fleetwood?«

»Wir müssen ihn uns vornehmen: Wenn Louise Bourgets Geschichte stimmt, könnte er als Mörder in Frage kommen. Rache ist ein starkes Motiv. Vielleicht hat er die Szene zwischen Jacqueline und Monsieur Doyle belauscht und ist, nachdem alle den Salon verlassen hatten, schnell hineingeschlüpft und hat sich den Revolver geholt. Ja, das wäre durchaus möglich. Und auch das blutige J an der Wand würde zu einem eher einfachen Menschen passen.«

»Kurz gesagt: Ist er der Mann, den wir verdächtigen?«

Poirot zog eine kleine Grimasse. »Oh, ich weiß, jeder hat seine kleinen Schwächen, und *mir* wird nachgesagt, daß ich gern einen Fall kompliziere. Die Lösung, die Sie mir anbieten – ist mir zu primitiv. Ich glaube einfach nicht, daß es so war. Aber vielleicht habe ich Vorurteile.«

»Wir werden uns den Burschen kommen lassen.«

Race klingelte und gab seine Anweisungen, dann fragte er: »Noch andere Möglichkeiten?«

»Viele, mein Freund. Zum Beispiel dieser amerikanische Vermögensverwalter.«

»Pennington?«

»Ja, Pennington! Vor ein paar Tagen war ich Zeuge einer merkwürdigen kleinen Szene.« Er erzählte Race von dem Vorfall. »Verstehen

Sie, es war sehr bezeichnend. Madame bestand darauf, alle Dokumente durchzulesen, bevor sie unterschrieb. Woraufer eine Ausrede erfand und ihr die Papiere an einem anderen Tag vorlegen wollte. Dann machte ihr Mann eine aufschlußreiche Bemerkung.«

»Was sagte er?«

»Angeblich würde er niemals etwas durchlesen, sondern immer blind unterschreiben. Sie verstehen die Bedeutung dieser Worte, nicht wahr? Pennington jedenfalls tat es. Ich erkannte es an seinen Augen. Er blickte Doyle an, als sei ihm plötzlich eine ganz neue Idee gekommen. Stellen Sie sich einen Augenblick vor, Sie seien zum Vermögensverwalter für die Tochter eines sehr reichen Mannes eingesetzt worden und hätten das Ihnen anvertraute Geld – sagen wir – zum Spekulieren benutzt. Ich weiß, so was liest man in Kriminalromanen, aber gelegentlich auch in der Zeitung. Es kann passieren, mein Freund, es kann durchaus passieren!«

»Das bezweifle ich nicht.«

»Nun, nehmen wir an, Sie hoffen, die Lage noch zu retten durch immer gewagtere Spekulationen. Ihr Mündel ist noch nicht großjährig. Und dann – heiratet sie. Die Vollmacht geht von einem Tag auf den anderen von Ihren Händen in die Ihres Mündels über. Die Katastrophe ist da! Doch es gibt noch eine Chance. Ihr Mündel ist auf der Hochzeitsreise. Und wer interessiert sich schon auf der Hochzeitsreise für Geschäfte? Ein Dokument, beiläufig zwischen andere geschoben, wird ungelesen unterschrieben . . . Aber mit Linna Doyle war dies nicht zu machen. Hochzeitsreise hin oder her, wenn es sich um Geschäfte handelte, war sie ganz bei der Sache. Da macht ihr Mann eine Bemerkung, und die bringt den verzweifelten Mann, der versucht, dem finanziellen Ruin zu entgehen, auf eine Idee: Wenn Linna Doyle stürbe, ginge ihr Vermögen auf ihren Mann über. Und dieser wäre leicht zu handhaben. Er wäre Wachs in den Händen eines gerissenen Manns wie Andrew Pennington. *Mon cher Colonel*, ich sage Ihnen, ich habe förmlich *gesehen*, wie der Gedanke durch Penningtons Kopf schoß.«

»Durchaus möglich. Aber Sie haben keine Beweise!«

»Leider nicht.«

»Und was ist mit dem jungen Ferguson?« fragte Race. »Er führt sehr bittere Reden. Nicht, daß ich eigentlich viel darauf gebe, was Leute sagen. Aber er könnte natürlich derjenige sein, dessen Vater vom alten Ridgeway in den Bankrott getrieben wurde. Es klingt ein wenig weit hergeholt, aber möglich ist es. Es gibt Menschen, die nie vergeben können.« Er schwieg einen Augenblick, dann sagte er: »Ja, das ist der Typ, den ich suche. Und er ist eines Mordes fähig, das wissen wir. Andererseits, wie und wann haben Ferguson und Linna Doyle sich kennengelernt? Sie gehören völlig verschiedenen gesellschaftlichen Schichten an, die sich selten berühren.«

»Es sei denn, sie hätte zufällig herausgefunden, wer er ist.«

»Das ist zwar möglich, erscheint mir aber höchst unglaubwürdig.«

Es klopfte an der Tür. »Ah, da ist unser Möchte-gern-Bigamist.« Fleetwood war ein großer, brutal aussehender Mann. Er blickte argwöhnisch um sich. Poirot erkannte in ihm den Mann wieder, den er im Gespräch mit Louise Bourget überrascht hatte.

Fleetwood fragte mißtrauisch: »Sie wollten mich sprechen?«

»Ja«, sagte Race. »Sie wissen vermutlich, daß in der letzten Nacht auf dem Schiff ein Mord geschah?«

Fleetwood nickte.

»Und soviel ich weiß, hatten Sie allen Grund, die Ermordete zu hassen?«

Fleetwoods Augen nahmen einen erschreckten Ausdruck an. »Wer hat das behauptet?«

»Mrs. Doyle hat sich in eine Sache eingemischt, die Sie und eine junge Frau betraf. Habe ich recht?«

»Ich weiß, von wem Sie das wissen – von diesem verschlagenen französischen Frauenzimmer. Sie ist eine Lügnerin!«

»In Ihrem Fall hat sie zufällig die Wahrheit gesprochen.«

»Es ist eine schmutzige Lüge!«

»Sie behaupten das, ohne zu wissen, um was es sich handelt.«

Der Schuß saß. Der Mann wurde rot und schluckte.

»Sie wollten Marie, Mrs. Doyles früheres Mädchen, heiraten, aber als Marie erfuhr, daß Sie bereits verheiratet waren, hat sie die Verlobung gelöst. So war es doch?«

»Was ging sie das Ganze an?«

»Sie meinen, was ging Mrs. Doyle das Ganze an? Nun – Bigamie bleibt Bigamie.«

»Es ist nicht so, wie Sie denken. Ich war mit einer Hiesigen verheiratet. Es hat nicht geklappt. Sie kehrte zu ihrer Familie zurück. Ich habe sie schon sechs Jahre nicht mehr gesehen.«

»Aber Sie sind noch mit ihr verheiratet?« Der Mann schwieg. Race fuhr fort: »Und Mrs. Doyle oder Miss Ridgeway, wie sie damals noch hieß, fand das heraus?«

»Ja. Diese verdammte Schnüfflerin! Mit welchem Recht mischt sie sich in anderer Leute Angelegenheiten? Ich hätte Marie gut behandelt. Ich hätte alles für sie getan. Und sie hätte von der anderen nie etwas erfahren, wenn diese zudringliche junge Person nicht gewesen wäre. Ja, ich gebe zu, ich hatte eine wirkliche Wut auf die Dame, und es hat mich verbittert, als ich sie an Bord herumstolzieren sah mit ihren Perlen und Brillanten und ihrem hochmütigen Getue. Ich wette, sie hat nie einen Gedanken daran verschwendet, daß sie das Leben eines Mannes zerstörte. Wenn Sie denken, daß ich deshalb zum Mörder wurde – wenn Sie denken, ich hätte sie erschossen, dann irren Sie sich gewaltig! Und das ist die heilige Wahrheit.« Er schwieg, der Schweiß lief ihm von der Stirn.

»Wo waren Sie heute nacht? Zwischen zwölf und zwei Uhr?«

»In meiner Koje – mein Kollege kann Ihnen das bestätigen.«

»Das werden wir sehen«, erklärte Race und entließ ihn mit einem kurzen Nicken. »Sie können gehen.«

»Eh bien?« fragte Poirot, nachdem sich die Tür hinter ihm geschlossen hatte.

Race zuckte die Achseln. »Seine Geschichte klingt überzeugend. Er ist natürlich nervös, aber nicht übermäßig. Wir müssen sein Alibi nachprüfen – hieb- und stichfest wird es wohl kaum sein. Sein Kollege hat vermutlich geschlafen, was heißt, daß Fleetwood unbemerkt die Koje hätte verlassen können. Alles hängt davon ab, ob er gesehen wurde.«

»Ja.«

»Das nächste, was wir feststellen müssen«, sagte Race, »ist, ob jemand etwas gehört hat, das uns einen Hinweis auf den Zeitpunkt des Verbrechens gibt. Bessner nimmt an, es sei zwischen zwölf und zwei Uhr begangen worden. Vielleicht hat einer der Passagiere den Schuß vernommen – selbst wenn er oder sie nicht realisierten, daß es einer war. Ich persönlich habe nichts gehört. Und Sie?«

Poirot schüttelte den Kopf: »Nein, ich habe fest geschlafen, so tief, als hätte man mir ein Betäubungsmittel gegeben.«

»Bedauerlich. Vielleicht haben wir mehr Glück bei den Passagieren, die Kabinen auf der Steuerbordseite bewohnen. Fanthorp haben wir schon verhört. Also fragen wir mal die Allertons. Ich werde den Steward bitten, sie herzubringen.«

Mrs. Allerton betrat mit flinken Schritten den Rauchsalon. Sie trug ein weiches graugestreiftes Seidenkleid. Ihr Ausdruck war bekümmert. »Ist es nicht schrecklich?« sagte sie und setzte sich auf den angebotenen Stuhl. »Ich kann es noch immer nicht ganz glauben! Dieses bezaubernde Geschöpf, das alles hatte, was das Leben lebenswert macht. Und nun ist es tot.«

»Ich weiß, wie Ihnen zumute ist, Madame«, sagte Poirot. »Was für ein Glück, daß Sie an Bord sind«, sagte Mrs. Allerton schlicht. »Sie werden den Schuldigen finden. Ich bin froh, daß das arme Mädchen nicht der Täter ist.«

»Sie meinen Mademoiselle de Bellefort? Wer hat Ihnen gesagt, daß sie es nicht getan hat?«

»Cornelia Robson«, antwortete Mrs. Allerton mit dem Anflug eines Lächelns. »Für sie ist das Ganze eine Sensation, die sie in vollen Zügen genießt. Aber sie ist ein so gutherziges Mädchen, daß sie sich ihrer Gefühle schämt. Sie sagt, sie käme sich ganz schlecht vor.« Mrs. Allerton warf Poirot einen kurzen Blick zu. »Entschuldigen Sie, ich bin ins Plaudern geraten. Sie wollen mir ein paar Fragen stellen?«

»Ja, bitte. Wann gingen Sie gestern zu Bett, Mrs. Allerton?«

»Kurz nach halb elf Uhr.«

»Schliefen Sie gleich ein?«

»Ja, ich war müde.«

»Haben Sie während der Nacht irgend etwas – irgendein Geräusch – gehört?«

Mrs. Allerton runzelte die Stirn. »Ja, ich glaube, ich habe ein Aufklatschen gehört und hastige Schritte, oder war es umgekehrt? Ich bin nicht sehr präzise, ich weiß. Ich hatte die vage Idee – wie in einem Traum – jemand sei über Bord gefallen. Und dann erwachte ich und lauschte, aber alles war ganz ruhig.«

»Wissen Sie, um welche Zeit das war?«

»Nein, leider nicht. Ich glaube, es passierte kurz nachdem ich eingeschlafen war, innerhalb der ersten Stunde oder so.«

»Keine sehr genaue Zeitangabe, Madame.«

»Ich weiß, aber was nützt es, herumzuraten, wenn ich wirklich keine Ahnung habe.«

»Und mehr können Sie uns nicht sagen, Madame?«

»Leider nein.«

»Haben Sie Mrs. Doyle schon früher einmal getroffen?«

»Nein, nur mein Sohn Tim. Allerdings hatte ich viel von ihr gehört, von meiner Kusine Joanna Southwood. Persönlich gesprochen habe ich sie erst in Assuan.«

»Ich habe noch eine weitere, etwas delikate Frage, Madame.«

Mrs. Allerton murmelte mit einem flüchtigen Lächeln: »Ich liebe es, wenn man mir indiskrete Fragen stellt.«

»Haben Sie oder hat Ihre Familie je finanzielle Verluste durch die

Börsentransaktionen von Mrs. Doyles Vater, Melhuish Ridgeway, erlitten?«

Mrs. Allerton sah ihn verblüfft an. »O nein, Verluste, wie Sie es formulieren, haben wir nie erlitten. Unser Familienvermögen ist einfach immer weniger geworden – weniger Zinsen für weniger Geld. Nein, uns ist nie etwas Dramatisches passiert. Mein Mann hinterließ mir etwas Geld, und das Kapital besitze ich noch, es wirft nur weniger ab.«

»Vielen Dank, Madame. Würden Sie Ihren Sohn bitten, zu uns zu kommen?«

Als seine Mutter eintrat, fragte Tim leichthin: »Nun, Feuerprobe überstanden? Bin ich jetzt an der Reihe? Was für Fragen stellen sie denn?«

»Nur, ob du letzte Nacht etwas gehört hast«, antwortete Mrs. Allerton. »Unglückseligerweise habe ich nichts gehört. Ich verstehe nicht ganz, warum. Linna Doyles Kabine ist die übernächste. Eigentlich hätte ich den Schuß hören müssen. Geh schon, Tim! Sie warten auf dich.«

Poirot stellte Tim die gleichen Fragen. Tim antwortete, daß er früh zu Bett gegangen sei, ungefähr um halb elf Uhr, noch ein wenig gelesen und kurz nach elf das Licht ausgeknipst habe.

»Haben Sie danach noch etwas gehört?«

»Ja, die Stimme eines Mannes, die ›Gute Nacht‹ sagte, in der Nähe meiner Kabine.«

»Das war ich«, sagte Race, »als ich mich von Mrs. Doyle verabschiedete.«

»Und dann schlief ich ein«, fuhr Tim fort. »Später hörte ich Stimmengewirr, und jemand rief nach Fanthorp.«

»Mademoiselle Robson, als sie aus dem Aussichtsraum gelaufen kam.«

»Möglich. Dann hörte ich mehrere Stimmen, und jemand rannte das Deck entlang. Es folgte eine Art Aufklatschen, und Dr. Bessner rief dröhnend: ›Vorsicht‹ und ›Nicht zu schnell‹.«

»Sie hörten ein Aufklatschen?«

»Ja, so klang es zumindest.«

»War es nicht vielleicht ein Schuß?«

»Vielleicht! Allerdings bin ich sicher, daß ich das Knallen eines Korkens gehört habe. Vielleicht war das der Schuß? Möglicherweise habe ich mir das Aufklatschen eingebildet, weil ich den Korkenknall

mit dem Eingießen einer Flüssigkeit in Verbindung brachte. Ich erinnere mich, daß ich dachte: Irgendeine Party ist da noch im Gange. Ich wünschte, sie würden Schluß machen und zu Bett gehen.«
»Hörten Sie danach noch irgend etwas?«
»Nur Fanthorp, der in der Nebenkabine rumorte. Ich glaubte schon, er würde nie ins Bett finden!«
»Und danach?«
Tim zuckte die Achseln. »Nichts mehr.«
»Vielen Dank, Mr. Allerton.«
Tim stand auf und ging in seine Kabine.


16

Race betrachtete aufmerksam den Plan des Promenadendecks.
»Fanthorp, der junge Allerton, Mrs. Allerton, dann die Kabine Simon Doyles. Und wer wohnt auf Mrs. Doyles anderer Seite? Die alte Amerikanerin. Wenn jemand Gelegenheit hatte, etwas zu hören – dann sie. Falls sie schon wach ist, wollen wir sie herbitten.«
Kurz darauf betrat Miss van Schuyler den Rauchsalon. Sie wirkte an diesem Morgen noch älter und gelblicher als sonst. Ihre kleinen, dunklen Augen blitzten giftig.
Race stand auf und verbeugte sich. »Es tut uns leid, daß wir Ihnen solche Umstände machen müssen. Vielen Dank für Ihr Kommen. Bitte, setzen Sie sich!«
Miss van Schuyler sagte scharf: »Es mißfällt mir außerordentlich, in die Angelegenheit hineingezogen zu werden. Ich will mit dieser unangenehmen Geschichte nichts zu tun haben!«
»Was durchaus verständlich ist. Ich bemerkte gerade zu Monsieur Poirot, daß es am besten ist, Ihre Aussage möglichst schnell aufzunehmen, damit wir Sie nicht weiter zu belästigen brauchen.«
Miss van Schuyler sah Poirot halb vorwurfsvoll, halb gönnerhaft an und sagte: »Es freut mich zu hören, daß Sie für meine Gefühle Verständnis aufbringen.«
Poirot sagte beruhigend: »Natürlich, Mademoiselle, deshalb möchten wir, daß Sie diese Unannehmlichkeiten möglichst schnell hinter sich haben. Wann gingen Sie gestern abend zu Bett?«
»Meine gewöhnliche Zeit ist zehn Uhr. Gestern wurde es aber später, da mich Cornelia Robson rücksichtsloserweise warten ließ.«

»*Très bien*, Mademoiselle, und was hörten Sie, nachdem Sie sich zur Ruhe begeben hatten?«

»Ich habe einen sehr leichten Schlaf.«

»*A merveille!* Wie günstig für uns!«

»Ich wurde von dieser reichlich auffallenden jungen Person, Mrs. Doyles Mädchen, geweckt, die mit einer, wie mir schien, unnötig lauten Stimme ihrer Herrin gute Nacht wünschte.«

»Und danach?«

»Schlief ich wieder ein. Und wachte auf mit dem Gefühl, jemand sei in meiner Kabine, stellte dann aber fest, daß dieser Jemand in der Nebenkabine war.«

»In Madame Doyles Kabine?«

»Ja. Dann hörte ich jemand draußen an Deck und ein Aufklatschen.«

»Wissen Sie, wann das war?«

»Sehr genau – zehn Minuten nach ein Uhr.«

»Sind Sie ganz sicher?«

»Ich sah auf den kleinen Wecker, der auf meinem Nachttisch steht.«

»Sie haben keinen Schuß gehört?«

»Nein, nichts dergleichen.«

»Aber es wäre möglich, daß Sie durch den Schuß geweckt wurden?«

Miss van Schuyler überlegte, den krötenartigen Kopf leicht zur Seite geneigt. »Möglich schon«, gab sie widerwillig zu.

»Und haben Sie irgendeine Idee, wodurch dieses Aufklatschen verursacht wurde?«

»Oh, das weiß ich sogar ganz genau.«

Oberst Race richtete sich gespannt auf. »Sie wissen es?«

»Jawohl. Mir gefielen diese herumtapsenden Geräusche nicht, und so stand ich auf und öffnete die Kabinentür. Miss Otterbourne lehnte an der Reling. Sie hatte gerade etwas ins Wasser geworfen.«

»Miss Otterbourne?« fragte Race sichtlich erstaunt.

»Ich habe ihr Gesicht deutlich gesehen.«

»Hat Miss Otterbourne Sie bemerkt?«

»Ich glaube nicht.«

Poirot beugte sich vor. »Und was für einen Ausdruck zeigte Miss Otterbournes Gesicht?«

»Sie war in einem höchst erregten Zustand.«

Race und Poirot wechselten einen kurzen Blick. »Und was geschah dann?« fragte Race.

»Miss Otterbourne ging um das Heck des Schiffs, und ich legte mich wieder ins Bett.«

Es klopfte, und der Kapitän trat ein; er hielt ein tropfendes Päckchen in der Hand. »Wir haben ihn gefunden, Oberst«, meldete er.

Race nahm das Päckchen und entfernte den langen durchnäßten Samtstreifen, in den es gewickelt war. Ein billiges, hellrosa geflecktes Taschentuch fiel heraus und ein kleiner Revolver mit einem Perlmuttgriff. Race warf Poirot einen leicht boshaft triumphierenden Blick zu. »Sehen Sie, ich habe recht gehabt: Er wurde über Bord geworfen.« Er hielt ihm die Waffe auf der offenen Hand hin. »Nun, Monsieur Poirot, ist es derselbe Revolver, den Sie an jenem Abend im *Cataract-Hotel* sahen?«

Poirot betrachtete ihn gründlich und antwortete ruhig: »Ja, das ist er. Er hat dieselben Ornamente und die Initialen J. B. Es ist ein *article de luxe*, ein sehr weiblicher Gegenstand, aber trotz allem eine tödliche Waffe.«

»Kaliber zweiundzwanzig«, murmelte Race. Er öffnete die Trommel. »Zwei Kugeln fehlen. Ja, das beseitigt die letzten Zweifel.«

Miss van Schuyler hüstelte aufmerksamkeitsheischend. »Und meine Stola?« fragte sie.

»Ihre Stola, Mademoiselle?«

»Ja, das dort ist meine Samtstola.«

Race hob das triefende Stück Stoff auf. »Sie gehört Ihnen, Miss van Schuyler?«

»Ja, es ist meine Stola!« antwortete die alte Dame ungehalten. »Ich konnte sie gestern abend einfach nicht finden. Ich habe alle Leute gefragt, ob sie sie nicht gesehen hätten.«

Poirot warf Race einen fragenden Blick zu, und dieser nickte. »Wann haben Sie sie zuletzt gehabt. Miss van Schuyler?«

»Ich hatte sie bei mir im Salon, gestern abend, aber als ich schlafen gehen wollte, war sie nirgends zu finden.«

Race sagte ernst: »Sie verstehen, wozu sie benutzt wurde?« Er breitete die Stola aus und wies mit dem Finger auf die versengten Stellen und die verschiedenen, kleinen Löcher. »Der Mörder wickelte sie als Schalldämpfer um die Waffe.«

»So eine Unverschämtheit!« Miss van Schuylers welke Wangen röteten sich vor Empörung.

Race sagte: »Ich wäre Ihnen dankbar, Miss van Schuyler, wenn Sie mir erzählten, wie lange Sie Mrs. Doyle schon kennen.«

»Erst seit dieser Reise.«

»Aber sie wußten, wer sie war?«

»Natürlich.«

»Ihre beiden Familien waren nicht miteinander bekannt?«

»Meine Familie ist sehr wählerisch in ihrem Umgang, Oberst Race. Meine Mutter hätte nicht im Traum daran gedacht, mit der Familie Hartz zu verkehren. Außer ihrem Reichtum haben sie nichts vorzuweisen.«

»Ist das alles, was Sie uns sagen können, Miss van Schuyler?«

»Ich habe nichts hinzuzufügen. Linna Ridgeway wurde in England erzogen, und ich habe sie zum ersten Mal auf diesem Dampfer zu Gesicht bekommen.« Sie erhob sich. Poirot öffnete ihr die Tür, und sie rauschte hinaus.

Die Blicke der beiden Männer trafen sich.

»Das ist *ihre* Version der Ereignisse«, meinte Race, »und an der wird sie festhalten. Vielleicht ist es die richtige. Aber – Rosalie Otterbourne? Das hätte ich nicht erwartet.«

Poirot schüttelte irritiert den Kopf, dann schlug er mit der flachen Hand auf den Tisch. »Nichts paßt zusammen«, rief er. »*Nom d'un nom d'un nom*! Irgendwas stimmt nicht.«

Race sah ihn an: »Was meinen Sie damit?«

»Ich meine, daß alles bis zu einem gewissen Punkt sonnenklar ist. Jemand wollte Linna Doyle töten. Jemand hörte den Auftritt im Salon mit an. Jemand schlich sich hinein und nahm den Revolver an sich. Jemand erschoß Linna und schrieb den Buchstaben J an die Wand – so weit, so gut. Alles deutet auf Miss de Bellefort als Täterin hin. Aber was tut der Mörder dann? Statt den Revolver – Jacqueline de Belleforts Revolver – so zu verstecken, daß jeder ihn finden kann, wirft er oder sie dieses absolut vernichtende Beweisstück über Bord. Warum, mein Freund, warum?«

»Ja, es ist unverständlich.«

»Es ist mehr als unverständlich – es ist *unmöglich*!«

»Unmöglich ist es nicht, da es nun mal geschehen ist.«

»Das meine ich nicht. Ich meine, die Reihenfolge der Ereignisse ist unmöglich. Irgend etwas stimmt nicht.«


17


Oberst Race sah seinen Kollegen etwas zweifelnd an. Er hatte große Achtung vor Hercule Poirots Scharfsinn, doch in diesem Augenblick konnte er seinem Gedankengang nicht folgen. Er stellte jedoch keine

Fragen. Er stellte selten Fragen. Er zog es vor, den Dingen systematisch auf den Grund zu gehen.

»Was tun wir als nächstes?« fragte er. »Sollen wir Rosalie Otterbourne verhören?«

»Das könnte uns weiterhelfen.«

Als Rosalie Otterbourne linkisch den Raum betrat, wirkte sie weder nervös noch verängstigt, nur unwillig und mürrisch. »Ja«, sagte sie nur, »um was handelt es sich?«

Race führte das Wort. »Wir stellen Untersuchungen über Mrs. Doyles Tod an«, erklärte er.

Rosalie nickte.

»Würden Sie mir sagen, was Sie gestern abend taten?«

Rosalie dachte eine Minute nach. »Mutter und ich gingen früh zu Bett – vor elf. Wir haben nichts Auffallendes gehört, außer einigem Lärm vor Dr. Bessners Kabine. Ich hörte deutlich die dröhnende Stimme des alten Mannes, aber erfuhr natürlich erst heute morgen, was losgewesen war.«

»Sie hörten keinen Schuß?«

»Nein.«

»Verließen Sie Ihre Kabine während der Nacht?«

»Nein.«

»Sind Sie sicher?«

Rosalie starrte ihn an. »Natürlich bin ich sicher!«

»Sie gingen nicht etwa zur Steuerbordseite und warfen etwas über Bord?«

Ihr Gesicht rötete sich. »Gibt es ein Verbot, etwas über Bord zu werfen?«

»Nein, gewiß nicht. Sie warfen also etwas über Bord?«

»Nein, ich sagte Ihnen doch, ich habe meine Kabine nicht verlassen.«

»Wenn Sie nun jemand gesehen hat . . .«

Sie unterbrach ihn. »Wer will mich gesehen haben?«

»Miss van Schuyler.«

»Miss van Schuyler?« Es klang ehrlich erstaunt.

»Miss van Schuyler erklärte, sie habe aus der Kabine geblickt und gesehen, wie Sie etwas ins Wasser warfen.«

Rosalie, sagte ohne zu zögern: »Sie lügt!« Dann fragte sie, als sei ihr plötzlich ein Gedanke gekommen: »Und um welche Zeit soll das gewesen sein?«

»Zehn Minuten nach ein Uhr, Mademoiselle«, antwortete Poirot.

Sie nickte nachdenklich. »Hat sie sonst noch etwas gesehen?«

»Gesehen – nein, aber gehört: Schritte in Mrs. Doyles Kabine.«

»Oh!« murmelte Rosalie. Sie war jetzt totenbleich.

»Und Sie behaupten immer noch, Mademoiselle, daß Sie nichts über Bord warfen?«

»Sie mögen einen Grund dafür gehabt haben – einen harmlosen Grund.«

»Einen harmlosen Grund?« wiederholte sie scharf.

»Ja, das sagte ich. Denn sehen Sie, Mademoiselle, letzte Nacht wurde tatsächlich etwas über Bord geworfen – aber weder der Gegenstand noch der Grund waren harmlos.« Race öffnete die durchnäßte Samtstola, so daß der Inhalt sichtbar wurde.

Rosalie Otterbourne wich zurück. »Ist das – die Waffe, mit der sie – getötet wurde?«

»Ja, Mademoiselle.«

»Und Sie glauben, ich – ich hätte es getan? Was für ein Unsinn! Warum sollte ich Linna Doyle töten? Ich kannte sie nicht einmal!« Sie lachte geringschätzig und stand auf. »Das Ganze ist einfach lächerlich!«

»Vergessen Sie nicht, Miss Otterbourne«, sagte Race, »daß Miss van Schuyler bereit ist zu beschwören, Ihr Gesicht im Mondlicht deutlich erkannt zu haben.«

Rosalie lachte wieder. »Die Alte? Vermutlich ist sie halb blind. Mich jedenfalls hat sie nicht gesehen. Kann ich jetzt gehen?«

Race nickte, und Rosalie verließ den Salon. Race zündete sich eine Zigarette an. »Also, Aussage gegen Aussage. Und wem glauben wir?«

Poirot wiegte den Kopf. »Ich habe den Eindruck, daß beide nicht die volle Wahrheit sagen.«

»Das ist das Schwierigste an unserer Arbeit«, erklärte Race entmutigt. »So viele Leute halten mit der Wahrheit hinter dem Berg, aus völlig nichtigen Gründen. Was tun wir als nächstes? Weiter die Passagiere befragen?«

»Unbedingt. Es ist immer das beste, mit Ordnung und Methode vorzugehen.«

Race nickte.

Mrs. Otterbourne, in ein wallendes Batikgewand gekleidet, betrat als nächste den Salon. Sie bestätigte Rosalies Aussage, daß sie vor elf Uhr ins Bett gegangen seien. Nein, was sie beträfe, so habe sie nichts Bemerkenswertes während der letzten Nacht gehört; nein, sie könne auch nicht sagen, ob Rosalie ihre Kabine noch einmal verlassen habe. Über die Tat selbst hatte sie hingegen sehr viel mehr zu berichten. »Ein Verbrechen aus Leidenschaft!« rief sie aus. »Der primitive Instinkt zu töten! Ein Instinkt, der so eng verbunden ist mit dem sexuellen Instinkt. Das Mädchen, Jacqueline de Bellefort, halb Südländerin mit heißem Blut – sie gehorchte ihren primitivsten Regungen. Sie schlich herbei, den Revolver in der Hand . . .«

»Aber Jacqueline de Bellefort hat Madame Doyle nicht getötet. Das wissen wir ganz bestimmt. Wir haben unwiderlegbare Beweise dafür«, erklärte Poirot.

»Dann war es ihr Ehemann«, behauptete Mrs. Otterbourne, nachdem sie sich von dem Schlag erholt hatte. »Blutrausch und sexueller Trieb – typisch für Sittlichkeitsverbrecher. Es gibt viele Beispiele dafür.«

»Mr. Doyle erhielt einen Schuß ins Bein und war unfähig, sich zu rühren. Der Knochen ist gesplittert«, erklärte Race. »Er verbrachte die Nacht in Dr. Bessners Kabine.«

Mrs. Otterbourne war tief enttäuscht, aber sie gab sich nicht so leicht geschlagen. »Natürlich!« rief sie. »Miss Bowers!«

»Miss Bowers?«

»Ja, es liegt auf der Hand! Psychologisch gesehen ist es völlig einleuchtend. Verdrängungen! Die frustrierte Jungfrau! Zum Wahnsinn gebracht durch den Anblick dieses sich leidenschaftlich liebenden Paars. Natürlich, sie hat es getan! Sie ist genau der Typ dafür – ohne sexuelle Attraktivität, von Natur aus konventionell, in meinem Buch *Die Unfruchtbare Weinrebe* . . .«

Oberst Race unterbrach sie höflich: »Ihre Anregungen waren uns von großer Hilfe, Mrs. Otterbourne, doch leider haben wir noch viel zu tun. Vielen Dank.« Er geleitete sie galant zur Tür und wischte sich dann mit dem Taschentuch über die Augenbrauen. »Was für eine Giftspritze«, sagte er. »Warum hat nicht jemand *sie* umgebracht!«

»Es kann ja noch passieren«, tröstete ihn Poirot.

»Das zumindest könnte ich verstehen. Wer bleibt noch? Pennington? Den nehmen wir uns als letzten vor. Richetti? Ferguson?«

Signor Richetti war äußerst redselig und aufgeregt. »Was für eine Ungeheuerlichkeit! Was für eine Gemeinheit! Diese junge, schöne Frau - fürwahr ein unmenschliches Verbrechen!« Seine Hände flatterten erregt in die Höhe.

Seine Antworten jedoch waren präzise. Er sei früh, sogar sehr früh zu

Bett gegangen, gleich nach dem Abendessen. Er habe eine Weile eine sehr interessante, erst kürzlich veröffentlichte Broschüre *Prähistorische Forschung in Kleinasien* gelesen, die ein völlig neues Licht auf die bemalten Tongefäße des anatolischen Vorgebirges warf. Dann habe er kurz vor elf das Licht gelöscht. Nein, einen Schuß habe er nicht gehört, auch nicht das Knallen eines Korkens. Das einzige, was er gehört habe – aber das sei später gewesen, mitten in der Nacht –, sei ein lautes Aufklatschen gewesen, ganz in der Nähe seines Kabinenfensters.

»Ihre Kabine ist auf dem Unterdeck auf der Steuerbordseite, nicht wahr?«

»Ja, so ist es, und ich hörte ein lautes Aufklatschen.« Er hob die Arme, um die Wucht des Aufklatschens zu verdeutlichen.

»Können Sie mir sagen, wann das ungefähr war?«

Signor Richetti dachte nach. »Zwei, drei Stunden, nachdem ich eingeschlafen war? Vielleicht zwei Stunden.«

»Ungefähr zehn Minuten nach eins?«

»Das ist möglich. Ach, was für ein schreckliches Verbrechen! So unmenschlich! Diese entzückende, junge Frau . . .«

Signor Richetti verließ heftig gestikulierend den Raum.

Race blickte Poirot an, Poirot zog eine Augenbraue hoch und zuckte die Achseln. Sie ließen Ferguson kommen.

Mr. Ferguson erwies sich als schwierig; er lümmelte sich in einen Stuhl. »Was soll der ganze Rummel?« fragte er verächtlich. »Was ist passiert? Eine unnütze Frau weniger auf der Welt.«

Race sagte eisig: »Würden Sie bitte erzählen, was Sie gestern abend getan haben?«

»Ich sehe nicht ein, warum, aber meinetwegen! Ich ging mit Miss Robson an Land; als sie umdrehte, habe ich mich noch eine Weile allein herumgetrieben. Ich muß so um Mitternacht wieder an Bord und zu Bett gegangen sein.«

»Ist Ihre Kabine auf dem Unterdeck, auf der Steuerbordseite?«

»Ja, ich bin nicht auf dem Snobdeck.«

»Haben Sie einen Schuß gehört? Er mag wie das Knallen eines Korkens geklungen haben.«

»Ja, ich glaube, ich habe etwas knallen gehört. Ich erinnere mich aber nicht mehr genau, wann . . . jedenfalls, bevor ich zu Bett ging – viele der Passagiere müssen noch an Deck gewesen sein –, hörte ich trampelnde Schritte über mir.«

»Das war vermutlich der Schuß, den Miss de Bellefort abgegeben hat.

Haben Sie einen zweiten gehört?«

Ferguson schüttelte den Kopf.

»Und kein Aufklatschen?«

»Ein Aufklatschen? Ich glaube – ja. Beschwören kann ich es nicht, bei all dem Hin und Her, das oben los war.«

»Verließen Sie Ihre Kabine im Laufe der Nacht?«

Ferguson grinste. »Nein, das tat ich nicht, und an dem guten Werk war ich auch nicht beteiligt. Leider.«

»Reden Sie nicht solchen kindischen Unsinn, Mr. Ferguson!«

Der junge Mann erwiderte ärgerlich: »Und warum sollte ich nicht sagen, was ich denke? Ich halte viel von Gewalttätigkeiten.«

»Aber Sie üben nicht selbst, was Sie predigen?« murmelte Poirot. »Oder vielleicht doch?« Er beugte sich vor. »Es war Fleetwood, nicht wahr, der Ihnen erzählt hat, daß Linna Doyle eine der reichsten Frauen Englands ist?«

»Was hat Fleetwood mit der Sache zu tun?«

»Fleetwood haßte Linna Doyle. Und Haß ist ein starkes Motiv für einen Mord.«

Ferguson schnellte aus seinem Stuhl hoch. »So, das ist also Ihre schmutzige Absicht!« schrie er wutbebend. »Sie wollen Fleetwood die Tat in die Schuhe schieben, einem armen Teufel, der sich keinen Anwalt leisten kann. Eins kann ich Ihnen verraten: Wenn Sie versuchen, Fleetwood diesen Mord zur Last zu legen, kriegen Sie es mit mir zu tun!«

»Und was soll mich daran so besonders erschrecken?« fragte Poirot liebenswürdig.

Mr. Ferguson errötete. »Jedenfalls lasse ich meine Freunde nicht im Stich«, brummte er verdrossen.

»Das wäre alles für heute, Mr. Ferguson«, sagte Race.

Als die Tür sich hinter Ferguson schloß, bemerkte Race reichlich unerwartet: »Ein eher sympathischer junger Mann.«

»Er ist also nicht der Typ, den Sie suchen?« fragte Poirot.

»Nein, vermutlich nicht. In Frage kommen könnte er. Aber seine Auskünfte waren sehr klar. Nun, eins nach dem anderen. Nehmen wir uns Pennington vor.«

18

Andrew Pennington zeigte alle konventionellen Reaktionen des Kummers und Schocks. Er war – wie üblich – mit Sorgfalt gekleidet und hatte eine schwarze Krawatte angelegt. Sein langes, glattrasiertes Gesicht trug einen schmerzlichen Ausdruck.

»Meine Herren«, sagte er mit belegter Stimme, »die Angelegenheit hat mich tief getroffen! Die kleine Linna – wie gut ich mich noch an sie erinnere, sie war ein entzückendes Kind. Und wie stolz Melhuish Rigdeway auf sie war! Nun, es ist sinnlos, weiter darüber nachzugrübeln. Sagen Sie mir, was ich tun kann – das ist alles, worum ich Sie bitte.«

Race sagte: »Zuerst einmal, Mr. Pennington, haben Sie letzte Nacht irgend etwas gehört?«

»Nein, zumindest nichts von Bedeutung. Meine Kabine, Nummer achtunddreißig, liegt gleich neben Dr. Bessners. Ich hörte eilige Schritte und Stimmen, ungefähr um Mitternacht. Natürlich wußte ich nicht, worum es sich handelte.«

»Und etwas anderes hörten Sie nicht? Keinen Schuß?«

Andrew Pennington schüttelte den Kopf. »Nein, nichts.«

»Und um wieviel Uhr gingen Sie zu Bett?«

»Irgendwann nach elf.« Er beugte sich vor. »Es ist Ihnen vermutlich bekannt, daß gewisse Gerüchte unter den Passagieren umgehen. Dieses halbfranzösische Mädchen – Miss de Bellefort – hatte anscheinend eine Liebesbeziehung zu Simon. Linna hat mir nichts darüber erzählt, aber ich bin schließlich nicht blind und taub. Und wenn Sie mich fragen, ist dies ein typischer Fall von *Cherchez-la-femme*, und mir scheint, Sie haben nicht weit zu suchen.«

»Sie glauben also, Miss de Bellefort hat Madame Doyle umgebracht?« fragte Poirot.

»So sieht es mir aus. Natürlich, *wissen* kann ich es nicht.«

»Wir dagegen haben festgestellt, daß es für Mademoiselle de Bellefort unmöglich war, den Mord zu begehen.«

»Äh?« Mr. Pennington schien aus allen Wolken zu fallen.

Poirot gab ihm einen ausführlichen Bericht, und Pennington akzeptierte, wenn auch nur widerwillig, die Tatsachen. »Ich gebe zu«, sagte er, »auf den ersten Blick klingt das alles sehr überzeugend, aber ich möchte wetten, diese Krankenschwester ist nicht die ganze Nacht über wachgeblieben. Sie ist eingenickt, und das Mädchen hat sich aus der Kabine geschlichen.«

137

»Höchst unwahrscheinlich, Monsieur Pennington, vergessen Sie nicht, sie bekam ein starkes Beruhigungsmittel. Abgesehen davon haben Krankenschwestern einen leichten Schlaf und wachen auf, sobald der Patient aufwacht.«

»Das Ganze erscheint mir höchst zweifelhaft«, erklärte Pennington skeptisch.

Race meinte liebenswürdig, aber bestimmt: »Sie können mir glauben, Mr. Pennington, daß wir allen Möglichkeiten gründlich nachgegangen sind, und das Resultat steht unverrückbar fest: Miss de Bellefort hat Mrs. Doyle *nicht* erschossen. Wir müssen daher den Mörder woanders suchen, und dabei hoffen wir, daß Sie uns helfen können.«

»Ich?« fragte Pennington nervös.

»Ja. Sie waren ein langjähriger Freund der Verstorbenen und wissen über ihr Leben vermutlich sehr viel besser Bescheid als ihr Mann, der sie erst vor ein paar Monaten kennenlernte. Wissen Sie, zum Beispiel, ob Mrs. Doyle Feinde hatte, ob es irgend jemand gibt, der einen Grund hatte, ihren Tod zu wünschen?«

Pennington fuhr sich mit der Zunge über die spröden Lippen. »Ich versichere Ihnen, ich habe nicht die geringste Idee! Wie Sie vielleicht erfahren haben, wurde Linna in England erzogen, und daher kenne ich weder ihre Freunde noch ihre Lebensumstände.«

»Und dennoch«, fiel Poirot nachdenklich ein, »gab es jemanden an Bord, der an Madame Doyles Ableben interessiert war. Sie erinnern sich sicher, daß sie knapp dem Tod entging, als ein Felsbrocken neben ihr niedersauste. Aber vielleicht waren Sie nicht Zeuge des Zwischenfalls?«

»Nein, ich war gerade im Tempel. Natürlich habe ich es hinterher erfahren. Ja, sie ist mit knapper Not entkommen. Meinen Sie nicht, es war ein Unfall?«

Poirot zuckte die Achseln. »Zuerst habe ich es ebenfalls angenommen, doch jetzt frage ich mich . . .«

»Ja, ja, natürlich.« Pennington wischte sich mit einem seidenen Taschentuch das Gesicht ab.

Oberst Race fuhr fort: »Mr. Doyle erwähnte eine Person hier an Bord, die einen Groll hege, nicht direkt auf Mrs. Doyle, aber auf ihre Familie. Wissen Sie, wer das sein könnte?«

Pennington sah ihn erstaunt an. »Nein, ich habe nicht die geringste Ahnung.«

»Sie hat darüber nicht mit Ihnen gesprochen?«

»Nein.«

»Sie waren ein enger Freund ihres Vaters, können Sie sich an finanzielle Transaktionen erinnern, die den Bankrott eines seiner Konkurrenten zur Folge hatte?«

Pennington schüttelte hilflos den Kopf. »Nein, an einen besonderen Fall kann ich mich nicht erinnern. Natürlich gab es viele solcher Transaktionen, aber nie hat jemand irgendwelche Drohungen ausgestoßen oder etwas Ähnliches.«

»Ich sehe schon, Sie können uns nicht helfen!«

»Es scheint so. Ich bedaure, Sie enttäuschen zu müssen.«

Race wechselte einen Blick mit Poirot, dann sagte er: »Wir bedauern es ebenfalls. Wir hatten große Hoffnungen auf Sie gesetzt.« Er stand auf als Zeichen, daß die Befragung beendet war.

Pennington meinte: »Da Doyle ans Bett gefesselt ist, wird er vermutlich dankbar sein, wenn ich mich um das Praktische kümmere. Wenn Sie mir die Frage gestatten, Oberst Race, was sind Ihre Pläne?«

»Wir fahren von hier ohne Aufenthalt direkt bis Schellal, wo wir morgen früh anlegen.«

»Und die Leiche?«

»Wird in einem der Kühlräume untergebracht.«

Andrew Pennington verbeugte sich und verließ den Salon.

Poirot und Race tauschten wieder einen Blick. »Mr. Pennington«, sagte Race, indem er sich eine Zigarette anzündete, »fühlt sich nicht wohl in seiner Haut.«

»Und Mr. Pennington war immerhin so weit beunruhigt, daß er zu einer sehr dummen Lüge griff. Er war *nicht* im Tempel von Abu Simbel, als der Felsbrocken herunterstürzte. Und das kann ich beschwören, denn ich kam gerade von dort.«

»Eine dumme Lüge, und sehr aufschlußreich.«

»Doch vorerst«, erwiderte Poirot lächelnd, »werden wir ihn mit Glacéhandschuhen anfassen.«

»Ganz meiner Meinung.«

»Mein Freund, Sie und ich, wir verstehen uns wunderbar.«

Der Boden unter ihren Füßen erzitterte, und ein knirschendes Geräusch drang an ihr Ohr – die *Karnak* hatte ihre Rückfahrt angetreten.

»Die Perlen«, sagte Race, »sind unser nächstes Problem.«

»Haben Sie schon einen Plan?«

»Ja.« Race blickte auf seine Armbanduhr. »In einer halben Stunde wird das Mittagessen serviert. Danach werde ich offiziell bekanntgeben, daß die Perlen gestohlen wurden und alle Mitreisenden bitten, im Speisesaal zu bleiben, bis das Schiff durchsucht ist.«

Poirot nickte. »Ein ausgezeichneter Plan. Wer immer die Perlen stahl, muß sie noch haben, und nachdem der Dieb nicht gewarnt ist, hat er keine Möglichkeit, sie in einem Anfall von Panik über Bord zu werfen.«

Race griff nach einem Bogen Papier und murmelte entschuldigend: »Ich will mir nur kurz notieren, was wir bisher herausgefunden haben, man hat dann den Kopf frei für andere Dinge.«

»Ja, Methode und Ordnung – beides ist unerläßlich«, stimmte Poirot zu.

Race schrieb einige Minuten lang, dann schob er das Blatt Papier, auf dem er in seiner kleinen, sauberen Handschrift die bisherigen Resultate zusammengefaßt hatte, Poirot zu.


## Mord an Mrs. Linna Doyle

Mrs. Doyle wurde zuletzt von ihrem Mädchen, Louise Bourget, ungefähr um elf Uhr dreißig gesehen.

Von elf Uhr dreißig bis zwölf Uhr zwanzig haben die folgenden Personen ein Alibi: Cornelia Robson, James Fanthorp, Simon Doyle, Jacqueline de Bellefort – sonst *niemand*. Das Verbrechen wurde höchstwahrscheinlich *nach* diesem Zeitpunkt begangen, da es praktisch erwiesen ist, daß der Mord mit Jacqueline de Belleforts Revolver verübt wurde, der sich um diese Zeit noch in ihrer Handtasche befand. Allerdings muß erst die Leichenschau und die Aussage des Waffenexperten abgewartet werden, um mit absoluter Sicherheit sagen zu können, ob die besagte Waffe benutzt wurde. Aber es kann als fast sicher angenommen werden.

Der mögliche Ablauf der Ereignisse: X (der Mörder) war Zeuge des Auftritts zwischen Jacqueline und Simon Doyle im Aussichtsraum und sah, wie der Revolver unter das Sofa glitt. Nachdem alle den Raum verlassen hatten, holte X ihn mit der Absicht, den Verdacht auf Jacqueline de Bellefort zu lenken. Wenn man diese Theorie zugrunde legt, sind verschiedene Personen automatisch entlastet:

Cornelia Robson, da sie keine Gelegenheit hatte, sich des Revolvers zu bemächtigen, bevor Fanthorp zurückkam, um ihn zu suchen. Ebenso Miss Bowers und Dr. Bessner.

Fanthorp ist durch seine Aussage nicht ganz entlastet – es wäre möglich, daß er den Revolver eingesteckt und nur behauptet hat, er sei unauffindbar.

Alle anderen Passagiere hatten Gelegenheit, den Revolver innerhalb der bewußten fünf bis zehn Minuten an sich zu nehmen.

Mögliche Motive für den Mord:

Andrew Pennington: Dies nur in der Annahme, daß er sich Veruntreuungen zuschulden kommen ließ. Einige Anzeichen unterstützen diese Annahme, aber sie reichen nicht aus, um ihm das Verbrechen anzulasten. Falls er derjenige war, der den Stein über den Rand rollte, ist er ein Mann, der eine sich ihm bietende Gelegenheit wahrzunehmen weiß. Der Mord war offensichtlich nicht vorausgeplant, sondern nur ganz allgemein ins Auge gefaßt worden. Die gestrige Szene bot dem Täter eine einmalige Gelegenheit.

Einwände gegen die Theorie von Penningtons Schuld: Warum warf er den Revolver über Bord, da er ein wichtiges Beweisstück für Miss de Belleforts Schuld war?

Fleetwoods Motiv: Rache. Fleetwood ist der Überzeugung, Linna Doyle habe ihm ein großes Unrecht zugefügt. Theoretisch hätte er den Auftritt beobachten und sich die Stelle unter dem Sofa, wo der Revolver lag, merken können. Er mag den Revolver genommen haben, weil er eine nützliche Waffe war und nicht, weil er Miss de Bellefort belasten wollte. Dies würde erklären, warum er den Revolver über Bord warf. Doch warum schrieb er das J an die Wand?

Das billige Taschentuch, das mit dem Revolver gefunden wurde, paßt eher zu einem Mann wie Fleetwood als zu einem der wohlhabenden Passagiere.

Rosalie Otterbourne: Wem schenken wir mehr Glauben – Miss van Schuyler oder Rosalie? Irgend etwas wurde um die fragliche Zeit über Bord geworfen, und dieses Etwas war vermutlich der in die Samtstola eingewickelte Revolver.

Möglicherweise mochte Rosalie Linna Doyle nicht und beneidete sie, doch als Motiv für einen Mord reicht das bei weitem nicht aus. Das Belastungsmaterial gegen sie ist nur dann von Wert, wenn wir ein überzeugendes Motiv entdecken. Soweit wir wissen, bestand keine frühere Verbindung zwischen Rosalie und Linna Doyle. Sie lernten sich erst auf dieser Reise kennen.

Miss van Schuyler: Die Samtstola, in die der Revolver eingewickelt war, gehört ihr. Ihrer eigenen Aussage zufolge sah sie die Stola zum letzten Mal im Aussichtsraum. Sie stellte den Verlust noch am Abend fest. Die Stola wurde ohne Erfolg gesucht.

Wie kam die Stola in den Besitz von X? Hat X sie irgendwann zu Beginn des Abends entwendet? Wenn ja – warum? Niemand konnte den Auftritt zwischen Jacqueline und Simon voraussagen. Fand X die Stola im Aussichtsraum, als er den Revolver holte? Wenn ja, warum wurde sie nicht während der Suchaktion gefunden? Ist sie die ganze Zeit über in Miss van Schuylers Besitz geblieben? Das heißt, hat Miss van Schuyler Linna Doyle umgebracht? Ist ihre Anklage gegen Rosalie Otterbourne eine bewußte Lüge? Falls sie den Mord beging, was ist ihr Motiv?

Andere Möglichkeiten:

Diebstahl als Motiv: Die Perlen sind verschwunden, und Mrs. Doyle trug sie zweifellos gestern abend noch.

Haß auf Familie Ridgeway: nicht beweisbar.

Wir wissen, daß sich ein gefährlicher Mann an Bord befindet – ein Mörder. Wir haben also einen Mörder und einen Mord. Stehen die beiden in Zusammenhang? Dann müßte bewiesen werden, daß Linna Doyle etwas für diesen Mann Bedrohliches wußte.

Schlußfolgerung: Wir können die Passagiere in zwei Gruppen einteilen – in diejenigen, die ein glaubwürdiges Motiv haben oder gegen die eindeutige Beweise vorliegen, und in die anderen, die, soweit wir es beurteilen können, nicht in Betracht kommen.

| Gruppe 1 | Gruppe 2 |
| --- | --- |
| Andrew Pennington | Mrs. Allerton |
| Fleetwood | Tim Allerton |
| Rosalie Otterbourne | Cornelia Robson |
| Miss van Schuyler | Miss Bowers |
| Louise Bourget (Diebstahl?) | Mrs. Otterbourne |
| Ferguson (politisches Motiv?) | James Fanthorp |
| | Dr. Bessner |
| | Signor Richetti |

Poirot schob das Blatt von sich. »Es ist sehr exakt, was Sie da aufgeschrieben haben.«

»Stimmen Sie mir bei?«

»Ja.«

»Und nun Ihr Kommentar.«

Poirot richtete sich gewichtig auf. » Ich – ich stelle mir nur eine Frage – warum wurde der Revolver über Bord geworfen?«

»Ist das alles?«

»Im Moment ja. Solange ich keine Antwort auf diese Frage weiß, bleibt auch der Rest unverständlich. Alles dreht sich um diesen

Punkt. Und auch Sie, mein Freund, haben ihn in Ihrer Zusammenfassung nicht klar beantworten können.«

Race zuckte die Achsel. »Panik?«

Poirot schüttelte unzufrieden den Kopf. Er nahm die durchnäßte Samtstola, legte sie auf den Tisch und glättete sie. Seine Finger befühlten die versengten Stellen und Löcher.

»Sagen Sie mir, mein Freund, Sie wissen über Feuerwaffen besser Bescheid als ich. Würde ein Stück Stoff, das man um einen Revolver wickelt, den Knall des Schusses erheblich dämpfen?«

»Nein, nicht in dem Maße wie ein Schalldämpfer.«

Poirot nickte. »Ein Mann – und besonders ein Mann, der mit Waffen vertraut ist – wüßte das natürlich auch. Aber eine Frau – bei einer Frau ist es etwas anderes.«

Race sah ihn interessiert an. »Vermutlich. Abgesehen davon«, er stieß den Perlmuttgriff mit dem Finger an, »macht dieses kleine Ding sowieso wenig Lärm. Ein leiser Knall, den Sie bei anderen Geräuschen in der Nähe kaum hören würden.«

»Ja, ich habe schon darüber nachgedacht.« Poirot nahm das Taschentuch und betrachtete es. »Das Taschentuch eines Mannes, aber nicht das eines vornehmen Herrn. Ich tippe auf Woolworth. Drei Penny pro Stück.«

»Ein Taschentuch, das einem Mann wie Fleetwood gehören könnte.«

»Ja. Andrew Penningtons Taschentuch ist aus feinster Seide, wie ich bemerkte.«

»Ferguson?« gab Race zu bedenken.

»Vielleicht trägt er so ein Taschentuch als Protestgeste, aber dann sollte es eigentlich buntkariert sein.«

»Es wurde vermutlich statt eines Handschuhs benutzt, um keine Fingerabdrücke zu hinterlassen«, sagte Race und fügte dann scherzend hinzu: »Das Geheimnis des errötenden Taschentuchs.«

»Ja, es hat die Farbe errötender Mädchenwangen.« Poirot legte das Taschentuch beiseite und wandte seine Aufmerksamkeit wieder den versengten Stellen auf der Stola zu. »Trotzdem«, murmelte er, »ist es seltsam . . .«

»Was ist seltsam?«

»*Cette pauvre* Madame Doyle! Wie sie so friedlich dalag – mit einem kleinen Loch im Kopf. Erinnern Sie sich noch, wie sie aussah?«

Race blickte Poirot fragend an. »Ich habe den Eindruck, als wollten Sie mir etwas Bestimmtes mitteilen. Ich habe bloß nicht die leiseste Ahnung, was.«

Es klopfte an der Tür, und Race rief: »Herein?«

Ein Steward trat ein. »Entschuldigen Sie, Monsieur Poirot, Mr. Doyle möchte Sie sprechen.«

Poirot erhob sich. »Ich komme«, sagte er und verließ den Raum.

Simon lag, von Kissen gestützt, mit geröteten, fiebrigen Wangen in Bessners Kabine auf dem Bett. »Furchtbar nett von Ihnen, Monsieur Poirot, gleich zu kommen!« erklärte er verlegen. »Ich hätte Sie gern etwas gefragt.«

»Und das wäre?«

Simons Gesicht rötete sich noch mehr. »Es ist – ich würde gern Jackie sehen. Meinen Sie – sie wird sich nicht weigern, wenn Sie sie bitten, nicht wahr? Ich habe dagelegen und nachgedacht! Das arme Kind – und sie ist wirklich noch ein Kind . . .« Sein Stottern versickerte in Schweigen.

Poirot musterte ihn voll Interesse. »Sie wünschen Mademoiselle de Bellefort zu sehen? Ich werde sie holen.«

»Vielen Dank. Das ist riesig nett von Ihnen.«

Poirot machte sich auf die Suche. Er fand Jacqueline zusammengekauert in einer Ecke des Aussichtsraums auf einem Stuhl. Ein aufgeschlagenes Buch lag in ihrem Schoß, doch sie las nicht.

Poirot sagte freundlich: »Mademoiselle, kommen Sie, bitte! Monsieur Doyle möchte Sie sehen.«

Ihr Gesicht wurde erst rot, dann blaß. »Mich?« flüsterte sie. »Simon will *mich* sehen?«

Er fand ihre Ungläubigkeit rührend. »Kommen Sie, Mademoiselle.«

Sie folgte ihm wie ein gehorsames und verwirrtes Kind zur Kabine und trat hinter Poirot ein. Zitternd stand sie da, ohne ein Wort zu sagen.

»Jackie!« Auch Simon war verlegen. »Vielen Dank, daß du gekommen bist. Ich wollte dir nur sagen – ich meine, was ich dir sagen wollte . . .«

Sie unterbrach ihn. Ihre Worte überstürzten sich, ihre Stimme klang brüchig und verzweifelt. »Simon! Ich habe Linna nicht getötet! Du weißt, daß ich es nicht getan habe! Ich war von Sinnen gestern abend. Kannst du mir verzeihen?«

»Natürlich, Jackie. Und mach dir meinetwegen keine Gedanken, es ist nicht so schlimm. Das wollte ich dir nur sagen. Ich . . .«

»Oh, Simon, ich hätte dich töten können!«

»Nein, Jackie, nicht mit diesem komischen Spielzeug . . .«

»Und dein Bein? Vielleicht wirst du nie mehr laufen können!«

»Aber Jackie! Werde nicht rührselig. Sobald wir in Assuan sind, wird das Bein geröntgt, dann entfernen sie die lumpige kleine Kugel, und alles ist wieder in bester Ordnung.«

Jacqueline schluckte zweimal, dann stürzte sie auf ihn zu und kniete vor seinem Bett nieder. Sie vergrub ihr Gesicht in die Hände und fing an zu schluchzen. Simon streichelte ihr unbeholfen über das Haar. Seine und Poirots Blicke trafen sich, und Poirot verließ mit einem bedauernden Seufzer die Kabine. Im Hinausgehen hörte er noch die stockend geflüsterten Worte: »Oh, Simon! Wie konnte ich nur so etwas tun! Bitte, verzeih . . .«

Vor der Kabinentür lehnte Cornelia Robson an der Reling. »Ach, Sie sind es, Monsieur Poirot. Irgendwie kommt es einem schrecklich vor, daß so herrliches Wetter ist.«

Poirot blickte zum Himmel auf. »Wenn die Sonne scheint, kann man den Mond nicht sehen«, erklärte er. »Doch wenn die Sonne nicht mehr da ist . . . ah, wenn die Sonne nicht mehr da ist . . .«

Cornelia starrte ihn verwirrt an. »Wie bitte?«

»Ich sagte, Mademoiselle, wenn die Sonne hinter dem Horizont verschwindet, sieht man den Mond. Stimmen Sie mir nicht zu?«

»Gewiß! Natürlich!«

Poirot lachte freundlich. »Ich rede Unsinn, Mademoiselle, hören Sie nicht hin.«

Er schlenderte in Richtung des Schiffshecks weiter. Als er an der nächsten Kabine vorbeikam, fing er Bruchstücke einer Unterhaltung auf.

»Undankbar bis auf die Knochen! Nach allem, was ich für dich getan habe . . . keine Rücksicht auf deine unglückliche Mutter . . . keine Vorstellung, wie ich leide . . .«

Poirot preßte die Lippen zusammen und klopfte an die Tür. Sofort trat Stille ein, dann rief Mrs. Otterbournes Stimme: »Wer ist da?«

»Ist Mademoiselle Rosalie bei Ihnen?«

Rosalie erschien im Türrahmen. Poirot war entsetzt über ihr Aussehen. Sie hatte schwarze Ringe unter den Augen, und scharfe Linien zeichneten sich um ihren Mund ab.

»Was wollen Sie?« fragte sie unfreundlich.

»Ich hätte gern das Vergnügen, mich ein paar Minuten mit Ihnen zu unterhalten, Mademoiselle.«

Ihr Ausdruck wurde noch mürrischer. Sie warf ihm einen argwöhnischen Blick zu. »Warum sollte ich mit Ihnen reden?«

»Weil ich Sie darum bitte, Mademoiselle.«

»Wenn es sein muß . . .« Sie trat aufs Deck und schloß die Tür hinter sich. »Nun?«

Poirot nahm sie sanft beim Arm und führte sie das Deck entlang, noch immer in Richtung auf das Heck zu. Sie gingen an den Badezimmern vorbei und um die Ecke, dann hatten sie die Steuerbordseite für sich allein. Hinter ihnen rauschte der Nil.

Poirot lehnte sich an die Reling. Rosalie stand aufrecht und steif neben ihm. »Nun?« fragte sie wieder, noch immer in dem gleichen, unfreundlichen Tonfall.

Poirot sprach langsam, seine Worte sorgsam wägend: »Ich könnte Ihnen eine bestimmte Frage stellen, Mademoiselle, aber ich glaube nicht, daß Sie gewillt sind, sie zu beantworten.«

»Warum verschwenden Sie dann Ihre Zeit mit mir?«

Poirot fuhr mit dem Finger über das Holz der Reling. »Sie haben sich daran gewöhnt, mit Ihren Schwierigkeiten allein fertig zu werden, Mademoiselle. Aber das kann man nur bis zu einem gewissen Grad. Dann wird die Belastung zu groß. Und für Sie, Mademoiselle, ist sie zu groß geworden.«

»Ich weiß nicht, wovon Sie reden.«

»Ich spreche von Tatsachen, Mademoiselle, von nackten, häßlichen Tatsachen. Nennen wir das Kind beim Namen: Ihre Mutter ist eine Trinkerin, Mademoiselle.«

Rosalie antwortete nicht. Sie öffnete den Mund und schloß ihn wieder. Zum ersten Male schienen ihr die Worte zu fehlen.

»Sie brauchen nichts zu sagen, Mademoiselle. Überlassen Sie das Reden mir. Bereits in Assuan fing ich an, mich für die Beziehung zwischen Ihrer Mutter und Ihnen zu interessieren. Mir wurde schnell klar, daß Sie trotz Ihrer respektlosen Bemerkungen über Ihre Mutter verzweifelt versuchten, sie vor etwas zu bewahren. Ich fand bald heraus, was es war. Ich wußte es, lange bevor ich Ihrer Mutter eines Morgens in einem unverkennbaren Zustand der Trunkenheit begegnete. Überdies erkannte ich auch, daß Ihre Mutter zu jenen Fällen gehört, die nur zu bestimmten Perioden trinken – sie ist eine Quartalssäuferin, und mit denen hat man es ganz besonders schwer. Aber Sie taten Ihr Bestes. Doch Ihre Mutter besitzt die Schläue aller Trinker. Sie schaffte sich einen geheimen Alkoholvorrat an und hielt ihn mit Erfolg vor Ihnen versteckt. Es würde mich nicht erstaunen zu hören, daß Sie gestern das Versteck entdeckten. Letzte Nacht,

146

nachdem Ihre Mutter fest schlief, nahmen Sie daher den gesamten Vorrat an sich, gingen damit auf die andere Schiffsseite – da Ihre Kabine zum Ufer hin liegt – und warfen die Flaschen in den Nil.« Er schwieg einen Augenblick. »Habe ich recht?«

»Ja! Ja, Sie haben recht.« Rosalies Stimme klang verzweifelt. »Es war dumm von mir, es nicht gleich zuzugeben. Aber ich wollte nicht, daß es die anderen Passagiere erfahren, daß die Geschichte die Runde macht. Und dann kam es mir auch so blödsinnig vor, daß man mich . . .«

»Daß man Sie eines Mordes bezichtigt?« beendete Poirot den Satz. Rosalie nickte. Und dann brach es aus ihr heraus: »Ich habe alles versucht! Ich habe es vor allen Leuten verheimlichen wollen. Es ist nicht ihre Schuld. Sie ist so deprimiert! Ihre Bücher verkaufen sich nicht mehr. Keiner will diesen Sexkitsch mehr lesen. Der Mißerfolg hat sie verletzt, tief getroffen. Sie fing an zu – zu trinken. Lange Zeit habe ich nicht begriffen, warum sie so seltsam war. Und dann – als ich es herausfand – habe ich versucht, sie davon abzuhalten. Eine Zeitlang ging es ganz gut, aber plötzlich fing sie wieder an. Oh, und dann die sinnlosen Streitereien! Sie legt sich mit jedem an. Es ist – es ist einfach schrecklich! Immer muß ich aufpassen und sie rechtzeitig nach Hause schaffen.« Sie hielt schaudernd inne. »Und vor einiger Zeit«, fuhr sie fort, »wandte sie sich auch gegen mich, sie wurde immer gereizter. Und jetzt – manchmal denke ich, daß sie mich haßt.«

»*Pauvre petite*«, sagte Poirot.

Sie fauchte ihn an: »Mit mir brauchen Sie kein Mitleid zu haben! Versuchen Sie ja nicht, nett zu mir zu sein! Es ist leichter für mich, wenn Sie es nicht sind.« Sie stieß einen herzbewegenden Seufzer aus. »Ich habe es so satt!«

»Ich weiß«, erwiderte Poirot.

»Die Leute mögen mich nicht. Sie finden mich hochmütig und mürrisch. Ich kann es nicht ändern. Ich habe verlernt – nett zu sein.«

»Das meinte ich, als ich sagte, daß man nur bis zu einem gewissen Grad mit seinen Schwierigkeiten allein fertig werden kann.«

Rosalie antwortete stockend: »Es hat mir geholfen, darüber sprechen zu können. Sie – Sie waren immer besonders nett zu mir, Monsieur Poirot, und ich – sehr häufig unhöflich.«

»*La politesse* – ist unter Freunden nicht unbedingt nötig.«

Ein argwöhnischer Ausdruck kam wieder in ihr Gesicht. »Werden Sie – die Geschichte weitererzählen? Vermutlich müssen Sie das, der verdammten Flaschen wegen, die ich über Bord warf.«

»Nein, ich werde es nicht tun. Beantworten Sie mir nur ein paar Fragen. Wann haben Sie sie ins Wasser geworfen? Zehn Minuten nach eins?«

»Ja, ungefähr. Ich kann mich nicht auf die Minute genau erinnern.«

»Miss van Schuyler hat Sie gesehen, Mademoiselle. Aber haben Sie auch Miss van Schuyler gesehen?«

Rosalie schüttelte den Kopf.

»Sie sagt, sie hätte aus ihrer Kabinentür geschaut.«

»Ich habe nur das Deck entlanggeblickt und auf den Fluß, aber nicht hinter mich.«

Poirot nickte. »Und haben Sie irgend jemand an Deck gesehen?«

Rosalie runzelte die Stirn. Sie schien scharf nachzudenken, und es dauerte eine ziemliche Weile, bis sie erwiderte: »Nein. Nein, ich habe niemanden gesehen.«

Poirot nickte wieder, doch sein Blick war seltsam ernst.


20

Der Speisesaal füllte sich. Es herrschte eine gedrückte Stimmung. Jeder schien das Gefühl zu haben, daß das geringste Anzeichen von Appetit ihn zum herzlosen Menschen stempelte. Und als die Passagiere sich einer nach dem anderen an ihren Tisch setzten, geschah es mit einer fast um Entschuldigung bittenden Miene.

Tim Allerton erschien einige Minuten später als seine Mutter. Er sah äußerst schlecht gelaunt aus. »Ich wünschte, ich hätte nicht an dieser verdammten Fahrt teilgenommen«, brummte er.

Mrs. Allerton schüttelte betrübt den Kopf. »Ach ja, ich wünschte es auch. So eine bildschöne Frau! Und sich vorzustellen, daß jemand sie kaltblütig erschoß! Wie kann ein Mensch so etwas tun? Und das andere arme Geschöpf!«

»Jacqueline?«

»Ja. Sie sieht erschreckend unglücklich aus.«

»Es wäre besser, sie würde keine Spielzeugrevolver mit sich herumtragen und sie dann auch noch verlieren«, erklärte Tim kühl und nahm von der Butter.

»Vermutlich ist sie falsch erzogen worden.«

»Mein Gott, Mutter, werde bloß nicht sentimental!«

»Du bist in einer abscheulichen Laune, Tim.«

»Wer wäre es unter diesen Umständen nicht?«

»Ich weiß nicht, warum du so wütend bist. Die ganze Angelegenheit ist einfach furchtbar traurig.«

»Du siehst die Sache nur vom romantischen Standpunkt aus. Du verstehst anscheinend nicht, daß es alles andere als komisch ist, in einen Mordfall verwickelt zu sein.«

Mrs. Allerton sah ihn verwundert an. »Aber *wir* doch nicht . . .«

»Das ist es eben, was du nicht verstehst. Jeder auf diesem verfluchten Dampfer ist verdächtig – du und ich! Alle!«

Mrs. Allerton sagte zögernd: »Im Prinzip mag das stimmen, aber in der Praxis ist es lächerlich.«

»Nichts ist lächerlich, wenn es sich um Mord handelt! Du magst zwar hier sitzen im vollen Bewußtsein deiner Rechtschaffenheit, aber ein Haufen unangenehmer Kriminalbeamter in Schellal oder Assuan wird dir deine Unschuld nicht so ohne weiteres abkaufen.«

»Vielleicht kennt man bis dahin die Wahrheit.«

»Wieso?«

»Monsieur Poirot findet sie vielleicht heraus.«

»Der alte Angeber? Nichts wird er herausfinden! Er besteht nur aus großen Worten und einem Schnurrbart.«

»Nun, Tim. Ich weiß nicht, ob du recht hast. Jedenfalls müssen wir die Sache durchstehen, und es wird leichter sein, wenn wir uns nicht noch gegenseitig die Laune verderben.«

Aber ihr Sohn verharrte in seiner düsteren Stimmung. »Und dazu diese verdammten Perlen, die fehlen«, sagte er.

»Linnas Perlen?«

»Ja, anscheinend hat jemand sie gestohlen.«

»Vielleicht ist das der Grund für den Mord?«

»Wieso? Du bringst zwei völlig verschiedene Dinge durcheinander.«

»Wer hat dir erzählt, daß sie fehlen?«

»Ferguson. Er hat es von diesem Ingenieur erfahren, der es wieder von Linnas Mädchen hörte.«

»Es waren herrliche Perlen«, stellte Mrs. Allerton fest.

Da trat Poirot an ihren Tisch und verbeugte sich. »Ich habe mich etwas verspätet«, entschuldigte er sich.

»Sie sind vermutlich sehr beschäftigt«, meinte Mrs. Allerton.

»Ja, allerdings.«

»Wir sind alle sehr konservativ in unseren Angewohnheiten«, sagte Mrs. Allerton, als Poirot beim Kellner eine Flasche Wein bestellte.

»Sie trinken gewöhnlich Wein zum Essen, Tim trinkt Whisky und Soda, und ich probiere alle Arten von Mineralwasser aus.«

»*Tiens!*« rief Poirot, starrte sie einen Augenblick an und murmelte: »Das ist eine Idee, auf die . . .« Dann zuckte er ungeduldig die Achseln, als wolle er seine eigenen Gedanken verscheuchen, und fing im leichten Plauderton über andere Dinge zu sprechen an.

»Ist Mr. Doyle schwer verletzt?« fragte Mrs. Allerton in einer Gesprächspause.

»Es ist sehr unangenehm für ihn. Dr. Bessner will das Bein in Assuan sofort röntgen lassen, damit die Kugel möglichst schnell entfernt werden kann. Aber er hofft, daß es keine bleibenden Folgen gibt.«

»Der arme Simon«, sagte Mrs. Allerton. »Noch gestern sah er aus wie ein glücklicher Junge, der alles hat, was er sich wünscht. Und heute ist seine schöne Frau tot, und er selbst liegt hilflos da. Ich hoffe nur . . .«

»Was hoffen Sie, Madame?« fragte Poirot, als sie zögerte.

»Daß er auf das arme Kind nicht zu böse ist.«

»Auf Mademoiselle de Bellefort? Ganz im Gegenteil. Er macht sich große Sorgen um sie.« Poirot wandte sich an Tim. »Ein interessantes psychologisches Problem, finden Sie nicht? Die ganze Zeit, während Mademoiselle de Bellefort dem Paar folgte, war Monsieur Doyle außer sich vor Wut. In dem Moment, wo sie tatsächlich auf ihn schießt und ihn verletzt, ist sein Zorn verflogen. Können Sie das begreifen?«

»Ja«, erwiderte Tim nachdenklich. »Ja, ich glaube schon. Bei ihrer Verfolgung kam er sich dumm vor . . .«

Poirot nickte. »Sie haben recht. Sie beleidigte seine männliche Würde.«

»Aber jetzt steht *sie* gewissermaßen dumm da. Jeder ist gegen sie, und da kann er . . .«

»Ihr großzügig verzeihen«, beendete Mrs. Allerton den Satz. »Was für Kinder Männer doch sind!«

»Eine grundfalsche Behauptung, die alle Frauen aufstellen«, murmelte Tim.

Poirot lächelte, dann sagte er zu Tim: »Was mich interessieren würde: Sieht Mademoiselle Joanna Southwood ihrer Kusine, Madame Doyle, ähnlich?«

»Sie haben da etwas durcheinandergebracht, Monsieur Poirot. Joanna ist *meine* Kusine und war Linnas Freundin.«

»Ah, verzeihen Sie – ich bin schon ganz verwirrt. Mademoiselle

Southwood wird oft in den Gesellschaftsspalten erwähnt. Ich interessiere mich für sie schon seit längerer Zeit.«

»Warum?« fragte Tim scharf.

Poirot erhob sich halb und verbeugte sich, weil Jacqueline de Bellefort auf dem Weg zu ihrem Tisch an ihnen vorbeiging. Ihre Wangen waren gerötet, ihre Augen glänzten, und ihr Atem ging unregelmäßig. Als er sich wieder setzte, schien Poirot Tims Frage vergessen zu haben. Er murmelte vage: »Ich frage mich, ob alle jungen Damen so sorglos mit wertvollem Schmuck umgehen wie Madame Doyle?«

»Stimmt es, daß die Perlen gestohlen wurden?« fragte Mrs. Allerton.

»Wer hat Ihnen das erzählt, Madame?«

»Ferguson!« meinte Tim.

Poirot nickte. »Ja, es stimmt, leider.«

»Vermutlich bedeutet das eine Menge Unannehmlichkeiten für uns alle. Zumindest meint das Tim«, sagte Mrs. Allerton nervös.

Ihr Sohn runzelte ärgerlich die Stirn, und Poirot fragte: »Ach! Haben Sie schon eine ähnliche Erfahrung gemacht? Waren Sie schon einmal in einem Haus, in dem ein Diebstahl geschah?«

»Nie«, sagte Tim.

»O doch, Liebling, du warst bei den Potarlingtons, als dieser unangenehmen Person die Diamanten gestohlen wurden.«

»Du verwechselst immer alles, Mutter! Ich war da, als es sich herausstellte, daß die Diamanten, die sie um ihren fetten Hals trug, schlichte Imitationen waren! Die Unterschiebung hatte vermutlich schon einen Monat früher stattgefunden. Übrigens behauptet eine Menge Leute, sie hätte es selbst getan.«

»Das klingt mir ganz nach Joanna.«

»Joanna war gar nicht da.«

»Aber sie kannte sie gut. Diese Art von Bemerkung traue ich ihr ohne weiteres zu.«

»Was hast du bloß immer gegen Joanna, Mutter?«

Poirot wechselte eilig das Thema. Er plane, sagte er, sich in Assuan einen besonders schönen, rot- und golddurchwirkten Stoff zu kaufen, den er bei einem indischen Händler gesehen habe. Das Dumme sei nur, er müsse Zoll dafür zahlen, aber . . . »Ich habe gehört, daß man sich seine Einkäufe mit der Post nachschicken lassen kann. Dann zahlt man sehr viel weniger. Die Frage ist nur, ob die Sachen ankommen?«

Mrs. Allerton erklärte, daß sie viele Leute kenne, die sich ihre Einkäufe direkt vom Laden nach England hätten schicken lassen, und alles sei immer eingetroffen.

»*Bien*, dann werde ich das auch tun. Aber den Ärger, den man hat, wenn man im Ausland ist und ein Paket *aus* England erhält! Haben Sie das einmal durchgemacht? Haben Sie je Pakete bekommen, während Sie sich auf Reisen befanden?«

»Ich glaube nie, nicht wahr, Tim? Außer Büchern natürlich, aber mit denen hat man nie Ärger.«

»Ah, nein, Bücher – das ist etwas anderes.«

Der Nachtisch war bereits serviert worden. Da erhob sich Oberst Race und hielt ohne vorherige Warnung eine kleine Rede.

Er beschrieb kurz die Umstände, unter denen das Verbrechen begangen worden war, und gab den Diebstahl der Perlen bekannt. Eine Durchsuchung des Schiffes sei daher unumgänglich, fuhr er fort, und er müsse alle Passagiere bitten, im Speisesaal zu bleiben, bis diese beendet sei. Anschließend würde – natürlich nur mit Zustimmung der Passagiere, die er jedoch als gegeben voraussetze – eine Leibesvisitation stattfinden.

Poirot stand behende auf. Um ihn her summten Stimmen – ängstlich, aufgeregt, verärgert. Er ging zum Tisch des Obersts und murmelte ihm etwas ins Ohr, gerade als dieser sich zum Gehen wandte. Race nickte und winkte dem Steward. Er sagte ein paar Worte zu ihm und ging dann in Begleitung Poirots hinaus an Deck und schloß die Tür hinter sich.

Sie lehnten sich gegen die Reling. Race zündete sich eine Zigarette an. »Keine schlechte Idee von Ihnen«, sagte er. »Wir werden bald sehen, ob etwas dabei herauskommt. Ich gebe Ihnen drei Minuten.«

Die Tür zum Speisesaal öffnete sich, derselbe Steward, mit dem sie gesprochen hatten, trat auf sie zu und sagte zu Race: »Sie hatten ganz recht, eine Dame möchte Sie sprechen. Es sei dringend.«

»Aha!« rief der Oberst zufrieden. »Wer ist es?«

»Miss Bowers, die Krankenschwester.«

Race machte ein leicht erstauntes Gesicht. »Führen Sie sie in den Rauchsalon. Aber passen Sie auf, daß sonst niemand den Speisesaal verläßt.«

»Mein Kollege wird sich darum kümmern.«

Oberst Race und Poirot hatten den Rauchsalon kaum betreten, als Miss Bowers erschien. Der Steward führte sie herein und verschwand wieder.

»Nun, Miss Bowers?« Race sah sie fragend an. »Was haben Sie uns zu sagen?«

Miss Bowers wirkte wie immer selbstsicher und gelassen. »Entschuldigen Sie, Oberst Race, aber so wie die Lage ist, dachte ich, es sei das beste, sofort mit Ihnen zu sprechen . . .« Sie öffnete ihre schlichte schwarze Handtasche, ». . . und Ihnen dies zu übergeben.« Sie holte eine Perlenkette hervor und legte sie auf den Tisch.


21


Wäre Miss Bowers eine Frau gewesen, die Sensationen genießt, wäre sie mit der Reaktion, die sie hervorrief, höchst zufrieden gewesen. Ein Ausdruck größten Erstaunens erschien auf Oberst Races Gesicht. »Das ist wirklich eine Überraschung«, sagte er. »Würden Sie uns bitte das Ganze erklären, Miss Bowers?«

»Natürlich, deshalb bin ich hier.« Miss Bowers machte es sich in einem Stuhl bequem. »Es war für mich nicht ganz einfach zu entscheiden, was ich tun sollte. Die Familie möchte natürlich jeden Skandal vermeiden, und sie verlassen sich auf meine Diskretion. Aber die Begleitumstände sind so ungewöhnlich, daß mir keine Wahl blieb. Mir war natürlich klar, daß Sie, wenn Sie in den Kabinen nichts finden, die Passagiere durchsuchen würden. Und es wäre sehr unangenehm für mich gewesen, wenn Sie die Perlen bei mir gefunden hätten. Es hätte auch niemandem etwas genützt, die Wahrheit wäre trotzdem herausgekommen.«

»Und was ist die Wahrheit? Haben Sie die Perlen aus Mrs. Doyles Kabine entwendet?«

»Selbstverständlich nicht. Miss van Schuyler hat sie genommen.«

»Miss van Schuyler?«

»Ja. Sie kann nichts dafür, sie – hm – nimmt Gegenstände, besonders Schmuckstücke. Das ist der Grund, warum ich immer bei ihr bin. Sie ist nicht krank, aber sie hat diese kleine – Idiosynkrasie. Ich halte meine Augen offen, und glücklicherweise ist, seitdem ich bei ihr bin, nichts mehr passiert. Man muß eben nur dauernd achtgeben, verstehen Sie? Und sie versteckt die Sachen, die sie nimmt, immer an der gleichen Stelle – eingerollt in Strümpfe, was meine Aufgabe natürlich erleichtert. Ich prüfe jeden Morgen nach, ob alles in Ordnung ist. Und dann habe ich einen leichten Schlaf, und ich schlafe – wenn möglich – im Nebenzimmer, und im Hotel lasse ich die Zwischentür offen, so daß ich sie aufstehen höre. Dann gehe ich ihr nach und überrede sie, sich wieder hinzulegen. Natürlich hier auf dem Schiff war es schwieriger, sie zu überwachen. Doch sie tut es selten mitten in der Nacht, für gewöhnlich nimmt sie Dinge, die sie herumliegen sieht. Aber Perlen haben sie immer besonders angezogen.« Miss Bowers schwieg.

»Wie haben Sie entdeckt, daß es Miss van Schuyler war?«

»Ich habe sie heute früh im Strumpf gefunden. Natürlich wußte ich sofort, wem sie gehörten, sie sind mir öfters aufgefallen. Ich ging zu Mrs. Doyles Kabine in der Hoffnung, daß sie noch schliefe und den Verlust noch nicht bemerkt habe, um sie zurückzulegen. Aber ein Steward stand davor und informierte mich, ein Mord sei geschehen und niemand dürfe hinein. Da befand ich mich in einem wirklichen Dilemma, wie Sie verstehen. Doch ich hoffte noch immer, ich könnte sie in die Kabine schmuggeln, bevor man ihr Fehlen bemerkte. Ich kann Ihnen versichern, ich habe einen sehr unangenehmen Vormittag verbracht, ich habe hin und her überlegt. Wie Sie wissen, ist die Familie van Schuyler sehr vornehm und exklusiv – nicht auszudenken, wenn dieser Vorfall in die Zeitungen käme. Das dürfte sich doch wohl vermeiden lassen, nicht wahr?« Miss Bowers war ehrlich besorgt.

»Es hängt von den Umständen ab«, entgegnete Oberst Race vorsichtig. »Natürlich werden wir unser möglichstes tun. Was sagt Miss van Schuyler zu dieser Angelegenheit?«

»O, sie würde alles ableugnen. Das tut sie immer. Sie würde behaupten, irgend jemand habe die Perlen aus Bosheit zwischen ihre Strümpfe gelegt. Sie gibt es nie zu! Deshalb geht sie auch widerspruchslos zurück ins Bett, wenn man sie rechtzeitig ertappt. Sie behauptet dann, sie habe nur den Mond bewundern wollen oder so etwas.«

»Weiß Miss Robson von dieser – Schwäche?«

»Nein, aber ihre Mutter. Miss Robson ist ein sehr naives Mädchen, und ihre Mutter hielt es für besser, sie nicht einzuweihen. Ich bin durchaus imstande, allein mit diesem Problem fertig zu werden«, fügte Miss Bowers selbstsicher hinzu.

»Wir danken Ihnen, Miss Bowers, daß Sie zu uns gekommen sind.« Sie erhob sich. »Ich hoffe, ich habe das Richtige getan.«

»Das haben Sie ganz bestimmt.«

»Wenn dieser Mord nicht gewesen wäre . . .«

Oberst Race unterbrach sie. Seine Stimme klang ernst. »Miss Bowers, ich möchte Ihnen noch eine Frage stellen, und ich bitte Sie, mir diese wahrheitsgetreu zu beantworten. Miss van Schuyler ist also geistig etwas verwirrt – eine Kleptomanin. Halten Sie es für möglich, daß sie auch einen Mord begehen könnte?«

»O Gott, nein! Die alte Dame würde keiner Fliege etwas zuleide tun. Ich kann Ihnen mein Wort darauf geben!«

Die Antwort schien alle Zweifel auszuschließen und damit auch alle weiteren Fragen. Trotzdem hatte Poirot noch etwas auf dem Herzen. Er fragte mit leiser Stimme: »Ist Miss van Schuyler ein wenig taub?«

»Ja, Monsieur Poirot. Man merkt es nicht, wenn man direkt mit ihr spricht, aber oft hört sie zum Beispiel nicht, wenn jemand das Zimmer betritt.«

»Halten Sie es für möglich, daß sie aus Mrs. Doyles Kabine, die neben der ihren liegt, irgendwelche Geräusche vernahm?«

»Nein, das ist ausgeschlossen! Ihr Bett steht auf der anderen Seite, nicht an der Trennwand. Sie kann nichts gehört haben.«

»Vielen Dank, Miss Bowers.«

Race sagte: »Würden Sie jetzt bitte in den Speisesaal zurückkehren und zusammen mit den anderen warten?«

Er öffnete ihr die Tür und sah ihr nach, bis sie verschwunden war. Dann schloß er die Tür und trat an den Tisch. Poirot hielt die Perlen in der Hand.

»Hm«, sagte Race grimmig. »Das war eine schnelle Reaktion. Eine sehr kühle und scharfsinnige junge Person. Sie wäre durchaus fähig gewesen, uns noch eine Zeitlang hinzuhalten, wenn es ihr in den Kram gepaßt hätte. Und was denken Sie jetzt über Miss van Schuyler? Ich würde sie noch nicht von meiner Liste der Verdächtigen streichen. Sie *könnte* den Mord begangen haben, um die Perlen zu bekommen. Wir dürfen uns nicht völlig auf die Worte der Krankenschwester verlassen. Sie ist dieser Familie anscheinend sehr ergeben und würde alles für sie tun.«

Poirot nickte. Er beschäftigte sich eingehend mit den Perlen, ließ sie durch die Finger gleiten und hielt sie prüfend dicht vor die Augen.

»Meiner Meinung nach hat die alte Dame die Wahrheit gesprochen, als sie sagte, sie habe aus der Kabine geblickt und Rosalie Otterbourne gesehen. Aber daß sie irgendwas oder irgendwen in Linna Doyles Kabine *gehört* hat, das glaube ich ihr nicht. Sie hat aus ihrer Kabine geblickt, weil sie hinausschlüpfen wollte, um die Perlen zu stehlen.«

»Rosalie Otterbourne *war* also da?«

»Ja, sie warf den gehorteten Alkoholvorrat ihrer Mutter über Bord.«

»Das war es also! Keine angenehme Situation für so ein junges Ding.«

»Sie hat kein leichtes Leben, *cette pauvre petite.*«

»Nun, ich bin froh, daß dieser Punkt erledigt ist. Hat *sie* denn jemanden gesehen oder gehört?«

»Ich habe sie gefragt, und sie hat nach längerem Zögern verneint.«

»Ach?«

»Ja, das gibt einem zu denken.«

»Wenn Linna Doyle ungefähr zehn Minuten nach eins erschossen wurde oder meinetwegen zu einem späteren Zeitpunkt, nachdem es auf dem Schiff still geworden war, kommt es mir doch seltsam vor, daß niemand den Schuß hörte. Zugegeben, ein kleiner Revolver wie der von Jacqueline de Bellefort macht wenig Lärm, doch auf dem Schiff herrschte zu der Zeit Totenstille, und das geringste Geräusch, selbst das Knallen eines Korkens, dürfte vernehmbar gewesen sein. Die eine angrenzende Kabine war leer, da Simon in Dr. Bessners Kabine lag, auf der anderen Seite wohnt Miss van Schuyler, die schwerhörig ist. Somit bleibt uns nur . . .« Er sah Poirot erwartungsvoll an, und dieser nickte.

»Die Kabine, die mit der Rückwand angrenzt und auf der anderen Seite des Schiffs liegt. Mit anderen Worten – Penningtons Kabine. Wir scheinen immer wieder auf Pennington zu stoßen.«

»Wir werden ihn uns in Kürze vornehmen, aber diesmal ohne Glacéhandschuhe. Und darauf freue ich mich schon.«

»Zuerst werden wir das Schiff durchsuchen. Die Perlen sind ein guter Vorwand – wir haben sie zwar wieder, aber Miss Bowers wird diese Tatsache nicht an die große Glocke hängen.«

»Ah, die Perlen!« Poirot hielt sie erneut gegen das Licht. Dann leckte er an ihnen und nahm sogar eine von ihnen behutsam zwischen die Zähne. Seufzend legte er sie auf den Tisch zurück. »Hier ist eine weitere Komplikation, mein Freund«, sagte er. »Ich bin kein Spezialist, doch ich habe viele Kostbarkeiten in meinem Leben in der Hand gehabt, und ich bin fast sicher, daß diese Perlen eine sehr geschickte Imitation sind.«

22

Oberst Race stieß einen Fluch aus. »Dieser verdammte Fall wird immer verwickelter!« Er hielt die Perlenkette in die Höhe. »Irren Sie sich auch nicht? Sie sehen so echt aus!«

»Es ist eine sehr gute Imitation.«

»Und wohin führt uns das? Ist es möglich, daß sich Linna Doyle für die Reise eine Kopie anfertigen ließ, aus Sicherheitsgründen? Viele Frauen tun das.«

»Wenn das der Fall wäre, wüßte es ihr Mann bestimmt!«

»Vielleicht hat sie es ihm nicht erzählt.«

Poirot schüttelte unzufrieden den Kopf. »Nein, ich halte das nicht für möglich. Ich bewunderte Madame Doyles Perlen am ersten Abend auf dem Schiff, der schimmernde Glanz war einzigartig. Nein, ich bin sicher, sie trug die echten Perlen.«

»Dann gibt es nur zwei Möglichkeiten: Entweder hat Miss van Schuyler die Imitation gestohlen, nachdem ein anderer die echten verschwinden ließ, oder ihre Geschichte ist eine Erfindung. Und das hieße, daß entweder Miss Bowers die Diebin ist, rasch eine Ausrede erfand und die falschen Perlen zurückgab, um den Verdacht von sich abzulenken, oder daß wir es mit einer Bande raffinierter Juwelendiebe zu tun haben, die als exklusive amerikanische Familie auftritt.«

»Ja«, murmelte Poirot, »es ist eine verzwickte Sache. Doch bedenken Sie eins – eine so perfekte und genaue Kopie anzufertigen – mit dem gleichen Verschluß –, daß sie selbst Mrs. Doyle täuschen konnte, setzt hohes technisches Können voraus und kann nicht in aller Eile ausgeführt werden. Wer immer sie angefertigt hat, muß Gelegenheit gehabt haben, das Original genau zu studieren.«

Race stand auf. »Im Moment ist es zwecklos, weitere Betrachtungen darüber anzustellen. Machen wir uns lieber an die Arbeit. Wir müssen die echten Perlen suchen und unsere Augen offenhalten.«

Sie durchsuchten zuerst die Kabinen auf dem Unterdeck. Die von Signor Richetti enthielt einige archäologische Bücher in verschiedenen Sprachen, eine reiche Auswahl an Kleidungsstücken, ein stark parfümiertes Haarwasser und zwei Briefe – einer von einer archäologischen Expedition in Syrien und ein anderer von seiner Schwester in Rom. Seine Taschentücher waren alle aus farbiger Seide.

Sie betraten Fergusons Kabine. Einige kommunistische literarische Produkte lagen neben einer Anzahl von Fotos. Er besaß nur wenige persönliche Dinge. Seine Anzüge waren schmutzig und zerrissen, die Unterwäsche dagegen war von besonders guter Qualität. Die Taschentücher waren aus teurem Leinen.

»Interessante Gegensätze«, murmelte Poirot.

Race nickte. »Seltsam, dieses Fehlen jeglicher persönlicher Papiere oder Briefe.«

»Ja, das gibt einem zu denken. Ein merkwürdiger junger Mann, dieser Monsieur Ferguson.« Er betrachtete nachdenklich den Siegelring, den er in der Hand hielt, bevor er ihn in die Schublade zurücklegte.

Sie gingen zu Louise Bourgets Kabine. Das Mädchen nahm für gewöhnlich ihre Mahlzeiten erst nach den Passagieren ein, aber Race hatte angeordnet, daß sie ausnahmsweise mit den anderen essen sollte. Ein Steward trat auf sie zu. »Es tut mir leid, aber ich habe die junge Frau nicht finden können. Ich weiß nicht, wo sie steckt.«

Race warf einen Blick in die Kabine. Sie war leer.

Sie stiegen aufs Promenadendeck hinauf und fingen auf der Steuerbordseite an. Die erste Kabine war die von James Fanthorp. In ihr herrschte peinliche Ordnung. Mr. Fanthorp hatte wenig Gepäck, aber alles war von guter Qualität.

»Keine Briefe«, meinte Poirot nachdenklich. »Ein vorsichtiger Mann, unser Mr. Fanthorp, er muß seine Korrespondenz gleich nach dem Lesen vernichten.«

Als nächstes kam Tim Allertons Kabine. Der Anglo-Katholik in ihm machte sich durch ein erlesenes Triptyk bemerkbar und durch einen feingeschnitzten Rosenkranz. Abgesehen von den Kleidungsstücken gab es noch zwei angefangene und vielfach korrigierte Manuskripte und eine Anzahl Bücher, von denen die meisten erst kürzlich erschienen waren. Eine Menge Briefe war nachlässig in eine Schublade geworfen worden. Poirot, der keine Skrupel hatte, anderer Leute Korrespondenz zu lesen, überflog sie, wobei ihm auffiel, daß von Joanna Southwood kein einziger Brief dabei war. Er nahm eine Tube Leim, befingerte sie geistesabwesend ein oder zwei Minuten und sagte dann: »Lassen Sie uns weitergehen.«

»Keine billigen Taschentücher hier«, berichtete Race und legte schnell die Wäsche in die Schublade zurück.

Bei Mrs. Allerton lag jeder Gegenstand an seinem Platz, und ein angenehm altmodischer Duft nach Lavendel hing in der Luft. Die beiden Männer waren schnell fertig. »Eine sympathische Frau«, bemerkte Race beim Hinausgehen.

Die nächste Kabine benutzte Simon Doyle als Ankleideraum. Seine Toilettenartikel und sein Schlafanzug waren in Bessners Kabine gebracht worden, aber der Rest seiner Sachen war noch da – zwei große Lederkoffer und ein Kleidersack. Im Schrank hingen einige Anzüge.

»Wir werden alles sehr gründlich untersuchen, mein Freund, denn

es ist gut möglich, daß der Dieb die Perlen hier versteckt hat.«
»Halten Sie das wirklich für möglich?«
»Durchaus. Überlegen Sie mal. Der Dieb oder die Diebin muß sich gesagt haben, daß früher oder später das Schiff durchsucht wird. Ein Versteck in seiner oder ihrer Kabine würde daher höchst unbesonnen sein. Die Gesellschaftsräume haben auch ihre Nachteile, aber dies ist eine Kabine, in die der Bewohner unmöglich kommen konnte, wir wären also um nichts klüger, wenn wir sie hier fänden.« Doch selbst eine peinlich genaue Suche förderte das fehlende Perlenhalsband nicht zutage.
Poirot fluchte leise, und sie gingen wieder an Deck.
Linna Doyles Kabine war nach dem Abtransport der Toten abgeschlossen worden, doch Race hatte den Schlüssel bei sich. Er schloß auf, und die beiden Männer traten ein. In der Kabine war nichts angerührt worden.
»Poirot«, sagte Race, »wenn es hier irgend etwas zu finden gibt, dann werden Sie es finden, das weiß ich!«
»Aber Sie meinen diesmal nicht die Perlen, *mon ami*?«
»Nein, der Mord ist das Wichtigste. Vielleicht habe ich heute vormittag etwas übersehen.«
Poirot machte sich flink und systematisch an die Arbeit. Er kniete sich auf den Boden und unterzog ihn einer genauen Überprüfung, er untersuchte das Bett, er sah in allen Kommodenschubladen nach und durchstöberte den Schrank, den Schrankkoffer und die zwei Lederkoffer. Er betrachtete eingehend den Inhalt des kostspieligen Reisenecessaires und wandte schließlich seine Aufmerksamkeit dem Waschtisch zu. Eine Menge Cremes, Gesichtswasser und Puderdosen stand dort, aber das einzige, was Poirot zu interessieren schien, waren zwei Fläschchen Nagellack. Er nahm sie und stellte sie auf den Toilettentisch. Das Nagellackfläschchen mit der Aufschrift »Rose« war fast leer bis auf ein, zwei Tropfen dunkelroter Flüssigkeit, das andere Fläschchen, auf dem »Kardinal« stand, war fast voll. Poirot schraubte zuerst das fast leere und dann das volle Fläschchen auf und roch an beiden. Ein süßlicher Geruch verbreitete sich. Mit einer kleinen Grimasse schloß Poirot sie wieder.
»Haben Sie irgend etwas entdeckt?« fragte Race.
Poirot antwortete mit einem französischen Sprichwort: »*On ne prend pas les mouches avec la vinaigre.*« Dann sagte er mit einem Seufzer: »Mein Freund, wir haben kein Glück. Der Mörder war nicht zuvorkommend. Er hat für uns weder einen Manschettenknopf hinterlas-

sen noch einen Zigarettenstummel, noch Zigarrenasche oder – sollte
es sich um eine Frau handeln – ein Taschentuch, einen Lippenstift
oder eine Haarspange.«

»Nur eine Flasche Nagellack?«

Poirot zuckte die Achseln. »Ich muß das Mädchen fragen. Ja, es gibt
etwas – nun – recht Merkwürdiges hier.«

»Aber wo, zum Teufel, steckt sie?« fragte Race.

Sie verließen die Kabine und schlossen die Tür hinter sich ab. Dann
traten sie bei Miss van Schuyler ein. Auch hier sahen sie all jene
Dinge, die Reichtum verraten: teure Toilettengegenstände und kost-
spielige Koffer; die Privatkorrespondenz und einige Geschäftsbriefe
waren säuberlich aufgeschichtet.

Die nächsten beiden Kabinen wurden von Poirot und Race bewohnt.

»Bei uns wird man wohl kaum die Perlen versteckt haben«, murmelte Race.

Poirot widersprach: »Alles ist möglich. Vor Jahren, als ich einen
Mordfall im Orientexpreß untersuchte, spielte ein roter Kimono eine
gewisse Rolle. Er war verschwunden, mußte aber noch im Zug sein.
Und wo meinen Sie, fand ich ihn? In meinem eigenen Koffer! Eine
unglaubliche Frechheit, nicht wahr?«

»Nun, dann wollen wir sehen, ob sich auch diesmal irgend jemand
eine Frechheit erlaubt hat.«

Doch der Dieb hatte weder bei Poirot noch bei Race die Perlen
deponiert.

Sie gingen ums Heck und durchsuchten sorgfältig Miss Bowers
Kabine, konnten aber nichts Verdächtiges finden. Ihre Taschentücher waren aus Leinen und trugen ihre Initialen.

Als nächstes kam die Kabine der Otterbournes an die Reihe. Auch
hier blieb die intensive Suchaktion erfolglos.

In Dr. Bessners Kabine lag Simon Doyle im Bett, mit einem Tablett
voll Speisen vor sich, von denen er aber nichts angerührt hatte. »Ich
habe keinen Appetit«, erklärte er entschuldigend.

Er sah fiebrig aus und sehr viel kränker als am Morgen. Poirot konnte
Bessners Ungeduld, ihn möglichst bald ins Krankenhaus zu bringen,
gut verstehen. Er erklärte Simon den Grund ihres Kommens, und
Simon nickte. Als er erfuhr, daß Miss Bowers die Perlenkette zwar
zurückgegeben, sie sich aber als Imitation erwiesen hatte, wollte er
es fast nicht glauben.

»Sind Sie ganz sicher, Monsieur Doyle, daß Ihre Frau nicht eine
Imitation auf die Reise mitnahm, statt der echten?«

Simon schüttelte energisch den Kopf. »Linna liebte diese Perlen und trug sie immer. Sie waren hoch versichert, und deshalb ging sie vielleicht etwas leichtsinnig mit ihnen um.«

»Dann müssen wir eben weitersuchen.«

Poirot begann mit den Schubladen, Race öffnete die Koffer.

Simon starrte sie entgeistert an. »Glauben Sie etwa, daß Bessner sie gestohlen hat?«

Poirot zuckte die Achseln. »Möglich ist es. Was wissen wir schließlich über Bessner? Nur, was er selbst erzählt hat.«

»Er konnte sie hier gar nicht verstecken, ohne daß ich es gesehen hätte.«

»Er hätte *heute* nichts verstecken können, ohne daß Sie es bemerkt hätten. Aber wir wissen nicht, wann die Originalkette durch die Imitation ersetzt wurde. Er hätte die Perlen schon vor ein paar Tagen vertauschen können.«

»Daran habe ich nicht gedacht.«

Doch die Suche erwies sich als ergebnislos.

Die nächste Kabine gehörte Pennington. Die beiden Männer nahmen sich Zeit. Sie wandten ihre besondere Aufmerksamkeit einem Koffer voll juristischer und geschäftlicher Dokumente zu, von denen die meisten auf Linnas Unterschrift warteten.

Poirot schüttelte unzufrieden den Kopf. »Alles scheint mir völlig korrekt und in Ordnung. Was meinen Sie?«

»Absolut. Der Mann ist alles andere als dumm. Irgendein kompromittierendes Dokument hat es bestimmt gegeben, eine Generalvollmacht oder so etwas, aber die hat er natürlich sofort zerrissen.«

»Ja, so wird es sein.« Poirot holte einen schweren Colt aus der obersten Schublade, betrachtete ihn und legte ihn wieder zurück. »Es reisen also immer noch Leute mit Revolvern«, murmelte er.

»Ja, das gibt einem zu denken, obwohl Linna nicht mit einer Waffe dieses Kalibers ermordet wurde.« Race schwieg, dann sagte er: »Mir ist eine mögliche Antwort auf Ihre Frage, warum der Revolver über Bord geworfen wurde, eingefallen. Kann es nicht so gewesen sein, daß der Mörder ihn in Linna Doyles Kabine liegen ließ und jemand anders – eine zweite Person – ihn an sich nahm und in den Fluß warf?«

»Ja, das ist natürlich denkbar. Ich habe auch schon daran gedacht, aber dann stellen sich eine ganze Reihe neuer Fragen. Wer war die zweite Person? Aus welchem Grund wollte sie Jacqueline de Bellefort decken, indem sie den Revolver entfernte? Was tat die zweite Person in der Kabine? Die einzige Person, von der wir wissen, daß sie dort war, ist Mademoiselle van Schuyler. Ist es denkbar, daß sie den Revolver genommen hat? Aber warum sollte gerade sie Jacqueline de Bellefort schützen wollen? Andererseits, aus was für einem Grund könnte der Revolver sonst noch entfernt worden sein?«

»Vielleicht hat sie ihre Stola wiedererkannt und geriet in Panik und hat alles zusammen über Bord geworfen.«

»Die Stola vielleicht, aber auch den Revolver? Doch ich gebe zu, es ist eine Möglichkeit. Aber es ist ... *bon Dieu!* Es ist eine so schwerfällige Lösung. Und dann gibt es einen anderen Aspekt an der ganzen Stolageschichte, den Sie noch nicht in Betracht gezogen haben ...«

Als sie Penningtons Kabine verließen, schlug Poirot Race vor, die übrigen Kabinen, die von Jacqueline de Bellefort und Cornelia und die beiden leeren am Ende, allein zu durchsuchen, da er sich noch einmal mit Simon Doyle unterhalten wollte. Er ging daher wieder das Deck entlang und betrat wieder Bessners Kabine.

Auf seine erneuten Fragen antwortete Simon: »Ich habe nochmals nachgedacht. Ich bin ganz sicher, daß Linna ...« Er zuckte leicht zusammen, als er den Namen seiner Frau aussprach, »gestern die echten Perlen trug.«

»Und wieso das?« fragte Poirot.

»Weil sie die Perlen kurz vor dem Abendessen durch ihre Finger gleiten ließ und über sie sprach. Sie kannte sich mit Perlen aus, und ich bin überzeugt, sie hätte gemerkt, wenn sie falsch gewesen wären.«

»Möglich. Obgleich es sich um eine sehr gute Imitation handelt. Hat Ihre Frau übrigens die Perlen gelegentlich aus der Hand gegeben? Sie zum Beispiel einer Freundin geliehen?«

Simon errötete. »Ich – kann Ihnen darüber nicht viel sagen, ich – habe Linna nur so kurze Zeit gekannt.«

»Ja, richtig, Sie haben sich sehr schnell in einander verliebt ...«

»Und daher weiß ich solche Dinge nicht. Linna war sehr großzügig. Ich kann mir gut vorstellen, daß sie die Perlen ausgeliehen hat.«

»Hat sie die Perlen zum Beispiel je Mademoiselle de Bellefort geborgt?« fragte Poirot freundlich.

»Was wollen Sie damit sagen?« Simon wurde hochrot und versuchte, sich im Bett aufzurichten, sank aber mit einem Stöhnen wieder zurück. »Worauf wollen Sie hinaus? Glauben Sie etwa, Jackie hätte die Perlen gestohlen? Das hat sie bestimmt nicht getan! Ich schwöre es Ihnen! Jackie ist grundehrlich. Die Idee allein, sie für einen Dieb zu halten, ist lächerlich – einfach lächerlich!«

Poirot sah ihn mit freundlich blinzelnden Augen an. »Oh! Là, là!« sagte er unerwartet. »Ich scheine mit meiner Bemerkung in ein Wespennest gestochen zu haben.«

Aber Simon ging auf seinen scherzenden Tonfall nicht ein, sondern wiederholte verbissen: »Jackie ist grundehrlich!«

Poirot erinnerte sich an die Stimme eines Mädchens am Nilufer in Assuan: »Ich liebe Simon – und er liebt mich . . .«

Er hatte sich an diesem Abend die Frage vorgelegt, welche der drei Versionen, die er gehört hatte, die wahrheitsgetreueste sei. Im schien jetzt, als sei Jacqueline de Bellefort der Wahrheit am nächsten gekommen.

Die Tür ging auf und Race trat ein. »Nichts!« sagte er brüsk. »So wie wir dachten. Und da kommen die Stewards, ich bin gespannt, ob die Überprüfung der Passagiere etwas ergeben hat.«

Ein Steward und eine Stewardeß erschienen im Türrahmen und berichteten, daß sie nichts gefunden hatten.

»Hat irgendeiner der Herren Schwierigkeiten gemacht?«

»Nur der italienische Archäologe. Er hat sich ziemlich aufgeregt und etwas von Schmach und Schande gesagt. Er besitzt übrigens eine Pistole.«

»Was für eine?«

»Eine Mauser, Kaliber fünfundzwanzig.«

»Italiener sind oft sehr temperamentvoll«, bemerkte Simon. »Richetti ereiferte sich in Wadi Halfa wegen eines Telegramms und benahm sich Linna gegenüber sehr grob.«

Race wandte sich an die Stewardeß, sie war eine große, hübsche Frau.

»Nichts bei den Damen!« sagte sie. »Sie machten ein großes Getue – außer Mrs. Allerton, die nicht netter hätte sein können. Aber die Perlenkette tauchte nicht auf, dafür hat aber Miss Rosalie Otterbourne einen kleinen Revolver in ihrer Handtasche.«

»Was für einen?«

»Einen sehr kleinen mit einem Perlmuttgriff. Er sieht eher wie ein Spielzeug aus.«

Race starrte sie an. »Der Teufel soll diesen Fall holen«, murmelte er. »Ich hatte sie schon von der Liste der Verdächtigen gestrichen. Trägt denn jede Frau auf diesem verdammten Schiff einen Spielzeugrevolver mit sich herum? Wie war denn ihre Reaktion, als Sie den Revolver entdeckten?«

»Ich glaube, sie hat es gar nicht gemerkt, ich drehte ihr den Rücken zu, als ich die Handtasche durchsuchte.«

»Aber sie muß doch wissen, daß Sie ihn gesehen haben. Wirklich, ich verstehe gar nichts mehr! Und was ist mit Mrs. Doyles Mädchen?«

»Wir haben das ganze Schiff durchsucht und konnten sie nirgends finden.«

»Was ist los?« fragte Simon.

»Louise Bourget – sie ist verschwunden.«

»Verschwunden?«

Race sagte nachdenklich: »Vielleicht hat sie die Perlen gestohlen. Niemand hatte eine bessere Gelegenheit als sie, eine Kopie anfertigen zu lassen.«

»Und dann erfuhr sie, daß eine Durchsuchung stattfinden würde, und sprang über Bord?« fragte Simon.

»Unsinn«, entgegnete Race irritiert. »Niemand kann unbemerkt am hellichten Tag über Bord springen – nicht auf einem Dampfer wie diesem. Sie muß auf dem Schiff sein.« Er wandte sich wieder an die Stewardeß. »Wann wurde sie zum letzten Mal gesehen?«

»Ungefähr eine halbe Stunde bevor der Gong zum Mittagessen ertönte.«

»Wir müssen uns sowieso ihre Kabine ansehen«, sagte Race, »vielleicht finden wir dort einen Hinweis.«

Er ging voran zum unteren Deck, Poirot folgte ihm. Sie schlossen die Tür auf und betraten die Kabine. Louise Bourget, zu deren Pflichten es gehörte, die Sachen anderer Leute in Ordnung zu halten, verwandte auf ihre eigene Habe nicht die gleiche Mühe. Verschiedener Krimskrams lag auf der Kommode, der Koffer stand offen und Kleider hingen heraus, so daß man ihn nicht schließen konnte; Unterwäsche baumelte über den Stuhllehnen, Poirot öffnete mit geübten Händen die Kommodenschubladen, Race unterzog den Koffer einer genauen Prüfung.

Louises Schuhe waren vor dem Bett aufgereiht. Ein Paar schwarze Lackschuhe standen in einem merkwürdigen Winkel mit der Spitze nach oben. Der Anblick war so überraschend, daß er Races Aufmerksamkeit erweckte. Er schloß den Koffer und blickte über die Schuhreihe. Dann stieß er eine laute Verwünschung aus.

Poirot wirbelte herum. »*Qu'est ce qu'il y a?*«

Race sagte grimmig: »Sie ist nicht verschwunden. Sie ist hier – unter dem Bett!«

23

Die Leiche der Frau, die im Leben Louise Bourget geheißen hatte, lag auf dem Boden der Kabine. Die beiden Männer beugten sich über sie.

Race richtete sich als erster auf. »Ich würde sagen, sie ist schon fast seit einer Stunde tot. Wir werden Bessner fragen. Eine Stichwunde mitten ins Herz. Der Tod muß fast sofort eingetreten sein. Kein sehr schöner Anblick, nicht wahr?«

»Nein.« Poirot schüttelte leicht schaudernd den Kopf.

Louises katzenhaftes Gesicht war vor Schreck und Wut verzerrt, der Mund geöffnet, so daß man die Zähne sah. Poirot bückte sich und hob vorsichtig ihre rechte Hand hoch. Etwas steckte zwischen ihren Fingern. Er entfernte es und hielt es Race hin. Es war ein kleines Stück dünnes Papier von blaßviolettrosa Farbe. »Erkennen Sie, was es ist?« fragte er.

»Geld.«

»Die Ecke einer Tausendfrancnote.«

»Nun, mir scheint, der Fall liegt klar«, sagte Race. »Sie wußte etwas – und hat den Mörder mit ihrem Wissen zu erpressen versucht. Wir beide hatten heute morgen schon den Verdacht, daß sie uns etwas verheimlichte.«

»Wir waren Idioten!« rief Poirot aus. »Wieso sind wir nicht gleich auf den Gedanken gekommen? Was sagte sie doch so ungefähr? ›Wie konnte ich etwas sehen oder hören! Ich war auf dem Unterdeck. Natürlich, *wenn* ich nicht hätte schlafen können, *wenn* ich die Treppe hochgegangen wäre, dann hätte ich vielleicht sehen können, wie der Mörder, dieses Scheusal, Madames Kabine betrat und wieder verließ, aber . . .‹ Natürlich! Sie hat beschrieben, was sie getan hat, und nur das ›wenn‹ eingeschoben. Sie ist tatsächlich nach oben gegangen und hat gesehen, wie jemand Linnet Doyles Kabine betrat oder verließ. Und wegen ihrer Geldgier, ihrer törichten Geldgier, liegt sie nun hier.«

»Und wir sind der Lösung des Verbrechens um keinen Schritt näher«, schloß Race empört.

Poirot schüttelte den Kopf. »Nein, Sie irren sich, mein Freund. Wir wissen jetzt sehr viel mehr. Wir wissen – fast alles. Nur, was wir wissen, scheint so unglaubwürdig – trotzdem muß es sich so abgespielt haben. Nur begreife ich nicht . . . Pah! Was für ein Narr ich heute morgen war! Wir beide hatten den Eindruck, daß sie etwas

165

verheimlichte, aber warum sie es tat, das haben wir nicht begriffen. Und dabei war es so logisch – Erpressung.«

»Sie muß das Schweigegeld sofort verlangt haben«, überlegte Race. »Und zwar unter Drohungen. Der Mörder war gezwungen, ihrer Forderung nachzugeben, und zahlte sie in französischen Banknoten aus. Gibt uns das einen Hinweis?«

Poirot schüttelte den Kopf. »Ich fürchte, nein. Viele Leute nehmen sich Reservegeld mit, wenn sie verreisen – manche Fünfpfundnoten, manche Dollars, viele auch Francs. Vermutlich hat der Mörder ihr alles gezahlt, was er bei sich hatte, in verschiedenen Währungen. Lassen Sie uns das Verbrechen noch einmal rekonstruieren.«

»Der Mörder tritt in die Kabine, gibt ihr das Geld und dann . . .«

»Und dann«, fiel Poirot ein, »zählt sie es. O ja, ich kenne diesen Typ! Sie hat ganz bestimmt nachgezählt, und während sie das tat, hat sie nicht aufgepaßt. Und der Mörder stach zu. Dann nahm er das Geld wieder an sich, bemerkte aber nicht, daß die Ecke eines Scheins abgerissen war.«

»Vielleicht können wir ihn auf diese Weise fassen«, entgegnete Race ohne viel Überzeugung.

»Das möchte ich bezweifeln«, sagte Poirot. »Er wird sich die Scheine genau ansehen und vermutlich die fehlende Ecke bemerken. Natürlich, wenn er von Natur aus knauserig ist, bringt er es vielleicht nicht über sich, einen Tausendfrancschein zu vernichten – aber ich fürchte, er ist das genaue Gegenteil.«

»Wieso?«

»Beide Verbrechen, dieses hier und der Mord an Madame Doyle, setzen verschiedene Eigenschaften voraus – Mut, Verwegenheit, Unerschrockenheit bei der Durchführung –, und diese Eigenschaften passen nicht zu einem knauserig, vorsichtig veranlagten Menschen.«

Race schüttelte betrübt den Kopf. »Ich gehe Bessner holen«, sagte er.

Der Arzt hatte seine Untersuchung schnell beendet. »Sie ist nicht länger als eine Stunde tot«, verkündete er. »Der Tod trat sofort ein.«

»Und welche Waffe hat der Mörder Ihrer Meinung nach benutzt?«

»Ja, das ist interessant. Ein sehr scharfer, sehr dünner, sehr fein gearbeiteter Gegenstand wurde verwandt. Ich kann Ihnen gleich etwas Ähnliches zeigen.«

Sie gingen zu dritt in seine Kabine, wo er die Instrumententasche öffnete und ein langes, scharf geschliffenes Skalpell herausnahm.

»Die Waffe war kein gewöhnliches Messer, eher ein Instrument dieser Art.«

»Ich nehme an, daß von *Ihren* Messern keines fehlt, Doktor?« fragte Race höflich.

Bessner starrte ihn an: »Sie denken doch nicht etwa«, sagte er mit zornrotem Gesicht, »daß ich – ich, Carl Bessner – ein in ganz Österreich bekannter Arzt, der hochgestellte Persönlichkeiten zu seinen Patienten zählt –, daß ich eine unbedeutende, kleine *femme de chambre* umgebracht habe? Es ist einfach lächerlich – absurd, was Sie sagen! Keins meiner Messer fehlt. Kein einziges! Sie liegen alle hier an ihrem Platz. Überzeugen Sie sich selbst. Sie haben meinen Stand beleidigt, und das werde ich Ihnen nicht verzeihen.«

Dr. Bessner schloß seine Instrumententasche mit einem hörbaren Knall, stellte sie auf den Boden und verschwand stampfend hinaus aufs Deck.

»O je«, sagte Simon. »Sie haben den alten Knaben schwer gekränkt.«

Poirot zuckte mit den Schultern. »Das würde ich sehr bedauern.«

»Und Sie sind auf der falschen Fährte. Bessner ist ein durch und durch anständiger Mann.«

Dr. Bessner kam unerwartet schnell zurück. »Würden Sie bitte meine Kabine verlassen!« sagte er kurzangebunden. »Ich muß den Verband wechseln.«

Miss Bowers war mit ihm eingetreten und wartete mit professioneller Miene.

Race und Poirot zogen sich lammfromm zurück. Race murmelte etwas und ging fort. Poirot wandte sich nach links. Er hörte mädchenhaftes Geplauder und Gekicher. Miss de Bellefort und Rosalie unterhielten sich in Rosalies Kabine. Sie standen dicht neben der offenen Tür. Als Poirots Schatten auf sie fiel, blickten sie auf. Es war das erste Mal, daß er bei seinem Erscheinen ein Lächeln auf Rosalies Gesicht sah – ein scheues, erfreutes Lächeln.

»Bereden Sie die Sensationen des Tages, Mesdemoiselles?« fragte Poirot.

»Nein, wir vergleichen Lippenstifte«, sagte Rosalie.

Poirot lächelte. »*Les chiffons d'aujourd'hui*«, murmelte er.

Doch sein Lächeln war ein wenig mechanisch. Und Miss de Bellefort, die schneller und besser beobachtete als Rosalie, bemerkte es sofort. Sie legte den Lippenstift weg und trat an Deck. »Ist etwas – passiert?«

»Ja, Mademoiselle, Sie haben richtig geraten. Es ist etwas passiert.«

»Was?« fragte Rosalie und trat ebenfalls an Deck.

»Ein weiterer Todesfall.«

Rosalie schnappte hörbar nach Luft. Poirot beobachtete sie scharf. Er sah Besorgnis und – mehr noch – Bestürzung in ihren Augen.

»Madame Doyles Mädchen ist ermordet worden«, sagte er ohne Umschweife.

»Ermordet!« rief Jacqueline. »*Ermordet*, sagen Sie?«

»Ja, das sagte ich.« Und obwohl die Antwort Miss de Bellefort galt, blickte Poirot weiter Rosalie an. »Das Mädchen hat etwas gesehen, das sie nicht sehen sollte. Und so wurde sie – zum Schweigen gebracht, da man fürchtete, sie könnte ihren Mund nicht halten.«

»Und was hat sie gesehen?« Die Frage kam von Jacqueline, aber auch jetzt war Poirots Antwort an Rosalie gerichtet. Es war ein seltsames Dreiecksgespräch.

»Darüber gibt es wohl kaum Zweifel«, entgegnete Poirot. »Sie sah jemand, der in der Unglücksnacht Linna Doyles Kabine betrat und wieder verließ.«

Seine Ohren waren scharf, er hörte das hastige Atemholen und sah die flatternden Augenlider. Rosalie Otterbourne hatte genau so reagiert, wie er es gewünscht hatte.

»Hat sie gesagt, wen sie sah?« fragte Rosalie.

Poirot schüttelte bedauernd den Kopf.

Schritte näherten sich. Es war Cornelia Robson, ihre Augen waren vor Schreck geweitet. »Oh, Jacqueline«, rief sie, »etwas Schreckliches ist passiert! Eine neue, entsetzliche Geschichte!«

Jacqueline wandte sich ihr zu, sie gingen einige Schritte weiter, und Poirot und Rosalie schlugen fast automatisch die entgegengesetzte Richtung ein.

Rosalie sagte scharf: »Warum sehen Sie mich so an? Was überlegen Sie?«

»Sie stellen mir gleich zwei Fragen, ich stelle Ihnen nur eine. Warum haben Sie mir nicht die ganze Wahrheit gesagt, Mademoiselle?«

»Ich weiß nicht, wovon Sie reden. Ich habe Ihnen alles erzählt, was ich weiß.«

»Nein, es gibt Dinge, die Sie mir nicht erzählt haben. Sie haben mir, zum Beispiel, nicht erzählt, daß Sie einen kleinkalibrigen Revolver mit einem Perlmuttgriff in Ihrer Handtasche mit sich herumtragen, und Sie haben mir nicht alles erzählt, was Sie letzte Nacht sahen.«

Sie errötete, dann entgegnete sie scharf: »Ich besitze keine Pistole.«

»Ich habe auch nicht Pistole gesagt, ich sagte, Sie tragen einen kleinen Revolver in Ihrer Handtasche mit sich herum.«

Sie drehte sich auf dem Absatz um, lief in ihre Kabine, kam wieder heraus und drückte ihm eine graue Handtasche in die Hand. »Sie reden Unsinn, hier, prüfen Sie es selbst nach!«

Poirot öffnete die Tasche. Es befand sich keine Waffe darin. Er reichte sie ihr zurück. »Nein«, sagte er freundlich, »in der Handtasche ist kein Revolver.«

»Sehen Sie, Monsieur Poirot, Sie haben nicht immer recht. Und Sie haben auch nicht recht mit der anderen, lächerlichen Sache, die Sie mir vorwerfen.«

»Ich glaube doch.«

»Sie können einen richtig wütend machen«, rief sie und stampfte verärgert mit dem Fuß auf. »Sie setzen sich irgend etwas in den Kopf und reiten dann ewig darauf herum.«

»Weil ich will, daß Sie mir die Wahrheit sagen.«

»Und was ist die Wahrheit? Sie scheinen sie besser zu kennen als ich.«

»Sie wollen also, daß ich Ihnen sage, was Sie sahen? Und wenn meine Behauptung stimmt, werden Sie dann zugeben, daß ich recht habe? Nun, gut! Ich glaube, daß Sie, als Sie ums Heck kamen, unwillkürlich stehen blieben, weil Sie einen Mann sahen, der ungefähr in der Mitte des Decks aus einer Kabine trat – aus Linna Doyles Kabine, wie Sie am nächsten Tag feststellten. Sie sahen ihn herauskommen, die Tür hinter sich schließen und in entgegengesetzter Richtung das Deck entlanggehen – und vielleicht beobachteten Sie am Ende sogar, wie er eine der beiden Kabinen betrat. Nun, Mademoiselle, habe ich recht?«

Sie antwortete nicht.

Poirot fuhr fort: »Vielleicht meinen Sie, es sei klüger, nicht darüber zu sprechen. Vielleicht haben Sie Angst, daß Sie auch umgebracht werden.«

Einen Moment dachte er, daß sie auf seine billige Finte hereingefallen sei, daß er mit seiner Bezichtigung der Feigheit das erreicht habe, was ihm mit seinen subtileren Argumenten nicht gelungen war.

Sie öffnete den Mund, ihre Lippen zitterten, doch dann sagte sie: »Ich habe niemanden gesehen.«

Miss Bowers kam aus Dr. Bessners Kabine und glättete ihre Manschetten über den Handgelenken.

Jacqueline ließ Cornelia stehen und lief auf sie zu. »Wie geht es ihm?« fragte sie.

Poirot kam rechtzeitig hinzu, um die Antwort zu hören. Miss Bowers sah besorgt aus. »Im allgemeinen ganz ordentlich«, sagte sie.

»Heißt das, es geht ihm schlechter?«

»Offen gesagt, wäre mir wohler zumute, wenn er möglichst bald geröntgt würde, so daß die Kugel entfernt und die Wunde desinfiziert werden kann. Wann, glauben Sie, kommen wir in Schellal an, Monsieur Poirot?«

»Morgen früh.«

Miss Bowers spitzte die Lippen und schüttelte den Kopf. »So lange noch! Wir tun natürlich alles, was wir können, aber es besteht immer die Gefahr einer Blutvergiftung.«

Jacqueline ergriff Miss Bowers Arm und schüttelte ihn. »Stirbt er? Wird er sterben?«

»Aber nein, Miss de Bellefort! Die Verletzung selbst ist nicht gefährlich, sie muß nur so bald wie möglich geröntgt werden. Außerdem hätte der arme Mr. Doyle heute völlige Ruhe gebraucht, statt dessen hat er ständig neue Aufregungen gehabt. Erst der Schock über den Tod seiner Frau und dann all das andere . . .«

Jacqueline ließ den Arm der Krankenschwester los, drehte sich um, lehnte sich über die Reling, den Rücken den anderen zugewandt.

»Wie ich immer sage, wir müssen stets das beste hoffen«, bemerkte Miss Bowers. »Mr. Doyle hat zum Glück eine sehr kräftige Konstitution. Aber dieses Ansteigen der Temperatur ist unleugbar ein schlechtes Zeichen . . .« Sie schüttelte den Kopf und entfernte sich eilig.

Jacqueline ging unsicher, mit tränenverschleierten Augen auf ihre Kabine zu. Eine Hand legte sich stützend unter ihren Ellbogen. Sie blickte auf und sah Poirot durch den Tränenschleier hindurch an. Sie lehnte sich gegen ihn, und er führte sie behutsam in ihre Kabine. Sie sank aufs Bett, und nun strömten ihre Tränen hemmungslos. »Er stirbt! O Gott, er stirbt. Und ich habe Schuld an seinem Tod! Ich habe Schuld . . .«

Poirot zuckte die Achseln und sah sie ein wenig traurig an. »Mademoiselle, was geschehen ist, ist geschehen. Eine Tat, einmal vollbracht, kann man nicht rückgängig machen. Für Reue ist es zu spät.«

Sie rief noch verzweifelter: »Ich habe Schuld an seinem Tod! Und ich liebe ihn! Ich liebe ihn . . .«

Poirot seufzte. »Zu sehr . . .« Das hatte er vor langer Zeit schon in jenem Londoner Restaurant gedacht, und nun dachte er es wieder. Er sagte ein wenig zögernd: »Nehmen Sie sich Miss Bowers Worte nicht zu sehr zu Herzen. Krankenschwestern sehen die Dinge leicht ein wenig zu schwarz. Die Nachtschwestern machen immer ein höchst erstauntes Gesicht, wenn ihre Patienten am Abend noch leben, und die Tagschwestern sind ebenfalls erstaunt, sie am nächsten Morgen munter vorzufinden. Sie wissen zuviel, sie wissen, was alles passieren *könnte*. Es ist wie beim Autofahren, man könnte auch dauernd denken: Wenn ein Wagen jetzt aus der Seitenstraße kommt oder wenn ein Lastwagen unerwartet zurückstößt, oder wenn ein Hund aus dieser Hecke springt – *eh bien*, dann verunglücke ich bestimmt tödlich! Aber man nimmt an – und meistens zu Recht –, daß all diese Dinge *nicht* passieren und man unversehrt an sein Ziel gelangt. Doch wenn man einen Unfall gehabt oder gesehen hat, neigt man leicht dazu, den entgegengesetzten Standpunkt einzunehmen.«

Jacqueline sagte unter Tränen lächelnd: »Versuchen Sie etwa, mich zu trösten, Monsieur Poirot?«

»Sie hätten diese Reise nicht unternehmen sollen, Mademoiselle.«

»Ja, ich wünschte, ich hätte es nicht getan. Es – war so schrecklich. Aber – bald ist sie zu Ende.«

»*Mais oui! Mais oui.*«

»Und Simon kommt ins Krankenhaus und wird fachgerecht behandelt, und alles wird wieder gut.«

»Sie reden wie ein Kind! ›Und wenn sie nicht gestorben sind, dann leben sie noch heute.‹ Das meinten Sie doch?«

Sie wurde rot. »Ich habe nie daran gedacht . . .«

»Es ist noch zu früh, daran zu denken! Ich weiß, konventionelle Nordländer würden dies oder ähnliches sagen. Aber Sie sind eine halbe Südländerin und sollten daher fähig sein, sich zu solchen Gedanken zu bekennen, auch wenn sie nicht ganz schicklich sind. *Le roi est mort – vive le roi*! Die Sonne ist untergegangen, und der Mond geht auf. Habe ich recht, Mademoiselle?«

»Sie irren sich. Ich tue ihm leid! Ich tue ihm einfach nur schrecklich leid, weil er weiß, wie furchtbar es für mich ist, ihn so schwer verletzt zu haben.«

»Ah«, sagte Poirot, »Mitleid ist eine sehr edle Empfindung.« Er sah sie an, seine Miene verriet ein wenig Spott, aber noch ein anderes, schwer bestimmbares Gefühl. Er murmelte ein französisches Gedicht vor sich hin:

>»La vie est vaine,
> Un peu d'amour,
> Un peu de haine,
> Et puis bonjour.
>
> La vie est brève,
> Un peu d'espoir,
> Un peu de rêve,
> Et puis bonsoir.«

Er ging wieder an Deck. Race kam ihm entgegen und rief sofort: »Ach, Poirot, da sind Sie ja, ich muß sofort mit Ihnen sprechen. Ich habe eine Idee.« Er hakte sich bei ihm ein: »Eine zufällige Bemerkung Doyles brachte mich darauf, zuerst habe ich ihr gar keine Beachtung geschenkt. Doyle erwähnte ein Telegramm.«
»*Tiens – c'est vrai!*«
»Vielleicht ist nichts dran, aber man muß jedem Hinweis nachgehen. Wir haben es schließlich mit zwei Morden zu tun und tappen noch immer im dunkeln.«
Poirot schüttelte den Kopf. »Das Dunkel lichtet sich.«
Race sah ihn neugierig an. »Haben Sie irgendwelche Ideen?«
»Mehr als das – ich kenne die Lösung.«
»Und – seit wann?«
»Seit dem Tod des Mädchens: Louise Bourget.«
»Das soll einer verstehen!«
»Mein Freund, es ist alles so klar – so sonnenklar! Aber es gibt Schwierigkeiten – Peinlichkeiten – Hindernisse! Verstehen Sie, eine Frau wie Linna Doyle zieht soviel Neid, Eifersucht, Haß und Niedertracht an. Eine Wolke summender Fliegen . . .«
»Und doch glauben Sie, die Lösung zu kennen?« Race sah ihn forschend an. »Ich weiß, Sie würden so etwas nie behaupten, ohne Ihrer Sache sicher zu sein. Was mich betrifft, so sehe ich noch nicht klar, ich habe gewisse Vermutungen, natürlich . . .«
Poirot blieb stehen und legte seine Hand auf Races Arm. »Sie sind ein sehr taktvoller Mann, *mon Colonel*! Sie stellen keine Fragen, weil

Sie wissen, daß ich sprechen würde, wenn ich könnte, aber es gibt noch so viele Dinge, die ich klären muß. Ich werde Ihnen einige Anhaltspunkte geben, und wenn Sie in dieser Richtung weiter denken . . . Zuerst einmal haben wir Mademoiselle de Belleforts Behauptung, daß jemand in jener Nacht in Assuan ihre und meine Unterhaltung belauscht hat. Dann haben wir Monsieur Allertons Aussage, was er in der Mordnacht hörte und tat. Dann haben wir Louise Bourgets vielsagende Antworten auf unsere Fragen von heute vormittag. Dann wissen wir, daß Madame Allerton Mineralwasser trinkt, ihr Sohn Whisky und Soda und ich zum Essen meist Wein. Fügen Sie all diesem die zwei Flaschen Nagellack und das Sprichwort hinzu, das ich zitierte, und vergessen Sie nicht den wichtigsten Punkt, nämlich die Tatsache, daß der Revolver in ein billiges Taschentuch und eine Samtstola eingewickelt und über Bord geworfen wurde . . .«

Race schwieg lange, dann schüttelte er den Kopf. »Nein«, sagte er, »ich kann Ihnen nicht folgen. Ich weiß ungefähr, auf was Sie hinauswollen, aber meiner Meinung nach sind Sie auf der falschen Spur.«

»Sie sehen nur die halbe Wahrheit. Und ich sage Ihnen noch etwas – wir müssen wieder am Anfang beginnen, denn unsere erste Interpretation war völlig falsch.«

Race zog eine kleine Grimasse. »Ich kenne das nur zu gut. Mir will oft scheinen, als bestünde die Arbeit eines Detektivs hauptsächlich darin, falsche Ansätze auszumerzen und von neuem zu beginnen.«

»Ja, das ist eine sehr wahre Bemerkung. Und es ist genau das, was viele Leute nicht tun. Die meisten stellen eine Theorie auf, und wenn irgendein Tatbestand nicht dazu paßt, wird er ignoriert. Aber es sind gerade die nicht unterzubringenden Fakten, die von Bedeutung sind. Ich habe von Anfang an begriffen, wie wichtig die Tatsache ist, daß der Revolver vom Schauplatz des Verbrechens entfernt wurde. Ich wußte, es hatte irgendeine Bedeutung, aber welche, das habe ich erst vor einer halben Stunde begriffen.«

»Ich dagegen weiß es noch immer nicht.«

»Sie werden bald Klarheit haben. Versuchen Sie, meine Gedankengänge nachzuvollziehen. So, und jetzt werden wir die Sache mit dem Telegramm klären. Das heißt, wenn Bessner ansprechbar ist.«

Dr. Bessner war noch immer verstimmt. »Was gibt es?« fragte er brummig, als er die Tür öffnete. »Sie wollen wieder meinen Patienten sehen? Ich habe Ihnen doch gesagt, daß es nicht gut für ihn ist. Er hat Fieber. Er hat heute schon genug Aufregung gehabt.«

»Nur eine Frage«, sagte Race, »das ist alles! Ich verspreche es Ihnen.«

Mit einem mißmutigen Grunzen gab ihnen der Arzt den Weg frei, und die beiden Männer traten ein. Dr. Bessner drängte sich an ihnen vorbei ins Freie. »Ich bin in drei Minuten zurück«, sagte er grollend, »und dann gehen Sie, und zwar ohne Protest.«

»Es ist nur eine Kleinigkeit, Mr. Doyle«, begann Race. »Die Stewards haben mir berichtet, daß Signor Richetti ein besonders schwieriger Kunde sei. Und auch Sie haben mir erzählt, daß er leicht aufbraust. Er war doch sehr unhöflich zu Ihrer Frau, nicht wahr? Wegen irgendeines Telegramms. Könnten Sie mir den Zwischenfall noch einmal beschreiben?«

»Gern. Es war in Wadi Halfa. Wir waren gerade vom zweiten Katarakt zurückgekehrt. Linna sah ein Telegramm und dachte, es sei für sie. Sie hatte vergessen, daß sie nicht länger Ridgeway hieß, und Richetti und Ridgeway sehen ziemlich ähnlich aus, bei einer undeutlichen Handschrift. Sie öffnete den Umschlag, aber der Inhalt war ihr völlig unverständlich, und noch während sie darüber nach-dachte, erschien dieser Richetti und riß ihr wutschnaubend das Telegramm aus der Hand. Sie lief ihm nach, um sich zu entschuldi-gen, aber er benahm sich äußerst unhöflich.«

Race holte tief Luft. »Haben Sie irgendeine Ahnung, was in dem Telegramm stand, Mr. Doyle?«

»Ja, Linna las mir einen Teil vor . . .« Er hielt inne, denn draußen erklang eine schrille Stimme, die immer lauter wurde:

»Wo sind Monsieur Poirot und Oberst Race? Ich muß sie *sofort* sprechen. Es ist dringend. Sind sie bei Mr. Doyle?«

Bessner hatte die Tür nicht geschlossen, nur der Vorhang hing vor dem Eingang. Mrs. Otterbourne riß ihn zur Seite und fegte wie ein Sturmwind herein. Ihr Gesicht war gerötet, ihr Gang etwas schwan-kend. »Mr. Doyle«, sagte sie dramatisch, »ich weiß, wer Ihre Frau getötet hat.«

Simon und die beiden Männer starrten sie sprachlos an.

Mrs. Otterbourne warf ihnen einen triumphierenden Blick zu. »Meine Theorien haben sich als völlig richtig erwiesen. Die primiti-ven, urzeitlichen, uranfänglichen Triebe! Es mag phantastisch, unglaubwürdig klingen – aber es ist die Wahrheit!«

Race sagte barsch: »Haben Sie irgendwelche Beweise für Ihre Behauptungen?«

Mrs. Otterbourne setzte sich in einen Stuhl, beugte sich vor und nickte heftig. »Natürlich habe ich Beweise! Sie werden mir doch zustimmen, daß, wer immer Louise Bourget getötet hat, auch Linna Doyle tötete – daß beide Verbrechen von derselben Person begangen wurden, nicht wahr?«

»Ja, ja, natürlich«, sagte Simon ungeduldig, »das leuchtet uns allen ein, aber weiter.«

»Dann habe ich recht mit meiner Behauptung, denn ich weiß, wer Louise Bourget ermordete, und daher weiß ich auch, wer Linna Doyle getötet hat.«

»Sie wollen sagen, Sie haben eine Theorie darüber?« fragte Race skeptisch.

Mrs. Otterbourne fauchte ihn an wie ein Tiger. »Nein, ich *weiß*, wer sie getötet hat! Ich habe die Person mit eigenen Augen gesehen.«

Simon schrie aufgeregt: »Sie wissen, wer Louise Bourget tötete? Dann reden Sie schon!«

Mrs. Otterbourne nickte. »Ja, ich werde Ihnen alles genau schildern«, sagte sie triumphierend. »Ich war auf dem Weg zum Speisesaal – mir war zwar nicht nach essen zumute wegen all diesen schrecklichen Tragödien, aber das ist weiter nicht wichtig. Auf halbem Weg also fiel mir ein, daß ich – hm – etwas in der Kabine vergessen hatte. Ich sagte Rosalie, daß sie vorgehen solle, was sie auch tat.« Mrs. Otterbourne unterbrach sich.

Der Vorhang vor der Tür blähte sich ein wenig, als hätte der Wind ihn bewegt, doch keiner der drei Männer bemerkte es.

»Ich . . . hm . . .« Mrs. Otterbourne zögerte kurz, offenbar war sie an einem heiklen Punkt angelangt. »Ich hatte einen Steward gebeten, mir etwas zu beschaffen – was ich dringend benötigte –, aber ich wollte nicht, daß meine Tochter davon erfuhr. Sie hat gewisse Vorurteile . . .«

Race hob fragend die Augenbrauen, Poirot nickte kaum merklich. Seine Lippen formten das Wort: trinken.

Der Vorhang vor der Tür bewegte sich wieder, in den Spalt zwischen Türrahmen und Stoff schob sich etwas stahlblau Schimmerndes.

Mrs. Otterbourne fuhr fort: »Ich hatte mit dem Steward vereinbart, daß am Heck, ein Deck tiefer, ein Mann auf mich warten würde. Als ich das Deck entlangging, öffnete sich eine Kabinentür, und Mrs. Doyles Mädchen steckte den Kopf heraus – Louise Bourget, oder wie immer sie hieß. Sie schien auf jemanden zu warten. Als sie mich erblickte, machte sie ein enttäuschtes Gesicht und zog sich sofort zurück. Ich habe mir in dem Moment natürlich nichts dabei gedacht und ging zu dem verabredeten Ort, um das, was ich bestellt hatte, von dem Mann entgegenzunehmen. Ich zahlte und – hm – sprach kurz mit ihm. Dann ging ich zurück. Als ich um das Heck bog, sah ich, wie jemand an die Tür des Mädchens klopfte und hineinging.«

»Und wer war dieser jemand?« fragte Race.

Der Lärm der Explosion dröhnte ohrenbetäubend durch die kleine Kabine, und beißender Rauch verbreitete sich. Mrs. Otterbourne sank langsam zur Seite, dann fiel ihr Körper vornüber und schlug auf dem Boden auf. Dicht hinter dem Ohr floß Blut aus einem kleinen, runden Loch.

Einen Augenblick herrschte entsetztes Schweigen, dann sprangen die beiden Männer auf, Race beugte sich über Mrs. Otterbourne, während Poirot mit katzenartiger Behendigkeit über ihn hinwegsprang und an Deck stürzte. Das Deck war leer. Auf dem Boden vor der Türschwelle lag ein großer Colt.

Poirot warf einen Blick nach rechts und links. Niemand war zu sehen. Er lief in Richtung Heck. Als er um die Ecke bog, stieß er mit Tim Allerton zusammen, der aus der entgegengesetzten Richtung angerannt kam.

»Was, zum Teufel, war das?« rief Tim atemlos.

Poirot sagte scharf: »Sind Sie jemandem begegnet?«

»Begegnet? Nein.«

»Kommen Sie mit!« Er nahm den jungen Mann beim Arm und kehrte mit ihm zur Kabine zurück. Dort standen bereits Rosalie, Jacqueline und Cornelia, die aus ihren Kabinen herbeigeeilt waren, und Ferguson, Jim Fanthorp und Mrs. Allerton, die aus dem Gesellschaftsraum gestürzt und das Deck entlanggelaufen waren.

Race stand neben dem Colt. Poirot wandte sich an Tim Allerton: »Haben Sie zufällig Handschuhe in der Tasche?«

Tim suchte. »Ja, hier.«

Poirot streifte sie über, bückte sich und musterte eingehend den Colt. Race tat das gleiche. Die anderen beobachteten sie atemlos.

Race sagte: »Der Mörder ist auch nicht in die andere Richtung gelaufen, Fanthorp und Ferguson saßen im Gesellschaftsraum auf diesem Deck, sie hätten ihn sehen müssen.«

»Und Mr. Allerton hätte ihn sehen müssen, falls er nach achtern gelaufen wäre.«

Race sagte, auf den Colt deutend: »Wenn ich mich nicht sehr irre, haben wir ihn erst kürzlich gesehen. Aber wir müssen uns natürlich vergewissern.«

Er klopfte an Penningtons Kabinentür, es rührte sich jedoch nichts. Die Kabine war leer. Race öffnete die rechte Kommodenschublade. Der Colt war nicht mehr da.

»Es ist also Penningtons Colt«, sagte Race, »aber wo ist Pennington selbst?«

Sie gingen wieder an Deck. Mrs. Allerton hatte sich der Gruppe zugesellt. Poirot trat auf sie zu. »Madame, bitte kümmern Sie sich um Miss Otterbourne, ihre Mutter –«, er sah Race fragend an, und Race nickte, »wurde getötet.«

Dr. Bessner kam herbeigeeilt. »Um Gottes willen, was ist nun wieder passiert?«

Race wies mit einer Handbewegung auf die Kabine, und alle traten beiseite, um ihn durchzulassen. Bessner trat ein.

»Wir müssen Pennington finden«, sagte Race. »Irgendwelche Fingerabdrücke auf dem Colt?«

»Anscheinend nicht«, sagte Poirot.

Sie fanden Pennington auf dem einen Stock tiefer liegenden Deck. Er saß in dem kleinen Schreibzimmer und schrieb Briefe. Er hob bei ihrem Eintritt sein gutgeschnittenes, glattrasiertes Gesicht. »Ist irgendwas los?« fragte er.

»Haben Sie keinen Schuß gehört?«

»Jetzt, wo Sie es sagen – ja, ich habe etwas knallen gehört, aber ich bin nicht auf die Idee gekommen, daß . . . auf wen wurde geschossen?«

»Auf Mrs. Otterbourne.«

»Mrs. Otterbourne?« Pennington klang höchst erstaunt. »Warum auf Mrs. Otterbourne?« Er schüttelte den Kopf. »Völlig unverständlich.« Er senkte die Stimme. »Meine Herren, mir scheint, wir haben einen gefährlichen Wahnsinnigen an Bord. Wir sollten Schutzmaßnahmen ergreifen.«

»Mr. Pennington«, sagte Race, »wie lange sind Sie schon in diesem Raum?«

»Lassen Sie mich nachdenken.« Pennington strich sich über das Kinn. »Ungefähr zwanzig Minuten.«

»Und Sie waren die ganze Zeit über hier?«

»Ja – ja, gewiß.«

»Mr. Pennington, machen Sie sich auf einen Schock gefaßt«, erklärte Race. »Mrs. Otterbourne wurde mit Ihrem Colt erschossen!«

Mr. Pennington sah sie entgeistert an. »Meine Herren«, sagte er. »Das ist eine sehr ernste Angelegenheit und höchst bedenklich.«

»Ja, höchst bedenklich für Sie, Mr. Pennington.«

»Für mich?« Pennington zog erstaunt die Augenbrauen hoch. »Aber ich saß hier, nichts Böses ahnend, und schrieb Briefe.«

»Haben Sie einen Zeugen?«

Pennington schüttelte den Kopf. »Nein – das nicht. Aber es ist doch offensichtlich unmöglich, daß ich ein Deck höher ging, die arme Frau erschoß – welchen Grund hätte ich dafür gehabt? – und zurückkehrte, ohne daß mich jemand sah. Um diese Zeit ist der Salon auf dem oberen Deck immer ziemlich besetzt.«

»Und wie erklären Sie sich, daß Ihr Colt benutzt wurde?«

»Ja, daran bin ich leider nicht ganz schuldlos. Gleich am Anfang der Reise fand im Aussichtsraum eine Unterhaltung statt über Feuerwaffen, und ich erwähnte dummerweise, daß ich immer einen Colt auf Reisen mitnehme.«

»Und wer war anwesend?«

»Das weiß ich nicht mehr genau. Fast alle, würde ich sagen, wir waren jedenfalls ein ziemlich großer Kreis.« Er schüttelte bedauernd den Kopf. »Ja, das war unvorsichtig von mir.« Dann fuhr er fort: »Erst Linna, dann Linnas Mädchen und jetzt Mrs. Otterbourne. Ich sehe keinen Zusammenhang.«

»Und doch gibt es einen.«

»Und der wäre?«

»Mrs. Otterbourne war gerade dabei, uns zu erzählen, daß sie eine gewisse Person Louises Kabine betreten sah, aber bevor sie den Namen aussprechen konnte, wurde sie erschossen.«

Pennington fuhr sich mit einem eleganten Seidentaschentuch über die Stirn. »Eine schreckliche Geschichte.«

Poirot sagte: »Mr. Pennington, ich würde gern gewisse Aspekte des Falls mit Ihnen diskutieren. Würden Sie, bitte, in einer halben Stunde in meine Kabine kommen?«

»Mit dem größten Vergnügen.«

Aber Pennington sah alles andere als vergnügt aus. Poirot und Race wechselten einen Blick und verließen ohne ein weiteres Wort das Schreibzimmer.

»Ein schlauer Fuchs«, sagte Race, »aber er hat Angst.«

Poirot nickte. »Er fühlt sich nicht wohl in seiner Haut, unser guter

Pennington.«

Als sie wieder aufs Promenadendeck kamen, trat gerade Mrs. Allerton aus ihrer Kabine. Sie winkte Poirot mit einer energischen Handbewegung herbei.

»Madame?«

»Das arme Kind! Meinen Sie, Monsieur Poirot, es gibt noch eine Zweierkabine, die ich mit ihr teilen kann? Ich möchte nicht, daß sie in der Kabine bleibt, die sie mit ihrer Mutter bewohnt hat, und ich habe nur eine Einzelkabine.«

»Das läßt sich bestimmt arrangieren. Sehr liebenswürdig von Ihnen, Madame.«

»Es ist eine Selbstverständlichkeit. Abgesehen davon habe ich das Mädchen wirklich gern.«

»Ist sie sehr verzweifelt?«

»Einfach untröstlich. Sie war dieser schrecklichen Mutter völlig ergeben. Wirklich rührend. Tim sagt, sie wäre eine Alkoholikerin gewesen. Stimmt das?«

Poirot nickte.

»Arme Person. Für die Tochter muß es schrecklich gewesen sein.«

»Ja. Sie ist ein sehr stolzes und loyales Mädchen.«

»Ich schätze Loyalität. Es ist eine Eigenschaft, die man nicht mehr oft antrifft. Das Mädchen hat einen seltsamen Charakter, sie ist stolz, zurückhaltend, eigensinnig und doch sehr warmherzig.«

Mrs. Allerton ging in ihre Kabine zurück, und Poirot begab sich wieder zum Schauplatz der Tragödie.

Cornelia stand noch an Deck. Sie sagte: »Wie ist es möglich, Monsieur Poirot, daß der Mörder entkam, ohne daß wir ihn sahen?«

»Ja, wie?« fragte auch Jacqueline.

»Ah, Mademoiselle, es war nicht so ein Zaubertrick, wie Sie denken. Es gab drei Fluchtwege.«

»Er kann nach rechts gegangen sein oder nach links, aber einen dritten Weg sehe ich nicht«, antwortete Cornelia stirnrunzelnd.

Jacqueline runzelte ebenfalls die Stirn, doch dann glättete sie sich wieder. »Natürlich«, sagte sie, »auf ebener Erde hatte er nur zwei Möglichkeiten, aber es gibt auch rechte Winkel. Das heißt, nach oben konnte er nicht verschwinden, aber nach *unten*!«

Poirot lächelte. »Sie haben Verstand, Mademoiselle.«

»Aber ich begreife immer noch nicht!« rief Cornelia.

Jacqueline sagte: »Monsieur Poirot meint, daß er sich über die Reling schwingen und aufs untere Deck springen konnte.«

»Mein Gott, auf die Idee wäre ich nie gekommen! Viel Zeit hatte er allerdings nicht, aber möglich ist es wohl.«

»Durchaus«, warf Tim Allerton ein. »Vergessen Sie nicht die Schrecksekunde – man hört einen Schuß und ist vor Schreck wie gelähmt, und das kann Sekunden dauern.«

»Erging es Ihnen so, Monsieur Allerton?«

»Ja, ich stand da wie angewurzelt, sicher fünf Sekunden lang, und erst dann rannte ich los.«

Race trat aus Bessners Kabine und sagte in einem schroffen Befehlston: »Würden Sie sich bitte alle entfernen, wir wollen die Leiche abtransportieren.«

Sie folgten seinem Befehl, und Poirot ging mit ihnen. Cornelia sagte traurig: »Nie werde ich diese Reise vergessen. Drei Tote – es ist wie ein Alptraum.«

Ferguson hörte die Bemerkung und sagte aggressiv: »Sie sind von der Zivilisation verhätschelt. Nehmen Sie sich ein Beispiel an den Orientalen, für sie ist der Tod eine Nebensächlichkeit – kaum der Beachtung wert.«

»Die armen Leute«, sagte Cornelia, »sie haben eben keine Bildung.«

»Nein, zum Glück nicht. Bildung hat die weiße Rasse entkräftet.«

»Sie reden Unsinn«, sagte Cornelia ärgerlich. »Bildung ist etwas sehr Wichtiges. Im Winter gehe ich immer zu Vorträgen über griechische Kunst und Renaissance.«

Mr. Ferguson stöhnte: »Wenn ich das schon höre! Griechische Kunst, Renaissance! Die Zukunft zählt, nicht die Vergangenheit! Drei Frauen sind ermordet worden auf diesem Schiff – was ist schon dabei? Alle drei waren unproduktive Parasiten der Gesellschaft, und niemand schert sich darum, ob sie leben oder tot sind . . .«

»Sie vielleicht nicht, aber andere schon«, unterbrach ihn Cornelia zornig. »Und es macht mich ganz krank, Ihnen zuzuhören. Ich habe Mrs. Otterbourne nicht besonders gemocht, aber ihre Tochter ist nett und völlig gebrochen über den Tod ihrer Mutter. Von dem Mädchen Louise weiß ich nicht viel, aber sicher gibt es jemanden, der sie vermißt. Und Linna Doyle – sie war so schön – wie eine griechische Statue. Und wenn ein so schöner Mensch stirbt, ist es ein Verlust für die ganze Welt!«

Ferguson trat einen Schritt zurück und griff sich an den Kopf. »Ich gebe es auf!« rief er. »Sie sind unglaublich! Haben Sie nicht einen einzigen Funken natürlicher weiblicher Boshaftigkeit in sich?« Er wandte sich an Poirot. »Wissen Sie eigentlich, daß der alte Ridgeway

Cornelias Vater finanziell ruiniert hat? Und was tut die Tochter? Statt wütend mit den Zähnen zu knirschen beim Anblick dieser perlenbehängten Person, sagt sie: ›Oh, ist sie nicht schön?‹ Ich glaube wirklich, sie war niemals böse auf sie.«

Cornelia errötete. »Doch – eine Minute lang schon. Papa starb aus Gram – weil er es im Leben zu nichts gebracht hat.«

»Böse – eine Minute lang! Es ist nicht zu fassen!«

Cornelia sah ihn zornfunkelnd an: »Haben Sie nicht eben selbst gesagt, daß nur die Zukunft zählt und nicht die Vergangenheit? Und all das gehört der Vergangenheit an – es ist vorbei!«

»Eins zu null für Sie«, antwortete Ferguson. »Cornelia Robson, Sie sind die einzige nette Frau, die mir je begegnet ist. Wollen Sie mich heiraten?«

»Sie sind verrückt!«

»Ich meine es ehrlich. Sie sind mein Zeuge, Monsieur Poirot. Ich habe aus freiem Willen einen Heiratsantrag gemacht gegen alle meine Prinzipien. Ich halte nämlich nichts von Verträgen zwischen den Geschlechtern. Aber Cornelia würde sich auf nichts anderes einlassen, also muß geheiratet werden. Sagen Sie schon ›ja‹, Cornelia.«

Cornelia errötete. »Das Ganze ist einfach lächerlich.«

»Sie wollen mich also nicht heiraten?«

»Nein, auf Sie ist kein Verlaß. Sie machen sich über ernsthafte Dinge lustig, wie Bildung, Kultur und Tod . . .« Sie brach ab, errötete wieder und lief in ihre Kabine.

Ferguson starrte ihr nach. »Verdammt«, murmelte er. »Ich glaube wirklich, sie meint, was sie sagt. Sie will einen Mann, auf den sie sich *verlassen* kann – oh, Gott!« Er wandte sich nach Poirot um. »Sie scheinen ja tief in Gedanken versunken zu sein. Was halten Sie von dem Mädchen?«

»Von Miss Robson?«

»Ja.«

»Sie besitzt Charakterstärke.«

»Da haben Sie recht. Sie sieht so lammfromm aus, aber sie ist es nicht. Sie hat Mut. Verdammt, ich liebe das Mädchen! Vielleicht sollte ich mich an die alte Dame ranmachen . . .« Er drehte sich auf dem Absatz um und ging zum Aussichtsraum. Poirot folgte ihm unauffällig, setzte sich in eine Ecke und nahm sich eine Zeitschrift vor.

»Guten Tag, Miss van Schuyler!« sagte Ferguson.

Miss van Schuyler hob den Blick von ihrem Strickzeug und murmelte abweisend: »Guten Tag.«

»Miss van Schuyler, ich habe etwas Wichtiges mit Ihnen zu besprechen. Ich möchte Ihre Kusine heiraten.«

Miss van Schuyler sagte eisig: »Sie müssen den Verstand verloren haben, junger Mann!«

»In keiner Weise. Ich bin fest entschlossen, sie zu heiraten. Ich habe ihr einen Antrag gemacht.«

Miss van Schuyler musterte ihn kalt. »Ach, wirklich. Und sie hat Ihnen eine Abfuhr erteilt?«

»Ja.«

»Natürlich.«

»Es ist gar nicht ›natürlich‹! Ich werde sie so lange fragen, bis sie ›ja‹ sagt.«

»Und ich werde es nicht zulassen, daß meine Kusine derartigen Belästigungen ausgesetzt wird.«

»Was haben Sie gegen mich, Miss van Schuyler?«

»Das liegt wohl auf der Hand, Mr. Ferguson.«

»Sie meinen, ich sei nicht gut genug für Cornelia?«

»Ja, genau das meine ich!«

»Und wieso bin ich nicht gut genug? Ich habe zwei Arme, zwei Beine, einen ganz brauchbaren Verstand – was gefällt Ihnen nicht an mir?«

»Es gibt so etwas wie eine gesellschaftliche Position, Mr. Ferguson.«

»Unsinn!«

Die Tür flog auf und Cornelia trat ein. Sie blieb erschrocken stehen, als sie ihre ehrfurchtsgebietende Kusine im Gespräch mit ihrem fragwürdigen Verehrer sah.

»Cornelia«, sagte Miss van Schuyler mit schneidender Stimme, »hast du diesen jungen Mann in irgendeiner Weise ermutigt?«

»Ich – nein – natürlich nicht . . .«

»Nein, sie hat mich nicht ermutigt«, kam Ferguson ihr zu Hilfe. »Sie hat mir keine Ohrfeige gegeben, weil sie dazu zu gutmütig ist. Die ganze Idee stammt von mir, Cornelia! Ihre Kusine sagt, ich sei nicht gut genug für Sie. Was stimmt, aber anders, als sie es meint. Sie haben natürlich einen viel besseren Charakter als ich, aber nach Ansicht Ihrer Kusine stehe ich gesellschaftlich weit unter Ihnen.«

»Das ist auch Cornelia klar«, warf Miss van Schuyler ein.

»Ist das der Grund, warum Sie mich nicht heiraten?«

»Nein«, erwiderte Cornelia errötend. »Wenn ich Sie gern hätte, würde ich Sie heiraten, egal, wer Sie sind.«

»Und Sie haben mich nicht gern?«

»Ich – ich finde Sie unerträglich. Die Dinge, die Sie sagen . . . Ich habe noch keinen Menschen getroffen, der . . .« Tränen traten ihr in die Augen, und sie lief aus dem Raum.

»Alles in allem kein schlechter Anfang«, knurrte Ferguson und starrte zur Decke. »Ihre Kusine wird bald wieder von mir hören.«

Miss van Schuyler zitterte vor Wut. »Verlassen Sie augenblicklich diesen Raum, oder ich läute nach dem Steward.«

»Ich habe meine Reise bezahlt«, antwortete Ferguson, »und niemand kann mich aus den Gesellschaftsräumen verweisen, aber ich tue Ihnen den Gefallen.« Er schlenderte lässig zur Tür.

Miss van Schuyler erhob sich zornbebend. Poirot kam hinter seiner Zeitschrift hervor, sprang vom Stuhl und hob das heruntergefallene Wollknäuel auf.

»Vielen Dank, Monsieur Poirot. Würden Sie bitte Miss Bowers bitten, herzukommen? Ich fühle mich gar nicht wohl. Dieser unverschämte junge Mann . . .«

»Ja, sehr exzentrisch«, meinte Poirot. »Das liegt in der Familie. Sie kämpfen immer gegen Windmühlen. Sie haben ihn natürlich wiedererkannt?« fragte er beiläufig.

»Wiedererkannt?«

»Er nennt sich Ferguson und benutzt seinen Titel nicht, wegen seiner linken Einstellung.«

»Seinen Titel?«

»Er ist der junge Lord Dawlish, steinreich! In Oxford ist er Kommunist geworden.«

Miss van Schuylers Gesicht spiegelte die widersprüchlichsten Gefühle wider. »Und seit wann wissen Sie das, Monsieur Poirot?«

Poirot zuckte die Achseln. »In irgendeiner Zeitschrift war ein Foto von ihm. Mir fiel sofort die Ähnlichkeit auf. Und dann habe ich seinen Siegelring mit dem Familienwappen gefunden. Ja, es besteht kein Zweifel, er ist der junge Dawlish.«

Er beobachtete mit großem Vergnügen den wechselnden Ausdruck auf dem Gesicht der alten Dame. Schließlich sagte sie mit einem gnädigen Kopfnicken: »Ich bin Ihnen für die Auskunft sehr verbunden, Monsieur Poirot.«

Race betrat den Aussichtssalon. »Also, Poirot, Pennington kommt in zehn Minuten, und die Unterhaltung mit ihm überlasse ich lieber Ihnen.«

Poirot erhob sich behende. »Könnten Sie Fanthorp für mich finden?«

»Fanthorp?« fragte Race erstaunt.

»Ja, bringen Sie ihn, bitte, in meine Kabine!«

Race nickte, und sie trennten sich. Ein paar Minuten später erschien Race mit Fanthorp bei Poirot, der ihm einen Stuhl und eine Zigarette anbot. »Nun, Mr. Fanthorp, kommen wir zur Sache. Ich sehe übrigens, daß Sie die gleiche Krawatte tragen wie mein Freund Hastings.«

Jim Fanthorp blickte leicht verwirrt auf seinen Schlips. »Es ist meine alte Etonkrawatte.«

»Genau. Obwohl ich Ausländer bin, kenne ich mich ein wenig in der englischen Tradition aus. Ich weiß, zum Beispiel, daß es Dinge gibt, ›die man nicht tut‹.«

Jim Fanthorp grinste. »Der Ausdruck ist etwas aus der Mode gekommen, Monsieur Poirot.«

»Der Ausdruck vielleicht, aber nicht die Spielregel. Und eins der Dinge, die ein ehemaliger Etonschüler nicht tut, ist, sich in die Gespräche anderer Leute einzumischen. Aber genau das haben Sie neulich gemacht, Monsieur Fanthorp. Gewisse Leute führten im Aussichtsraum ein sehr privates geschäftliches Gespräch, und Sie stellten sich in der Nähe auf, ganz offensichtlich, um zu lauschen; aber nicht genug damit, Sie sprachen eine Ihnen fast unbekannte Dame an – Linna Doyle – und gratulierten ihr zu ihrem klaren Geschäftsverstand.« Jim Fanthorp wurde rot, doch Poirot fuhr fort, ohne auf eine Antwort zu warten. »Sie müssen zugeben, Monsieur Fanthorp, daß Ihr Benehmen nicht dem eines Etonschülers entsprach. Mein Freund Hastings würde eher sterben, als so etwas zu tun. Und daher frage ich mich in Anbetracht Ihrer Handlungsweise und in Anbetracht der Tatsache, daß Sie jung sind und als Angestellter einer Anwaltsfirma wohl kaum genug Geld verdienen, um sich so eine teure Reise zu leisten, und auch nicht aussehen, als hätten Sie eine lange Krankheit hinter sich und müßten sich erholen, ja, in Anbetracht all dieser Dinge frage ich mich, warum Sie hier auf diesem Schiff sind?«

Jim Fanthorp warf den Kopf zurück. »Ich verweigere jede Auskunft,

Monsieur Poirot.«

»Wo ist Ihre Firma? In Northampton; das ist nicht weit von *Wode Hall*? Welches Gespräch versuchten Sie zu belauschen? Ein Gespräch, das sich um rechtliche Dinge drehte. Was war der Zweck Ihrer Bemerkung – einer Bemerkung, die Ihnen offensichtlich schwer über die Lippen kam? Der Zweck war, Madame Doyle darauf hinzuweisen, daß sie kein Dokument unterzeichnen sollte, ohne es vorher durchzulesen. Wir haben hier auf dem Schiff einen Mord gehabt, dem kurz darauf zwei andere folgten. Und wenn ich Ihnen jetzt sage, daß der Revolver, mit dem Mrs. Otterbourne umgebracht wurde, Andrew Pennington gehört, werden Sie wohl endlich einsehen, daß es Ihre Pflicht ist, uns zu berichten, was Sie wissen.«

Jim Fanthorp sagte nach einigen Augenblicken des Nachdenkens: »Sie haben eine seltsame Art, an Dinge heranzugehen, Monsieur Poirot, aber Ihre Argumente haben mich überzeugt. Das Schwierige ist nur, daß ich nichts Genaues weiß.«

»Sie haben also keine Beweise, sondern nur einen Verdacht?«

»So ist es.«

»Und daher finden Sie es unbesonnen zu sprechen. Vom juristischen Standpunkt aus mögen Sie recht haben, aber dies ist kein Gerichtshof! Oberst Race und ich wollen einen Mörder fangen! Jede Information kann sich als wertvoll erweisen.«

Jim Fanthorp antwortete zögernd: »Also gut, was möchten Sie wissen?«

»Warum unternahmen Sie diese Reise?«

»Mr. Carmichael, mein Onkel und Mrs. Doyles englischer Anwalt, hat mich auf diese Reise geschickt. Er hat viele Transaktionen für Mrs. Doyle durchgeführt und stand daher in ständiger Korrespondenz mit Mr. Pennington, der Mrs. Doyles Vermögensverwalter ist. Verschiedene kleinere Vorkommnisse – ich kann sie hier nicht alle aufzählen – haben meinen Onkel gegen Pennington mißtrauisch gemacht.«

»In dürren Worten ausgedrückt«, mischte Race sich ein, »Ihr Onkel hat Pennington im Verdacht, ein Gauner zu sein.«

Jim Fanthorp nickte mit einem kleinen Lächeln. »Grundsätzlich trifft dies zu. Verschiedene Ausreden Penningtons und einige Erklärungen über gewisse Aktienverkäufe erweckten den Verdacht meines Onkels. Aber der Verdacht war noch recht vage. Dann heiratete Miss Ridgeway plötzlich und begab sich auf ihre Hochzeitsreise nach Ägypten. Die Heirat beruhigte meinen Onkel bis zu einem gewissen

Grade, da er wußte, daß bei ihrer Rückkehr nach England das gesamte Vermögen abgerechnet und übergeben werden müßte.

Da erhielten wir einen Brief von ihr, aus Kairo, in dem sie nebenbei erwähnte, daß sie zufällig Pennington getroffen habe. Mein Onkel wurde äußerst mißtrauisch. Er fürchtete, daß Pennington durch die Heirat in eine ausweglose Situation geraten sei und versuchen würde, sich von Mrs. Doyle eine Unterschrift zu erschleichen, die seine Unterschlagungen bemäntelte. Da mein Onkel keine greifbaren Beweise vorlegen konnte, befand er sich in einer schwierigen Lage. Das einzige, was ihm einfiel, war, mich mit dem Flugzeug nach Ägypten zu schicken mit dem Auftrag, Näheres festzustellen. Ich sollte die Augen offenhalten und notfalls handeln – ein sehr unangenehmer Auftrag, kann ich Ihnen verraten. Und der Zwischenfall, den Sie erwähnten, war mir wirklich sehr peinlich, aber wenigstens erreichte ich, was ich wollte.«

»Meinen Sie damit, daß Sie Mrs. Doyle mit Erfolg vor übereilten Unterschriften warnten?«

»Nein, ich meinte eigentlich mehr, daß ich Pennington Angst einjagte. Ich hatte das sichere Gefühl, daß er eine Zeitlang keine Tricks mehr versuchen würde, und diese Atempause wollte ich ausnützen, um mich so weit mit den Doyles anzufreunden, daß ich sie irgendwie warnen könnte. Ich hatte mir vorgenommen, mit Doyle zu sprechen, denn Mrs. Doyle mochte Pennington sehr gern, und es wäre mir unangenehm gewesen, meinen Verdacht ihr gegenüber zu äußern. Der Weg über den Ehemann schien mir geeigneter.«

Poirot fragte: »Würden Sie mir bitte über einen Punkt offen Ihre Meinung sagen? Wenn Sie einen Betrug planten, wen würden Sie sich als Ihr Opfer aussuchen – Madame oder Monsieur Doyle?«

Fanthorp lächelte. »Natürlich Mr. Doyle. Linna verstand etwas von Geschäften, während ihr Mann zu der vertrauensseligen Sorte gehört, die keine Ahnung hat und jederzeit ›auf der gepunkteten Linie unterschreibt‹, wie er selbst zugegeben hat.«

»Ich bin ganz Ihrer Meinung«, sagte Poirot. Er sah Race an. »Und hier haben Sie Ihr Motiv.«

»Aber all das sind reine Mutmaßungen, ich kann nichts *beweisen*.«

»Beweise? Die bekommen wir schon.«

»Wie?«

»Vielleicht von Pennington selbst.«

Fanthorp sah ihn zweifelnd an. »Das würde mich wundern, sehr sogar.«

186

Race blickte auf seine Armbanduhr. »Er muß gleich hier sein.«
Fanthorp begriff den Wink; er stand auf und ging.

Zwei Minuten später erschien Andrew Pennington. Er lächelte und wirkte sehr selbstsicher, nur die harte Linie um den Mund und der Argwohn in seinem Blick verrieten den erprobten Kämpfer, der auf der Hut war.

»Hier bin ich, meine Herren«, sagte er lässig, setzte sich und blickte erwartungsvoll in die Runde.

»Wir haben Sie hergebeten, Mr. Pennington«, eröffnete Poirot das Gespräch, »weil Sie offensichtlich ein persönliches Interesse an diesem Fall haben.«

Pennington hob die Augenbrauen. »Wie meinen Sie das?«

»Ich nehme es zumindest an, nachdem Sie Linna Doyle schon so lange kannten!«

»Ja, ja, natürlich – entschuldigen Sie, ich hatte Sie nicht ganz verstanden.« Sein Ausdruck veränderte sich. Er war jetzt weniger angespannt. »Ja«, fuhr er fort, »ich kannte Linna, seit sie ein kleines Mädchen war, das sagte ich Ihnen schon.«

»Sie waren mit ihrem Vater eng befreundet?«

»Melhuish Ridgeway und ich standen uns sehr nahe.«

»Sie standen sich sogar so nahe, daß er Sie nach seinem Tod zum Treuhänder für seine Tochter bestimmte und zum Verwalter ihres großen Vermögens, bis sie volljährig wäre.«

»In großen Zügen stimmt das.« Der Argwohn war in seine Augen zurückgekehrt, er wählte seine Worte sehr vorsichtig. »Natürlich war ich nicht der einzige Treuhänder, es gab noch andere.«

»Die inzwischen gestorben sind?«

»Zwei sind tot. Der dritte, Mr. Sterndale Rockford, ist noch am Leben.«

»Ihr Partner?«

»Ja.«

»Mademoiselle Ridgeway war noch nicht volljährig, als sie heiratete?«

»Sie wäre nächsten Juli einundzwanzig geworden.«

»Unter normalen Umständen hätte sie dann das volle Verfügungsrecht über ihr Vermögen bekommen?«

»Ja.«

»Durch ihre Heirat wurde dieser Ablauf beschleunigt?«

Pennington kniff den Mund zusammen und reckte das Kinn vor. »Verzeihen Sie, aber mit welchem Recht stellen Sie diese Frage?«

»Wenn Sie nicht gewillt sind, sie zu beantworten . . .«

»Darum handelt es sich nicht. Mir ist es egal, was Sie mich fragen, ich sehe nur den Zweck nicht ein.«

»Aber Monsieur Pennington«, Poirot beugte sich vor und sah ihn mit seinen grünen katzenartigen Augen scharf an, »es geht um das Motiv, und wenn man darüber nachdenkt, darf man die finanzielle Seite nicht außer acht lassen.«

»Laut Testament sollte Linna das Verfügungsrecht über ihr Vermögen entweder mit einundzwanzig erhalten oder bei ihrer Verheiratung.«

»Irgendwelche Bedingungen?«

»Keine.«

»Und es handelt sich um Millionen, wie ich aus zuverlässiger Quelle erfuhr?«

»Um Millionen.«

Poirot sagte einschmeichelnd: »Sie und Ihr Partner haben eine große Verantwortung getragen.«

Pennington erwiderte barsch: »Wir sind an Verantwortung gewöhnt, sie beunruhigt uns nicht.«

»Sind Sie sicher?«

Poirot hatte offensichtlich eine empfindliche Stelle getroffen, denn Pennington erwiderte ärgerlich: »Was, zum Teufel, meinen Sie?«

Poirot antwortete mit einem Ausdruck treuherziger Offenheit: »Hat Linna Ridgeways überraschende Heirat nicht eine gewisse Bestürzung in Ihrem Büro hervorgerufen?«

»Bestürzung?«

»Ja, das war das Wort, das ich gebrauchte.«

»Auf was wollen Sie eigentlich hinaus?«

»Oh, auf etwas sehr Einfaches. Sind Linna Doyles Finanzen völlig in Ordnung?«

Pennington stand auf. »Jetzt genügt's mir. Sie hören kein Wort mehr von mir!« Er marschierte auf die Tür zu.

»Bitte, beantworten Sie meine Frage, bevor Sie gehen!«

Pennington sagte scharf: »Völlig in Ordnung.«

»Die Nachricht von Linna Ridgeways Heirat hat Sie also derartig erschreckt, daß Sie das erste Schiff nach Europa nahmen und ein scheinbar zufälliges Zusammentreffen in Kairo inszenierten?«

Pennington schritt auf die beiden zu. Er hatte sich wieder in der Gewalt. »Sie reden Unsinn! Ich wußte nicht einmal, daß Linna verheiratet war, als ich ihr in Kairo begegnete. Ich fiel aus allen

Wolken. Der Brief muß einen Tag nach meiner Abreise in New York angekommen sein. Er wurde mir nachgeschickt, und ich erhielt ihn erst eine Woche später.«

»Sie kamen mit der *Carmanic* herüber, sagten Sie?«

»Ja.«

»Und der Brief traf in New York ein, nachdem sie abgefahren war?«

»Wie oft muß ich es noch wiederholen?«

»Seltsam.«

»Was ist seltsam?«

»Daß keine Schilder der *Carmanic* auf Ihren Koffern zu finden sind. Die einzigen Schilder einer kürzlichen Überfahrt sind die der *Normandie*. Und die *Normandie* fuhr, wenn ich mich recht erinnere, zwei Tage nach der *Carmanic* ab.«

Penningtons Blick flackerte, er war sichtlich aus der Fassung gebracht worden. Oberst Race machte sich den Moment zunutze, indem er in einem scharfen Ton sagte: »Wir glauben aus verschiedenen Gründen, Mr. Pennington, daß Sie auf der *Normandie* herüberkamen und nicht auf der *Carmanic*, wie Sie behaupten. Das heißt also, daß Sie Mrs. Doyles Brief *vor* Ihrer Abreise aus New York erhielten. Es hat keinen Zweck zu leugnen, denn nichts ist leichter, als von der Schiffahrtsgesellschaft eine diesbezügliche Auskunft einzuholen.«

Andrew Pennington tastete geistesabwesend nach einem Stuhl und setzte sich. Sein Gesicht verriet nichts – ein Pokergesicht. »Ich gebe mich geschlagen! Sie sind zu schlau für mich. Aber glauben Sie mir, ich hatte meine Gründe!«

»Zweifellos«, bemerkte Race trocken.

»Wenn ich Ihnen diese Gründe nenne, muß ich allerdings auf Ihre Diskretion rechnen können.«

»Verlassen Sie sich darauf, daß wir uns angemessen verhalten. Doch wir können Ihnen nicht blindlings Zusicherungen geben.«

»Also gut.« Pennington seufzte. »Sie sollen die Wahrheit erfahren. Ich hatte den Eindruck, daß in England irgendein Schwindelmanöver im Gang war. Ich war höchst beunruhigt. Brieflich konnte ich nichts unternehmen, und so entschloß ich mich, nach Europa zu fahren, um nach dem Rechten zu sehen.«

»Was meinen Sie mit Schwindelmanöver?«

»Ich habe Veranlassung zu glauben, daß Linna betrogen wurde.«

»Von wem?«

»Von ihren englischen Anwälten. Aber das ist eine Anschuldigung, die man nicht leichtsinnig erheben kann, und so kam ich her, um die

Sache selbst zu überprüfen.«

»Ich möchte Ihnen zu Ihrer großen Umsicht gratulieren, doch warum verschwiegen Sie den Brief?«

Pennington spreizte die Hände. »Was sollte ich tun? Man kann nicht in eine Hochzeitsreise hineinplatzen, ohne einen Grund anzugeben. Daher dachte ich, am besten tue ich, als sei das Zusammentreffen zufällig. Zum Beispiel wußte ich nichts über den Ehemann. Er hätte gut an dem Schwindel beteiligt sein können. Ich mußte alles in Betracht ziehen.«

»Sie unternahmen die Reise also aus reiner Freundschaft«, bemerkte Race trocken.

»Allerdings, Oberst.«

Eine kurze Pause entstand. Race blickte Poirot an. Der kleine Mann beugte sich vor. »Monsieur Pennington, wir glauben Ihnen kein Wort.«

»Sie glauben mir nicht! Wieso nicht?«

»Wir glauben, daß Sie durch Linna Ridgeways unerwartete Heirat in eine finanzielle Zwangslage geraten sind. Wir glauben, daß Sie postwendend herüberkamen, um einen Ausweg aus dem Dilemma zu suchen – das heißt, Sie wollten erst einmal Zeit gewinnen. Wir glauben, daß Sie, um diesen Aufschub zu erreichen, versuchten, von Madame Doyle die Unterschrift unter gewisse Dokumente zu erhalten, und daß Sie auf der Fahrt nilaufwärts in Abu Simbel einen großen Stein über den Klippenrand stießen, der sein Ziel knapp verfehlte . . .«

»Sie sind verrückt!«

»Wir glauben, daß Sie eine ähnliche Gelegenheit auf der Rückreise sahen und ergriffen. Womit ich sagen möchte, daß Sie in einem gewissen Moment, da Sie fast sicher sein konnten, daß die Tat einer anderen Person zugeschrieben würde, Madame Doyle aus dem Weg räumten. Und wir *glauben* nicht nur, sondern wir *wissen*, daß Mrs. Otterbourne mit Ihrem Colt getötet wurde. Und zwar in dem Augenblick, da sie im Begriff war, den Namen der Person zu nennen, von der sie mit gutem Grund annahm, daß sie Louise wie auch Linna Doyle tötete . . .«

»Zum Teufel!« Der Ausruf unterbrach Poirots Redefluß. »Was phantasieren Sie da zusammen! Was für einen Grund sollte ich haben, Linna zu töten? Nicht *ich* erbe ihr Geld, der Ehemann erbt es! Warum verdächtigen Sie nicht *ihn? Er* ist derjenige, der von ihrem Tod profitiert – nicht ich.«

Race sagte kühl: »Doyle hat den Aussichtsraum in der Mordnacht nicht verlassen, bis man auf ihn schoß und ihn am Bein verletzte. Nach der Verletzung war er unfähig, auch nur einen Schritt zu gehen, was der Arzt wie die Krankenschwester zu beschwören bereit sind – beide zwei zuverlässige, unabhängige Zeugen. Simon Doyle konnte seine Frau nicht umbringen, und er konnte Louise Bourget nicht umbringen und ebenfalls nicht Mrs. Otterbourne. Sie wissen das so gut wie wir.«

»Ich weiß, er hat sie nicht getötet«, erwiderte Pennington etwas ruhiger. »Ich frage Sie nur, warum wollen Sie gerade mir etwas am Zeug flicken? Ich profitiere nicht von Linnas Tod.«

»Aber Verehrtester«, Poirots Stimme klang sanft wie das Schnurren einer Katze, »das hängt ganz von der Betrachtungsweise ab. Madame Doyle war eine sehr geschäftstüchtige Frau, die sich in finanziellen Dingen genau auskannte, und eine Unregelmäßigkeit wäre ihr, sobald sie die Verwaltung ihres Vermögens selbst übernommen hätte, unweigerlich aufgefallen. Die Übergabe des Vermögens hätte gleich nach ihrer Rückkehr nach England stattgefunden. Aber nun ist sie tot, und, wie Sie richtig bemerkten, ihr Mann ist Universalerbe – und das verändert die Situation von Grund auf. Simon Doyle weiß nichts über die Finanzen seiner Frau, außer daß sie reich war. Er ist ein schlichter, vertrauensseliger Mensch, und Sie hätten leichtes Spiel mit ihm. Sie müßten ihm nur komplizierte Dokumente und verwirrende Abrechnungen vorlegen und die Überschreibung des Vermögens unter dem Vorwand von gesetzlichen Bestimmungen verzögern. O ja, es macht für Sie einen großen Unterschied, ob Sie mit der Ehefrau oder dem Ehemann zu verhandeln haben.«

Pennington zuckte die Achseln. »Ihre Behauptungen sind absolut absurd.«

»Das wird sich erweisen.«

»Wie bitte?«

»Ich sagte, daß es sich erweisen wird. Wir haben es mit drei Todesfällen – drei Morden zu tun. Das Gericht wird daher ganz bestimmt eine genaue Untersuchung über Madame Doyles Erbe beantragen.« Poirot sah, wie sein Gegner plötzlich die Schultern sinken ließ, und wußte, er hatte gewonnen. Fanthorps Verdacht war berechtigt gewesen. Er sagte: »Sie haben Ihr Spiel verloren. Es ist nutzlos, weiter zu bluffen.«

»Sie sehen es falsch«, murmelte Pennington. »Wir haben nichts Unredliches getan! Dieser verdammte Wall-Street-Krach – die Leute hatten den Kopf verloren. Aber ich bin aus dem Schlimmsten heraus, mit etwas Glück werde ich Mitte Juni wieder liquid sein.« Er nahm mit zitternder Hand eine Zigarette und versuchte, sie anzuzünden. Es mißlang.

»Der große Stein«, sagte Poirot wie zu sich selbst, »war vermutlich ein spontaner Einfall. Sie dachten, niemand könnte Sie sehen.«

»Es war ein Unfall, ich schwöre es Ihnen! Es war nicht beabsichtigt.« Pennington beugte sich vor, sein Gesicht war verzerrt, seine Augen geweitet vor Angst. »Ich stolperte und stieß gegen ihn. Ich schwöre Ihnen, es war ein Unfall . . .«

Die beiden Männer schwiegen.

Pennington riß sich mit letzter Kraft zusammen. Er war zwar ein gebrochener Mann, aber sein Kampfgeist war wieder erwacht. Er ging zur Tür. »Das können Sie mir nicht anlasten, meine Herren, es war ein Unfall. Ich habe sie nicht erschossen. Auch das können Sie mir nicht anlasten – niemals!«

## 27

Als die Tür sich hinter ihm schloß, stieß Race einen Seufzer aus. »Wir haben mehr aus ihm herausgeholt, als ich gehofft hatte: zugegebener Betrug, zugegebener Mordversuch, aber weiter wird er nicht gehen. Ein Mann wie er mag einen Mordversuch eingestehen, aber nicht einen Mord.«

»Manchmal gelingt auch das«, sagte Poirot träumerisch-katzenhaft.

Race sah ihn neugierig an. »Haben Sie einen Plan?«

Poirot nickte. Dann zählte er die einzelnen Punkte an den Fingern ab: »Der Garten in Assuan; Monsieur Allertons Aussage; die zwei Flaschen Nagellack; meine Flasche Wein; die Samtstola; das befleckte Taschentuch; der Revolver, der auf dem Schauplatz des Verbrechens zurückblieb; Louises Tod, Madame Otterbournes Tod. O ja, alles paßt zusammen. Pennington ist nicht der Täter, Race!«

»Was?«

»Pennington hat den Mord nicht begangen. Er hatte ein Motiv, gewiß. Er hatte den Wunsch, ihn zu begehen, gewiß. Er hat sogar den Versuch unternommen. *Mais c'est tout.* Denn dieses Verbrechen setzt Eigenschaften voraus, über die Pennington nicht verfügt – Verwegenheit, schnelles und richtiges Handeln, Mut, Gleichgültigkeit gegenüber Gefahr und einen findigen, berechnenden Verstand. Pennington würde ein Verbrechen nur begehen, wenn er wüßte, er ginge kein Risiko ein. Aber dies war kein risikoloses Verbrechen. Es hing an einem seidenen Faden. Es verlangte Kühnheit! Pennington ist nicht kühn, er ist nur durchtrieben.«

Race sah ihn mit der Sorte Respekt an, den ein fähiger Mann einem anderen zollt. »Sie sind sehr gut über alles im Bild.«

»Ich glaube schon. Es gibt noch ein, zwei Punkte, die ich gern klären würde. Zum Beispiel das Telegramm, das Linna Doyle versehentlich las.«

»Mein Gott, wir vergaßen, Doyle darüber zu befragen. Er war gerade dabei, uns davon zu erzählen, als die unselige Mrs. Otterbourne hereinplatzte. Gehen wir zu ihm.«

»Nachher. Zuerst möchte ich mich mit Tim Allerton unterhalten.«

Race hob erstaunt die Augenbrauen, drückte dann aber wortlos auf den Klingelknopf und gab dem Steward den Auftrag, Allerton zu holen.

Tim Allerton kam wenige Minuten später. Er setzte sich mit aufmerksamer, aber auch leicht gelangweilter Miene.

Poirot sagte: »Ich möchte Sie bitten, mir einen Augenblick zuzuhören . . .«

»Aber gern! Ich bin der beste Zuhörer der Welt!«

»Ausgezeichnet. Fangen wir also an. Als ich Sie und Ihre Mutter in Assuan kennenlernte, fühlte ich mich sofort zu Ihnen beiden hingezogen. Erstens ist Ihre Mutter eine der charmantesten Frauen . . .«

Tims gelangweiltes Gesicht hellte sich plötzlich auf. »Sie ist einzigartig!«

»Und zweitens interessierte mich ein bestimmter Name.«

»Ein Name?«

»Ja: Joanna Southwood. Ich habe ihn in letzter Zeit öfters erwähnen gehört.« Er machte eine Pause und fuhr fort: »In den vergangenen drei Jahren gab es eine Anzahl Juwelendiebstähle, die Scotland Yard viel Kopfzerbrechen machten. Sie fanden stets in großen Häusern statt. Die Methode war fast immer die gleiche – die Diebe tauschten das Schmuckstück gegen eine Imitation aus. Mein Freund, Chefinspektor Japp, kam zu dem Schluß, daß die Diebstähle nicht nur von einer Person ausgeführt wurden, sondern von zweien, die geschickt zusammenarbeiteten. Die Diebe kannten sich erstaunlich gut in der feinen Gesellschaft aus, so daß mein Freund die Theorie entwickelte, hier sei jemand am Werk, der aus gutem Hause stammt. Schließlich

konzentrierte sich sein Verdacht auf Mademoiselle Joanna Southwood.

Jedes Opfer war entweder mit ihr befreundet oder bekannt, und
jedesmal hatte sie entweder das Schmuckstück in der Hand gehabt
oder es sich ausgeliehen. Auch überstieg ihr Lebensstil bei weitem
ihr Einkommen. Andererseits ist einwandfrei erwiesen, daß der
Diebstahl – das heißt, der Austausch von Original und Imitation –
nicht von ihr ausgeführt wurde. In einigen Fällen war sie zur
fraglichen Zeit nicht einmal in England.

Und so entstand allmählich in Chefinspektor Japp eine gewisse
Vorstellung von der Geschichte. Mademoiselle Southwood hatte
eine Zeitlang mit der ›Gilde für modernen Schmuck‹ zu tun gehabt.
Er vermutete daher, daß sie die in Frage kommenden Schmuckstücke
begutachtete und genaue Zeichnungen von ihnen anfertigte, die sie
dann einem kleinen unehrlichen Juwelier zum Kopieren gab, und
daß der dritte Arbeitsgang – der Austausch – von jemandem durchgeführt wurde, der beweisen konnte, daß er weder mit Juwelen noch
mit Kopien oder Imitationen von Edelsteinen je etwas zu tun hatte.
Wer diese andere Person war, konnte Japp nicht herausbekommen.
Einige Dinge, die Sie im Gespräch erwähnten, interessierten mich:
Ein Ring verschwand, als Sie auf Mallorca waren; dann die Tatsache,
daß Sie in einem der Häuser zu Gast waren, wo der Austausch von
Original und Kopie stattgefunden hatte, und, nicht zu vergessen,
Ihre enge Freundschaft mit Mademoiselle Southwood. Dazu kam
noch meine Beobachtung, daß Ihnen meine Gegenwart ganz offensichtlich unangenehm war und Sie versuchten, Ihre Mutter zu
veranlassen, weniger liebenswürdig zu mir zu sein. Das letztere
hätte sich natürlich auf persönliche Abneigung zurückführen lassen,
aber ich hielt es nicht für wahrscheinlich. Sie waren zu bemüht, Ihre
Abneigung zu verbergen.

*Eh bien!* Nach Linna Doyles Ermordung wird entdeckt, daß ihre
Perlen fehlen. Ich denke natürlich sofort an Sie! Aber ich bin meiner
Sache nicht ganz sicher. Denn wenn Sie mit Mademoiselle Southwood – die Madame Doyles enge Freundin war – zusammenarbeiteten, wie ich annahm, dann hätten Sie die Perlen durch eine Imitation
ersetzt und nicht einfach gestohlen. Doch dann erhielt ich die Perlen
plötzlich zurück. Und was entdeckte ich? Es sind nicht die echten,
sondern die imitierten. Nun weiß ich, wer der Dieb ist. Es war die
imitierte Kette, die gestohlen und wiedergegeben wurde – die
Kopie, die zu einem früheren Zeitpunkt gegen das Original ausge-

tauscht worden war.«

Poirot musterte den jungen Mann ihm gegenüber. Tim war bleich, trotz der Sonnenbräune. Er war keine Kämpfernatur wie Pennington. Seine Widerstandskraft war gering. Er bemühte sich, seinen spöttischen Tonfall beizubehalten, als er sagte: »So, so, und was habe ich Ihrer Meinung nach mit den Perlen getan?«

»Auch das weiß ich.«

Tims Gesicht wurde maskenartig. Es verriet Angst.

Poirot fuhr langsam fort: »Nach einigem Überlegen ist mir klargeworden, daß es nur einen Ort gibt, wo sie sein können, und ich bin überzeugt, dort finde ich sie auch. Die Perlen, Monsieur Allerton, sind in einem Rosenkranz verborgen, der in Ihrer Kabine hängt. Die Kügelchen sind sehr fein geschnitzt, ich nehme an, Sie haben sie speziell anfertigen lassen. Und diese Kügelchen sind aufschraubbar, obwohl man das auf den ersten Blick nie vermuten würde. In jedem Kügelchen befindet sich eine Perle, die zur Sicherheit angeklebt ist. Die meisten Polizeibeamten lassen bei ihren Durchsuchungen religiöse Gegenstände unangetastet, es sei denn, sie sind auffällig verdächtig. Und damit haben Sie gerechnet. So weit, so gut. Jetzt bleibt nur noch die Frage, wie Mademoiselle Southwood Ihnen die Kopie schickte. Sie muß sie Ihnen geschickt haben, da Sie von Mallorca direkt nach Ägypten fuhren. Doch auch dafür habe ich eine Erklärung. Die Kopie wurde in einem Buch geschickt, dessen Seiten man ausgehöhlt hatte. Buchsendungen werden immer offen versandt und daher fast nie von der Post kontrolliert.«

Es folgte eine Pause – eine sehr lange Pause. Dann antwortete Tim ruhig: »Sie haben gewonnen. Es war ein amüsantes Spiel, aber nun ist es zu Ende. Und mir bleibt wohl nichts anderes übrig, als die oft zitierte bittere Pille zu schlucken.«

Poirot nickte freundlich. »Wissen Sie eigentlich, daß Sie in jener Nacht gesehen wurden, als Linna Doyle starb? Jemand beobachtete, wie Sie die Kabine kurz nach ein Uhr verließen.«

»Um Himmels willen!« rief Tim. »Sie denken doch nicht etwa – daß ich sie getötet habe? Ich schwöre Ihnen, ich habe es nicht getan! Daß ich mir auch gerade diese Nacht aussuchen mußte! O Gott, es war furchtbar . . .«

»Ja, ich kann mir vorstellen, daß Sie keine sehr angenehme Zeit hinter sich haben. Jetzt, da wir die Wahrheit kennen, können Sie uns vielleicht helfen. War Madame Doyle schon tot, als Sie die Perlen stahlen?«

»Ich weiß es nicht«, entgegnete Tim heiser, »mein Ehrenwort, ich weiß es nicht! Ich habe mich in die Kabine geschlichen, sah die Perlen auf dem Nachttisch liegen, ergriff sie, legte die anderen hin und schlüpfte wieder hinaus. Natürlich habe ich angenommen, daß sie schlief.«

»Haben Sie Madame Doyle atmen gehört? Darauf haben Sie doch sicher geachtet?«

Tim dachte angestrengt nach. »Es war sehr still in der Kabine, auffallend still. Nein, ich kann mich nicht erinnern, daß ich sie atmen hörte.«

»Hing noch eine Spur von Rauch in der Luft, als sei kürzlich ein Schuß abgegeben worden?«

»Ich glaube nicht, ich kann mich jedenfalls nicht erinnern.«

Poirot seufzte. »Das bringt uns nicht viel weiter.«

»Wer hat mich beobachtet?«

»Rosalie Otterbourne. Sie kam von der anderen Seite und sah Sie aus Linna Doyles Kabine treten und in Ihre eigene gehen. Aber sie hat es mir gegenüber nicht zugegeben.«

»Woher wissen Sie es dann?«

»Weil ich Hercule Poirot bin und vieles weiß, auch wenn man es mir nicht erzählt. Ich habe ihr auf den Kopf zugesagt, daß sie jemanden sah, aber sie hat es strikt verneint.«

»Und warum?«

Poirot sagte unbeteiligt: »Wahrscheinlich, weil sie annahm, sie habe den Mörder gesehen. Eine naheliegende Vermutung.«

»Dann hätte sie doch um so mehr Grund gehabt, es Ihnen zu erzählen.«

Poirot zuckte die Achseln. »Sie war offenbar anderer Meinung.«

»Sie ist ein seltsames Mädchen. Sie muß viel durchgemacht haben mit dieser schrecklichen Mutter.«

»Sie hat kein leichtes Leben gehabt.«

»Ja, die Arme«, murmelte Tim. Dann blickte er Race an. »Und wie geht es nun weiter, Oberst? Ich gebe zu, daß ich die Perlen aus Linnas Kabine genommen und im Rosenkranz versteckt habe. Meine Schuld steht einwandfrei fest. Über Miss Southwood hingegen kann ich Ihnen nichts sagen. Sie haben keine Beweise gegen sie. Und auf welchem Wege ich die Imitation erhielt, ist meine Sache.«

»Eine sehr ehrenwerte Einstellung«, murmelte Poirot.

Tim sagte mit einem Anflug von Humor: »Immer der Kavalier!«

Dann meinte er: »Sie können sich sicher vorstellen, wie ärgerlich ich war, daß Mutter sich gerade mit Ihnen anfreundete! Ich bin nicht abgebrüht genug, um kurz vor einem riskanten Coup Vergnügen daran zu finden, bei jeder Mahlzeit neben einem erfolgreichen Detektiv zu sitzen. Manche Verbrecher mögen das besonders pikant finden, aber zu denen gehöre ich nicht. Mir war es einfach unheimlich!«

»Aber es hat Sie nicht vom Diebstahl abgehalten?«

Tim zuckte die Achseln. »Der Austausch mußte bewerkstelligt werden, und das Schiff bot eine einzigartige Gelegenheit. Linnas Kabine lag nur ein paar Türen von meiner entfernt, und Linna selbst war so mit ihren eigenen Problemen beschäftigt, daß sie den Tausch höchstwahrscheinlich nicht bemerkt hätte.«

»Ich frage mich, ob das stimmt.«

»Was meinen Sie damit?« fragte Tim unsicher.

Poirot drückte auf den Klingelknopf. Ein Steward erschien, und Poirot bat ihn, Miss Otterbourne zu holen. Tim runzelte die Stirn, sagte aber nichts.

Einige Minuten später erschien Rosalie. Ihre Augen waren vom Weinen gerötet. Sie weiteten sich ein wenig, als sie Tim erblickte. Von ihrer früheren mißtrauischen, ablehnenden Haltung war nichts mehr zu merken. Sie setzte sich und blickte mit einer an ihr neuen Gefügigkeit erst auf Race, dann auf Poirot.

»Es tut uns leid, Miss Otterbourne, daß wir Sie belästigen müssen«, sagte Race freundlich; er war über Poirot etwas verärgert.

»Es macht mir nichts aus«, sagte sie leise.

»Wir müssen noch einige Punkte klarstellen«, begann Poirot. »Als ich Sie fragte, ob Sie nachts um zehn nach eins auf dem Steuerborddeck jemanden gesehen hätten, verneinten Sie. Zum Glück bekam ich die Wahrheit auch ohne Ihre Hilfe heraus. Monsieur Allerton hat zugegeben, daß er in Linna Doyles Kabine war.«

Sie warf Tim einen raschen Blick zu. Er nickte düster.

»Stimmt die Zeitangabe, Monsieur Allerton?«

»Ja, sie stimmt.«

Rosalies Lippen zitterten. Schließlich stieß sie hervor: »Aber Sie haben doch nicht . . .«

Tim erwiderte hastig: »Nein, ich habe sie nicht getötet. Ich bin ein Dieb, kein Mörder. Es wird sowieso alles herauskommen, ich kann es Ihnen also ruhig sagen. *Ich* habe die Perlen gestohlen –«

Poirot erklärte es ihr: »Mr. Allerton zufolge ging er zur fraglichen Zeit in Linna Doyles Kabine und vertauschte die echten Perlen mit den falschen.«

»Haben Sie das getan?« Rosalie sah ihn mit ernsten, traurigen Augen fragend an.

»Ja«, entgegnete Tim.

Poirot sagte in einem seltsamen Tonfall: »Das ist Monsieur Allertons Geschichte, die teilweise durch Ihre Aussage bestätigt wird: Wir haben den Beweis, daß er tatsächlich letzte Nacht in Linna Doyles Kabine war, doch den Grund kennen wir nicht.«

Tim starrte ihn entgeistert an. »Aber Sie kennen ihn.«

»Ich weiß es nicht.«

»Aber Sie wissen, ich habe die Perlen.«

»*Mais oui – mais oui!* Ich weiß, daß Sie die Perlen haben, aber weiß ich auch, *wann* Sie sie stahlen? Vielleicht haben Sie sie schon zu einem früheren Zeitpunkt genommen. Sie sagten gerade, Linna Doyle hätte den Austausch wahrscheinlich nicht bemerkt. Ich bin mir da nicht so sicher. Nehmen wir einmal an, sie hätte ihn bemerkt. Nehmen wir weiter an, sie hätte sogar gewußt, wer der Dieb war! Nehmen wir an, sie hätte gedroht, den Dieb zu entlarven, und Sie, Monsieur Allerton, hätten ihre Drohung ernstgenommen. Nehmen wir weiterhin an, Sie hätten gestern abend die Szene zwischen Jacqueline de Bellefort und Simon Doyle belauscht und, als der Salon leer war, den Revolver geholt und sich eine Stunde später, als alle Passagiere zu Bett gegangen waren, in Linna Doyles Kabine geschlichen, um eine Entlarvung unmöglich zu machen . . .«

»Mein Gott!« rief Tim. Er war aschfahl geworden.

Poirot fuhr ungerührt fort: »Noch jemand anders wußte Bescheid – das Mädchen Louise. Sie sah Sie in Madames Kabine gehen. Und Louise erschien heute früh bei Ihnen und erpreßte Sie. Sie verlangte eine beträchtliche Summe für ihr Schweigen. Aber Sie begriffen sehr gut, daß diese Erpressung nur der Anfang vom Ende war. Sie taten, als willigten Sie ein, und gingen kurz vor dem Mittagessen mit dem Geld in ihre Kabine. Während Louise die Banknoten nachzählte, haben Sie sie erstochen. Doch Sie hatten Pech. Jemand hat Sie beobachtet –«, er sah Rosalie an, »Ihre Mutter! Und wieder mußten Sie schnell handeln – ein gefährliches Risiko auf sich nehmen –, aber es war Ihre einzige Chance. Sie waren zugegen, als Pennington von seinem Colt sprach. Sie rannten daher in seine Kabine und holten ihn, dann postierten Sie sich vor Dr. Bessners Kabine, und ehe Madame Otterbourne Ihren Namen aussprechen konnte, haben Sie sie erschossen.«

»Nein!« rief Rosalie. »Er war es nicht! Bestimmt nicht!«

»Danach taten Sie das einzig Mögliche – Sie liefen um das Heck, und als ich Ihnen nachrannte, drehten Sie sich geistesgegenwärtig um und taten, als kämen Sie aus der *entgegengesetzten* Richtung. Sie faßten den Revolver mit Handschuhen an, die Sie noch bei sich trugen. Sie erinnern sich, ich bat Sie . . .«

Tim unterbrach ihn erregt: »Ich schwöre bei Gott, nichts davon ist wahr. Kein Wort!« Aber seine brüchige, schwankende Stimme klang wenig überzeugend.

In diesem Moment sagte Rosalie zur allgemeinen Überraschung: »Natürlich ist es nicht wahr. Und Monsieur Poirot weiß das so gut wie wir. Er macht diese Anschuldigungen aus irgendeinem bestimmten Grund, den aber nur er kennt.«

Poirot sah sie mit einem leisen Lächeln an und spreizte die Hände, als gebe er sich geschlagen. »Mademoiselle, Sie sind sehr klug. Aber Sie müssen zugeben, meine Theorie klingt überzeugend.«

»Was, zum Teufel . . .«, begann Tim zornig, doch Poirot unterbrach ihn.

»Viele Tatsachen sprechen gegen Sie, Monsieur Allerton, und ich wollte, daß Sie das verstehen. Nun möchte ich mich mit Ihnen über etwas Angenehmeres unterhalten. Ich habe den Rosenkranz in Ihrer Kabine noch nicht untersucht. Vielleicht muß ich später entdecken, daß nichts in den Kugeln steckt. Da Mademoiselle Otterbourne zu ihrer Aussage steht, niemanden gesehen zu haben – *eh bien!* Damit bricht meine Theorie zusammen. Die Perlen wurden von einer Kleptomanin gestohlen, die sie inzwischen wieder zurückgegeben hat. Sie liegen in der Schachtel dort neben der Tür. Vielleicht möchten Sie und Mademoiselle sie sich einmal ansehen.«

Tim stand auf. Einen Augenblick war er unfähig zu sprechen, und als er schließlich einen Satz hervorbrachte, klang er linkisch und ungeschickt. »Ich danke Ihnen, Monsieur Poirot, daß Sie mir diese Chance geben. Sie werden Ihre Großzügigkeit nicht bereuen.« Er ergriff die Schachtel und folgte Cornelia hinaus an Deck. Dort nahm er die falsche Perlenkette heraus und warf sie im hohen Bogen in den Nil. »Weg damit«, sagte er. »Und wenn ich die Schachtel zurückgebe, wird die echte Kette drinliegen. Was für ein Dummkopf ich doch war!«

»Warum haben Sie sich überhaupt auf die ganze Geschichte eingelassen?« fragte Rosalie leise.

»Ja, warum? Ich weiß es eigentlich auch nicht. Langeweile –

Faulheit – Spaß am Spiel? Es schien mir eine amüsante Art, Geld zu verdienen – amüsanter als irgendeine Büroarbeit. Das klingt vermutlich ziemlich abscheulich, aber ich fand die Sache irgendwie reizvoll – hauptsächlich wohl wegen dem Risiko. Können Sie das verstehen?«

»Ich glaube schon.«

»Aber Sie würden so was nie tun?«

Rosalie überlegte einen Augenblick. Ihr junges ernsthaftes Gesicht war vorgeneigt. »Nein«, erwiderte sie schließlich. »Ich würde so etwas nicht tun.«

»Meine Liebe, Sie sind bezaubernd! Einfach hinreißend! Warum haben Sie nicht erzählen wollen, daß Sie mich gesehen haben?«

»Ich hatte Angst – man würde Sie verdächtigen.«

»Haben *Sie* mich verdächtigt?«

»Nein, ich wußte, daß Sie unfähig sind, einen Mord zu begehen.«

»Sie haben recht, ich bin nicht aus dem harten Holz geschnitzt, aus dem man Mörder macht, ich bin nur ein kleiner Dieb.«

Sie streckte schüchtern ihre Hand aus und berührte seinen Arm. »Bitte, sagen Sie so etwas nicht.«

Er ergriff ihre Hand. »Rosalie, wollen Sie – Sie wissen schon, was ich meine. Oder verachten Sie mich wegen der ganzen Sache und würden mir nie verzeihen?«

Sie lächelte leise: »Es gibt auch Dinge, die Sie mir vorwerfen könnten.«

»Rosalie, Liebling . . .«

Aber Rosalie hatte noch ein paar Zweifel. »Was ist – mit dieser Joanna?«

»Joanna?« rief Tim. »Mein Gott, du bist nicht besser als meine Mutter! Joanna ist mir völlig gleichgültig. Sie hat ein Pferdegesicht und Raubvogelaugen. Eine höchst unattraktive Vertreterin ihres Geschlechts.«

»Und deine Mutter? Vielleicht sollten wir ihr die ganze Angelegenheit verschweigen?«

»Ich weiß nicht recht«, erwiderte Tim nachdenklich. »Ich glaube, ich werde ihr alles beichten. Meine Mutter ist nicht so leicht umzuwerfen, sie kann den Tatsachen ins Auge sehen. Ja, ich glaube, ich werde ihre mütterlichen Illusionen zerstören. Aber sie wird über meine rein geschäftlichen Beziehungen zu Joanna so erleichtert sein, daß sie mir alles andere verzeiht.«

Inzwischen hatten sie Mrs. Allertons Kabine erreicht. Tim klopfte energisch an. Die Tür öffnete sich, und Mrs. Allerton stand auf der Schwelle.

»Rosalie und ich –«, begann Tim, kam aber nicht weiter.

»Oh, meine Lieben!« rief Mrs. Allerton und nahm Rosalie in die Arme. »Oh, mein geliebtes Kind! Ich hatte es die ganze Zeit gehofft – aber Tim war so bockig. Er hat immer getan, als würde er dich nicht mögen. Aber *mich* konnte er nicht täuschen.«

Rosalie sagte mit erstickter Stimme: »Sie waren so freundlich zu mir. Manchmal habe ich mir gewünscht, daß Sie . . .« Ihre Stimme versagte, und sie sank glücklich schluchzend an Mrs. Allertons Schulter.


28

Als sich die Tür hinter Tim und Rosalie geschlossen hatte, blickte Poirot Race etwas reumütig an. Der Oberst hatte eine finstere Miene aufgesetzt. »Bitte, stimmen Sie meiner kleinen Vereinbarung zu«, sagte Poirot fast flehend. »Ich weiß, sie ist höchst regelwidrig, aber ich habe den größten Respekt vor dem menschlichen Glück.«

»Aber nicht vor mir«, erwiderte Race.

»*Cette jeune fille,* ich hege zärtliche Gefühle für sie, und der junge Mann liebt sie. Sie werden ein glückliches Paar abgeben. Sie hat das Rückgrat, das ihm fehlt, und seine Mutter hat sie gern, alles ist äußerst passend.«

»Das heißt, die Ehe wurde von Gott und Hercule Poirot gestiftet, und mir bleibt nichts anders übrig, als einen Mord zu decken.«

»Aber, *mon ami,* alles, was ich sagte, waren reine Mutmaßungen.«

Race grinste plötzlich. »Mir soll es recht sein. Ich bin, Gott sei Dank, kein Polizeibeamter! Und dieser junge Narr wird meiner Meinung nach von nun an auf dem Pfad der Tugend bleiben. Das Mädchen wird ihm dabei helfen. Nein, worüber ich mich beklage, ist, wie Sie *mich* behandeln! Ich bin ein geduldiger Mann, aber sogar meine Geduld hat Grenzen! Und nun reden Sie endlich: Wissen Sie, wer die Morde begangen hat, oder wissen Sie es nicht?«

»Ich weiß es.«

»Warum schleichen Sie dann um die Sache herum wie die Katze um den heißen Brei?«

»Sie meinen, ich gebe mich aus Spaß mit lauter Nebensächlichkeiten ab, nicht wahr? Und das ärgert Sie. Aber es stimmt nicht! Ich habe einmal beruflich an einer archäologischen Expedition teilgenommen und dabei etwas Wichtiges gelernt. Im Verlauf einer Ausgrabung, wenn irgendein Gegenstand zum Vorschein kommt, wird ringsum alles sorgfältig weggeräumt. Man entfernt die lockere Erde und kratzt hier und da mit dem Messer, bis schließlich der Gegenstand freigelegt ist und man ihn abzeichnen und fotografieren kann, ohne durch nicht dazugehörende Elemente verwirrt zu werden. Das gleiche habe ich in unserem Fall versucht zu tun – ich habe die unwesentlichen Dinge ausgeräumt, damit wir die Wahrheit erkennen können – die nackte, lautere Wahrheit.«

»Schön, dann rücken Sie endlich mit Ihrer nackten, lauteren Wahrheit heraus, Poirot! Pennington war es nicht; der junge Allerton war es nicht, und Fleetwood war es vermutlich auch nicht. Wer also?«

»Mein Freund, genau das bin ich im Begriff Ihnen zu erklären.«

Es klopfte. Race stieß einen leisen Fluch aus. Dr. Bessner und Cornelia traten ein. Cornelia sah sehr bestürzt aus. »Ach, Oberst Race«, rief sie, »Miss Bowers hat mir gerade die Wahrheit gesagt. Es war ein schrecklicher Schock für mich, aber Miss Bowers konnte die Verantwortung nicht mehr länger allein tragen, und so hat sie mich eingeweiht, da ich schließlich zur Familie gehöre. Zuerst wollte ich es gar nicht glauben, aber Dr. Bessner war einfach wundervoll.«

»Nein, nein«, protestierte der Arzt bescheiden.

»Er hat mir erklärt, daß niemand für so eine Veranlagung verantwortlich ist. Er hat selbst solche Patienten in seiner Klinik, und er hat mir auch erklärt, daß die Ursache häufig eine tiefsitzende Neurose ist.« Cornelia hatte die letzten Worte mit großer Ehrfurcht ausgesprochen. »Doch wovor ich am meisten Angst habe«, fuhr sie bekümmert fort, »ist, daß die Geschichte mit den Perlen bekannt wird. Stellen Sie sich vor, wenn die New Yorker Boulevardblätter sie veröffentlichen! Es wäre schrecklich für Kusine Marie, für Mutter – für die ganze Familie!«

Race seufzte. »Wir haben noch ganz andere Dinge unter den Tisch fallenlassen.«

»Was meinen Sie damit, Oberst Race?«

»Daß wir bereit sind, alles zu ignorieren – ausgenommen einen Mord.«

»Wie schön!« rief Cornelia erleichtert. »Ich bin Ihnen so dankbar! Ich habe mir furchtbare Sorgen gemacht.«

»Sie haben ein so weiches Herz«, bemerkte Dr. Bessner und tätschelte ihr liebevoll die Schulter. Zu den anderen sagte er: »Sie ist so empfindsam und edelmütig.«

»Oh, Sie übertreiben! Aber es ist sehr nett von Ihnen, das zu sagen.«

Poirot murmelte: »Haben Sie Monsieur Ferguson noch einmal gesehen?«

Cornelia errötete. »Nein, aber Kusine Marie hat mit mir über ihn gesprochen.«

»Er soll aus einer sehr guten Familie stammen«, sagte Dr. Bessner.

»Allerdings sieht man es ihm nicht an. Sein Anzug ist ziemlich schmutzig, und seine Manieren lassen auch zu wünschen übrig.«

»Und was halten *Sie* von ihm, Mademoiselle?«

»Meiner Meinung nach ist er einfach verrückt«, erklärte Cornelia.

Poirot wandte sich wieder an Bessner: »Und wie ist das Befinden Ihres Patienten, Doktor?«

»Ausgezeichnet. Ich war gerade bei Miss de Bellefort und habe sie beruhigt. Sie verzweifelt, die Arme, nur weil Mr. Doyle heute nachmittag ein wenig Fieber hatte, was unter den gegebenen Umständen nicht weiter verwunderlich ist. Sein Puls ist völlig normal. Der Mann hat eine Roßnatur, und das habe ich der Dame auch gesagt. Aber irgendwie finde ich das Ganze ziemlich merkwürdig. Erst schießt sie auf ihn, und dann bekommt sie wegen etwas Fieber hysterische Anfälle!«

»Sie liebt ihn eben sehr!« sagte Cornelia.

»Das ist völlig widersinnig. Würden *Sie* auf jemanden schießen, den Sie lieben? Natürlich nicht, denn Sie sind vernünftig und weiblich . . .«

Race unterbrach diese Lobeshymne und sagte: »Da Doyles Zustand nicht kritisch ist, kann ich ja meine Unterhaltung über das Telegramm mit ihm fortsetzen.«

Bessner lachte dröhnend. »Dieses Telegramm ist wirklich sehr komisch. Doyle hat mir den Inhalt erzählt. Anscheinend handelte es sich um Gemüse – Kartoffeln, Artischocken, Porree . . .«

Race richtete sich kerzengerade auf. »Mein Gott!« rief er. »Richetti ist also mein Mann!«

Drei Augenpaare starrten ihn verständnislos an.

»Ein neuer Code – er wurde in den Kämpfen in Südafrika benutzt. Kartoffeln bedeuten Maschinengewehre, Artischocken hochexplosive Sprengstoffe und so weiter. Richetti ist genausowenig ein Archäologe wie ich! Er ist ein äußerst gefährlicher Agitator, ein

Mann, der mehr als einmal getötet hat, und jetzt anscheinend wieder. Mrs. Doyle hat aus Versehen das Telegramm geöffnet. Verstehen Sie? Und Richetti wußte, daß er ausgespielt hatte, falls sie mir zufällig den Inhalt erzählen würde.« Er wandte sich an Poirot. »Ich habe doch recht?«

»Er ist Ihr Mann«, erwiderte Poirot. »Ich habe mir schon länger gedacht, daß irgend etwas mit ihm nicht stimmt. Er war wie die Karikatur eines Archäologen, ohne jeden menschlichen Zug.« Er hielt inne, dann sagte er: »Aber Richetti hat Linna Doyle nicht ermordet. Ich weiß schon seit geraumer Zeit über die eine Hälfte des Mordes Bescheid, wenn ich mich so ausdrücken darf, aber nun verstehe ich auch die andere. Das Bild ist vollständig. Doch obwohl ich weiß, was geschehen ist, kann ich nichts beweisen. In der Theorie habe ich alles zu meiner Zufriedenheit gelöst, in der Praxis leider nicht. Es gibt nur eine Hoffnung – der Mörder muß gestehen!«

Dr. Bessner hob skeptisch die Schultern. »Das würde an ein Wunder grenzen.«

»Nicht unbedingt. Nicht unter den gegebenen Umständen.«

Cornelia rief aufgeregt: »Aber wer ist es? Können Sie es uns nicht verraten?«

Poirot ließ seinen Blick ruhig von einem zum anderen gleiten. Race lächelte spöttisch, Bessner sah noch immer skeptisch aus, Cornelia starrte ihn fragend mit halbgeöffnetem Mund an.

»*Mais oui*«, entgegnete Poirot. »Ich liebe Zuhörer. Ich gestehe es ein, ich bin eitel, ich bin aufgeblasen, ich sage gern: ›Schaut euch an, wie klug er doch ist, dieser Hercule Poirot!‹«

Race sagte lächelnd: »Also, wie klug ist er nun wirklich?«

Poirot schüttelte traurig den Kopf. »Am Anfang war ich dumm – unglaublich dumm. Und ich kehrte immer wieder zu der gleichen Frage zurück: Warum wurde der Revolver – Jacqueline de Belleforts Revolver – nicht auf dem Schauplatz des Verbrechens zurückgelassen? Der Mörder hatte zweifellos die Absicht, sie zu belasten. Warum hat er den Revolver entfernt? Ich war so dumm, daß ich auf alle möglichen phantastischen Lösungen verfiel. Und dabei war die richtige Lösung so einfach! Der Mörder hat den Revolver entfernt, weil er ihn entfernen *mußte*. Er hatte keine andere Wahl.«

»Sie und ich, mein Freund«, Poirot sah Race an, »haben unsere Untersuchung mit einer vorgefaßten Meinung begonnen. Wir gingen beide von der Voraussetzung aus, daß wir es mit einem spontanen Verbrechen zu tun haben; wir dachten, jemand hätte den latenten Wunsch gehegt, Linna Doyle zu beseitigen, und hätte dann den günstigen Moment wahrgenommen, wo er mit Recht hoffen konnte, daß der Verdacht auf Jacqueline de Bellefort fallen würde. Wir folgerten daraus, daß die fragliche Person den Auftritt zwischen Jacqueline und Simon Doyle belauscht und anschließend, als der Aussichtsraum leer war, den Revolver unter dem Sofa hervorholte. Aber dann, meine Freunde, sagte ich mir, was ist, wenn sich unsere Voraussetzungen als falsch erweisen? Dann müßten wir den Fall von einem ganz neuen Gesichtspunkt aus betrachten. Und unsere Voraussetzungen erwiesen sich als falsch. Das Verbrechen war nicht spontan, einer momentanen Eingebung folgend, begangen worden, sondern im Gegenteil: Es war sorgfältig geplant, zeitlich genau kalkuliert, jedes kleinste Detail war bedacht worden, wie zum Beispiel ein Betäubungsmittel in Hercule Poirots Weinflasche zu schmuggeln!

Jawohl! Man hat mich betäubt, um sicher zu sein, daß ich nicht Zeuge der Ereignisse jener Nacht würde. Und es war so leicht zu bewerkstelligen! Von meinen beiden Tischgenossen trank Tim Allerton Whisky mit Soda und Mrs. Allerton Mineralwasser. Nichts war also einfacher, als ein harmloses Betäubungsmittel in meine Weinflasche zu tun – die Flaschen stehen den ganzen Tag über auf den Tischen. Der Gedanke, daß man mir etwas Einschläferndes gegeben hat, schoß mir zwar durch den Kopf, doch dann habe ich ihn fallengelassen. Der Tag war besonders heiß gewesen und ich müder als sonst, es war also nichts Außergewöhnliches, daß ich fester schlief als üblich.

Mein Verstand war, wie Sie sehen, noch immer von meiner vorgefaßten Meinung getrübt, denn hätte man mich betäubt, so wäre meine Annahme, daß es sich um ein spontanes Verbrechen handelte, falsch gewesen. Es hätte bedeutet, daß das Verbrechen vor sieben Uhr dreißig, also schon vor dem Abendessen, eine beschlossene Sache war, und das widersprach aller Vernunft – vom Standpunkt meiner vorgefaßten Meinung aus.

Das erste, was meine vorgefaßte Meinung ins Wanken brachte, war die Tatsache, daß der Revolver aus dem Nil gefischt wurde, denn wenn unsere Mutmaßungen richtig waren, wäre es unsinnig gewesen, den Revolver über Bord zu werfen. Aber das war noch nicht alles.« Er wandte sich direkt an Dr. Bessner. »Sie, Dr. Bessner, untersuchten Linna Doyles Leiche. Sie erinnern sich, die Wunde war angesengt, was bedeutet, daß die Waffe dicht am Kopf angesetzt worden war.«

Dr. Bessner nickte.

»Doch als der Revolver aufgefunden wurde, war er in eine Samtstola gewickelt, und es war deutlich zu erkennen, daß der Stoff als eine Art Schalldämpfer gedient hatte. Wenn jedoch der Revolver durch die Stofflagen abgefeuert worden wäre, hätte man keine Brandspuren auf der Haut des Opfers gesehen, daher konnte der Schuß durch die Stola nicht *der* sein, der Linna Doyle tötete. Vielleicht war es der andere Schuß, nämlich der, den Jacqueline de Bellefort auf Simon Doyle abgab? Aber auch das war unmöglich, denn wir haben zwei Zeugen für diesen Vorfall. Es schien also fast so, als wäre noch ein *dritter* Schuß im Spiel. Aber aus dem Revolver waren nur zwei Schüsse abgegeben worden.

Es war ein seltsamer, unerklärlicher Umstand, der nicht außer acht gelassen werden durfte. Der nächste interessante Punkt war der Fund der beiden Flaschen mit farbigem Nagellack in Linna Doyles Kabine. Damen wechseln natürlich öfters die Farbe ihres Nagellacks, aber Linna Doyle benutzte immer *Kardinal*, ein tiefes dunkles Rot. Die andere Flasche war mit *Rose* bezeichnet – eine blaßrosa Farbe also, aber die paar restlichen Tropfen waren nicht blaßrosa, sondern von einem kräftigen Rot. Ich wurde neugierig, schraubte die Flaschen auf und roch an ihnen. Statt des üblichen süßlichen Geruchs roch es nach Essig! Womit ich sagen will, daß die paar restlichen Tropfen nicht Nagellack, sondern rote Tinte waren. Es wäre natürlich denkbar, daß Madame Doyle eine Flasche mit roter Tinte besaß, aber es wäre normaler gewesen, wenn sie die Tinte in einem Tintenfaß und nicht in einer Nagellackflasche aufbewahrt hätte. Da fiel mir das Taschentuch ein, das um den Revolver gewickelt gewesen war. Rote Tinte läßt sich leicht auswaschen, hinterläßt jedoch meist einen blaßrosa Schimmer.

Ich hätte vermutlich schon durch diese vagen Indizien die Wahrheit erraten können, doch dann geschah etwas, das mich aller Zweifel enthob. Louise Bourget wurde unter Umständen getötet, die klar auf Erpressung hinwiesen. Nicht nur hielt sie noch die Ecke eines

Tausendfrancscheins in ihren Fingern, sondern ich erinnerte mich auch an die sehr aufschlußreichen Worte, die sie gebraucht hatte. Nun kommt der entscheidende Punkt. Als ich sie fragte, ob sie in der vergangenen Nacht etwas Besonderes gehört habe, gab sie mir eine seltsame Antwort: ›Natürlich, *wenn* ich nicht hätte schlafen können, *wenn* ich die Treppe hinaufgegangen wäre, *dann* hätte ich vielleicht sehen können, wie der Mörder, dieses Scheusal, Madames Kabine betrat und wieder verließ . . .‹ Nun, was steckte hinter diesen Worten?«

Bessners Interesse war geweckt. Er rieb sich die Nase und erwiderte: »Die wahre Bedeutung war, daß sie tatsächlich die Treppe hinaufgegangen ist.«

»Nein, Sie haben das Wesentliche übersehen, nämlich: Warum hat sie gerade uns das alles erzählt?«

»Um Ihnen einen Wink zu geben.«

»Aber warum gerade uns? Wenn sie weiß, wer der Mörder ist, dann stehen ihr zwei Möglichkeiten offen – entweder die Wahrheit zu sagen oder den Mund zu halten und vom Mörder Geld für ihr Schweigen zu verlangen. Sie tat weder das eine noch das andere. Sie hat weder prompt gesagt: ›Ich schlief und habe niemanden gesehen.‹ Noch hat sie erklärt: ›Ja, ich habe jemanden gesehen, und zwar den Soundso!‹ Warum hat sie diese aufschlußreichen und doch so vagen Worte gewählt? *Parbleu!* Darauf gibt es nur eine Antwort! Sie waren an den Mörder gerichtet, und das heißt: Der Mörder war bei der Unterredung anwesend. Aber außer Oberst Race und mir befanden sich nur noch zwei andere Personen im Raum: Dr. Bessner und Simon Doyle!«

Der Arzt sprang mit einem Wutschrei auf. »Was behaupten Sie da? Sie beschuldigen mich schon wieder! Das ist unerhört!«

Poirot sagte scharf: »Ich erzähle Ihnen nur, was ich zu diesem Zeitpunkt gedacht habe. Bleiben wir bitte objektiv!«

»Er glaubt gar nicht mehr, daß Sie der Täter sind«, beschwichtigte ihn Cornelia.

Poirot fuhr schnell fort: »Es kamen also diese beiden Personen in Frage – Dr. Bessner und Simon Doyle. Aber welchen Grund hatte Dr. Bessner, Linna Doyle zu töten? Keinen, soweit ich wußte. Und Doyle? Aber das war unmöglich! Es gab zu viele Zeugen, die beschwören konnten, daß er den Aussichtsraum keine Minute verlassen hatte, bevor der Streit ausbrach. Und danach war er verletzt, und es wäre für ihn physisch unmöglich gewesen, den

Raum ohne Hilfe zu verlassen. Hatte ich zuverlässige Aussagen über diese beiden Punkte? Ja, ich hatte die Aussagen von Mademoiselle Robson, von Jim Fanthorp und von Jacqueline de Bellefort über Punkt eins und das fachmännische Urteil von Dr. Bessner und Miss Bowers über Punkt zwei. Zweifel waren ausgeschlossen.

Also mußte Dr. Bessner der Schuldige sein. Diese Theorie wurde bekräftigt durch die Tatsache, daß das Mädchen mit einer Art Skalpell erstochen worden war. Andrerseits hatte Dr. Bessner uns von sich aus darauf aufmerksam gemacht.

Und dann, meine Freunde, wurde mir plötzlich klar, daß Louise Bourgets Wink unmöglich für Dr. Bessner bestimmt gewesen sein konnte, denn sie hätte ihn jederzeit ohne Schwierigkeiten unter vier Augen sprechen können. Es gab nur eine Person – eine einzige Person –, die sie nicht allein sehen konnte: Simon Doyle! Simon Doyle war verletzt, der Arzt war ständig bei ihm, und er lag in seiner Kabine. Ihre vieldeutigen Worte waren daher an ihn gerichtet, da es möglicherweise ihre einzige Chance war, ihn zu sprechen. Und ich erinnere mich noch genau, wie sie fortfuhr und sich dabei an ihn wandte: ›Monsieur, helfen Sie mir! Sie sehen doch, wie es ist. Was soll ich denn sagen?‹ Und er antwortete: ›Seien Sie nicht töricht. Niemand denkt, daß Sie etwas gesehen oder gehört haben. Machen Sie sich keine Sorgen, niemand macht Ihnen Vorwürfe.‹ Das war die Zusicherung, die sie wollte und die sie auch bekam!«

Dr. Bessner schnaubte verächtlich. »Was für ein Unsinn! Sie glauben doch wohl selbst nicht, daß ein Mann mit einem zerschossenen Knochen im Bein herumspaziert und Leute ermordet. Ich sage Ihnen, Simon Doyle konnte meine Kabine unmöglich verlassen.«

Poirot erwiderte bereitwillig: »Ich weiß, daß es so ist. Es war unmöglich! Trotzdem: Louise Bourgets Worte konnten nur eine logische Bedeutung haben! Also ging ich das ganze Verbrechen noch einmal von vorne durch. War es möglich, daß Doyle zu irgendeinem Zeitpunkt vor dem Schuß auf ihn den Aussichtsraum verlassen und die anderen es vergessen oder nicht bemerkt hatten? Ich hielt es für ausgeschlossen. Konnte man sich auf Dr. Bessners und Miss Bowers fachmännisches Urteil hundertprozentig verlassen? Ich kam zu einem positiven Schluß. Doch dann fiel mir ein, daß es eine Lücke gab. Simon Doyle war etwa fünf Minuten allein im Aussichtsraum gewesen, und Dr. Bessners Aussage hatte erst Gültigkeit *nach* dieser kurzen Zeitspanne. Für diese Zeit hatten wir nur einen gefühlsmäßigen Eindruck als Beweis, und obwohl dieser überzeugend war, war er doch nicht hieb- und stichfest. Wenn man alle Mutmaßungen strikt beiseite ließ, *wer* hatte *was* gesehen?

Mademoiselle Robson hatte Mademoiselle de Bellefort den Schuß abgeben und Simon Doyle im Stuhl zusammensacken sehen. Sie hatte gesehen, wie er das Taschentuch ans Knie hielt, durch das langsam Blut sickerte. Was hatte Mr. Fanthorp gehört und gesehen? Er hatte einen Schuß gehört, und er hatte Mr. Doyle mit einem blutgetränkten Taschentuch vorgefunden, das er gegen sein Bein preßte. Und was war dann geschehen? Doyle hat mit viel Nachdruck darauf bestanden, daß Mademoiselle de Bellefort fortgeführt würde und keine Minute allein gelassen werden dürfe. Danach schlug er vor, daß Mr. Fanthorp den Arzt hole.

Mademoiselle Robson und Mr. Fanthorp verließen daher zusammen mit Mademoiselle de Bellefort den Aussichtsraum, die beiden ersteren waren während der nächsten fünf Minuten auf der Backbordseite beschäftigt. Mademoiselle Bowers, Dr. Bessners und Mademoiselle Belleforts Kabinen liegen alle auf der Backbordseite. Und Simon Doyle brauchte nicht mehr als ein paar Minuten, um seinen Plan durchzuführen. Er holte den Revolver unter dem Sofa hervor, schlüpfte aus seinen Schuhen, rannte leise das Steuerborddeck entlang, betrat die Kabine seiner Frau, schlich sich zu der Schlafenden und erschoß sie. Dann stellte er die Nagellackflasche mit der roten Tinte auf den Toilettentisch – sie durfte keinesfalls bei ihm gefunden werden –, rannte zurück, holte Mademoiselle van Schuylers Samtstola hervor, die er zwischen Lehne und Sitz eines Sessels gestopft hatte, umwickelte den Revolver damit und schoß sich ins Bein. Der Stuhl, in den er fiel – diesmal mit echten Schmerzen –, stand in der Nähe des Fensters. Er öffnete es und warf den Revolver – zusammen mit der Samtstola und dem verräterischen Taschentuch – in den Nil.«

»Unmöglich!« rief Race.

»Nein, mein Freund, erinnern Sie sich an Tim Allertons Aussage. Er hörte einen Knall und *dann* ein Aufklatschen. Und er hörte noch etwas anderes – eilige Schritte. Die Schritte eines Mannes, der an seiner Kabinentür vorbeilief. Aber wer sollte um diese Zeit das Steuerborddeck entlanglaufen? Was er hörte, waren Simon Doyles bestrumpfte Füße.«

»Und trotzdem behaupte ich noch immer, daß es unmöglich ist. Niemand kann so eine komplizierte Sache in so kurzer Zeit durchführen. Besonders nicht Doyle, der nicht sehr schnell reagiert.«

»Aber er ist flink in seinen physischen Reaktionen!«

»Das ja! Doch er ist unfähig, so einen raffinierten Plan auszuhecken.«

»Das tat er auch nicht, mein Freund! Genau das ist der Punkt, wo wir alle einen Denkfehler begingen. Wir dachten, wir hätten es mit einem spontanen Verbrechen zu tun, und das war ein schwerwiegender Irrtum. Die ganze Sache war genau geplant und schlau eingefädelt. Es war kein Zufall, daß Simon Doyle eine Flasche mit roter Tinte bei sich trug, es war kein Zufall, daß ein Allerweltstaschentuch in seiner Hosentasche steckte, es war kein Zufall, daß Jacqueline de Bellefort den Revolver unter das Sofa stieß, so daß man sich erst später an ihn erinnern würde. All dies war im voraus bedacht.«

»Was, Jacqueline?«

»Aber gewiß. Die beiden Teile des Mordes! Was gab Simon ein Alibi? Der von Jacqueline abgefeuerte Schuß! Was gab Jacqueline ein Alibi? Simons Beharrlichkeit! Die zur Folge hatte, daß eine Krankenschwester die ganze Nacht über bei ihr blieb. Als Team gesehen, besaßen die beiden alle erforderlichen Eigenschaften – den kühlen, listig planenden Verstand Jacquelines und die Tatkraft des Mannes, der schnell und präzise zu handeln vermag.

Wenn Sie das Verbrechen von diesem Gesichtspunkt aus betrachten, finden Sie auf jede Frage eine Antwort. Wir wußten, daß Simon Doyle und Jacqueline sich geliebt hatten, aber war es nicht möglich, daß sie sich noch immer liebten? Und wenn das der Fall war, ergab sich ein klares Bild. Simon beseitigt seine reiche Frau, beerbt sie, und nach einer angemessenen Wartezeit heiratet er seine alte Liebe. Alles sehr klug ausgedacht! Auch Jacquelines Verfolgungsjagd gehörte mit zum Plan, genau wie Simons angebliche Wut darüber. Doch das Paar machte Fehler! Doyle hielt mir einmal einen Vortrag über die Ausschließlichkeitsansprüche, die manche Frauen auf ihre Männer erheben, und in seiner Stimme lag ehrliche Bitterkeit. Ich hätte merken sollen, daß er seine Frau im Sinn hatte – und nicht Jacqueline. Und dann sein Verhalten Linna gegenüber. Ein durchschnittlicher, gehemmter Engländer wie Simon wäre lieber in den Boden versunken, als seine Zuneigung offen zu zeigen. Und Simon ist kein guter Schauspieler. Er übertrieb seine Ergebenheit. Des weiteren das Gespräch, das ich mit Mademoiselle de Bellefort führte, wobei sie behauptete, jemand habe uns belauscht. Aber es war eine Finte, um mich später auf eine falsche Fährte zu locken. Und dann der Abend, als ich Doyles Stimme vernahm. Er sagte: ›Wir müssen die Sache jetzt durchstehen.‹ Ich dachte, er spräche zu seiner Frau, aber er redete zu Jacqueline.

Der Mord selbst war in jeder Hinsicht perfekt geplant: Ein leichtes Betäubungsmittel verhindert eine unerwünschte Einmischung meinerseits, dazu Mademoiselle Robsons Wahl als Zeugin, Mademoiselle de Belleforts Hysterie, ihre übertriebene Reue. – Sie machte soviel Lärm wie möglich, um den Knall des Schusses zu übertönen. Ein außerordentlich raffinierter Plan! Jacqueline de Bellefort behauptet, sie habe auf Doyle geschossen, Mademoiselle Robson bestätigt es, Fanthorp bestätigt es – und als Simons Bein untersucht wird, hat er tatsächlich eine Schußwunde. Alle Zweifel scheinen ausgeschaltet! Beide haben ein sicheres Alibi. Allerdings muß Doyle das seinige mit Schmerzen und einem gewissen gesundheitlichen Risiko bezahlen, aber es war unbedingt notwendig, daß er eine Wunde hatte, die ihn zeitweilig außer Gefecht setzte.

Aber dann läuft der Plan schief. Louise Bourget konnte nicht schlafen. Sie ging die Treppe hinauf und beobachtete, wie Doyle in die Kabine seiner Frau ging und wieder herauskam. Am nächsten Morgen war es für sie nicht schwierig, zwei und zwei zusammenzuzählen. Und geldgierig wie sie war, verlangte sie Schweigegeld und unterschrieb damit ihr Todesurteil.«

»Aber Mr. Doyle kann sie doch unmöglich getötet haben!« warf Cornelia ein.

»Ganz richtig. Seine Partnerin beging den Mord. Doyle bat, sobald es möglich war, Jacqueline zu sehen. Er bat mich sogar, sie allein zu lassen. Kaum bin ich fort, informiert er Jacqueline über die neue Gefahr. Und die beiden sind gezwungen, sofort zu handeln! Simon weiß, wo Bessner seine chirurgischen Messer aufbewahrt. Nach dem Mord wird das Messer gereinigt und auf seinen Platz zurückgelegt. Und dann, ein wenig später und atemlos, erscheint Jacqueline de Bellefort am Mittagstisch.

Nun taucht ein neues Problem auf. Mrs. Otterbourne hat Jacqueline in Louise Bourgets Kabine gehen sehen. Und sie erscheint in Bessners Kabine, um zu erzählen, daß Jacqueline die Mörderin ist. Erinnern Sie sich, wie Simon die arme Person anschrie? Wir dachten, aus Nervosität. Aber die Tür war offen und er sprach nur deshalb so laut, um seine Komplizin zu warnen. Sie hörte ihn und handelte – in Windeseile. Sie erinnerte sich, daß Pennington von einem Colt gesprochen hatte, lief in seine Kabine, nahm ihn aus der Schublade, schlich vor Simons Tür und im kritischen Moment – schoß sie. Sie hat mir einmal erzählt, daß sie ein guter Schütze sei – und, weiß der Himmel, sie hat nicht übertrieben.

Nach dem dritten Verbrechen erwähnte ich beiläufig, daß dem Mörder drei Fluchtwege offenstanden: Er hätte nach achtern fliehen können – und in dem Fall wäre Tim Allerton der Mörder gewesen –, er hätte sich über die Reling schwingen können – höchst unwahrscheinlich –, oder er hätte in eine der Kabinen verschwinden können. Jacquelines Kabine liegt auf der gleichen Seite wie Bessners Kabine. Sie brauchte nur den Colt hinauszuwerfen und sich aufs Bett zu legen. Es war gefährlich, aber es war die einzige Chance.«

Stille trat ein, dann fragte Race: »Was geschah mit der ersten Kugel, die Miss de Bellefort auf Doyle abfeuerte?«

»Meiner Meinung nach schlug sie in den Tisch ein. Ich habe ein frisches Loch entdeckt. Vermutlich hatte Doyle Zeit, die Kugel mit einem Taschenmesser zu entfernen und sie ins Wasser zu werfen. Er hatte natürlich eine Reservekugel bereit, damit es so aussah, als seien nur zwei Kugeln abgefeuert worden.«

Cornelia seufzte. »Die beiden haben wirklich an alles gedacht! Einfach – scheußlich!«

Poirot schwieg, aber es war kein bescheidenes Schweigen; seine Augen verrieten seine Gedanken: Sie haben nicht an alles gedacht. Sie haben nicht an Hercule Poirot gedacht. Laut sagte er: »Und nun, Doktor, werden wir eine kurze Unterredung mit Ihrem Patienten führen.«

30

Am selben Abend, nur sehr viel später, klopfte Hercule Poirot an eine Kabinentür. Eine Stimme rief: »Herein.«

Jacqueline de Bellefort saß auf einem Stuhl, auf einem anderen, dicht bei der Wand, saß die große Stewardeß. Jacqueline musterte Poirot nachdenklich und wies mit einer Handbewegung auf die Stewardeß: »Kann sie gehen?« fragte sie.

Poirot nickte, und die Frau verschwand. Er zog einen Stuhl heran und setzte sich Jacqueline gegenüber. Beide schwiegen. Poirot sah sie traurig an.

Schließlich sagte sie: »Es ist aus! Wir waren Ihnen nicht gewachsen, Monsieur Poirot.«

Poirot seufzte. Er spreizte die Finger. Seltsamerweise schien er um Worte verlegen.

»Andrerseits –«, sagte Jacqueline nachdenklich, »haben Sie kaum Beweise gegen uns in der Hand. Natürlich haben Sie in allem recht, aber wir hätten uns noch herausreden können . . .«

»Das Verbrechen kann nur auf diese eine Art begangen worden sein, Mademoiselle.«

»Für einen logischen Verstand mag das Beweis genug sein, doch ich glaube nicht, daß Sie damit ein Geschworenengericht überzeugt hätten. Aber das ist nun nicht mehr wichtig. Sie haben Simon die Wahrheit auf den Kopf zugesagt, und er ist umgefallen, der Gute. Er hat die Flinte ins Korn geworfen und alles zugegeben. Er ist ein schlechter Verlierer.«

»Aber Sie, Mademoiselle, sind ein guter Verlierer.«

Sie lachte plötzlich – es war ein seltsam heiteres, trotziges Auflachen.

»O ja, ich bin ein guter Verlierer! Seien Sie nicht so bekümmert, Monsieur Poirot. Ich meine – meinetwegen. Denn Sie sind es, nicht wahr?«

»Ja, Mademoiselle.«

»Und trotzdem würden Sie mich nicht laufen lassen?«

Poirot sagte leise: »Nein.«

Sie nickte wortlos. »Sentimentalitäten sind unangebracht, ich weiß. Ich könnte es wieder tun. Man kann mir nicht mehr trauen, ich spüre das selbst . . .« Sie brach ab, dann sagte sie grüblerisch: »Es ist erschreckend einfach – zu töten. Und man bekommt allmählich das Gefühl, daß ein Menschenleben nicht besonders wichtig ist. Wichtig ist nur man selbst! Und das ist gefährlich –« Sie lächelte Poirot flüchtig zu. »Sie haben für mich getan, was Sie konnten, in jener Nacht in Assuan, als Sie mich warnten, daß das Böse von mir Besitz ergreifen könnte. Wußten Sie schon damals von meinem Plan?«

Er schüttelte den Kopf. »Nein, ich wußte nur, daß ich mit meiner Warnung recht hatte.«

»Ja, Sie hatten recht! In jenem Augenblick wäre ein Rückzug noch möglich gewesen – fast hätte ich es getan . . . ich.« Sie brach ab, dann fragte sie: »Soll ich Ihnen alles erzählen – von Anfang an?«

»Wenn es für Sie nicht zu schmerzlich ist, Mademoiselle.«

»Nein, Sie sollen Bescheid wissen! Im Grunde genommen ist es eine höchst banale Geschichte. Simon und ich, wir liebten uns . . .« Sie sprach ganz sachlich, doch ein schwer bestimmbarer Unterton schwang in ihrer Stimme mit.

»Und Liebe war für Sie genug, doch nicht für Simon.«

»So kann man es auch ausdrücken. Aber Sie verstehen Simon nicht völlig. Sein ganzes Leben lang wünschte er sich, reich zu sein. Er liebt alles, was man mit Geld kaufen kann – Pferde, Jachten, Sport. Durchaus·erstrebenswerte Dinge, von denen viele Leute träumen. Simon ist völlig unkompliziert, er möchte einfach gewisse Sachen haben und wünscht sie sich brennend wie ein Kind. Trotzdem hätte er nie daran gedacht, eine häßliche Frau ihres Geldes wegen zu heiraten. Zu der Sorte gehört er nicht. Und dann lernten wir uns kennen – und – und damit war dieser Punkt geklärt. Bloß daß wir nicht wußten, wann wir es uns leisten könnten zu heiraten. Er hatte eine recht gute Stellung, die er verlor. Es war seine Schuld. Er versuchte, auf nicht ganz redliche Art Geld zu machen, und wurde natürlich sofort erwischt. Ich glaube nicht, daß er betrügerische Absichten hatte, er dachte einfach, daß so was in der Geschäftswelt üblich ist.

Und nun standen wir da – ohne Geld. Plötzlich fiel mir Linna ein und ihr Landhaus. Ich fuhr zu ihr. Ich habe Linna wirklich sehr geliebt, Monsieur Poirot, sie war meine beste Freundin, und ich hätte nie gedacht, daß wir uns entfremden könnten. Vielleicht wäre alles anders gekommen, wenn Linna Simon angestellt hätte. Sie war furchtbar nett, als ich sie darum bat, und sagte, ich solle ihn mitbringen. Kurz nach diesem Gespräch sahen Sie uns dann bei *Chez ma Tante*. Wir feierten, obwohl wir es uns nicht leisten konnten.«

Sie stieß einen Seufzer aus und fuhr fort: »Was ich Ihnen jetzt sage, Monsieur Poirot, ist die reine Wahrheit, und es bleibt die Wahrheit, selbst nach Linnas Tod, daran ist nichts zu ändern. Deshalb kann ich sie auch nicht bedauern, sogar jetzt nicht. Linna zog alle Register, um mir Simon auszuspannen. Wenn sie Bedenken hatte, dann höchstens eine Minute lang. Ich war ihre beste Freundin, aber das war ihr egal! Sie hat sich einfach auf Simon gestürzt!

Und Simon machte sich absolut nichts aus ihr! Ich habe Ihnen erzählt, daß Simon von Linna fasziniert war, doch das war gelogen. Er wollte Linna nicht. Er fand sie hübsch, aber furchtbar herrschsüchtig, und er mag keine herrschsüchtigen Frauen! Die ganze Sache war ihm entsetzlich peinlich. Aber der Gedanke an ihr Geld gefiel ihm.

Ich merkte das natürlich – und schließlich schlug ich ihm vor, Linna zu heiraten. Er weigerte sich: Eine Ehe mit Linna würde trotz des vielen Geldes die reine Hölle für ihn sein. Geld sei für ihn nur interessant, wenn es sein eigenes sei. Er würde nur eine Art Prinzgemahl sein, der seine Frau um jeden Penny bitten müsse. Und er sagte auch, daß er niemand wolle außer mir . . .

Ich glaube, ich weiß, wann ihm die Idee kam. Eines Tages meinte er plötzlich: ›Wenn ich Glück habe, stirbt sie ein Jahr nach unserer Heirat und hinterläßt mir ihr ganzes Vermögen.‹ Ein seltsamer Glanz trat in seine Augen. Das war der entscheidende Moment!

Er redete öfters davon, wie praktisch es wäre, wenn Linna sterben würde, aber als ich ihm erklärte, es sei abscheulich, so etwas auch nur zu denken, erwähnte er das Thema nicht mehr. Dann, eines Tages, überraschte ich ihn, wie er in einem Buch über Arsen nachlas. Ich stellte ihn zur Rede. Er lachte nur und sagte: ›Ohne Einsatz kein Gewinn! Ich werde nie wieder im Leben die Chance haben, in den Besitz von soviel Geld zu gelangen.‹

Nach einiger Zeit wurde mir klar, daß sein Entschluß feststand. Ich bekam Angst – panische Angst! Denn ich wußte, er würde es nie zuwege bringen. Er ist so kindisch und naiv, er hat überhaupt kein Fingerspitzengefühl – und keine Phantasie. Vermutlich hätte er einfach Arsen in ihr Essen geschüttet und darauf gehofft, daß der Arzt sagen würde, sie sei an Gastritis gestorben. Er glaubt immer, daß ihm nie etwas mißlingen kann. Deshalb mußte ich mitspielen – um ihn zu schützen . . .«

Es klang völlig aufrichtig, und Poirot hegte nicht den geringsten Zweifel, daß dies ihr Motiv gewesen war. Sie selbst hatte Linnas Geld nicht gewollt, aber sie liebte Simon Doyle, sie liebte ihn bis zum Wahnsinn, jenseits von Gut und Böse.

»Ich zerbrach mir wochenlang den Kopf darüber, wie das Ganze zu bewerkstelligen sei. Und dann kam mir die Idee des doppelten Alibis. Ich dachte, es müsse doch möglich sein, daß Simon und ich Aussagen machten, die uns gegenseitig belasteten, uns aber gleichzeitig völlig entlasteten. Das war die Grundlage des Plans, den wir dann bis ins kleinste Detail ausarbeiteten. Es war einfach für mich zu tun, als ob ich Simon haßte. Unter den gegebenen Umständen war das höchst einleuchtend. Dann, nach Linnas Tod, würde man mich natürlich verdächtigen, daher war es besser, ich würde mich von Anfang an verdächtig machen. Mir lag vor allen Dingen daran, daß die Schuld auf mich fiel, falls der Plan mißlang. Aber Simon machte sich Sorgen um mich.

Das einzige, was mir unser Vorhaben erleichterte, war, daß *ich* es nicht tun mußte. Ich hätte es nicht über mich gebracht! Ich hätte nicht in ihre Kabine gehen und sie kaltblütig töten können. Von Angesicht zu Angesicht – vielleicht. Ich hatte ihr nicht verziehen. Können Sie das verstehen? Aber eine Schlafende zu ermorden . . . Jede Einzelheit war also geplant! Doch was tut Simon? Er schreibt ein großes J an die Wand, eine unnütze, melodramatische Geste! Genau so ist er! Allerdings hat es nicht weiter geschadet.«

Poirot nickte. »Ja, es war nicht Ihre Schuld, daß Louise Bourget nicht schlafen konnte. Und wie ging es weiter, Mademoiselle?«

Sie blickte ihm offen in die Augen. »Ich weiß, es ist schrecklich. Nicht zu fassen, daß ich – es getan habe! ›Wenn das Böse von einem Besitz ergreift‹, ich verstehe jetzt, was Sie damit meinten. Nun, Sie wissen, was weiter geschah. Louise gab Simon zu verstehen, daß sie ihn gesehen hatte. Kaum waren wir allein, erzählte er es mir. Und als er mir erklärte, was ich zu tun hätte, war ich nicht einmal bestürzt! Ich hatte Angst – eine tödliche Angst. Das ist der Preis, den Mörder zahlen. Simon und ich wären gerettet gewesen, wenn diese miese, kleine Erpresserin uns nicht gesehen hätte. Ich nahm alles Bargeld, das wir besaßen, und spielte ihr die Ängstliche vor. Als sie das Geld nachzählte – tat ich es. Es war so einfach! Es hatte etwas Unheimliches, Grauenvolles . . .

Aber sogar danach waren wir noch nicht in Sicherheit. Mrs. Otterbourne hatte mich gesehen. Sie stolzierte triumphierend das Deck entlang, auf der Suche nach Ihnen und Oberst Race. Ich hatte keine Zeit nachzudenken, ich mußte blitzschnell handeln. Es war in gewisser Weise sehr aufregend. Ich wußte, unsere Zukunft stand auf des Messers Schneide, und das half irgendwie . . .« Sie holte tief Atem. »Erinnern Sie sich, als Sie hinterher in meiner Kabine erschienen, sagten Sie, Sie wüßten nicht recht, warum Sie gekommen seien. Ich war so unglücklich – so verängstigt. Ich dachte, Simon würde sterben . . .«

»Und ich –«, entgegnete Poirot, »hoffte es.«

Jacqueline nickte. »Ja, für ihn wäre es besser gewesen.«

»Das waren nicht meine Gedanken.«

Jacqueline sah sein starres Gesicht. »Seien Sie bitte meinetwegen nicht so bekümmert, Monsieur Poirot! Ich habe keine leichte Jugend gehabt, und wenn alles gutgegangen wäre, hätten Simon und ich unser Leben genossen und vermutlich nichts bereut. Nun, es ist anders gekommen, und damit – muß man sich abfinden.« Nach kurzem Schweigen fügte sie hinzu: »Die Stewardeß soll vermutlich

aufpassen, daß ich mich nicht aufhänge oder Blausäure schlucke, wie Mörder das in Büchern tun. Sie brauchen keine Angst zu haben. Das tue ich nicht. Es ist leichter für Simon, wenn er mich als Stütze hat.«
Poirot stand auf, Jacqueline erhob sich ebenfalls. Plötzlich lächelte sie. »Erinnern Sie sich, daß ich einmal sagte, ich müsse meinem Stern folgen? Und Sie antworteten: ›Es mag ein falscher Stern sein.‹ Und ich sagte: ›Dieser schlechte Stern – er wird herunterfallen.‹«

31

Sie erreichten Schellal in der Morgendämmerung. Die Felsen fielen düster zum Ufer ab.
»*Quel pays sauvage!*« murmelte Poirot.
Race stand neben ihm. »Nun, wir haben unsere Aufgaben erfüllt. Ich habe veranlaßt, daß Richetti als erster abgeführt wird. Sehr befriedigend, daß wir ihn dingfest gemacht haben. Er ist ein schlauer Fuchs und uns mehr als einmal durch die Finger geschlüpft. Danach müssen wir eine Bahre für Doyle besorgen. Erstaunlich, sein totaler Zusammenbruch!«
»Wieso erstaunlich?« entgegnete Poirot. »Dieser jungenhafte Verbrechertyp ist gewöhnlich ungemein eitel. Wenn man ihrer aufgeblasenen Selbstzufriedenheit einen Stich versetzt, zerplatzen sie wie ein angestochener Luftballon.«
»Er verdient es, gehenkt zu werden«, sagte Race. »Er ist ein eiskalter Gauner. Das Mädchen hingegen dauert mich – aber wir können nichts für sie tun.«
Poirot schüttelte den Kopf. »Man sagt, Liebe entschuldigt alles, doch das stimmt nicht. Frauen, die lieben wie Jacqueline, sind gefährlich – sehr gefährlich sogar! Als ich sie zum ersten Mal sah, habe ich gedacht: Sie liebt ihn zu sehr, dieses kleine Geschöpf. Und ich hatte recht.«
Cornelia trat neben sie. »Wir sind gleich da.« Dann fügte sie leise hinzu: »Ich war bei ihr.«
»Bei Mademoiselle de Bellefort?«
»Ja, ich dachte, sie muß sich schrecklich einsam fühlen, eingeschlossen in ihrer Kabine, zusammen mit dieser Stewardeß. Kusine Marie war natürlich sehr böse auf mich, doch was soll ich machen?«
Miss van Schuyler näherte sich ihnen majestätisch. Ihre Augen

blitzten zornig. »Cornelia«, sagte sie giftig, »du hast dich schimpf-
lich benommen. Ich werde dich unverzüglich nach Hause schicken.«
Cornelia holte tief Atem. »Verzeih, Kusine Marie, aber ich fahre
nicht nach Hause. Ich heirate.«
»Du bist also endlich zur Vernunft gekommen«, stellte die alte Dame
fest.
Ferguson kam ums Heck, mit schnellen Schritten. »Cornelia, ich
habe gehört – ist es wahr?«
»Ja«, erwiderte Cornelia. »Ich heirate Dr. Bessner. Er hat gestern
abend um meine Hand angehalten.«
»Und warum heiraten Sie ihn?« fragte Ferguson wütend. »Nur weil
er reich ist?«
»Nein, nicht weil er reich ist, sondern weil ich ihn sehr gern habe«,
erwiderte Cornelia empört. »Er ist ein guter Mensch und weiß viel.
Und ich habe mir schon immer gewünscht, kranken Menschen zu
helfen. Ich werde ein wunderbares Leben mit ihm haben.«
»Wollen Sie damit sagen, daß Sie lieber diesen alten Kerl heiraten als
mich?« fragte Ferguson ungläubig.
»Ja, denn auf *ihn* ist Verlaß. Das Leben mit Ihnen wäre höchst
ungemütlich. Und Dr. Bessner ist nicht alt. Er ist noch nicht fünfzig.«
»Er hat einen Bauch«, sagte Ferguson wütend.
»Und ich habe hängende Schultern«, erwiderte Cornelia. »Aussehen
ist unwichtig. Er sagt, daß ich ihn bei seiner Arbeit unterstützen
könnte und er mir alles über Neurosen erzählen wird.«
Sie entfernte sich. Ferguson wandte sich an Poirot. »Meint sie das
wirklich ernst?«
»Ganz gewiß.«
»Sie ist verrückt!«
Poirots Augen blitzten belustigt. »Sie ist ein äußerst unabhängiger
Mensch, und so jemand ist Ihnen vermutlich noch nie begegnet.«
Das Landungsmanöver begann. Man hatte ein Seil über das Deck
gespannt und die Passagiere gebeten zu warten. Richetti wurde von
zwei Ingenieuren an Land geführt. Er machte ein finsteres, mürri-
sches Gesicht.
Dann, nach einiger Zeit, wurde Simon auf einer Bahre hinausgetra-
gen. Er war ein gebrochener Mann – verängstigt und verzweifelt.
Von seiner jungenhaften Unbekümmertheit war nichts geblieben.
Jacqueline de Bellefort folgte ihm, eine Stewardeß schritt neben ihr.
Jacqueline sah bleich, aber völlig gefaßt aus. Sie trat an die Bahre.
»Simon!«

Er sah sie an. Einen Augenblick erschien der jungenhafte Ausdruck wieder auf seinem Gesicht. »Ich habe alles falsch gemacht«, sagte er. »Ich habe den Kopf verloren und alles zugegeben. Verzeih, Jacqueline, daß ich dich im Stich ließ!«

Sie lächelte ihn an. »Mach dir nichts draus, Simon! Wir haben gespielt und verloren. So ist das Leben.«

Die Träger hoben die Bahre an. Jacqueline beugte sich hinunter, um ihr Schuhband zu binden. Dann glitt ihre Hand zum Strumpf, und sie richtete sich mit etwas Schimmerndem in der Hand wieder auf. Der Knall, der folgte, war so leise wie das Knallen eines Korkens. Ein kurzes, krampfhaftes Beben durchzuckte Simons Körper – dann lag er still.

Jackie nickte. Einige Sekunden stand sie regungslos da und lächelte Poirot flüchtig zu. Als Race auf sie zusprang, richtete sie das blitzende Spielzeug auf ihre Brust und drückte ab. Sie sank zu Boden, ein weiches, lebloses Bündel.

»Woher, zum Teufel, hatte sie den Revolver?« brüllte Race.

Poirot spürte den Druck einer Hand auf seinem Arm. Mrs. Allerton fragte leise: »Sie – wußten es?«

Er nickte. »Sie hatte *ein Paar*. Es wurde mir klar, als ich hörte, daß der gleiche Revolver in Rosalie Otterbournes Handtasche gefunden worden war. Jacqueline saß mit Rosalie am selben Tisch. Als sie erkannte, daß man die Passagiere durchsuchen würde, ließ sie ihn in Rosalies Handtasche gleiten. Später ging sie in Rosalies Kabine, lenkte sie durch eine Unterhaltung über Lippenstifte ab und nahm die Waffe wieder an sich. Da sie selbst und ihre Kabine gestern gründlich durchsucht worden waren, hielt man eine zweite Durchsuchung für unnötig.«

»Sie haben ihr diesen Ausweg bewußt offen gelassen?«

»Ja. Aber sie wollte nicht allein gehen. Und deshalb starb Simon Doyle einen leichteren Tod, als er es verdient hat.«

Mrs. Allerton hob fröstelnd die Schultern. »Liebe hat manchmal etwas Erschreckendes.«

»Aus diesem Grunde endet eine große Liebe meistens als Tragödie.«

Mrs. Allertons Blick fiel auf Tim und Rosalie. Sie standen im hellen Sonnenlicht nebeneinander, und plötzlich sagte sie gefühlvoll: »Gott sei Dank gibt es auch glücklichere Paare auf dieser Welt.«

»Ja, Madame, Gott sei es gedankt!«

Eine weile später gingen die Passagiere an Land.

Und danach wurden die Leichen von Louise Bourget und Mrs.

Otterbourne von Bord gebracht und zuletzt die tote Linna. Und überall auf der Welt begannen die Drähte zu summen, um zu berichten, daß Linna Doyle, die berühmte, schöne und reiche Erbin, tot sei.

Sir George Wode las die Nachricht in seinem Londoner Klub, Sterndale Rockford las sie in New York, Joanna Southwood in der Schweiz. Die Neuigkeit wurde auch in den *Drei Kronen* in Malton-under-Wode besprochen.

Mr. Burnabys magerer Freund meinte: »Es war einfach nicht fair, daß sie alles hatte.«

»Tja, es scheint ihr nicht viel genützt zu haben, der Ärmsten«, antwortete Mr. Burnaby sachlich.

Nach einer Weile ließen sie das Thema fallen und erörterten, wer beim *Grand National*-Pferderennen gewinnen würde.

Denn, wie Mr. Ferguson zur gleichen Minute in Luxor erklärte, nicht die Vergangenheit zählt, sondern die Zukunft.

# Die revolutionäre Lernmethode

320 Seiten/ Leinen

Dieses Buch ist der erste umfassende Bericht über Suggestopädie, jener in Ost und West mit frappierendem Erfolg erprobten Lernwissenschaft, die Schritt für Schritt zu der genialen, einfach anwendbaren Technik des Superlearning führt.
Superlearning zwingt uns, unser Bild vom Menschen und unsere Begriffe von Intelligenz und Begabung von Grund auf zu revidieren.

# Der klassische Frauenroman

336 Seiten/
Leinen

Ein Roman voller Erotik, der zeigt, wie nahe beieinander Liebe und Haß, Glück und Verhängnis liegen. Schicksalhafte Dramatik und eine geheimnisvolle Atmosphäre beherrschen diesen Roman voll tropischer Leidenschaften.

**Ein Buch zum Erinnern –
voller Geschichten,
wie wir sie
alle erlebt haben**

312 Seiten/
Leinen

**Eine liebenswerte Familienchronik aus unliebsamen Zeiten – im Nachkriegs-Deutschland jener Tage, als man noch wußte, wofür man lebte. Geschrieben mit der Dichte einer Autobiographie, mit schnellem Witz und Herz.**

# Der Gentleman mit dem Gespür für Dinge, die nicht ganz sauber sind ...

300 Seiten/ Leinen

Der undurchdringliche Mr. Quin, der Gentleman mit dem Gespür für Dinge, die nicht ganz sauber sind, und sein kauziger Gehilfe scheinen auf den ersten Blick ein unmögliches Gespann zu sein. Und doch lösen die beiden Fälle, wie sie sich nur eine Agatha Christie ausdenken kann.
Agatha Christie ist immer für eine Überraschung gut.